سودا بیچنے والی

کلیاتِ منٹو ـ 5/9

افسانے

سعادت حسن منٹو

Copyrights

TITLE: Sauda Bechne Vaali
FORMAT: Paperback
SERIES: Kulliyat e Manto
PART: Part 5 of 9
AUTHOR: Saadat Hasan Manto
PUBLISHED BY: GhazalSara Dot Org, LLC
PUBLISHED: May 2023
ISBN: 978-1-957756-52-3

CONTACT: ghazalsara.org@outlook.com

Scan this QR Code with your phone now!

<u>Printed and bound in the U.S.A.</u>

کلیاتِ منٹو

منٹو کے تمام افسانوں کو نو کتابوں کی صورت میں شائع کیا جا رہا ہے۔ یہ کتب امریکہ میں غزل سرا کے آن لائن سٹور اور باقی تمام دنیا میں ایمازون اور ایسے ہی دوسرے سٹورز پر بآسانی دستیاب ہیں۔ اس کے علاوہ یہ کتب ای بک فارمیٹ میں ایپل بک سٹور، گوگل پلے بکس اور دوسرے ای بک پلیٹ فارمز پر دستیاب ہیں۔

فارمیٹ	آئی ایس بی این	ٹائٹل	#
ہارڈ کور	978-1-957756-71-4		
پیپر بیک	978-1-957756-48-6	ایک زاہدہ، ایک فاحشہ	1
ای بک	978-1-957756-57-8		
ہارڈ کور	978-1-957756-72-1		
پیپر بیک	978-1-957756-49-3	بلاؤز	2
ای بک	978-1-957756-58-5		
ہارڈ کور	978-1-957756-73-8		
پیپر بیک	978-1-957756-50-9	ٹھنڈا گوشت	3
ای بک	978-1-957756-59-2		
ہارڈ کور	978-1-957756-79-0		
پیپر بیک	978-1-957756-51-6	دھواں	4
ای بک	978-1-957756-60-8		
ہارڈ کور	978-1-957756-74-5		
پیپر بیک	978-1-957756-52-3	سودا بیچنے والی	5
ای بک	978-1-957756-61-5		
ہارڈ کور	978-1-957756-66-0		
پیپر بیک	978-1-957756-53-0	شہید ساز	6
ای بک	978-1-957756-62-2		
ہارڈ کور	978-1-957756-46-2		
پیپر بیک	978-1-957756-54-7	کھول دو	7
ای بک	978-1-957756-63-9		
ہارڈ کور	978-1-957756-77-6		
پیپر بیک	978-1-957756-55-4	موذیل	8
ای بک	978-1-957756-64-6		
ہارڈ کور	978-1-957756-78-3		
پیپر بیک	978-1-957756-56-1	ہتک	9
ای بک	978-1-957756-65-3		

فہرست

دودا پہلوان

اسکول میں پڑھتا تھا تو شہر کا حسین ترین لڑکا مُتَصَوّر ہوتا تھا۔ اس پر بڑے بڑے اَمرَد پَرَستوں کے درمیان بڑی خونخوار لڑائیاں ہوئیں۔ ایک دو اسی سلسلے میں مارے بھی گئے۔ وہ واقعی حسین تھا۔ بڑے مال دار گھرانے کا چشم و چراغ تھا، اس لیے اُس کو کسی چیز کی کمی نہیں تھی۔ مگر جس میدان وہ کو د پڑا تھا اس اس کو ایک محافظ کی ضرورت تھی جو وقت پر اس کے کام آ سکے۔ شہر میں یوں تو سینکڑوں بدمعاش اور غنڈے موجود تھے جو حسین و جمیل صلاحو کے ایک اشارے پر کٹ مرنے کو تیار تھے، مگر دودے پہلوان میں ایک نرالی بات تھی۔ وہ بہت مفلس تھا، بہت بدمزاج اور اکھڑ طبیعت کا تھا، مگر اِس کے باوجود اُس میں ایسا بانکپن تھا کہ صلاحو نے اس کو دیکھتے ہی پسند کر لیا اور ان کی دوستی ہو گئی۔

صلاحو کو دودے پہلوان کی رفاقت سے بہت فائدے ہوئے۔ شہر کے دوسرے غنڈے جو صلاحو کے راستے میں رکاوٹیں پیدا کرنے کا موجب ہو سکتے تھے، دودے کی وجہ سے خاموش رہے۔ اسکول سے نکل کر صلاحو کالج میں داخل ہوا تو اس نے اور پر پُرزے نکالے اور تھوڑے ہی عرصے میں اس کی سرگرمیاں نیا رخ اختیار کر گئیں۔ اس کے بعد خدا کا کرنا ایسا ہوا کہ صلاحو کا باپ مر گیا۔ اب وہ اس کی تمام جائداد، املاک کا واحد مالک تھا۔ پہلے تو اس نے نقدی پر ہاتھ صاف کیا، پھر مکان گروی رکھنے شروع کیے، جب دو مکان بک گئے تو ہیرامنڈی کی تمام طوائفیں صلاحو کے نام سے واقف تھیں۔ معلوم نہیں اس میں کہاں تک صداقت ہے، لیکن لوگ کہتے ہیں کہ ہیرامنڈی میں بوڑھی نائکائیں اپنی جوان بیٹیوں کو صلاحو کی نظروں سے چھپا چھپا کر رکھتی تھیں۔ مبَادا وہ اس کے حسن کے چکر میں پھنس جائیں۔ لیکن اِن احتیاطی تدابیر کے باوجود جیسا کہ سننے میں آیا ہے، کئی کنواری طوائف زادیاں اس کے عشق میں گرفتار ہوئیں اور الٹے رستے

پر چل کر اپنی زندگی کے سنہرے ایام اس کے تَلوّن کی نذر کر بیٹھیں۔

صلاحو کھیل کھیل رہا تھا۔ دودے کو معلوم تھا کہ یہ کھیل دیر تک جاری نہیں رہے گا۔ وہ عمر میں صلاحو سے دگنا بڑا تھا۔ اس نے ہیرا منڈی میں بڑے بڑے سیٹھوں کی خاک اڑتے دیکھی تھی۔ وہ جانتا تھا کہ ہیرا منڈی ایک ایسا اندھا کنواں ہے جس کو دنیا بھر کے سیٹھ مل کر بھی اپنی دولت سے نہیں بھر سکتے۔ مگر وہ اس کو کوئی نصیحت نہیں دیتا تھا۔ شاید اس لیے کہ وہ جہاں دیدہ ہونے کے باعث اچھی طرح سمجھتا تھا کہ جو بھوت اس کے حسین و جمیل بابو کے سر پر سوار ہے، اسے کوئی ٹونا ٹوٹکا اتار نہیں سکتا۔

دودا پہلوان ہر وقت صلاحو کے ساتھ ہوتا تھا۔ شروع شروع میں جب صلاحو نے ہیرا منڈی کا رخ کیا تو اس کا خیال تھا کہ دودا بھی اس کے عیش میں شریک ہو گا، مگر آہستہ آہستہ اسے معلوم ہوا کہ اس کو اس قسم کے عیش سے کوئی دلچسپی نہیں تھی جس میں وہ دن رات غرق رہتا تھا۔ وہ گانا سنتا تھا، شراب پیتا تھا، طوائفوں سے فحش مذاق بھی کرتا تھا، مگر اس سے آگے کبھی نہیں گیا تھا۔ اس کا بابو رات رات بھر اندر کسی معشوق کو بغل میں دبائے پڑا رہتا اور وہ باہر کسی پہرے دار کی طرح جاگتا رہتا۔

لوگ سمجھتے تھے کہ دودے نے اپنا گھر بھر لیا ہے، دولت کی لوٹ مچی ہے، اِس میں اُس نے یقیناً اپنے ہاتھ رنگے ہیں۔ اس میں کوئی شک نہیں کہ جب صلاحو داد عیش دینے کو نکلتا تھا ہزاروں نوٹ دودے ہی کی تحویل میں ہوتے تھے۔ مگر یہ صرف اسی کو معلوم تھا کہ پہلوان نے ان میں سے ایک پائی بھی کبھی اِدھر اُدھر نہیں کی۔ اس کو صرف صلاحو سے دلچسپی تھی، جس کو اپنا آقا سمجھتا تھا اور یہ لوگ بھی جانتے تھے کہ دودا اس حد تک اس کا غلام ہے۔ صلاحو اس کو ڈانٹ ڈپٹ لیتا تھا۔ بعض اوقات شراب کے نشے میں اسے مار پیٹ بھی لیتا تھا مگر وہ خاموش رہتا۔ حسین و جمیل صلاحو اس کا معبود تھا۔ وہ اس کے حضور کوئی گستاخی نہیں کر سکتا تھا۔

ایک دن اتفاق سے دودا بیمار تھا۔ صلاحو رات کو حسبِ معمول عیش کرنے کے لیے ہیرا منڈی پہنچا۔ وہاں کسی طوائف کے کوٹھے پر گانا سننے کے دوران میں اس کی جھڑپ ایک تماش بین سے ہو گئی اور ہاتھا پائی میں اس کے ماتھے پر ہلکی سی خراش آ گئی۔ دودے کو جب اس کا علم ہوا تو اس نے دیوار کے ساتھ ٹکر مار مار کر اپنا سارا سر زخمی کر لیا، خود کو بے شمار گالیاں دیں، بہت برا بھلا کہا۔ اس کو اتنا افسوس ہوا کہ دس پندرہ دن تک صلاحو کے سامنے اس کا سر جھکا رہا۔ ایک لفظ بھی اس کے منہ سے نہ نکلا۔ اس کو یہ محسوس ہوتا تھا کہ اس سے کوئی بہت بڑا گناہ سرزد ہو گیا ہے۔ چنانچہ لوگوں کا بیان ہے کہ وہ بہت دیر تک نمازیں پڑھ پڑھ کر اپنے دل کا بوجھ ہلکا کرتا رہا۔

صلاحو کی وہ اس طرح خدمت کرتا تھا جس طرح پرانے قصے کہانیوں کے وفادار نوکر کرتے ہیں۔ وہ اس کے جوتے پالش کرتا تھا۔ اس کے پاؤں دباتا تھا۔ اس کے چمکیلے بدن پر مالش کرتا تھا۔ اس کے ہر آرام اور آسائش کا خیال رکھتا تھا جیسے اس کے بطن سے پیدا ہوا ہے۔

کبھی کبھی صلاحو ناراض ہو جاتا۔ یہ وقت دودے پہلوان کے لیے بڑی آزمائش کا وقت ہوتا تھا۔ دنیا سے بیزار ہو جاتا۔ فقیروں کے پاس جاکر تعویذ گنڈے لے لیتا۔ خود کو طرح طرح کی جسمانی تکلیف پہنچاتا۔ آخر جب صلاحو موج میں آ کر اسے بلاتا تو اسے ایسا محسوس ہوتا کہ دونوں جہان مل گئے ہیں۔ دودے کو اپنی طاقت پر ناز نہیں تھا۔ اسے یہ بھی گھمنڈ نہیں تھا کہ وہ چھری مارنے کے فن میں یکتا ہے۔ اس کو اپنی ایمان داری اور اپنے خلوص پر بھی کوئی فخر نہیں تھا۔ لیکن وہ اپنی اس بات پر بہت نازاں تھا کہ لنگوٹ کا پکا ہے۔ وہ اپنے دوستوں، یاروں کو بڑے فخر و امتیاز سے بتایا کرتا تھا کہ اس کی جوانی میں سینکڑوں مرد مار عورتیں آئیں، چلتروں کے بڑے بڑے منتر اس پر پھونکے مگر وہ۔۔۔ شاباش ہے اس کے استاد کو، لنگوٹ کا پکا رہا۔ یہ بڑ نہیں تھی۔ ان لوگوں کو جو دودے پہلوان کے لنگوٹیے تھے، اچھی طرح معلوم تھا کہ اس کا دامن عورت کی تمام آلائشوں سے پاک ہے۔ متعدد بار کوشش کی گئی کہ وہ گمراہ ہو جائے مگر ناکامی ہوئی۔ وہ ثابت قدم رہا۔ خود صلاحو نے کئی بار اس کا امتحان لیا۔ اجمیر کے عرس پر اس نے میرٹھ کی ایک کا فرادا طوائف انوری کو اس بات پر آمادہ کر لیا کہ وہ دودے پہلوان پر ڈورے ڈالے۔ اس نے اپنے تمام گُر استعمال کر ڈالے مگر دودے پر کوئی اثر نہ ہوا۔ عرس ختم ہونے پر جب وہ لاہور روانہ ہوئی تو گاڑی میں اس نے صلاحو سے کہا، ''باؤ! بس اب میرا کوئی امتحان نہ لینا۔ یہ سالی انوری بہت آگے بڑھ گئی تھی۔ تمہارا خیال تھا، ورنہ گلا گھونٹ دیتا حرام زادی کا۔''

اس کے بعد صلاحو نے اس کا اور کوئی امتحان نہ لیا۔ دودے کے یہ تنبیہی الفاظ کافی تھے جو اس نے بڑے سنگین لہجے میں ادا کیے تھے۔ صلاحو عیش و عشرت میں بدستور غرق تھا، اِس لیے کہ ابھی تین چار مکان باقی تھے۔ ہیرامنڈی کی تمام قابل ذکر طوائفیں ایک ایک کر کے اس کے پہلو میں آ چکی تھیں۔ اب اس نے چھوٹے جاموں کا دور شروع کر دیا تھا۔ اسی دوران میں ایک دم کہیں سے ایک طوائف الماس پیدا ہو گئی جو ایک دم ساری ہیرامنڈی پر چھا گئی۔ دیکھا کسی نے بھی نہیں تھا لیکن اس کے باوجود اس کے حسن کے چرچے عام تھے۔ ہاتھ لگائے میلی ہوتی ہے۔ پانی پیتی ہے تو اس کے شفاف حلق میں سے نظر آتا ہے۔ ہرنی کی سی آنکھیں ہیں جن میں خدا نے اپنے ہاتھ سے سرمہ لگایا ہے۔ بدن ایسا ملائم ہے کہ نگاہیں پھسل پھسل

جاتی ہیں۔صلاحو جہاں بھی جاتا تھا، اس پری چہرہ اور حورشمائل معشوقہ کے حسن و جمال کی باتیں سنتا تھا۔ دودے پہلوان نے فوراً پتہ لگایا اور اپنے بابو کو بتایا کہ یہ الماس کشمیر سے آئی ہے۔ واقعی خوبصورت ہے، ادھیڑ عمر کی ماں اس کے ساتھ ہے جو اس پر بہت کڑی نگرانی رکھتی ہے۔ اس لیے کہ وہ لاکھوں کے خواب دیکھ رہی ہے۔ جب الماس کا مجرا شروع ہوا تو اس کے کوٹھے پر صرف وہی صاحب ثروت جاتے تھے جن کا لاکھوں کا کاروبار تھا۔ صلاحو کے پاس اب اتنی دولت نہیں تھی کہ وہ ان تگڑے دولت مند عیاشوں کا مقابلہ خم ٹھونک کے کر سکے۔ آٹھ دس مجروں ہی میں اس کی حجامت ہو جاتی۔ چنانچہ وہ اسی خیال کے تحت خاموش رہا اور پیچ و تاب کھاتا رہا۔ دودا پہلوان اپنے بابو کی یہ بے چارگی دیکھتا تو اسے بہت دکھ ہوتا۔ مگر وہ کیا کر سکتا تھا۔ اس کے پاس تھا ہی کیا۔ ایک صرف اس کی جان تھی مگر وہ اس معاملے میں کیا کام دے سکتی تھی۔ بہت سوچ بچار کے بعد آخر دودے نے ایک ترکیب سوچی، جو یہ تھی کہ صلاحو، الماس کی ماں اقبال سے رابطہ پیدا کرے۔ اس پر یہ ظاہر کرے کہ وہ اس کے عشق میں گرفتار ہو گیا ہے۔ اس طرح جب موقع ملے تو الماس کو اپنے قبضے میں کر لے۔

صلاحو کو یہ ترکیب پسند آئی۔ چنانچہ فوراً اس پر عمل درآمد شروع ہو گیا۔ اقبال بہت خوش ہوئی کہ اس ڈھلتی عمر میں اسے صلاحو جیسا خوبرو چاہنے والا مل گیا۔ یہ سلسلہ دیر تک جاری رہا۔ اس دوران سینکڑوں مرتبہ الماس صلاحو کے سامنے آئی۔ بعض اوقات اس کے پاس بیٹھ کر باتیں بھی کرتی رہی اور اس کے حسن سے کافی متاثر ہوئی۔ اس کو حیرت تھی کہ وہ اس کی ماں سے کیوں دلچسپی لے رہا ہے جب کہ وہ اس کی آنکھوں کے سامنے موجود ہے۔ لیکن اس کی یہ حیرت بہت دیر تک قائم نہ رہی۔ جب اس کو صلاحو کی حرکات و سکنات سے معلوم ہو گیا ہے کہ وہ چال چل رہا ہے، اس انکشاف سے اسے خوشی ہوئی۔ اندرونی طور پر اس کے احساس جوانی کو بڑی ٹھیس پہنچ رہی تھی۔

باتوں باتوں میں ایک دن صلاحو کا ذکر آیا تو الماس نے اس کی خوبصورتی کی تعریف ذرا چٹخارے کے ساتھ بیان کی جو اس کی ماں اقبال کو بہت ناگوار معلوم ہوئی۔ چنانچہ ان دونوں میں خوب چخ چخ ہوئی۔ الماس نے اپنی ماں سے صاف صاف کہہ دیا کہ صلاحو اسے بے وقوف بنا رہا ہے۔ اقبال کو بہت دکھ ہوا۔ یہاں اب بیٹی کا سوال نہیں تھا بلکہ رقیب کی موت کا۔ چنانچہ دوسرے روز جب صلاحو آیا تو اس نے سب سے پہلے اس سے پوچھا، ''آپ کسے پسند کرتے ہیں، مجھے یا میری بیٹی الماس کو؟''

صلاحو عجب مخمصے میں گرفتار ہو گیا۔سوال بڑا ٹیڑھا تھا۔ تھوڑی دیر سوچنے کے بعد بالآخر اسے کہنا پڑا،

'' تمہیں، میں تو صرف تمہیں پسند کرتا ہوں ۔ '' اور پھر اسے اقبال کو مزید یقین دلانے کے لیے اور بہت سی باتیں گھڑنا پڑیں۔ اقبال یوں تو بہت چالاک تھی مگر اسے کسی حد تک یقین آ ہی گیا۔ شاید اس لیے کہ وہ اپنی عمر کے ایسے موڑ پر پہنچ چکی تھی جہاں اسے چند جھوٹی باتوں کو بھی سچا سمجھنا ہی پڑتا تھا۔

جب یہ بات الماس تک پہنچی تو وہ بہت جزبز ہوئی۔ جونہی اسے موقع ملا، اس نے صلاحو کو پکڑ لیا اور اس سے سچ اگلوانے کی کوشش کی۔ صلاحو زیادہ دیر تک اس کی جرح برداشت نہ کر سکا۔ آخر اسے ماننا ہی پڑا کہ اسے اقبال سے کوئی دلچسپی نہیں۔ اصل میں تو الماس کا حصول ہی اس کے پیش نظر ہے۔ یہ قبولوانے پر الماس کی تسلی ہوئی، مگر وہ لگاؤ جو اس کے دل و دماغ میں صلاحو کے متعلق پیدا ہوا تھا، غائب ہو گیا اور اس نے ٹھیٹ طوائف بن کر اپنی ماں کو سمجھایا کہ بچپنا چھوڑ دو اور اس سے میرے دام وصول کرو، تمہیں وہ کیا دے گا۔ اپنی لڑکی کی یہ عقل والی بات اقبال کی سمجھ میں آ گئی اور وہ صلاحو کو دوسری نظر سے دیکھنے لگی۔

صلاحو بھی سمجھ گیا کہ اس کا وار خالی گیا ہے۔ اب اس کے سوا اور کوئی چارہ نہیں تھا کہ وہ نیلام میں الماس کی سب سے بڑھ کر بولی دے۔ دودے پہلوان نے اِدھر اُدھر سے کرید کر معلوم کیا کہ الماس کی نتھنی اتر سکتی ہے اگر صلاحو پچیس ہزار روپے اس کی ماں کے قدموں میں ڈھیر کر دے۔

صلاحو اب پوری طرح جکڑا جا چکا تھا۔ جائے رفتن نہ پائے ماندَن والا معاملہ تھا۔ اس نے دو مکان بیچے اور پچیس ہزار روپے حاصل کر کے اقبال کے پاس پہنچا۔ اس کا خیال تھا کہ وہ اتنی رقم پیدا نہیں کر سکے گا۔ جب وہ لے آیا، تو وہ بوکھلا سی گئی۔ الماس سے مشورہ کیا تو اس نے کہا اتنی جلدی کوئی فیصلہ نہیں کرنا چاہیے۔ پہلے اس سے کہو کہ ہمارے ساتھ کلیر شریف کے عرس پر چلے۔ صلاحو کو جانا پڑا اور نتیجہ اس کا یہ ہوا کہ پورے پندرہ ہزار روپے مجروں میں اڑ گئے۔ اس کی ان تماش بینوں پر جو عرس میں شریک ہوئے تھے، دھاک تو بیٹھ گئی مگر اس کے پچیس ہزار روپوں کو دیمک لگ گئی۔ واپس آئے تو باقی کا روپیہ آہستہ آہستہ الماس کی فرمائشوں کی نذر ہو گیا۔

دودا اندر ہی اندر غصے سے کھول رہا تھا۔ اس کا جی چاہتا تھا کہ اقبال اور الماس، دونوں کا سر اڑا دے۔ مگر اسے اپنے بابو کا خیال تھا۔ اس کے دل میں بہت سی باتیں تھیں جو وہ صلاحو کو بتانا چاہتا تھا، مگر بتا نہیں سکتا تھا۔ اس سے اسے اور بھی جھنجھلاہٹ ہوتی۔ صلاحو بہت بری طرح الماس پر لٹو تھا۔ پچیس ہزار روپے ٹھکانے لگ چکے تھے۔ اب وہ دس ہزار روپے اس مکان کو گروی رکھ کر اجارا سمجھ رہا تھا جس میں اس کی نیک سیرت ماں رہتی تھی۔ یہ روپیہ کب تک اس کا ساتھ دیتا۔ اقبال اور الماس دونوں جونک کی طرح چمٹی ہوئی تھیں۔

آخر وہ دن بھی آ گیا جب اس پر نالش ہوئی اور عدالت نے اسے قرقی کا حکم دے دیا۔ صلاحو بہت پریشان ہوا، اسے کوئی صورت نظر نہیں آتی تھی۔ کوئی ایسا آدمی نہیں تھا، جو اسے قرض دیتا۔ لے دے کر ایک مکان تھا، سو وہ بھی گروی تھا اور قرقی آئی ہوئی تھی، اور بیلف صرف دودے پہلوان کی وجہ سے رکے ہوئے تھے، جس نے ان کو یقین دلایا تھا کہ وہ بہت جلد روپے کا بندوبست کر دے گا۔

صلاحو بہت ہنستا تھا کہ دودا کہاں سے روپے کا بندوبست کرے گا۔ سو دو سو روپے کی بات ہوتی تو اسے یقین آ جاتا۔ مگر سوال پورے دس ہزار روپے کا تھا۔ چنانچہ اس نے پہلوان کا بڑی بے دردی سے مذاق اڑایا تھا کہ وہ اس کو طفل تسلیاں دے رہا ہے۔ پہلوان نے یہ لعن طعن خاموشی سے برداشت کی اور چلا گیا۔

دوسرے روز آیا تو اس کا شگرف ایسا چہرہ زرد تھا۔ ایسا معلوم تھا کہ وہ بستر علالت پر سے اٹھ کر آیا ہے۔ سر نیوڑھا کر اس نے اپنے ڈب میں سے رومال نکالا جس میں سو سو کے کئی نوٹ تھے اور صلاحو سے کہا،

’’لے باؤ۔۔۔ لے آیا ہوں۔‘‘

صلاحو نے نوٹ گنے۔ پورے دس ہزار تھے۔ ٹکر ٹکر پہلوان کا منہ دیکھنے لگا۔

’’یہ روپیہ کہاں سے پیدا کیا تم نے؟‘‘ دودے نے افسردہ لہجے میں جواب دیا، ’’ہو گیا پیدا کہیں سے۔‘‘ صلاحو قرقی کو بھول گیا۔ اتنے سارے نوٹ دیکھے تو اس کے قدم پھر الماس کے کوٹھے کی طرف اٹھنے لگا۔ مگر پہلوان نے اسے روکا۔ ’’نہیں باؤ۔۔۔ الماس کے پاس نہ جاؤ۔ یہ روپیہ قرقی والوں کو دو۔‘‘ صلاحو نے بگڑے ہوئے بچے کی مانند کہا، ’’کیوں۔۔۔؟ میں جاؤں گا الماس کے پاس۔‘‘ دودے نے کڑے لہجے میں کہا، ’’تو نہیں جائے گا؟‘‘ صلاحو طیش میں آ گیا، ’’تو کون ہوتا ہے مجھے روکنے والا۔‘‘ دودے کی آواز نرم ہو گئی، ’’میں تیرا غلام ہوں باؤ۔۔۔ پر اب الماس کے پاس جانے کا کوئی فائدہ نہیں۔‘‘ دودے کی آواز میں لرزش پیدا ہو گئی، ’’نہ پوچھ باؤ۔۔۔ یہ روپیہ مجھے اسی نے دیا ہے۔‘‘ صلاحو قریب قریب چیخ اٹھا، ’’یہ روپیہ الماس نے دیا ہے۔۔۔ تمہیں دیا ہے؟‘‘

’’ہاں باؤ۔ اسی نے دیا ہے۔ مجھ پر بہت دیر سے مرتی تھی سالی، پر میں اس کے ہاتھ نہیں آتا تھا۔ تجھ پر تکلیف کا وقت آیا تو میرے دل نے کہا دودے چھوڑ اپنی قسم کو۔ تیرا باؤ تجھ سے قربانی مانگتا ہے۔ سو میں کل رات اس کے پاس گیا اور۔۔۔ اور۔۔۔ اور اس سے یہ سودا کر لیا۔‘‘

دودے کی آنکھوں سے ٹپ ٹپ آنسو گرنے لگے۔

دیکھ کبیرا رویا

نگر نگر ڈھنڈورا پیٹا گیا کہ جو آدمی بھیک مانگے گا اس کو گرفتار کر لیا جائے۔ گرفتاریاں شروع ہوئیں۔ لوگ خوشیاں منانے لگے کہ ایک بہت پرانی لعنت دور ہو گئی۔ کبیر نے یہ دیکھا تو اس کی آنکھوں میں آنسو آ گئے۔ لوگوں نے پوچھا، ''اے جولاہے تو کیوں روتا ہے؟''

کبیر نے رو کر کہا، ''کپڑا دو چیزوں سے بنتا ہے۔ تانے اور پیٹے سے۔ گرفتاریوں کا تانا تو شروع ہو گیا پر پیٹ بھرنے کا پیٹا کہاں ہے؟''

ایک ایم اے ایل ایل بی کو دو سو کھڈیاں الاٹ ہو گئیں۔ کبیر نے یہ دیکھا تو اس کی آنکھوں میں آنسو آ گئے۔ ایم اے ایل ایل بی نے پوچھا، ''اے جولاہے کے بچے تو کیوں روتا ہے۔۔۔؟ کیا اس لیے کہ میں نے تیرا حق غصب کر لیا ہے؟''

کبیر نے روتے ہوئے جواب دیا، ''تمہارا قانون تمہیں یہ نکتہ سمجھاتا ہے کہ کھڈیاں پڑی رہنے دو، دھاگے کا جو کوٹا ملے اسے بیچ دو مفت کی کھٹ کھٹ سے کیا فائدہ۔۔۔ لیکن یہ کھٹ کھٹ ہی جولاہے کی جان ہے!''

چھپی ہوئی کتاب کے فرمے تھے، جن کے چھوٹے بڑے لفافے بنائے جا رہے تھے۔ کبیر کا ادھر سے گزر ہوا۔ اس نے وہ تین لفافے اٹھائے اور ان پر چھپی ہوئی تحریر پڑھ کر اس کی آنکھوں میں آنسو آ گئے۔ لفافے بنانے والے نے حیرت سے پوچھا، ''میاں کبیر تم کیوں رونے لگے؟''

کبیر نے جواب دیا، ''ان کاغذوں پر بھگت سُور داس کی کویتا چھپی ہے۔ لفافے بنا کر اس کی بے عزتی نہ کرو۔''

لفافے بنانے والے نے حیرت سے کہا، ''جس کا نام سُور داس ہے۔ وہ بھگت کبھی نہیں ہو سکتا۔''

کبیر نے زارو قطار رونا شروع کر دیا۔

ایک اونچی عمارت پر لکشمی کا بہت خوبصورت بت نصب تھا۔ چند لوگوں نے جب اسے اپنا دفتر بنایا تو اس بت کو ٹاٹ کے ٹکڑوں سے ڈھانپ دیا۔ کبیر نے یہ دیکھا تو اس کی آنکھوں میں آنسو آمڈ آئے۔ دفتر کے آدمیوں نے اسے ڈھارس دی اور کہا، ''ہمارے مذہب میں یہ بت جائز نہیں۔''

کبیر نے ٹاٹ کے ٹکڑوں کی طرف اپنی نمناک آنکھوں سے دیکھتے ہوئے کہا، ''خوبصورت چیز کو بدصورت بنا دینا بھی کسی مذہب میں جائز نہیں۔''

دفتر کے آدمی ہنسنے لگے۔ کبیر دھاڑیں مار مار کر رونے لگا۔

صف آرا فوجوں کے سامنے جرنیل نے تقریر کرتے ہوئے کہا، ''اناج کم ہے، کوئی پروا نہیں۔ فصلیں تباہ ہو گئی ہیں، کوئی فکر نہیں۔۔۔ ہمارے سپاہی دشمن سے بھوکے ہی لڑیں گے۔''

دو لاکھ فوجیوں نے زندہ باد کے نعرے لگانے شروع کر دیئے۔

کبیر چلا چلا کے رونے لگا۔ جرنیل کو بہت غصہ آیا۔ چنانچہ وہ پکار اٹھا، ''اے شخص، بتا سکتا ہے تو کیوں روتا ہے؟'' کبیر نے رونی آواز میں کہا، ''اے میرے بہادر جرنیل۔۔۔ بھوک سے کون لڑے گا؟''

دو لاکھ آدمیوں نے کبیر مردہ باد کے نعرے لگانے شروع کر دیئے۔

''بھائیو، داڑھی رکھو، مونچھیں کترواؤ اور شرعی پاجامہ پہنو۔۔۔ بہنو، ایک چوٹی کرو، سرخی سفیدہ نہ لگاؤ، برقع پہنو!'' بازار میں ایک آدمی چلّا رہا تھا۔ کبیر نے یہ دیکھا تو اس کی آنکھیں نمناک ہو گئیں۔ چلّانے والے آدمی نے اور زیادہ چلّا کر پوچھا، ''کبیر تو کیوں رونے لگا؟'' کبیر نے اپنے آنسو ضبط کرتے ہوئے کہا، ''تیرا بھائی ہے نہ تیری بہن، اور یہ جو تیری داڑھی ہے۔ اس میں تو نے وسمہ کیوں لگا رکھا ہے۔۔۔ کیا سفید اچھی نہیں تھی۔''

چلّانے والے نے گالیاں دینی شروع کر دیں۔ کبیر کی آنکھوں سے ٹپ ٹپ آنسو گرنے لگے۔

ایک جگہ بحث ہو رہی تھی۔

''ادب برائے ادب ہے۔''

''محض بکواس ہے، ادب برائے زندگی ہے۔''

''وہ زمانہ لد گیا۔۔۔ ادب، پروپیگنڈے کا دوسرا نام ہے۔''

''تمہاری ایسی کی تیسی۔۔۔''

’’ تمہارے اسٹالن کی ایسی کی تیسی۔۔۔۔‘‘

’’ تمہارے رجعت پسند اور فلاں فلاں بیماریوں کے مارے ہوئے فلابیئر اور بادلیئر کی ایسی کی تیسی۔‘‘

کبیر رونے لگا۔ بحث کرنے والے بحث چھوڑ کر اس کی طرف متوجہ ہوئے۔ ایک نے اس سے پوچھا،
’’ تمہارے تحت الشعور میں ضرور کوئی ایسی چیز تھی جسے ٹھیس پہنچی۔‘‘

دوسرے نے کہا، ’’ یہ آنسو بورژوائی صدمے کا نتیجہ ہیں۔‘‘

کبیر اور زیادہ رونے لگا۔ بحث کرنے والوں نے تنگ آ کر بیک زبان سوال کیا، ’’ میاں، یہ بتاؤ کہ تم روتے کیوں ہو؟‘‘

کبیر نے کہا، ’’ میں اس لیے رویا تھا کہ آپ کی سمجھ میں آ جائے، ادب برائے ادب ہے یا ادب برائے زندگی۔‘‘

بحث کرنے والے ہنسنے لگے۔ ایک نے کہا، ’’ یہ پرولتاری مسخرہ ہے۔‘‘

دوسرے نے کہا، ’’ نہیں یہ بورژوائی بہروپیا ہے۔‘‘

کبیر کی آنکھوں میں پھر آنسو آ گئے۔

حکم نافذ ہو گیا کہ شہر کی تمام کسبی عورتیں ایک مہینے کے اندر شادی کر لیں اور شریفانہ زندگی بسر کریں۔ کبیر ایک چکلے سے گزرا تو کسبیوں کے اڑے ہوئے چہرے دیکھ کر اس نے رونا شروع کر دیا۔ ایک مولوی نے اس سے پوچھا، ’’ مولانا! آپ کیوں رو رہے ہیں؟‘‘ کبیر نے روتے ہوئے جواب دیا، ’’ اخلاق کے معلّم ان کسبیوں کے شوہروں کے لیے کیا بندوبست کریں گے؟‘‘

مولوی، کبیر کی بات نہ سمجھا اور ہنسنے لگا۔ کبیر کی آنکھیں اور زیادہ اشک بار ہو گئیں۔

دس بارہ ہزار کے مجمع میں ایک آدمی تقریر کر رہا تھا، ’’ بھائیو! بازیافتہ عورتوں کا مسئلہ ہمارا سب سے بڑا مسئلہ ہے۔ اس کا حل ہمیں سب سے پہلے سوچنا ہے۔ اگر ہم غافل رہے تو یہ عورتیں قحبہ خانوں میں چلی جائیں گی، فاحشہ بن جائیں گی۔۔۔ سن رہے ہو، فاحشہ بن جائیں گی۔۔۔ تمہارا فرض ہے کہ تم ان کو اس خوف ناک مستقبل سے بچاؤ اور اپنے گھروں میں ان کے لیے جگہ پیدا کرو۔۔۔ اپنے اپنے بھائی، یا اپنے بیٹے کی شادی کرنے سے پہلے تمہیں ان عورتوں کو ہرگز ہرگز فراموش نہیں کر نا چاہیے۔

کبیر پھوٹ پھوٹ کر رونے لگا۔ تقریر کرنے والا رک گیا۔ کبیر کی طرف اشارہ کر کے اس نے بلند آواز میں حاضرین سے کہا، ’’ دیکھو اس شخص کے دل پر کتنا اثر ہوا ہے۔‘‘

کبیر نے گلو گیر آواز میں کہا، ''لفظوں کے بادشاہ، تمہاری تقریر نے میرے دل پر کچھ اثر نہیں کیا۔۔۔ میں نے جب سوچا کہ تم کسی مالدار عورت سے شادی کرنے کی خاطر ابھی تک کنوارے بیٹھے ہو تو میری آنکھوں میں آنسو آ گئے۔''

ایک دکان پر یہ بورڈ لگا تھا، ''جناح بوٹ ہاؤس۔'' کبیر نے اسے دیکھا تو زار و قطار رونے لگا۔ لوگوں نے دیکھا کہ ایک آدمی کھڑا ہے۔ بورڈ پر آنکھیں جمی ہیں اور روئے جا رہا ہے۔ انہوں نے تالیاں بجانا شروع کر دیں، ''پاگل ہے۔۔۔ پاگل ہے۔''

ملک کا سب سے بڑا قائد چل بسا تو چاروں طرف ماتم کی صفیں بچھ گئیں۔ اکثر لوگ بازوؤں پر سیاہ پلّے باندھ کر پھرنے لگے۔ کبیر نے یہ دیکھا تو اس کی آنکھوں میں آنسو آ گئے۔ سیاہ پلّے والوں نے اس سے پوچھا، ''کیا دکھ پہنچا جو تم رونے لگے؟''

کبیر نے جواب دیا، ''یہ کالے رنگ کی چندیاں اگر جمع کر لی جائیں تو سیکڑوں کی ستر پوشی کر سکتی ہیں۔''

سیاہ پلّے والوں نے کبیر کو پیٹنا شروع کر دیا، ''تم کمیونسٹ ہو، فِتھ کالمنسٹ ہو، پاکستان کے غدار ہو۔''

کبیر ہنس پڑا، ''لیکن دوستو، میرے بازو پر تو کسی رنگ کا بِلّا نہیں۔''

دیوالی کے دِیے

چھت کی منڈیر پر دیوالی کے دِیے کانپتے ہوئے بچوں کے دل کی طرح دھڑک رہے تھے۔ مُنّی دوڑتی ہوئی آئی۔ اپنی نَنّھی سی گھگری کو دونوں ہاتھوں سے اوپر اٹھائے، چھت کے نیچے گلی میں موری کے پاس کھڑی ہو گئی۔۔۔اس کی روئی ہوئی آنکھوں میں، منڈیر پر پھیلے ہوئے دِیوں نے، کئی چمکیلے نگینے جڑ دیئے۔۔۔اس کا ننھا سا سینہ دیے کی لو کی طرح کانپا، مسکرا کر اس نے اپنی مٹھی کھولی، پسینے سے بھیگا ہوا پیسہ دیکھا اور بازار میں دِیے لینے کے لیے دوڑ گئی۔

چھت کی منڈیر پر شام کی خنک ہوا میں دیوالی کے دِیے پھڑ پھڑاتے رہے۔

سُریندر دھڑکتے ہوئے دل کو پہلو میں چھپائے، چوروں کی مانند گلی میں داخل ہوا اور منڈیر کے نیچے بے قراری سے ٹہلنے لگا۔۔۔اس نے دِیوں کی قطار کی طرف دیکھا۔ اسے ہوا میں اچھلتے ہوئے یہ شعلے اپنی رگوں میں دوڑتے ہوئے خون کے رقصاں قطرے معلوم ہوئے۔۔۔دفعتاً سامنے والی کھڑکی کھلی۔۔۔ سُریندر سر تا پا نگاہ بن گیا۔ کھڑکی کے ڈنڈے کا سہارا لے کر ایک دوشیزہ نے جھک کر گلی میں دیکھا اور فوراً اس کا چہرہ تمتما اٹھا۔ کچھ اشارے ہوئے۔ کھڑکی کی چوڑیوں کی کھنکناہٹ کے ساتھ بند ہوئی اور سُریندر وہاں سے مخموری کی حالت میں چل دیا۔

چھت کی منڈیر پر دیوالی کے دِیے دلہن کی ساڑی میں ٹکے ہوئے تاروں کی طرح چمکتے رہے۔ سَر جُو کمہار لاٹھی ٹیکتا ہوا آیا اور دم لینے کے لیے ٹھہر گیا۔ بلغم اس کی چھاتی میں سٹرکیں کوٹنے والے انجن کی مانند پھر رہا تھا۔۔۔گلے کی رگیں دمے کے دورے کے باعث دھونکنی کی طرح کبھی پھولتی تھیں کبھی سکڑ جاتی تھیں۔ اس نے گردن اٹھا کر جگمگ جگمگ کرتے دِیوں کی طرف اپنی دھندلی آنکھوں سے دیکھا اور

اسے ایسا معلوم ہوا کہ دور۔۔۔۔ بہت دور۔۔۔۔ بہت سے بچے قطار باندھے کھیل کود میں مصروف ہیں۔ سر جو کمہار کی لاٹھی منوں بھاری ہو گئی۔ بلغم تھوک کر وہ پھر چیونٹی کی چال چلنے لگا۔

چھت کی منڈیر پر دیوالی کے دیے جگمگاتے رہے۔

پھر ایک مزدور آیا۔ پھٹے ہوئے گریبان میں سے اس کی چھاتی کے بال، برباد گھونسلوں کی تیلیوں کے مانند بکھر رہے تھے۔ دیوں کی قطار کی طرف اس نے سر اٹھا کر دیکھا اور اسے ایسا محسوس ہوا کہ آسمان کی گدلی پیشانی پر پسینے کے موٹے موٹے قطرے چمک رہے ہیں۔ پھر اسے اپنے گھر کے اندھیارے کا خیال آیا اور وہ ان تھرکتے ہوئے شعلوں کی روشنی، کھڑکیوں سے دیکھتا ہوا آگے بڑھ گیا۔

چھت کی منڈیر پر دیوالی کے دیے آنکھیں جھپکتے رہے۔

نئے اور چمکیلے بوٹوں کی چرچراہٹ کے ساتھ ایک آدمی آیا۔ اور دیوار کے قریب سگریٹ سلگانے کے لیے ٹھہر گیا۔ اس کا چہرہ اشرفی پر لگی ہوئی مہر کی مانند جذبات سے عاری تھا۔ کالر چڑھی گردن اٹھا کر اس نے دیوں کی طرف دیکھا اور اسے ایسا معلوم ہوا کہ بہت سی کٹھالیوں میں سونا پگھل رہا ہے۔ اس کے چرچراتے ہوئے چمکیلے جوتوں پر ناچتے ہوئے شعلوں کا عکس پڑ رہا تھا۔ وہ ان سے کھیلتا ہوا آگے بڑھ گیا۔

چھت کے منڈیر پر دیوالی کے دیے جلتے رہے۔

جو کچھ انہوں نے دیکھا، جو کچھ انہوں نے سنا، کسی کو نہ بتایا۔ ہوا کا ایک تیز جھونکا آیا اور سب دیے ایک ایک کر کے بجھ گئے۔

دیوانہ شاعر

میں آہوں کا بیوپاری ہوں،

لہو کی شاعری میرا کام ہے،

چمن کی واماندہ ہواؤ!

اپنے دامن سمیٹ لو۔۔۔۔کہ

میرے آتشیں گیت،

دبے ہوئے سینوں میں تلاطم برپا کرنے والے ہیں۔

یہ بے باک نغمہ درد کی طرح اٹھا، اور باغ کی فضا میں چند لمحے تھرتھرا کر ڈوب گیا۔ آواز میں ایک قسم کی دیوانگی تھی۔۔۔۔ناقابل بیان، میرے جسم پر کپکپی طاری ہوگئی۔ میں نے آواز کی جستجو میں اِدھر اُدھر نگاہیں اٹھائیں۔ سامنے چبوترے کے قریب گھاس کے تختے پر چند بچے اپنی ماماؤں کے ساتھ کھیل کود میں محو تھے، پاس ہی دو تین گنوار بیٹھے ہوئے تھے۔ بائیں طرف نیم کے درختوں کے نیچے مالی زمین کھودنے میں مصروف تھا۔ میں ابھی اسی جستجو میں ہی تھا کہ وہی درد میں ڈوبی ہوئی آواز پھر بلند ہوئی۔

میں ان لاشوں کا گیت گاتا ہوں،

جن کی سردی دسمبر مستعار لیتا ہے۔

میرے سینے سے نکلی ہوئی آہ

وہ لُو ہے جو جون کے مہینے میں چلتی ہے۔

میں آہوں کا بیوپاری ہوں۔

لہو کی شاعری میرا کام ہے

آواز کنوئیں کے عقب سے آ رہی تھی۔ مجھ پر ایک رقت سی طاری ہو گئی۔ میں ایسا محسوس کرنے لگا کہ سرد اور گرم لہریں بیک وقت میرے جسم سے لپٹ رہی ہیں۔ اس خیال نے مجھے کسی قدر خوف زدہ کر دیا کہ آواز اس کنوئیں کے قریب سے بلند ہو رہی ہے جس میں آج سے کچھ سال پہلے لاشوں کا انبار لگا ہوا تھا۔ اس خیال کے ساتھ ہی میرے دماغ میں جلیانوالہ باغ کے خونی حادثے کی ایک تصویر کھنچ گئی۔ تھوڑی دیر کے لیے مجھے ایسا محسوس ہوا کہ باغ کی فضا گولیوں کی سنسناہٹ اور بھاگتے ہوئے لوگوں کی چیخ پکار سے گونج رہی ہے۔ میں لرز گیا۔ اپنے کاندھوں کو زور سے جھٹکا دے کر اور اس عمل سے اپنے خوف کو دور کرتے ہوئے میں اٹھا اور کنوئیں کا رخ کیا۔

سارے باغ پر ایک پر اسرار خاموشی چھائی ہوئی تھی۔ میرے قدموں کے نیچے خشک پتوں کی سرسراہٹ سوکھی ہوئی ہڈیوں کے ٹوٹنے کی آواز پیدا کر رہی تھی۔ کوشش کے باوجود میں اپنے دل سے وہ نامعلوم خوف دور نہ کر سکا جو اُس آواز نے پیدا کر دیا تھا۔ ہر قدم پر مجھے یہی معلوم ہوتا تھا کہ گھاس کے سرسبز بستر پر بے شمار لاشیں پڑی ہوئی ہیں جن کی بوسیدہ ہڈیاں میرے پاؤں کے نیچے ٹوٹ رہی ہیں۔ یکایک میں نے اپنے قدم تیز کیے اور دھڑکتے ہوئے دل سے اس چبوترے پر بیٹھ گیا جو کنوئیں کے ارد گرد بنا ہوا تھا۔ میرے دماغ میں بار بار یہ عجیب سا شعر گونج رہا تھا۔

میں آہوں کا بیوپاری ہوں

لہو کی شاعری میرا کام ہے

کنوئیں کے قریب کوئی متنفّس موجود نہ تھا۔ میرے سامنے چھوٹے پھاٹک کی ساتھ والی دیوار پر گولیوں کے نشان تھے۔ چو کور جالی منڈھی ہوئی تھی۔ میں ان نشانوں کو بیسیوں مرتبہ دیکھ چکا تھا مگر اب وہ نشان جو میری نگاہوں کے عین بالمقابل تھے، دو خونیں آنکھیں معلوم ہو رہی تھے۔ جو دور ۔۔۔۔ بہت دور کسی غیر مرئی چیز کو ٹکٹکی لگائے دیکھ رہی ہوں۔ بلا ارادہ میری نگاہیں ان دو چشم نما سوراخوں پر جم کر رہ گئیں۔ میں ان کی طرف، مختلف خیالات میں کھو یا ہوا خدا معلوم کتنے عرصے تک دیکھتا رہا کہ دفعتاً پاس والی روش پر کسی کے بھاری قدموں کی چاپ نے مجھے اس خواب سے بیدار کر دیا۔ میں نے مڑ کر دیکھا، گلاب کی جھاڑیوں سے ایک دراز قد آدمی سر جھکائے میری طرف بڑھ رہا تھا۔ اس کے دونوں ہاتھ اس کے بڑے کوٹ کی جیبوں میں ٹھنسے ہوئے تھے۔ چلتے ہوئے وہ زیرِ لب کچھ گنگنا رہا تھا۔ کنویں کے قریب پہنچ کر وہ یکایک

ٹھٹکا اور گردن اُٹھا کر میری طرف دیکھتے ہوئے کہا، ''پانی پیوں گا۔''

میں فوراً چبوترے پر سے اٹھا اور پمپ کا ہینڈل ہلاتے ہوئے اس اجنبی سے کہا، ''آئیے۔''

اچھی طرح پانی پی چکنے کے بعد اس نے اپنے کوٹ کی میلی آستین سے منہ پونچھا اور واپس چلنے کو ہی تھا کہ میں نے دھڑکتے ہوئے دل سے دریافت کیا، ''کیا ابھی آپ ہی گا رہے تھے؟''

''ہاں۔۔۔ مگر آپ کیوں دریافت کر رہے ہیں؟'' یہ کہتے ہوئے اس نے اپنا سر اٹھایا۔ اس کی آنکھیں جن میں سرخ ڈورے غیر معمولی طور پر نمایاں تھے، میری قلبی واردات کا جائزہ لیتی ہوئی معلوم ہو رہی تھیں۔ میں گھبرا گیا۔

''آپ ایسے گیت نہ گایا کریں۔۔۔ یہ سخت خوف ناک ہیں۔''

''خوف ناک۔۔۔! نہیں، انہیں ہیبت ناک ہونا چاہیے۔ جب کہ میرے راگ کے ہر سر میں رِستے ہوئے زخموں کی جلن اور رکی ہوئی آہوں کی تپش مستور ہے۔ معلوم ہوتا ہے کہ میرے شعلوں کی زبانیں آپ کی برفائی ہوئی روح کو اچھی طرح چاٹ نہیں سکیں۔'' اس نے اپنی نوکیلی ٹھوڑی کو انگلیوں سے کھجلاتے ہوئے کہا۔ یہ الفاظ اس شور کے مشابہ تھے جو برف کے ڈھیلے میں تپی ہوئی سلاخ گزارنے سے پیدا ہوتا ہے۔

''آپ مجھے ڈرا رہے ہیں؟''

''میرے یہ کہنے پر اس مردِ عجیب کے حلق سے ایک قہقہہ نما شور بلند ہوا۔ ہا، ہا، ہا۔۔۔ آپ ڈر رہے ہیں۔ کیا آپ کو معلوم نہیں کہ آپ اس وقت اس منڈیر پر کھڑے ہیں جو آج سے کچھ عرصہ پہلے بے گناہ انسانوں کے خون سے لتھڑی ہوئی تھی۔ یہ حقیقت میری گفتگو سے زیادہ وحشت خیز ہے۔''

یہ سن کر میرے قدم ڈگمگا گئے، میں واقعی خونیں منڈیر پر کھڑا تھا۔ مجھے خوف زدہ دیکھ کر وہ پھر بولا، ''تھرائی ہوئی رگوں سے بہا ہوا لہو کبھی فنا نہیں ہوتا۔۔۔ اس خاک کے ذرّے ذرّے میں مجھے سرخ بوندیں تڑپتی نظر آ رہی ہیں۔ آؤ، تم بھی دیکھو۔''

یہ کہتے ہوئے اس نے اپنی نظریں زمین میں گاڑ دیں۔ میں کنویں پر سے نیچے اتر آیا اور اس کے پاس کھڑا ہو گیا۔ میرا دل دھک دھک کر رہا تھا۔ دفعتاً اس نے اپنا ہاتھ میرے کاندھے پر رکھا اور بڑے دھیمے لہجے میں کہا، ''مگر تم اسے نہیں سمجھ سکو گے۔۔۔ یہ بہت مشکل ہے۔''

میں اس کا مطلب بخوبی سمجھ رہا تھا۔ وہ غالباً مجھے اس خونی حادثے کی یاد دلا رہا تھا جو آج سے سولہ سال قبل اس باغ میں واقع ہوا تھا۔ اس وقت میری عمر قریباً پانچ سال کی تھی۔ اس لیے میرے دماغ میں اس کے بہت

دھندلے نقوش باقی تھے۔ لیکن مجھے اتنا ضرور معلوم تھا کہ اس باغ میں عوام کے ایک جلسے پر گولیاں برسائی گئی تھیں۔ جس کا نتیجہ قریباً دو ہزار اموات تھیں۔ میرے دل میں ان لوگوں کا بہت احترام تھا جنہوں نے اپنی مادرِ وطن اور جذبہ آزادی کی خاطر اپنی جانیں قربان کر دی تھیں۔ بس اس احترام کے علاوہ میرے دل میں حادثے کے متعلق اور کوئی خاص جذبہ نہ تھا۔ مگر آج اس مردِ عجیب کی گفتگو نے میرے سینے میں ایک ہیجان سا برپا کر دیا۔ میں ایسا محسوس کرنے لگا کہ گولیاں تڑاتڑ برس رہی ہیں اور بہت سے لوگ وحشت کے مارے اِدھر اُدھر بھاگتے ہوئے ایک دوسرے پر گر گر کر مر رہے ہیں۔

'' میں سمجھتا ہوں۔۔۔ میں سب کچھ سمجھتا ہوں، موت بھیانک ہے۔ مگر ظلم اس سے کہیں خوف ناک اور بھیانک ہے۔ '' یہ کہتے ہوئے مجھے ایسا محسوس ہوا کہ میں نے سب کچھ کہہ ڈالا ہے۔ اور میرا سینہ بالکل خالی رہ گیا ہے۔ مجھ پر ایک مردنی سی چھا گئی۔ غیر ارادی طور پر میں نے اس شخص کے کوٹ کو پکڑ لیا اور تھرائی ہوئی آواز میں کہا، '' آپ کون ہیں۔۔۔؟ آپ کون ہیں؟ ''

'' آہوں کا بیوپاری۔۔۔ ایک دیوانہ شاعر۔ ''

'' آہوں کا بیوپاری۔۔۔ دیوانہ شاعر '' اس کے الفاظ زیرِ لب گنگناتے ہوئے میں کنویں کے چبوترے پر بیٹھ گیا۔ اس وقت میرے دماغ میں اس دیوانے شاعر کا گیت گونج رہا تھا۔ تھوڑی دیر کے بعد میں نے اپنا جھکا ہوا سر اٹھایا۔ سامنے سپیدے کے دو درخت ہیبت ناک دیوؤں کی طرح انگڑائیاں لے رہے تھے۔ پاس ہی چنبیلی اور گلاب کی خاردار جھاڑیوں میں ہوا آہیں بکھیر رہی تھی۔ دیوانہ شاعر خاموش سامنے والی دیوار کی ایک کھڑکی پر نگاہیں جمائے ہوئے تھا، شام کے خاکستری دھند لکے میں وہ ایک سایہ سا دکھائی دیتا تھا، کچھ دیر خاموش رہنے کے بعد وہ گنگنایا۔

'' آہ! یہ سب کچھ خوف ناک حقیقت ہے۔۔۔ کسی صحرا میں جنگلی انسان کے پیروں کے نشانات کی طرح خوف ناک! ''

'' کیا کہا؟ ''

میں ان الفاظ کو اچھی طرح سن نہ سکا تھا۔ جو اس نے منہ ہی منہ میں ادا کیے تھے۔

'' کچھ بھی نہیں۔ '' یہ کہتے ہوئے وہ میرے پاس آ کر چبوترے پر بیٹھ گیا۔

'' مگر آپ گنگنا رہے تھے۔ ''

اس پر اس نے اپنی آنکھیں ایک عجیب انداز میں سکیڑیں اور ہاتھوں کو آپس میں زور زور سے ملتے

ہوئے کہا، ''سینے میں قید کیے ہوئے الفاظ باہر نکلنے کے لیے مضطرب ہوتے ہیں۔ اپنے آپ سے بولنا اس اُلوہیت سے گفتگو کرنا ہے۔ جو ہمارے دل کی پہنائیوں میں مستور ہوتی ہے۔'' پھر ساتھ ہی گفتگو کا رخ بدل دیا، ''کیا آپ نے وہ کھڑکی دیکھی ہے؟''

اس نے اپنی انگلی اس کھڑکی کی طرف اٹھائی جسے وہ چند لمحے پہلے ٹکٹکی باندھے دیکھ رہا تھا۔ میں نے اس جانب دیکھا۔ چھوٹی سی کھڑکی تھی جو سامنے دیوار کی خستہ اینٹوں میں سوئی معلوم ہوتی تھی۔

''یہ کھڑکی جس کا ڈنڈا نیچے لٹک رہا ہے؟'' میں نے اس سے کہا، ''ہاں۔ ۔ ۔ یہی، جس کا ایک ڈنڈا نیچے لٹک رہا ہے، کیا تم اس پر اس معصوم لڑکی کے خون کے چھینٹے نہیں دیکھ رہے ہو جس کو صرف اس لیے ہلاک کیا گیا تھا کہ ترکش استبداد کو اپنے تیروں کی قوتِ پرواز کا امتحان لینا تھا۔ ۔ ۔ میرے عزیز! تمہاری اس بہن کا خون ضرور رنگ لائے گا میرے گیتوں کے زیرو بم میں اس کم سن روح کی پھڑ پھڑاہٹ اور اس کی دل دوز چیخیں ہیں۔ یہ سکون کے دامن کو تار تار کر دیں گی۔ ایک ہنگامہ ہو گا۔ سینۂ گیتی شق ہو جائے گا۔ میری بے لگام آواز بلند سے بلند تر ہوتی جائے گی۔ ۔ ۔ پھر کیا ہو گا۔ ۔ ۔؟ پھر کیا ہو گا۔ ۔ ۔؟ یہ مجھے معلوم نہیں۔ ۔ ۔ آؤ، دیکھو، اس سینے میں کتنی آگ سلگ رہی ہے!''

یہ کہتے ہوئے اس نے میرا ہاتھ پکڑا اور اسے کوٹ کے اندر لے جاکر اپنے سینے پر رکھ دیا۔ اس کے ہاتھوں کی طرح اس کا سینہ بھی غیر معمولی طور پر گرم تھا۔ اس وقت اس کی آنکھوں کے ڈورے بہت ابھرے ہوئے تھے۔ میں نے اپنا ہاتھ ہٹالیا اور کانپتی ہوئی آواز میں کہا، ''آپ علیل ہیں۔ کیا میں آپ کو گھر چھوڑ آؤں؟''

''نہیں میرے عزیز، میں علیل نہیں ہوں۔'' اس نے زور سے اپنے سر کو ہلایا۔ ''یہ انتقام ہے جو میرے اندر گرم سانس لے رہا ہے، میں اس دبی ہوئی آگ کو اپنے گیتوں کے دامن سے ہوا دیتا ہوں کہ یہ شعلوں میں تبدیل ہو جائے۔''

''یہ درست ہے مگر آپ کی طبیعت واقعتاً خراب ہے۔ آپ کے ہاتھ بہت گرم ہیں۔ اس سردی میں آپ کو زیادہ بخار ہو جانے کا اندیشہ ہے۔''

اس کے ہاتھوں کی غیر معمولی گرمی اور آنکھوں میں ابھرے ہوئے سرخ ڈورے صاف طور پر ظاہر کر رہے تھے کہ اسے تیز بخار ہے۔''

اس نے میرے کہنے کی کوئی پروانہ کی اور جیبوں میں ہاتھ ٹھونس کر میری طرف بڑے غور سے دیکھتے ہوئے کہا، ''یہ کیونکر ہو سکتا ہے کہ لکڑی جلے اور دھواں نہ دے۔ ۔ ۔ میرے عزیز! ان آنکھوں نے ایسا

سماں دیکھا ہے کہ انہیں ابل کر باہر آ جانا چاہیے تھا۔ کیا کہہ رہے تھے کہ میں علیل ہوں۔۔۔ ہا، ہا، ہا۔۔۔ علالت۔۔۔۔ کاش کہ سب لوگ میری طرح علیل ہوتے۔۔۔ جایئے، آپ ایسے نازک مزاج میری آہوں کے خریدار نہیں ہو سکتے۔ ''

'' مگر۔۔۔ ''

'' مگر وگر کچھ نہیں۔ '' وہ دفعتاً جوش میں چلانے لگا، '' انسانیت کے بازار میں صرف تم لوگ باقی رہ گئے ہو جو کھوکھلے قہقہوں اور پھیکے تبسّموں کے خریدار ہو۔ ایک زمانے سے تمہارے مظلوم بھائیوں اور بہنوں کی فلک شگاف چیخیں تمہارے کانوں سے ٹکرا رہی ہیں مگر تمہاری خوابیدہ سماعت میں ارتعاش پیدا انہیں ہوا۔ آؤ، اپنی روحوں کو میری آہوں کی آنچ دو۔ یہ انہیں حساس بنا دے گی۔ ''

میں اس کی گفتگو غور سے سن رہا تھا۔ مجھے حیرت تھی کہ وہ چاہتا کیا ہے اور اس کے خیالات اس قدر پریشان و مضطرب کیوں ہیں۔ میں نے یہ بھی سوچا کہ شاید وہ پاگل ہے، اس کی گفتگو بامعنی ضرور تھی مگر لہجے میں ایک عجیب قسم کی دیوانگی تھی۔ اس کی عمر یہی کوئی پچیس برس کے قریب ہو گی، داڑھی کے بال جو ایک عرصہ سے مونڈے نہ گئے تھے، کچھ اس انداز میں اس کے چہرے پر اُگے ہوئے تھے کہ معلوم ہوتا تھا کسی خشک روٹی پر بہت سی چیونٹیاں چمٹی ہوئی ہیں۔ گال اندر کو پچکے ہوئے، ماتھا باہر کی طرف ابھرا ہوا، ناک نوکیلی، آنکھیں بڑی جن سے وحشت ٹپکتی تھی۔ سر پر خشک اور خاک آلودہ بالوں کا ایک ہجوم۔ بڑے سے بھورے کوٹ میں وہ واقعی شاعر معلوم ہو رہا تھا۔۔۔ ایک دیوانہ شاعر، جیسا کہ اس نے خود اس نام سے اپنے آپ کو متعارف کرایا تھا۔

میں نے اکثر اوقات اخباروں میں ایک جماعت کا حال پڑھا تھا۔ اس جماعت کے خیالات دیوانے شاعر کے خیالات سے بہت حد تک ملتے جلتے تھے۔ میں نے خیال کیا کہ شاید وہ بھی اسی جماعت کا رکن ہے۔ '' آپ انقلابی معلوم ہوتے ہیں۔ ''

اس پر وہ کھل کھلا کر ہنس پڑا۔ '' آپ نے یہ بہت بڑا انکشاف کیا ہے۔۔۔ میاں، میں تو کوٹھوں کی چھتوں پر چڑھ چڑھ کر پکارتا ہوں۔ میں انقلابی ہوں۔۔۔ میں انقلابی ہوں۔۔۔ مجھے روک لے جس سے بن پڑتا ہے۔۔۔۔ آپ نے واقعی بہت بڑا انکشاف کیا ہے۔ '' وہ اچانک سنجیدہ ہو گیا۔

'' اسکول کے طالب علموں کی طرح انقلاب کے حقیقی معانی سے تم بھی نا آشنا ہو۔ انقلابی وہ ہے جو ہر نا انصافی غلطی اور ہر خلطی پر چلّا اٹھے۔ انقلابی وہ ہے جو سب زمینوں، سب آسمانوں، سب زبانوں اور سب وقتوں کا ایک

مجسم گیت ہو، انقلابی، سماج کے قصاب خانے کی ایک بیمار اور فاقوں مری بھیڑ نہیں، وہ ایک مزدور ہے، تنومند، جو اپنے آہنی ہتھوڑے کی ایک ضرب سے ہی ارضی جنّت کے دروازے وا کر سکتا ہے۔ میرے عزیز! یہ منطق، خوابوں اور نظریوں کا زمانہ نہیں، انقلاب ایک ٹھوس حقیقت ہے، یہ یہاں پر موجود ہے، اس کی لہریں بڑھ رہی ہیں۔ کون ہے جو اب اس کو روک سکتا ہے۔ یہ بند باندھنے پر نہ رک سکیں گی! ''

اس کا ہر لفظ ہتھوڑے کی اس ضرب کے مانند تھا جو سرخ لوہے پر پڑ کر اس کی شکل تبدیل کر رہا ہو۔ میں نے محسوس کیا کہ میری روح کسی غیر مرئی چیز کو سجدہ کر رہی ہے۔

شام کی تاریکی بتدریج بڑھ رہی تھی، نیم کے درخت کپکپا رہے تھے، شاید میرے سینے میں ایک نیا جہاں آباد ہو رہا تھا۔ اچانک میرے دل سے کچھ الفاظ اٹھے اور لبوں سے باہر نکل گئے۔

'' اگر انقلاب یہی ہے، تو میں بھی انقلابی ہوں۔ ''

شاعر نے اپنا سر اٹھایا اور میرے کاندھے پر ہاتھ رکھتے ہوئے کہا، '' تو پھر اپنے خون کو کسی طشتری میں نکال کر رکھ چھوڑو، کہ ہمیں آزادی کے کھیت کے لیے اس سرخ کھاد کی بہت ضرورت ہے۔۔۔ آہ! وہ وقت کس قدر خوش گوار ہو گا جب میری آہوں کی زردی تبسّم کا رنگ اختیار کر لے گی۔ ''

یہ کہہ کر وہ کنویں کی منڈیر سے اٹھا اور میرے ہاتھ کو اپنے ہاتھ میں لے کر کہنے لگا، '' اس دنیا میں ایسے لوگ موجود ہیں جو حال سے مطمئن ہیں۔ اگر تمہیں اپنی روح کی بالیدگی منظور ہے تو ایسے لوگوں سے ہمیشہ دور رہنے کی سعی کرنا۔ ان کا احساس پتھرا گیا ہے۔ مستقبل کے جاں بخش مناظر ان کی نگاہوں سے ہمیشہ اوجھل رہیں گے۔۔۔ اچھا، اب میں چلتا ہوں۔ ''

اس نے بڑے پیار سے میرا ہاتھ دبایا اور پیشتر اس کے کہ میں اس سے کوئی اور بات کرتا وہ لمبے لمبے ڈگ بھرتا جھاڑیوں کے جھنڈ میں غائب ہو گیا۔

باغ کی فضا پر خاموشی طاری تھی۔ میں سر جھکائے ہوئے خدا معلوم کتنا عرصہ اپنے خیالات میں غرق رہا کہ اچانک اس شاعر کی آواز رات کی رانی کی دل نواز خوشبو میں گھلی ہوئی میرے کانوں تک پہنچی۔ وہ باغ کے دوسرے گوشے میں گا رہا تھا۔

زمین ستاروں کی طرف للچائی ہوئی نظروں سے دیکھ رہی ہے۔

اٹھو اور ان نگینوں کو اس کے ننگے سینے پر جڑ دو۔

ڈھاؤ، کھودو، چیرو، مارو۔

نئی دنیا کے معمارو! کیا تمہارے بازوؤں میں قوت نہیں ہے۔

میں آہوں کا بیوپاری ہوں۔

لہو کی شاعری میرا کام ہے۔

گیت ختم ہونے پر میں باغ میں کتنے عرصے تک بیٹھا رہا۔ یہ مجھے قطعاً یاد نہیں۔ والد کا بیان ہے کہ میں اس روز گھر بہت دیر سے آیا تھا۔

ڈارلنگ

یہ ان دنوں کا واقعہ ہے۔ جب مشرقی اور مغربی پنجاب میں قتل و غارت گری اور لوٹ مار کا بازار گرم تھا۔ کئی دن سے موسلا دھار بارش ہو رہی تھی۔ وہ آگ جو انجنوں سے نہ بجھ سکی تھی۔ اس بارش نے چند گھنٹوں ہی میں ٹھنڈی کر دی تھی۔ لیکن جانوں پر باقاعدہ حملے ہو رہے تھے اور جوان لڑکیوں کی عصمت بدستور غیر محفوظ تھی۔ ہٹے کٹے نوجوان لڑکوں کی ٹولیاں باہر نکلتی تھیں اور اِدھر اُدھر چھاپے مار کر ڈری دبکی اور سہمی ہوئی لڑکیاں اٹھا کر لے جاتی تھیں۔

کسی کے گھر پر چھاپہ مارنا اور اس کے ساکنوں کو قتل کر کے ایک جوان لڑکی کو کاندھے پر ڈال کر لے جانا بظاہر بہت ہی آسان کام معلوم ہوتا ہے لیکن ’س‘ کا بیان ہے کہ یہ محض لوگوں کا خیال ہے۔ کیونکہ اسے تو اپنی جان پر کھیل جانا پڑا تھا۔

اس سے پہلے کہ میں آپ کو ’س‘ کا بیان کردہ واقعہ سناؤں۔ مناسب معلوم ہوتا ہے کہ اس کو آپ سے متعارف کرا دوں۔ ’س‘ ایک معمولی جسمانی اور ذہنی ساخت کا آدمی ہے۔ مفت کے مال سے اس کو اتنی ہی دلچسپی ہے جتنی عام انسانوں کو ہوتی ہے۔ لیکن مالِ مفت سے اس کا سلوک دلِ بے رحم کا سا نہیں تھا۔ پھر بھی وہ ایک عجیب و غریب ٹریجڈی کا باعث بن گیا۔ جس کا علم اسے بہت دیر میں ہوا۔

اسکول میں ’س‘ اوسط درجے کا طالب علم تھا۔ ہر کھیل میں حصہ لیتا تھا۔ لیکن کھیلتے کھیلتے جب نوبت لڑائی تک جا پہنچتی تھی تو ’س‘ اس میں سب سے پیش پیش ہوتا۔ کھیل میں وہ ہر قسم کے اوچھے ہتھیار استعمال کر جاتا تھا۔ لیکن لڑائی کے موقع پر اس نے ہمیشہ ایماندای سے کام لیا۔

مصوری سے ’س‘ کو بچپن ہی سے دلچسپی تھی۔ لیکن کالج میں داخل ہونے کے ایک سال بعد ہی اس

نے کچھ ایسا پلٹا کھایا کہ تعلیم کو خیر باد کہہ کر سائیکلوں کی دکان کھول لی۔ فساد کے دوران میں جب اس کی دکان جل کر راکھ ہو گئی تو اس نے لوٹ مار میں حصہ لینا شروع کر دیا۔ انتقاماً کم اور تفریحاً زیادہ، چنانچہ اسی دوران میں اس کے ساتھ یہ عجیب و غریب واقعہ پیش آیا۔ جو اس کہانی کا موضوع ہے۔ اس نے مجھ سے کہا، ''موسلا دھار بارش ہو رہی تھی منوں پانی برس رہا تھا۔ میں نے اپنی زندگی میں اتنی تیز و تند بارش کبھی نہیں دیکھی۔ میں اپنے گھر کی برساتی میں بیٹھا سگریٹ پی رہا تھا۔ میرے سامنے لوٹے ہوئے مال کا ایک ڈھیر پڑا تھا۔ بے شمار چیزیں تھیں مگر مجھے ان سے کوئی دلچسپی نہ تھی۔ میری دکان جل گئی تھی۔ مجھے اس کا بھی کوئی اتنا خیال نہیں تھا شاید اس لیے کہ میں نے لاکھوں کا مال تباہ ہوتے دیکھا تھا۔ ۔ ۔ کچھ سمجھ میں نہیں آتا، دماغ کی کیا کیفیت تھی۔ ۔ ۔ اتنے زور سے بارش ہو رہی تھی۔ لیکن ایسا لگتا تھا کہ چاروں طرف خاموشی ہی خاموشی ہے اور ہر چیز خشک ہے ۔ ۔ ۔ جلے ہوئے مردندوں کی سی بو آ رہی تھی۔ میرے ہونٹوں میں جلتا ہوا سگرٹ تھا۔ اس کے دھوئیں سے بھی کچھ ایسی ہی بو نکل رہی تھی۔ ۔ ۔ جانے کیا سوچ رہا تھا اور شاید کچھ سوچ ہی نہیں رہا تھا کہ ایک دم بدن پر کپکپی سی دوڑ گئی اور جی چاہا کہ ایک لڑکی کو اٹھا کر لے آؤں۔ جونہی یہ خیال آیا۔ بارش کا شور سنائی دینے لگا اور کھڑکی کے باہر ہر چیز پانی میں شرابور نظر آنے لگی۔ ۔ ۔ میں اٹھا، سامنے لوٹے ہوئے مال کے ڈھیر سے سگرٹوں کا ایک نیا ڈبہ اٹھا کر میں نے برساتی پہنی اور نیچے اتر گیا۔ ''

''سڑکیں اندھیری اور سنسان تھیں۔ سپاہیوں کا پہرہ بھی نہیں تھا۔ میں دیر تک اِدھر اُدھر گھومتا رہا۔ اس دوران میں کئی لاشیں مجھے نظر آئیں۔ لیکن مجھ پر کوئی اثر نہ ہوا۔ گھومتا گھامتا میں سول لائنز کی طرف نکل گیا۔ لگ بھگ ہر ایک سڑک بالکل خالی تھی۔ جہاں جہاں بجری اُکھڑی ہوئی تھی۔ وہاں بارش جھاگ بن کر اڑ رہی تھی۔ دفعتاً مجھے موٹر کی آواز آئی۔ پلٹ کر دیکھا تو ایک چھوٹی سی موٹر یعنی آسٹن اندھا دھند چلی آ رہی تھی۔ میں سڑک کے عین درمیان میں کھڑا ہو گیا اور دونوں ہاتھ اس انداز سے ہلانے لگا جس کا مطلب یہ تھا کہ رک جاؤ۔ ''

''موٹر بالکل پاس آ گئی مگر اس کی رفتار میں فرق نہ آیا۔ چلانے والے نے رخ بدلا۔ میں بھی پینترہ بدل کر ادھر ہو گیا۔ موٹر تیزی سے دوسری طرف مڑ گئی۔ میں بھی لپک کر ادھر ہو لیا۔ موٹر میری طرف بڑھی مگر اب اس کی رفتار دھیمی ہو گئی تھی میں اپنی جگہ پر کھڑا رہا۔ ۔ ۔ پیشتر اس کے کہ میں کچھ سوچتا مجھے زور سے دھکا لگا اور میں اکھڑ کر فٹ پاتھ پر جا گرا۔ جسم کی تمام ہڈیاں کڑ کڑا اٹھیں مگر مجھے چوٹ نہ آئی۔ موٹر

کے بریک چیخے، پہیّے ایک دم پھسلے اور موٹر تیرتی ہوئی سامنے والے فٹ پاتھ پر چڑھ کر ایک درخت سے ٹکرائی اور رک سا کت ہو گئی۔ میں اٹھا اور اس کی طرف بڑھا موٹر کا دروازہ کھلا اور ایک عورت سرخ رنگ کا بھٹ کیلا مومی رین کوٹ پہنے باہر نکلی۔ میری کڑ کڑائی ہوئی ہڈیاں ٹھیک ہو گئیں اور جسم میں حرارت پیدا ہو گئی۔ رات کے اندھیرے میں مجھے صرف اس کا شوخ رنگ رین کوٹ ہی دکھائی دیا۔ لیکن اتنا اشارہ کافی تھا کہ اس مومی کپڑے میں لپٹا ہوا جو کوئی بھی ہے۔ صنفِ نازک میں سے ہے۔''

''میں جب اس کی طرف بڑھا تو اس نے پلٹ کر میری طرف دیکھا۔ بارش کے لرزتے ہوئے پردے میں سے مجھے دیکھ کر بھاگی۔ مگر میں نے چند گزروں ہی میں اسے جا لیا جب ہاتھ اس کے چکنے رین کوٹ پر پڑا تو وہ انگریزی میں چلائی۔ ''ہلپ ہلپ۔''

میں نے اس کی کمر میں ہاتھ ڈالا اور گود میں اٹھا لیا۔ وہ پھر انگریزی میں چلائی ''ہلپ ہلپ۔ ۔ ۔ ہی از کلنگ می۔''

میں نے اس سے انگریزی میں پوچھا۔ ''آر یو اے انگلش وومن'' فقرہ منہ سے نکل گیا تو خیال آیا کہ اے کی جگہ مجھے این کہنا چاہیے تھا۔ اس نے جواب دیا۔ ''نو۔''

انگریز عورتوں سے مجھے نفرت ہے۔ چنانچہ میں نے اس سے کہا ''دَن اِٹ از آل رائٹ۔''
اب وہ اردو میں چلانے لگی۔ ''تم مار ڈالو گے مجھے تم مار ڈالو گے مجھے۔''

میں نے کوئی جواب نہ دیا۔ اس لیے کہ میں اس کی آواز سے، اس کی شکل و صورت اور عمر کا اندازہ لگا رہا تھا۔ لیکن ڈری ہوئی آواز سے کیا پتہ چل سکتا تھا۔ میں نے اس کے چہرے پر سے ہڈ ہٹانے کی کوشش کی۔ پر اس نے دونوں ہاتھ آگے رکھ دیے۔ میں نے کہا۔ ہٹاؤ اور سیدھا موٹر کی طرف بڑھا۔ دروازہ کھول کر اس کو پچھلی سیٹ پر ڈالا اور خود اگلی سیٹ پر بیٹھ گیا۔ گیر درست کر کے سلف دبایا تو انجن چل پڑا۔ ۔ ۔ میں نے کہا ٹھیک ہے۔ ہینڈل گھمایا۔ گاڑی کو فٹ پاتھ پر سے اتارا اور سٹرک میں پہنچ کر اکسلریٹر پر پیر رکھ دیا۔ ۔ ۔ موٹر تیرنے لگی۔

گھر پہنچ کر میں نے پہلے سوچا کہ اوپر برساتی ٹھیک رہے گی۔ لیکن اس خیال سے کہ لونڈیا کو اوپر لے جانے میں جھک جھک کرنی پڑے گی۔ اس لیے میں نے نوکر سے کہا۔ دیوانہ خانہ کھول دو۔ اس نے دیوان خانہ کھولا تو میں نے اسے گھپ اندھیرے ہی میں صوفے پر ڈال دیا۔ سارا رستہ خاموش رہی تھی۔ لیکن صوفے پر گرتے ہی چلانے لگی۔ ''ڈونٹ کِل می۔ ۔ ڈونٹ کِل می پلیز۔''

مجھے ذرا شاعری سوجھی۔ ''آئی ونٹ کِل یو۔۔۔آئی ونٹ کِل یو ڈارلنگ۔''

وہ رونے لگی۔ میں نے نوکر سے کہا۔ چلے جاؤ۔ وہ چلا گیا۔ میں نے جیب سے دیا سلائی نکالی۔ ایک ایک کر کے ساری تیلیاں نکالیں مگر ایک بھی نہ سلگی۔ اس لیے کہ بارش میں ان کے مصالحے کا بالکل فالودہ ہو گیا تھا۔ بجلی کا کرنٹ کئی دنوں سے غائب تھا۔۔۔اوپر برساتی میں ٹوٹے ہوئے مال کے ڈھیر میں کئی بیٹریاں پڑی تھیں۔ لیکن میں نے کہا۔ اندھیرے ہی میں ٹھیک ہے، مجھے کون سی فوٹو گرافی کرنی ہے ۔۔۔چنانچہ برساتی اتار کر میں نے ایک طرف پھینک دی اور اس سے کہا۔ ''لایئے میں آپ کا رین کوٹ اتار دوں۔''

میں نیچے صوفے کی جانب جھکا۔ لیکن وہ غائب تھی۔ میں بالکل نہ گھبرایا۔ اس لیے کہ دروازہ نوکر نے باہر سے بند کر دیا تھا۔ گھپ اندھیرے میں اِدھر اُدھر میں نے اسے تلاش کرنا شروع کیا۔ تھوڑی دیر کے بعد ہم دونوں ایک دوسرے کے ساتھ بھڑ گئے اور تپائی کے ساتھ ٹکرا کر گر پڑے۔ فرش پر لیٹے ہی لیٹے میں نے اس کی طرف ہاتھ بڑھایا جو گردن پر جا پڑا۔ وہ چیخی میں نے کہا۔ ''چیختی کیوں ہو۔۔۔میں تمہیں ماروں گا نہیں۔''

اس نے پھر سسکیاں لینا شروع کر دیں۔ شاید اس کا پیٹ ہی تھا جس پر میرا ہاتھ پڑا۔ وہ دوہری ہو گئی۔ میں نے جیسا بھی بن پڑا اس کے رین کوٹ کے بٹن کھولنے شروع کر دیئے۔ مومی کپڑا بھی عجیب ہوتا ہے جیسے بوڑھے گوشت میں چکنی چکنی جھریاں پڑی ہوں۔ وہ روتی رہی اور اِدھر اُدھر لپٹ کر مزاحمت کرتی رہی۔ لیکن میں نے پورے بٹن کھول دیئے اسی دوران میں مجھے معلوم ہوا کہ وہ ساڑھی پہنے تھی۔۔۔میں نے کہا یہ تو ٹھیک رہا۔ چنانچہ میں نے ذرا معاملہ دیکھا۔۔۔خاصی سڈول پنڈلی تھی جس کے ساتھ میرا ہاتھ لگا۔۔۔وہ تڑپ کر ایک طرف ہٹ گئی۔ میں پہلے ذرا یوں ہی سلسلہ کر رہا تھا۔ پنڈلی کے ساتھ جب میرا ہاتھ لگا تو بدن میں چار سو چالیس والٹ پیدا ہو گئے۔ لیکن میں نے فوراً ہی بریک لگا دیئے کہ سہج پکے سو میٹھا ہوئے۔۔۔چنانچہ میں نے شاعری شروع کر دی۔

''ڈارلنگ۔ میں تمہیں یہاں قتل کرنے کے لیے نہیں لایا۔ ڈرو نہیں۔۔۔یہاں تم زیادہ محفوظ ہو، جانا چاہو تو چلی جاؤ۔ لیکن باہر لوگ درندوں کی طرح چیر پھاڑ دیں گے۔۔۔جب تک یہ فساد ہیں تم میرے ساتھ رہنا۔۔۔تم پڑھی لکھی لڑکی ہو، میں نہیں چاہتا کہ تم گنواروں کے چنگل میں پھنس جاؤ۔۔۔''

اس نے سسکیاں لیتے ہوئے کہا۔ ''یو ونٹ کِل می؟''

میں نے فوراً ہی کہا۔ ''نو سر۔''

وہ ہنس پڑی۔ ۔ ۔ مجھے فوراً ہی خیال آیا کہ عورت کو سر نہیں کہا کرتے۔ بہت خِفّت ہوئی۔ لیکن اس کے ہنس پڑنے سے مجھے کچھ حوصلہ ہو گیا۔ میں نے کہا۔ معاملہ پٹا سمجھو، چنانچہ میں بھی ہنس پڑا۔ '' ڈارلنگ، میری انگریزی کمزور ہے۔ ''

تھوڑی دیر خاموش رہنے کے بعد اس نے مجھ سے پوچھا۔ '' اگر تم مجھے مارنا نہیں چاہتے تو یہاں کیوں لائے ہو؟ ''

سوال بڑا ہے ڈھب تھا۔ میں نے جواب سوچنا شروع کیا۔ لیکن تیار نہ ہوا۔ میں نے کہا جو منہ میں آئے کہہ دو۔ '' میں تمہیں مارنا بالکل نہیں چاہتا۔ اس لیے کہ مجھے یہ کام بالکل اچھا نہیں لگتا۔ ۔ تمہیں یہاں کیوں لایا ہوں؟ اس کا جواب یہ ہے کہ میں اکیلا تھا۔ ''

وہ بولی۔ '' تمہارا نوکر تمہارے پاس رہتا ہے۔ ''

میں نے بغیر سوچے سمجھے جواب دے دیا۔ '' اس کا کیا ہے وہ تو نوکر ہے۔ ''

وہ خاموش ہو گئی۔ میرے دماغ میں نیکی کے خیال آنے لگے میں نے کہا۔ ہٹاؤ چنانچہ اٹھ کر اس سے کہا، '' تم جانا چاہتی ہو تو چلی جاؤ۔ اٹھو۔ ''

میں نے اس کا ہاتھ پکڑا۔ وہ اٹھ کھڑی ہوئی۔ ایک دم مجھے اس کی پنڈلی کا خیال آ گیا اور میں نے زور سے اس کو اپنے سینے کے ساتھ چمٹا لیا۔ اس کی گرم گرم سانس میری ٹھوڑی کے نیچے گھس گئی۔ میں نے اٹکل پچو اپنے ہونٹ اس کے ہونٹوں پر جما دیئے۔ وہ لرزنے لگی۔ میں نے کہا۔ '' ڈارلنگ ڈرو نہیں۔ ۔ ۔ میں تمہیں ماروں گا نہیں۔ ''

'' چھوڑ دو مجھے۔ '' کی آواز میں عجیب و غریب قسم کی کپکپاہٹ تھی۔

میں نے اسے اپنی گرفت سے علیحدہ کر دیا۔ لیکن فوراً ہی اپنے بازوؤں میں اٹھا لیا۔ سڑک پر اسے اٹھاتے وقت مجھے محسوس نہیں ہوا تھا۔ لیکن اس وقت میں نے محسوس کیا کہ اس کے کولھوں کا گوشت بہت ہی نرم تھا۔ ۔ ۔ ایک بات مجھے اور بھی معلوم ہوئی وہ یہ کہ اس کے ایک ہاتھ میں چھوٹا سا بیگ تھا۔ میں نے اسے صوفے پر لٹا دیا اور بیگ اس کے ہاتھ سے لے لیا۔ '' اگر اس میں کوئی قیمتی چیز ہے تو یقین یہاں بالکل محفوظ رہے گی۔ ۔ ۔ بلکہ چاہو تو میں بھی تمہیں کچھ دے سکتا ہوں۔ ''

وہ بولی، '' مجھے کچھ نہیں چاہیے۔ ''

'' لیکن مجھے چاہیے ''

اس نے پوچھا، ''کیا؟''

میں نے جواب دیا۔ ''تم۔''

وہ خاموش ہوگئی۔۔۔ میں فرش پر بیٹھ کر اس کی پنڈلی سہلانے لگا۔ وہ کانپ اٹھی۔ لیکن میں ہاتھ پھیرتا رہا۔اس نے جب کوئی مزاحمت نہ کی تو میں نے سوچا کہ مجبوری کی وجہ سے بیچاری نے اپنا آپ ڈھیلا چھوڑ دیا ہے۔اس سے میری طبیعت کچھ کھٹی سی ہونے لگی۔ چنانچہ میں نے اس سے کہا۔ ''دیکھو میں زبردستی کچھ نہیں کرنا چاہتا۔تمہیں منظور نہیں ہے تو جاؤ۔''

یہ کہہ کر میں اٹھنے ہی والاتھا کہ اس نے میرا ہاتھ پکڑ کر اپنے سینے پر رکھ لیا۔ جو کہ دھک دھک کر رہا تھا۔ میرا بھی دل اچھلنے لگا۔ میں نے زور سے ڈارلنگ کہا اور اس کے ساتھ چمٹ گیا۔

دیر تک چوما چاٹی ہوتی رہی۔ وہ سسکیاں بھر بھر کے مجھے ڈارلنگ کہتی رہی۔ میں بھی کچھ اسی قسم کی خرافات بکتا رہا۔تھوڑی دیر کے بعد میں نے اس سے کہا۔ ''یہ رین کوٹ اتار دو۔۔۔ بہت ہی واہیات ہے۔''

اس نے جذبات بھری آواز میں کہا۔ ''تم خود ہی اتار دو ناں۔''

میں نے اسے سہارا دے کر اٹھایا اور کوٹ اس کے بازوؤں میں سے کھینچ کر اتار دیا۔

اس نے بڑے پیار سے پوچھا، ''کون ہو تم؟''

میں اس وقت اپنا حدود اربعہ بتانے کے موڈ میں نہیں تھا۔ ''تمہارا ڈارلنگ!''

اس نے ''یو آر اے نوٹی بوائے'' کہا اور اپنی بانہیں میرے گلے میں ڈال دیں میں اس کا بلاؤز اتارنے لگا تو اس نے میرے ہاتھ پکڑ لیے اور التجا کی۔

''مجھے ننگا نہ کرو ڈارلنگ، مجھے ننگا نہ کرو۔''

میں نے کہا۔ ''کیا ہوا۔۔۔ اس قدر اندھیرا ہے۔''

''نہیں، نہیں!''

''تو اس کا یہ مطلب ہے کہ۔۔۔'' اس نے میرے دونوں ہاتھ اٹھا کر چومنے شروع کر دیئے اور لرزاں آواز میں کہنے لگی۔ ''نہیں نہیں۔۔۔ مجھے شرم آتی ہے۔''

عجیب ہی سی بات تھی۔ لیکن میں نے کہا۔ چلو ہٹاؤ چھوڑو بلاؤز کو۔ آہستہ آہستہ سب ٹھیک ہو جائے گا۔ میں کچھ دیر خاموش رہا تو اس نے ڈری ہوئی آواز میں پوچھا ''تم ناراض تو نہیں ہو گئے؟''

مجھے کچھ معلوم ہی نہیں تھا کہ میں ناراض ہوں یا کیا کہوں۔ چنانچہ میں نے اس سے کہا، ''نہیں نہیں ناراض

ہونے کی کیا بات ہے ۔ ۔ تم بلاؤز نہیں اتارنا چاہتی ہو، نہ اتارو ۔ ۔ ۔ لیکن ۔ ۔ ۔ '' اس سے آگے کہتے

ہوئے مجھے شرم آ گئی۔ لیکن ذرا گول کر کے میں نے کہا، ''لیکن کچھ تو ہونا چاہیے۔ میرا مطلب ہے کہ

ساڑھی اتار دو ۔ ۔ ۔ ''

'' مجھے ڈر لگتا ہے ، '' یہ کہتے ہوئے اس کا حلق سوکھ گیا۔

میں نے بڑے پیار سے کہا۔ '' کس سے ڈر لگتا ہے۔ ''

'' اسی سے ۔ ۔ ۔ اسی سے ، '' اور اس نے بلک بلک کر رونا شروع کر دیا۔

میں نے اسے تسلی دی کہ ڈرنے کی وجہ کوئی بھی نہیں۔ '' میں تمہیں تکلیف نہیں دوں گا۔ لیکن اگر تمہیں

واقعی ڈر لگتا ہے تو جانے دو ۔ ۔ ۔ دو تین دن یہاں رہو جب میری طرف سے تمہیں پورا اطمینان ہو جائے

تو پھر سہی۔ ''

اس نے روتے روتے کہا، '' نہیں نہیں۔ '' اور اپنا سر میری رانوں پر رکھ دیا۔

میں اس کے بالوں میں انگلیوں سے کنگھی کرنے لگا۔ تھوڑی ہی دیر کے بعد اس نے رونا بند کر دیا اور سوکھی

سوکھی ہچکیاں لینے لگی۔ پھر ایک دم مجھے اپنے ساتھ زور کے ساتھ بھینچ لیا اور شدت کے ساتھ کانپنے لگی۔

میں نے اسے صوفے پر سے اٹھ کر فرش پر بٹھا دیا اور ۔ ۔ ۔

کمرے میں دفعتاً روشنی کی لکیریں تیر گئیں۔ دروازے پر دستک ہوئی۔ میں نے پوچھا '' کون ہے؟ ''

نوکر کی آواز آئی، '' لالٹین لے لیجیے، '' میں نے کہا، '' اچھا، '' لیکن اس نے آواز بھینچ کر خوفزدہ لہجے میں

کہا، '' نہیں نہیں۔ ''

میں نے کہا، '' حرج کیا ہے۔ ایک طرف نیچی کر کے رکھ دوں گا۔ '' چنانچہ میں نے اٹھ کر لالٹین لی اور

دروازہ اندر سے بند کر دیا ۔ ۔ ۔ اتنی دیر کے بعد روشنی دیکھی تھی۔ اس لیے آنکھیں چندھیا گئیں۔ وہ اٹھ

کر ایک کونے میں کھڑی ہو گئی تھی۔ میں نے کہا '' بھئی اتنا بھی کیا ہے۔ تھوڑی دیر روشنی میں بیٹھ کر باتیں

کرتے ہیں۔ جب تم کہو گی اسے گل کر دیں گے۔ ''

چنانچہ میں لالٹین ہاتھ ہی میں اس کی طرف بڑھا۔ اس نے ساڑھی کا پلو سر کے دونوں ہاتھوں سے

چہرہ ڈھانپ لیا۔ میں نے کہا '' تم بھی عجیب و غریب لڑکی ہو ۔ ۔ ۔ اپنے دولہے سے بھی پردہ۔ ''

یہ کہہ میں سمجھنے لگا کہ وہ میری دلہن ہے اور میں اس کا دولہا ۔ ۔ ۔ تحت میں اس نے اس

سے کہا، '' اگر ضد ہی کرنی ہے تو بھئی کر لو ۔ ۔ ۔ ہمیں آپ کی ہر ادا قبول ہے۔ ''

ایک دم زور کا دھما کا ہوا۔ وہ میرے ساتھ چمٹ گئی۔ کہیں بم پھٹا تھا۔ میں نے اس کو دلاسا دیا۔ ''ڈرو نہیں۔۔۔معمولی بات ہے''، ایک دم مجھے خیال آیا جیسے میں نے اس کے چہرے کی جھلک دیکھی تھی۔ چنانچہ اس کو دونوں کندھوں سے پکڑ کر میں ایک قدم پیچھے ہٹ گیا۔۔۔ میں بیان نہیں کر سکتا۔ میں نے کیا دیکھا۔۔۔ بہت ہی بھیانک صورت، گال اندر دھنسے ہوئے جن پر گاڑھا میک اپ تھپا تھا۔ کئی جگہوں پر سے اس کی تہہ بارش کی وجہ سے اتری ہوئی تھی اور نیچے سے اصلی جلد نکل آئی تھی جیسے کئی زخموں پر سے پپڑے اتر گئے ہیں۔۔۔خضاب لگے خشک اور بے جان بال جن کی سفید جڑیں دانت دکھا رہی تھیں۔ ۔۔اور سب سے عجیب و غریب چیز موی پھول تھے جو اس نے اُس کان سے اس کان تک ماتھے کے ساتھ ساتھ بالوں میں اڑسے ہوئے تھے۔۔۔ میں دیر تک اس کو دیکھتا رہا۔ وہ بالکل ساکت کھڑی رہی۔ میرے ہوش و حواس گم ہو گئے تھے۔ تھوڑی دیر کے بعد جب میں نے سنبھلا تو میں نے لالٹین ایک طرف رکھی اور اس سے کہا ''تم جانا چاہو تو چلی جاؤ!''

اس نے کچھ کہنا چاہا۔ لیکن جب دیکھا کہ میں اس کا رین کوٹ اور بیگ اٹھا رہا ہوں تو خاموش ہو گئی۔ میں نے یہ دونوں چیزیں اس کی طرف دیکھے بغیر اس کو دے دیں۔ وہ کچھ دیر گردن جھکائے کھڑی رہی۔ پھر دروازہ کھولا اور باہر نکل گئی۔''

یہ واقعہ سنا کر میں نے ''س'' سے پوچھا، ''جانتے ہو وہ عورت کون تھی؟''

''س'' نے جواب دیا، ''نہیں تو''

میں نے اس کو بتایا، ''وہ عورت مشہور آرٹسٹ مس ''م'' تھی۔''

وہ چلّایا، ''مس ''م''؟ وہی جس کی بنائی ہوئی تصویروں کی میں اسکول میں کاپی کیا کرتا تھا؟''

میں نے جواب دیا، ''وہی۔۔۔ایک آرٹ کالج کی پرنسپل تھی۔ جہاں وہ لڑکیوں کو صرف عورتوں اور پھولوں کی تصویر کشی سکھاتی تھی۔۔۔مردوں سے اسے سخت نفرت تھی۔''

یہ سن کر ''س'' کچھ سوچنے لگا۔ ایک دم چونکا، ''کہاں ہے آج کل۔''

میں نے جواب دیا، ''آسمان پر''

اس نے پوچھا، ''کیا مطلب؟''

میں نے جواب دیا، اسی رات کو جب تم نے اسے باہر نکالا اس کی موٹر کا حادثہ ہوا اور وہ مر گئی۔ لیکن اس کے قاتل تم ہو۔ یہ صرف میں جانتا ہوں۔۔۔نہیں۔۔۔تم دو عورتوں کے قاتل ہو۔ ایک اس عورت کے

جس کو سب مشہور آرٹسٹ کی حیثیت سے جانتے ہیں، دوسری اس کے جو تمہارے دیوان خانے میں پہلی عورت کے قالب میں سے باہر نکلی تھی اور جس کو صرف تم جانتے ہو۔ ۔ ۔ ،،

،س، خاموش رہا۔

ڈاکٹر شرو ڈکر

بمبئی میں ڈاکٹر شرو ڈکر کا بہت نام تھا، اس لیے کہ عورتوں کے امراض کا بہترین معالج تھا۔ اس کے ہاتھ میں شفا تھی۔ اس کا شفاخانہ بہت بڑا تھا۔ ایک عالی شان عمارت کی دو منزلوں میں، جن میں کئی کمرے تھے۔ نچلی منزل کے کمرے متوسط اور نچلے طبقے کی عورتوں کے لیے مخصوص تھے۔ بالائی منزل کے کمرے امیر عورتوں کے لیے۔ ایک لیبارٹری تھی۔ اس کے ساتھ ہی کمپاؤنڈر کا کمرہ۔ ایکس رے کا کمرہ علیحدہ تھا۔ اس کی ماہانہ آمدنی ڈھائی تین ہزار کے قریب ہو گی۔ مریض عورتوں کے کھانے کا انتظام بہت اچھا تھا جو اس نے ایک پارسن کے سپرد کر رکھا تھا، جو اس کے ایک دوست کی بیوی تھی۔

ڈاکٹر شرو ڈکر کا یہ چھوٹا سا ہسپتال میٹرنٹی ہوم بھی تھا۔۔۔ بمبئی کی آبادی کے متعلق آپ اندازہ لگا سکتے ہیں کتنی ہو گی۔ وہاں بے شمار سرکاری ہسپتال اور میٹرنٹی ہوم ہیں لیکن اس کے باوجود ڈاکٹر شرو ڈکر کا کلینک بھرا رہتا۔ بعض اوقات تو اسے کئی کیسوں کو مایوس کرنا پڑتا، اس لیے کہ کوئی بیڈ خالی نہیں رہتا تھا۔ اس پر لوگوں کو اعتماد تھا۔ یہی وجہ ہے کہ وہ اپنی بیویاں اور جوان لڑکیاں اس کے ہسپتال میں چھوڑ آتے تھے جہاں ان کا بڑی توجہ سے علاج کیا جاتا تھا۔

ڈاکٹر شرو ڈکر کے ہسپتال میں دس بارہ نرسیں تھیں۔ یہ سب کی سب محنتی اور پُرخلوص تھیں۔ مریض عورتوں کی بہت اچھی طرح دیکھ بھال کرتیں۔ ان نرسوں کا انتخاب ڈاکٹر شرو ڈکر نے بڑی چھان بین کے بعد کیا تھا۔ وہ بری اور بھدی شکل کی کوئی نرس اپنے ہسپتال میں رکھنا نہیں چاہتا تھا۔

ایک مرتبہ چار نرسوں نے دفعتاً شادی کرنے کا فیصلہ کیا تو ڈاکٹر بہت پریشان ہوا۔ یہ چاروں چلی گئیں۔ اس نے مختلف اخباروں میں اشتہار دیئے کہ اسے نرسوں کی ضرورت ہے۔ کئی آئیں، ڈاکٹر شرو ڈکر نے

ان سے انٹرویو کیا مگر اسے ان میں کسی کی شکل پسند نہ آئی۔

کسی کا چہرہ ٹیڑھا میٹرھا تھا، کسی کا قد انگشتانے بھر کا، کسی کا رنگ خوف ناک طور پر کالا، کسی کی ناک گز بھر لمبی۔ لیکن وہ بھی اپنی ہٹ کا پکا تھا۔ اس نے اور اشتہار اخباروں میں دیئے اور آخر اس نے چار خوش شکل اور نفاست پسند نرسیں چن ہی لیں۔

اب وہ مطمئن تھا، چنانچہ اس نے پھر دلجمعی سے کام شروع کر دیا۔ مریض عورتیں بھی خوش ہو گئیں۔ اس لیے کہ چار نرسوں کے چلے جانے سے ان کی خبر گیری اچھی طرح نہیں ہو رہی تھی۔ یہ نئی نرسیں بھی خوش تھیں کہ ڈاکٹر شرودکر ان سے بڑی شفقت سے پیش آتا تھا۔ انہیں وقت پر تنخواہ ملتی تھی۔ دوپہر کا کھانا ہسپتال ہی انہیں مہیا کرتا۔ وردی بھی ہسپتال کے ذمے تھی۔

ڈاکٹر شرودکر کی آمدنی چونکہ بہت زیادہ تھی اس لیے وہ ان چھوٹے موٹے اخراجات سے گھبراتا نہیں تھا۔ شروع شروع میں جب اس نے سرکاری ہسپتال کی ملازمت چھوڑ کر خود اپنا ہسپتال قائم کیا تو اس نے تھوڑی بہت کنجوسی کی، مگر بہت جلد اس نے کھل کر خرچ کرنا شروع کر دیا۔

اس کا ارادہ تھا کہ شادی کر لے۔ مگر اسے ہسپتال سے ایک لمحے کی فرصت نہیں ملتی تھی۔ ۔ ۔ دن رات اس کو وہیں رہنا پڑتا۔ بالائی منزل میں اس نے ایک چھوٹا سا کمرہ اپنے لیے مخصوص کر لیا تھا جس میں رات کو چند گھنٹے سو جاتا۔ لیکن اکثر اسے جگا دیا جاتا، جب کسی مریض عورت کو اس کی فوری توجہ کی ضرورت ہوتی۔

تمام نرسوں کو اس سے ہمدردی تھی کہ اس نے اپنی نیند، اپنا آرام حرام کر رکھا ہے۔ وہ اکثر اس سے کہتیں،

‘‘ڈاکٹر صاحب آپ کوئی اسسٹنٹ کیوں نہیں رکھ لیتے؟’’

ڈاکٹر شرودکر جواب دیتا، ‘‘جب کوئی قابل ملے گا تو رکھ لوں گا۔’’

وہ کہتیں، ‘‘آپ تو اپنی قابلیت کا چاہتے ہیں۔ بھلا وہ کہاں سے ملے گا۔’’

‘‘مل جائے گا۔’’ نرسیں یہ سن کر خاموش ہو جاتیں اور الگ جا کر آپس میں باتیں کرتیں، ‘‘ڈاکٹر شرودکر اپنی صحت خراب کر رہے ہیں ایک دن کہیں کولیپس نہ ہو جائے۔’’

‘‘ہاں ان کی صحت کافی گر چکی ہے ۔ ۔ وزن بھی کم ہو گیا ہے۔’’

‘‘کھاتے پیتے بھی بہت کم ہیں۔’’

‘‘ہر وقت مصروف جو رہتے ہیں۔’’

‘‘اب انہیں کون سمجھائے۔’’

قریب قریب ہر روز ان کے درمیان اِسی قسم کی باتیں ہوتیں۔ ان کو ڈاکٹر سے اس لیے بھی بہت زیادہ ہمدردی تھی کہ وہ بہت شریف النفس انسان تھا۔۔۔ اس کے ہسپتال میں سینکڑوں خوبصورت اور جوان عورتیں علاج کے لیے آتی تھیں مگر اس نے کبھی ان کو بری نگاہوں سے نہیں دیکھا، وہ بس اپنے کام میں مگن رہتا۔ اصل میں اسے اپنے پیشے سے ایک قسم کا عشق تھا۔۔۔ وہ اس طرح علاج کرتا تھا جس طرح کوئی شفقت اور پیار کا ہاتھ کسی کے سر پر پھیرے۔

جب وہ سرکاری ہسپتال میں ملازم تھا تو اس کے آپریشن کرنے کے عمل کے متعلق یہ مشہور تھا کہ وہ نشتر نہیں چلاتا بلکہ برش سے تصویریں بناتا ہے۔ اور یہ واقعہ ہے کہ اس کے کیے ہوئے آپریشن نوے فیصد کام یاب رہتے تھے۔ اس کو اس فن میں مہارتِ تام حاصل تھی۔ اس کے علاوہ خود اعتمادی بھی تھی جو اس کی کامیابی کا سب سے بڑا راز تھی۔

ایک دن وہ ایک عورت کا، جس کے ہاں اولاد نہیں ہوتی تھی، بڑے غور سے معائنہ کرکے باہر نکلا اور اپنے دفتر میں گیا تو اس نے دیکھا کہ ایک بڑی حسین لڑکی بیٹھی ہے۔۔۔ ڈاکٹر شرودکر ایک لحظے کے لیے ٹھٹک گیا۔ اس نے نسوانی حسن کا ایسا نادر نمونہ پہلے کبھی نہیں دیکھا تھا۔

وہ اندر داخل ہوا، لڑکی نے کرسی پر سے اٹھنا چاہا۔ ڈاکٹر نے اس سے کہا، ''بیٹھو بیٹھو۔'' اور یہ کہہ کر وہ اپنی گھومنے والی کرسی پر بیٹھ گیا اور پیپرویٹ پکڑ کر اس کے اندر ہوا کے بلبلوں کو دیکھتے ہوئے اس لڑکی سے مخاطب ہوا، ''بتاؤ تم کیسے آئیں؟''

لڑکی نے آنکھیں جھکا کر کہا، ''ایک پرائیویٹ، بہت ہی پرائیویٹ بات ہے جو میں آپ سے کرنا چاہتی ہوں۔''

ڈاکٹر شرودکر نے اس کی طرف دیکھا۔۔۔ اس کی جھکی ہوئی آنکھیں بھی بلا کی خوبصورت دکھائی دے رہی تھیں۔ ڈاکٹر نے اس سے پوچھا، ''پرائیویٹ بات تم کر لینا۔۔۔ پہلے اپنا نام بتاؤ۔''

لڑکی نے جواب دیا، ''میں۔۔۔ میں اپنا نام بتانا نہیں چاہتی۔''

ڈاکٹر کی دلچسپی اس جواب سے بڑھ گئی، ''کہاں رہتی ہو؟''

''شولاپور میں۔۔۔ آج ہی یہاں پہنچی ہوں۔''

ڈاکٹر نے پیپرویٹ میز پر رکھ دیا، ''اتنی دور سے یہاں آنے کا مقصد کیا ہے؟''

لڑکی نے جواب دیا، ''میں نے کہا ہے نا کہ مجھے آپ سے ایک پرائیویٹ بات کرنی ہے۔''

اتنے میں ایک نرس اندر داخل ہوئی۔ لڑکی گھبرا گئی۔ ڈاکٹر نے اس نرس کو چند ہدایات دیں جو وہ پوچھنے آئی تھی اور اس سے کہا، ''اب تم جاسکتی ہو۔۔۔کسی نوکر سے کہہ دو کہ وہ کمرے کے باہر کھڑا رہے اور کسی کو اندر نہ آنے دے۔''

نرس ''جی اچھا،'' کہہ کر چلی گئی۔ ڈاکٹر نے دروازہ بند کر دیا اور اپنی کرسی پر بیٹھ کر اس حسین لڑکی سے مخاطب ہوا، ''اب تم اپنی پرائیویٹ بات مجھے بتا سکتی ہو۔''

شولاپور کی لڑکی شدید گھبراہٹ اور الجھن محسوس کر رہی تھی۔ اس کے ہونٹوں پر لفظ آتے مگر واپس اس کے حلق کے اندر چلے جاتے۔ آخر اس نے ہمت اور جرأت سے کام لیا اور رک رک کر صرف اتنا کہا، ''مجھ سے۔۔۔ مجھ سے ایک غلطی ہو گئی۔۔۔ میں بہت گھبرا رہی ہوں۔''

ڈاکٹر شرودکر سمجھ گیا، لیکن پھر بھی اس نے اس لڑکی سے کہا، ''غلطیاں انسان سے ہو، ہی جاتی ہیں، تم سے کیا غلطی ہوئی ہے۔''

لڑکی نے تھوڑے وقفے کے بعد جواب دیا، ''وہ،ہی۔۔۔وہی جو بے سمجھ جوان لڑکیوں سے ہوا کرتی ہیں۔''

ڈاکٹر نے کہا، ''میں سمجھ گیا۔۔۔لیکن اب تم کیا چاہتی ہو؟''

لڑکی فوراً اپنے مقصد کی طرف آ گئی، ''میں چاہتی ہوں کہ وہ ضائع ہو جائے۔۔۔صرف ایک مہینہ ہوا ہے۔''

ڈاکٹر شرودکر نے کچھ دیر سوچا، پھر بڑی سنجیدگی سے کہا، ''یہ جرم ہے۔ تم جانتی نہیں ہو؟''

لڑکی کی بھوری آنکھوں میں بڑے موٹے موٹے آنسو اُمڈ آئے، ''تو میں زہر کھالوں گی۔''

یہ کہہ کر اس نے زارو قطار رونا شروع کر دیا۔۔۔ ڈاکٹر کو اس پر بڑا ترس آیا۔ وہ اپنی جوانی کی پہلی لغزش کر چکی تھی۔ پتا نہیں وہ کیا لمحات تھے کہ اس نے اپنی عصمت کسی مرد کے حوالے کر دی اور اب پچھتا رہی ہے اور اتنی پریشان ہو رہی ہے۔ اس کے پاس اس سے پہلے کئی ایسے کیس آ چکے تھے مگر اس نے یہ کہہ کر صاف انکار کر دیا تھا کہ وہ جیو ہتیا نہیں کر سکتا۔ یہ بہت بڑا گناہ اور جرم ہے۔

مگر شولاپور کی اس لڑکی نے اس پر کچھ ایسا جادو کیا کہ وہ اس کی خاطر یہ جرم کرنے پر تیار ہو گیا۔ اس نے اس کے لیے ایک علیحدہ کمرہ مختص کر دیا۔ کسی نرس کو اس کے اندر جانے کی اجازت نہ تھی۔ اس لیے کہ وہ اس لڑکی کے راز کو افشا کرنا نہیں چاہتا تھا۔

اسقاط بہت ہی تکلیف دہ ہوتا ہے۔۔۔ جب اس نے دوائیں وغیرہ دے کر یہ کام کر دیا تو شولاپور کی وہ

مرہٹہ لڑکی جس نے آخر اپنا نام بتا دیا تھا، بے ہوش ہو گئی۔ جب ہوش میں آئی تو نقاہت کا یہ عالم تھا کہ وہ اپنے ہاتھ سے پانی بھی نہیں پی سکتی تھی۔

وہ چاہتی تھی کہ جلد گھر واپس چلی جائے مگر ڈاکٹر اسے کیسے اجازت دے سکتا تھا، جب کہ وہ چلنے پھرنے کے قابل ہی نہیں تھی۔ اس نے مس للیتا گھمٹیکر سے (شولاپور کی اس حسینہ کا یہی نام تھا) کہا، ''تمہیں کم از کم دو مہینے آرام کرنا پڑے گا۔ میں تمہارے باپ کو لکھ دوں گا کہ تم جس سہیلی کے پاس آئی تھیں وہاں اچانک طور پر بیمار ہو گئیں اور اب میرے ہسپتال میں زیرِ علاج ہو۔ تردد کی کوئی بات نہیں۔''

للیتا مان گئی۔ دو مہینے ڈاکٹر شرودکر کے زیرِ علاج رہی۔ جب رخصت کا وقت آیا تو اس نے محسوس کیا کہ وہ گٹھ بڑھ پھر پیدا ہو گئی ہے۔ اس نے ڈاکٹر شرودکر کو اس سے آگاہ کیا۔

ڈاکٹر مسکرایا، ''کوئی فکر کی بات نہیں۔۔۔ میں تم سے آج شادی کرنے والا ہوں۔''

ڈائریکٹر کر پلانی

ڈائریکٹر کر پلانی اپنی بلند کرداری اور خوش اطواری کی وجہ سے بمبئی کی فلم انڈسٹری میں بڑے احترام کی نظر سے دیکھا جاتا تھا۔بعض لوگ تو حیرت کا اظہار کرتے تھے کہ ایسا نیک اور پاکباز آدمی فلم ڈائریکٹر کیوں بن گیا کیونکہ فلم کا میدان ایسا ہے جہاں جابجا گڑھے ہوتے ہیں اُن دیکھے گڑھے ہیں، بے شمار دلدلیں، جن میں آدمی ایک دفعہ پھنسا تو عمر بھر باہر نکلنے کا راستہ نہیں ملتا۔

ڈائریکٹر کر پلانی کام یاب ڈائریکٹر تھا۔اس کا ہر فلم باکس آفس پر ہٹ ہوا۔ یہی وجہ ہے کہ سب فلم ساز اس کی خدمات حاصل کرنے کے لیے بیتاب رہتے۔۔۔مگر وہ لالچی نہیں تھا۔ ایک فلم بنا کر وہ دو تین مہینے کے لیے پنج گنی یا رونا والہ چلا جاتا اور اپنے آئندہ فلم کی کہانی اور منظر نامے بڑے اطمینان سے تیار کرتا رہتا۔ وہ رہنے والا سندھ حیدر آباد کا تھا۔سفید ٹول کی قمیض اور سفید زین کی پتلون کے علاوہ اور کوئی لباس نہیں پہنتا تھا۔شام کو چھ بجے ایک بوتل بیئر کی پیتا لیکن اگر شوٹنگ رات کو ہو تو یہ بوتل اُس کے کمرے میں پڑی رہتی تھی۔ نشے کی حالت میں کام کرنا پسند نہیں کرتا تھا اس لیے کہ وہ یہ سمجھتا تھا کہ نشہ انسان کے ذہنی اعصاب کو برقرار نہیں رکھ سکتا۔

فلمی دنیا میں عشق معاشقے عام ہوتے ہیں۔۔۔آج اگر ایک ایکٹرس کسی ڈائریکٹر کے پاس ہے تو دوسرے روز وہ کسی اور ڈائریکٹر کی بغل میں ہو گی۔ وہاں سے پھسل کر وہ شاید کسی نواب یا راجہ کی گود میں چلی جائے۔ سیلو لائڈ کی یہ دنیا بڑی نرالی ہے۔ یہاں دُھوپ چھاؤں کی سی کیفیت رہتی ہے۔جن دنوں کی میں بات کر رہا ہوں۔ایک ہی دن میں کئی واردتیں ہوئیں۔ایک ایکٹرس اپنے شوہر کو چھوڑ کر کسی اور کے ساتھ بھاگ گئی، پتی دیو صاحب جس سے ملتے اُس کے سامنے اپنی بدقسمتی کا رونا روتے۔ ایک ڈائریکٹر نے اپنی بیوی

کو زہر دے کر مار ڈالا۔ دوسرے نے محبت کی ناکامی کے صدمے کی تاب نہ لاتے ہوئے خودکشی کر لی۔ ایک ایکٹرس کے حرامی بچہ پیدا ہوا۔

ڈائرکٹر کرپلانی یوں تو اسی دنیا میں رہتا تھا مگر سب سے الگ تھلگ۔ اس کو صرف اپنے کام سے غرض تھی۔ شوٹنگ ختم کی اور اپنے خوبصورت فلیٹ میں واپس چلا آیا۔ اسے کسی ایکٹرس سے جنسی تعلقات پیدا کرنے کی کبھی خواہش ہی نہیں تھی۔ ایک مرتبہ مس۔۔۔ نے اس سے رغبت کا اظہار کیا، کرپلانی اُس کو علیحدہ کمرے میں ڈائلاگ کی ری ہرسل کرا رہا تھا کہ اس ایکٹرس نے اس سے بڑے دلبرانہ انداز میں کہا، ''کرپلانی صاحب! آپ پر سفید کپڑے بہت پھبتے ہیں، میں بھی اب سفید ساڑھی اور سفید بلاؤز پہنا کروں گی۔'' کرپلانی نے جس کے دماغ میں اس وقت فلمائے جانے والے سین کے ڈائلاگ گھسے ہوئے تھے اُس سے کہا، ''ہاں۔۔۔ مگر سفید چیزیں بہت جلد میلی ہو جاتی ہیں۔''

''تو کیا ہوا؟''

''ہوا تو کچھ بھی نہیں۔۔۔ لیکن تمہیں کم از کم چودہ پندرہ ساڑھیاں اور اسی قدر بلاؤز بنوانے پڑیں گے۔'' ایکٹرس مسکرائی ''بنوالوں گی۔۔۔ آپ ہی لے دیں گے۔''

کرپلانی چکرا گیا۔ ''میں۔۔۔ میں آپ کو کیوں لے کر دوں گا۔''

ایکٹرس نے کرپلانی کی قمیض کا کالر جو کسی قدر سمٹا ہوا تھا، بڑے پیار سے درست کیا ''آپ میرے لیے سب کچھ کریں گے۔۔۔ اور میں آپ کے لیے۔''

قریب تھا کہ وہ ایکٹرس کرپلانی کے ساتھ چمٹ جائے کہ اُس نے اُس کو پیچھے دھکیل دیا اور کہا، ''خبردار جو تم نے ایسی بے ہودہ حرکت کی۔''

دوسرے روز اُس نے اُس ایکٹرس کو اپنے فلم سے نکال باہر پھینکا۔۔۔ دو ہزار روپے ایڈوانس لے چکی تھی۔۔۔ کرپلانی نے سیٹھ سے کہا کہ وہ روپے اُس کے حساب میں ڈال دے۔

سیٹھ نے پوچھا ''بات کیا ہے مسٹر کرپلانی۔''

''کوئی بات نہیں ہے۔۔۔ واہیات عورت ہے میں اس کو پسند نہیں کرتا۔''

اتفاق کی بات ہے کہ وہ ایکٹرس سیٹھ کی منظورِ نظر تھی۔ سیٹھ نے جب زور دیا کہ وہ فلم کاسٹ میں موجود رہے گی تو کرپلانی دفتر سے باہر چلا گیا اور پھر واپس نہ آیا۔

کرپلانی کی عمر یہی پینتیس برس کے قریب ہو گی۔ خوش شکل اور نفاست پسند تھا۔ اُس نے ابھی تک شادی

نہیں کی تھی۔ اپنے خوبصورت فلیٹ میں اکیلا رہتا، جہاں اُس کے دو نوکر تھے۔ باورچی اور ایک دوسرا نوکر جو گھر کی صفائی کرتا تھا، اور آرام آسائش کا خیال رکھتا تھا۔ وہ ان دونوں سے مطمئن تھا۔

اُس کی زندگی بڑی ہموار گزر رہی تھی۔ اُسے عورت سے کوئی لگاؤ نہیں تھا مگر اُس کے ہم عصر فلم ڈائرکٹروں کو سخت تعجب تھا کہ وہ عموماً رومانی فلم بناتا تھا جس میں مرد اور عورت کی پر جوش محبت کے مناظر ہوتے تھے۔ اُس کے دوست گنتی کے تھے ان میں سے ایک میں تھا جس کو وہ اپنا عزیز سمجھتا تھا۔ ایک دن میں نے اُس سے پوچھا '' کرپ، یہ کیا بات ہے کہ تم کبھی عورت کے نزدیک نہیں گئے، پر تمہارے فلموں پر عشق و محبت کے سوا اور کچھ بھی نہیں ہوتا۔ تجربے کے بغیر تم ایسے مناظر کیوں کر لکھتے ہو، جس میں کیوپڈ ہوتا ہے یا اس کے تیر۔ ''

یہ سُن کر وہ مسکرایا، '' آدمی تجربے کی بنا پر جو سوچے، وہ ٹھس ہوتا ہے۔۔۔ پر تخیل کے زور سے جو کچھ سوچے، اُس میں حسن پیدا ہوتا ہے۔۔۔ فلم سازی فریب کاری کا دوسرا نام ہے۔۔۔ جب تک تم اپنے آپ کو فریب نہ دو، دوسروں کو نہیں دے سکتے۔ ''

اُس کا یہ فلسفہ عجیب و غریب تھا۔ میں نے اس سے پوچھا، '' کیا تم نے تخیل میں کوئی ایسی عورت پیدا کر لی ہے جس سے تم محبت کرتے ہو۔ ''

کرپلانی پھر مسکرایا '' ایک نہیں سینکڑوں۔۔۔ ایک عورت سے میرا کام کیسے چل سکتا ہے۔۔۔ مجھے عورت سے نہیں اس کے کردار سے دلچسپی ہے۔۔۔ چنانچہ میں ایک عورت اپنے تخیل میں پیدا کرتا ہوں اور اُس کو اُلٹ پلٹ کرتا رہتا ہوں۔ ''

'' اُلٹ پلٹ سے تمہارا کیا مطلب ہے؟ ''

'' یار تم بڑے کم سمجھ ہو، عورت کا جسمانی ڈھانچہ تو ایک ہی قسم کا ہوتا ہے۔۔۔ پر اس کا کیریکٹر جدا گانہ ہوتا ہے۔۔۔ کبھی وہ ماں ہوتی ہے کبھی چڑیل، کبھی بہن، کبھی مردانہ صفات رکھنے والی، سو ایک عورت میں تم سو روپ دیکھ سکتے ہو۔۔۔ اور صرف اپنے تخیل کی مدد سے۔

میں نے ایک روز اُس کی غیر موجودگی میں اُس کے میز کا دراز کھولا کہ میرے پاس ماچس نہیں تھی، تو مجھے کاغذات کا ایک پلندہ نظر آیا، جو غالباً اس کے تازہ فلم کا منظر نامہ تھا۔ میں نے اُس کو اُٹھایا کہ شاید اس کے نیچے ماچس کی کوئی ڈبیا ہو۔۔۔ لیکن اس کے بجائے مجھے ایک فوٹو دکھائی دی جو ایک خوبصورت سندھی لڑکی کی تھی۔۔۔ میں اس فوٹو کو نکال کر غور سے دیکھ ہی رہا تھا کہ کرپلانی آ گیا اس نے میرے ہاتھ میں

فوٹو دیکھی تو دیوانہ وار آگے بڑھ کر چھین لی اور اُسے اپنی جیب میں رکھ لیا۔

میں نے اُس سے معذرت طلب کی۔۔۔ ''معاف کرنا کرپ۔۔۔ میں دیا سلائی تلاش کر رہا تھا کہ یہ فوٹو مجھے نظر آئی اور میں اسے دیکھنے لگا۔۔۔ کس کی ہے؟''

اُس نے یہ کہہ کر معاملہ گول کرنا چاہا ''کسی کی ہے۔''

میں نے پوچھا، ''آخر کس کی۔۔۔؟ اس لڑکی کا کوئی نام تو ہو گا۔''

کرپلانی آرام کرسی پر بیٹھ گیا ''اس کے کئی نام ہو سکتے ہیں۔۔۔ لیکن وہ راد ھا تھی۔۔۔ ناموں میں کیا پڑا ہے۔۔۔ یہ وہ لڑکی ہے جس سے میں نے عرصہ ہوا محبت کی تھی۔''

مجھے سخت حیرت ہوئی، ''تم نے۔۔۔؟ تم نے محبت کی تھی۔''

''کیوں۔۔۔؟ میں کیا محبت نہیں کر سکتا۔۔۔ اس میں کوئی شک نہیں کہ اب محبت کے نام ہی سے دُور بھاگتا ہوں لیکن جوانی کے دنوں میں ہر انسان کو ایسے لمحات سے دو چار ہونا پڑتا ہے جب وہ دوسری صنف میں بے پناہ کشش محسوس کرتا ہے۔''

میں جاننا چاہتا تھا کہ کرپلانی کو اس لڑکی سے کیسے عشق ہوا ''یہ کب کی بات ہے کرپ تم نے آج مجھے حیرت زدہ کر دیا کہ تم کسی سے عشق لڑا چکے ہو۔۔۔ تمہارے عشق کا انجام کیا ہوا''

کرپلانی نے بڑی سنجیدگی سے جواب دیا، ''بہت افسوسناک''

''کیوں؟''

''میں اس سے محبت کرتا رہا، میرا خیال تھا کہ وہ بھی مجھ میں دلچسپی لیتی ہے۔۔۔ آخر ایک دن جب میں نے اسے ٹٹولا تو مجھے معلوم ہوا کہ اس کے دل میں میرے لیے کوئی جگہ نہیں۔۔۔ اس نے مجھ سے صاف صاف کہہ دیا کہ وہ کسی اور سے محبت کرتی ہے۔۔۔ میرا دل ٹوٹ گیا لیکن میں نے اپنے دل میں اس بت کو بھی توڑ ڈالا جس کی میں پوجا کیا کرتا تھا۔۔۔ میں نے اُس کو بے شمار بد دُعائیں دیں کہ وہ مر جائے۔''

میں نے پوچھا، ''کیا وہ مر گئی؟''

''ہاں اُسے مرنا ہی تھا، اس لیے کہ اُس نے مجھے مار ڈالا تھا۔۔۔ اُس کو ٹائی فائڈ ہوا اور ایک مہینے کے اندر اندر چل بسی۔''

''تمھیں اس کی موت کا افسوس نہ ہوا؟''

''مجھے افسوس کیوں ہوتا۔۔۔ میری آنکھوں میں چند آنسو آئے، بہنے والے تھے کہ میں نے اُن سے کہا

بے وقوف کیوں خود کو ضائع کر رہے ہو۔۔۔اور وہ میرا کہامان کر واپس چلے گئے جہاں سے آئے تھے۔''

یہ کہتے ہوئے کرپلانی کی آنکھوں میں آنسو تیر رہے تھے شاید وہی جو اس کا کہامان کر واپس چلے گئے تھے۔۔۔میں نے سوچا کہ اب اس معاملے پر اور زیادہ گفتگو نہیں کرنی چاہیے چنانچہ میں اس سے رخصت لیے بغیر چلا گیا اس لیے کہ میرا خیال تھا کہ وہ تنہائی میں رہ کر اپنا جی ہلکا کرنا چاہتا ہے۔

دوسرے روز اُس سے ملاقات ہوئی تو وہ ٹھیک ٹھاک تھا۔ مجھے اپنے ساتھ اسٹوڈیو میں لے گیا وہاں چہک چہک کر مجھ سے اور اپنے ٹیکنیکل اسٹاف سے باتیں کرتا رہا۔ یہ اس فلم کی شوٹنگ کا آخری دن تھا۔ اس کے بعد کرپلانی ایڈیٹنگ میں قریب ایک ماہ تک مصروف رہا۔ ریکارڈنگ ہوئی پرنٹ تیار ہوئے، فلم ریلیز ہوا اور بہت کامیاب ثابت ہوا۔

حسبِ دستور وہ پنچ گنی چلا گیا اور ڈیڑھ مہینے۔ سیٹھ چاہتا تھا کہ ہیروئن کے لیے کوئی نیا چہرہ لیا جائے۔ دراصل وہ پہلے ہی سے ایک خوش شکل لڑکی کو منتخب کر چکا تھا۔ اس کا ارادہ یہ نہیں تھا کہ اس لڑکی کو ایک دم ہیروئن بنا دے۔ پر جب اس نے کہانی سنی تو اس کی ہیروئن میں اُس کو ہو بہو اُسی لڑکی کی شکل و شباہت اور چال ڈھال نظر آئی۔

اُس نے کرپلانی سے کہا، ''میں نے ایک لڑکی کو ملازم رکھا ہے۔ آپ اسے دیکھ لیجیے۔ آپ کے فلم کے لیے بڑی مناسب ہیروئن رہے گی۔''

کرپلانی نے کہا، ''آپ اُس کو بلائیے میں دیکھ لوں گا، کیمرا اور ساؤنڈ ٹیسٹ لینے کے بعد اگر میرا اطمینان ہو گیا تو مجھے کوئی عذر نہیں ہو گا کہ اُسے ہیروئن کا رول دے دُوں۔''

دوسرے روز صبح دس بجے کا وقت مقرر کیا گیا۔

کرپلانی کی یہ عادت تھی کہ صبح سویرے ناشتے سے فارغ ہو کر اسٹوڈیو آ جاتا اور ادھر اُدھر ٹہلتا رہتا۔ دس بجے تک وہ نئے اسٹوڈیو کی ہر چیز دیکھتا رہا ساڑھے دس بجے گئے اس نے بیئر کی بوتل منگوائی مگر اسے نہ کھولا اس لیے کے اُسے یاد آ گیا کہ اُسے نئے چہرے کو دیکھنا ہے۔

گیارہ بج گئے، مگر سیٹھ کا دریافت کیا ہوا نیا چہرہ نمودار نہ ہوا۔ کرپلانی اُکتا گیا اس نے اپنی کہانی کے منظر نامے کی ورق گردانی شروع کر دی اس میں کچھ ترمیم کی اس دوران میں بارہ بج گئے، وہ صوفے پر لیٹ کر سونے ہی والا تھا کہ چپراسی نے کہا، ''سیٹھ صاحب آپ کو سلام بولتے ہیں''

کرپلانی اُٹھا۔۔۔سیٹھ کے دفتر میں گیا جہاں ایک لڑکی بیٹھی تھی۔ اس کی پیٹھ اس کی طرف تھی۔ جب وہ سیٹھ

کی کرسی کے ساتھ والی کرسی پر بیٹھا تو دم بخود ہو گیا۔۔۔اس لڑکی کی شکل و صورت بالکل اس لڑکی کی سی تھی جس سے اُس نے عرصہ ہوا محبت کی تھی۔

سیٹھ باتیں کرتا رہا مگر کرپلانی کے منہ سے ایک لفظ بھی نہ نکلا۔۔۔ بہر حال اُس لڑکی کو ہیروئن کے رول کے لیے منتخب کر لیا گیا۔

کرپلانی اُس لڑکی کو قریب ہر روز دیکھتا اور اس کا اضطراب بڑھتا جاتا۔۔۔ایک دن اُس نے ہمت سے کام لے کر اس سے پوچھا، ''آپ کہاں کی رہنے والی ہیں''،

لڑکی نے جواب دیا، ''سندھ حیدر آباد کی۔''

کرپلانی چکرا گیا۔۔۔''سندھ حیدر آباد کی۔۔۔؟ آپ کا نام؟''

لڑکی نے بڑی دلفریب مسکراہٹ سے کہا، ''یشودھرا''،

''آپ کی کوئی بہن ہے؟''

''تھی۔۔۔مگر اس کا دیہانت ہو چکا ہے''

''کیا نام تھا ان کا؟''

''رادھا!''

کرپلانی نے یہ سنتے ہی اپنے دل کو پکڑ لیا اور بے ہوش ہو گیا۔۔۔اور دوسرے روز اچانک مر گیا۔

ڈرپوک

میدان بالکل صاف تھا مگر جاوید کا خیال تھا کہ میونسپل کمیٹی کی لالٹین جو دیوار میں گڑی ہے، اس کو گھور رہی ہے۔ بار بار وہ اس چوڑے صحن کو جس پر نانک شاہی اینٹوں کا اونچا نیچا فرش بنا ہوا تھا، طے کر کے اُس نکڑ والے مکان تک پہنچنے کا ارادہ کرتا جو دوسری عمارتوں سے بالکل الگ تھلگ تھا۔ مگر یہ لالٹین جو مصنوعی آنکھ کی طرح ہر طرف ٹکٹکی باندھے دیکھ رہی تھی، اس کے ارادے کو متزلزل کر دیتی اور وہ اس بڑی موری کے اس طرف ہٹ جاتا جس کو پھاند کر وہ صحن کو چند قدموں میں طے کر سکتا تھا۔۔ صرف چند قدموں میں!

جاوید کا گھر اس جگہ سے کافی دور تھا۔ مگر یہ فاصلہ بڑی تیزی سے طے کر کے یہاں پہنچ گیا تھا۔ اس کے خیالات کی رفتار اس کے قدموں کی رفتار سے زیادہ تیز تھی۔ راستے میں اس نے بہت سی چیزوں پر غور کیا۔ وہ بے وقوف نہیں تھا۔ اسے اچھی طرح معلوم تھا کہ ایک بیسوا کے پاس جا رہا ہے۔ اور اس کو اس بات کا بھی پورا شعور تھا کہ وہ کس غرض سے اُس کے یہاں جانا چاہتا ہے۔

وہ عورت چاہتا تھا۔ عورت، خواہ وہ کسی شکل میں ہو۔ عورت کی ضرورت اس کی زندگی میں ایک بیک پیدا نہیں ہوئی تھی۔ ایک زمانے سے یہ ضرورت اس کے اندر آہستہ آہستہ شدت اختیار کرتی رہی تھی۔ اور اب دفعتاً اس نے محسوس کیا تھا کہ عورت کے بغیر وہ ایک لمحہ زندہ نہیں رہ سکتا۔ عورت اس کو ضرور ملنی چاہیے، ایسی عورت جس کی ران پر ہولے سے طمانچہ مار کر وہ اس کی آواز سن سکے۔ ایسی عورت جس سے وہ واہیات قسم کی گفتگو کر سکے۔

جاوید پڑھا لکھا ہوش مند آدمی تھا۔ ہر بات کی اونچ نیچ سمجھتا تھا مگر اس معاملے میں مزید غور و فکر کرنے کے لیے تیار نہیں تھا۔ اس کے دل میں ایک ایسی خواہش پیدا ہوئی تھی، جو اس کے لیے نئی نہ تھی۔ عورت

کی قربت حاصل کرنے کی خواہش اس سے پہلے کئی بار اس کے دل میں پیدا ہوئی اور اس خواہش کو پورا کرنے کے لیے انتہائی کوششوں کے بعد جب اسے ناامیدی کا سامنا کرنا پڑا تو وہ اس نتیجہ پر پہنچا کہ اس کی زندگی میں سالم عورت کبھی نہیں آئے گی اور اگر اس نے اس سالم عورت کی تلاش جاری رکھی تو کسی روز وہ دیوانے کتّے کی طرح راہ چلتی عورت کو کاٹ کھائے گا۔

کاٹ کھانے کی حد تک اپنے ارادہ میں ناکام رہنے کے بعد دفعتاً اس کے دل میں اس خواہش نے کروٹ بدلی تھی۔ اب کسی عورت کے بالوں میں اپنی انگلیوں سے کنگھی کرنے کا خیال اس کے دماغ سے نکل چکا تھا۔ عورت کا تصور اس کے دماغ میں موجود تھا۔ اس کے بال بھی تھے۔ مگر اب اس کی یہ خواہش تھی کہ وہ ان بالوں کو وحشیوں کی طرح کھینچے، نوچے، اکھیڑے۔

اب اس کے دماغ میں سے وہ عورت نکل چکی تھی جس کے ہونٹوں پر وہ اپنے ہونٹ اس طرح رکھنے کا آرزو مند تھا جیسے تتلی پھولوں پر بیٹھتی ہے، اب وہ ان ہونٹوں کو اپنے گرم ہونٹوں سے داغنا چاہتا تھا۔ ۔ ۔ ہولے ہولے سرگوشیوں میں باتیں کرنے کا خیال بھی اس کے دماغ میں نہیں تھا۔ اب وہ بلند آواز میں باتیں کرنا چاہتا تھا، ایسی باتیں جو اس کے موجودہ ارادے کی طرح ننگی ہوں۔

اب سالم عورت اس کے پیش نظر نہیں تھی۔ ۔ ۔ وہ ایسی عورت چاہتا تھا جو گھس گھسا کر شکستہ حال مرد کی شکل اختیار کر گئی ہو۔ ایسی عورت جو آدھی عورت ہو اور آدھی کچھ بھی نہ ہو۔

ایک زمانہ تھا جب جاوید عورت کہتے وقت اپنی آنکھوں میں خاص قسم کی ٹھنڈک محسوس کیا کرتا تھا۔ جب عورت کا تصور اسے چاند کی ٹھنڈی دنیا میں لے جاتا تھا۔ وہ ''عورت'' کہتا تھا بڑی احتیاط سے جیسے اس کو اس بے جان لفظ کے ٹوٹنے کا ڈر ہو۔ ۔ ۔ ایک عرصے تک وہ اس دنیا کی سیر کرتا رہا مگر انجام کار اس کو معلوم ہوا کہ عورت کی تمنا اس کے دل میں ہے۔ اس کی زندگی کا ایسا خواب ہے جو خراب معدے کے ساتھ دیکھا جائے۔

جاوید اب خوابوں کی دنیا سے باہر نکل آیا تھا۔ بہت دیر تک ذہنی طور پر وہ اپنے آپ کو بہلاتا رہا۔ مگر اب اس کا جسم خوف ناک حد تک بیدار ہو چکا تھا۔ اس کے تصور کی شدت نے اس کی جسمانی حسیات کی نوک پلک کچھ اس طور پر نکالی تھی کہ اب زندگی اس کے لیے سوئیوں کا بستر بن گئی۔ ہر خیال ایک نشتر بن گیا اور عورت اس کی نظروں میں ایسی شکل اختیار کر گئی جس کو وہ بیان بھی کرنا تو نہ کر سکتا۔ جاوید کبھی انسان تھا۔ مگر اب انسانوں سے اسے نفرت تھی، اس قدر کہ اپنے آپ سے بھی وہ متنفر ہو چکا تھا۔

یہی وجہ تھی کہ وہ خود کو ذلیل کرنا چاہتا تھا۔اس طور پر کہ ایک عرصے تک اس کے خوبصورت خیال جن کو وہ اپنے دماغ میں پھولوں کی طرح سجا کے رکھتا رہا تھا، غلاظت سے لتھڑے رہیں۔

''مجھے نفاست تلاش کرنے میں ناکامی رہی ہے لیکن غلاظت تو میرے چاروں طرف پھیلی ہوئی ہے ۔اب جی یہ چاہتا ہے کہ اپنی روح اور جسم کے ہر ذرے کو اس غلاظت سے آلودہ کر دوں۔میری ناک جو اس سے پہلے خوشبوؤں کی متجسس رہی ہے اب بدبو دار اور متعفن چیزیں سونگھنے کے لیے بیتاب ہے۔یہی وجہ ہے کہ میں نے آج اپنے پرانے خیالات کا چغہ اتار کر اس محلے کا رخ کیا ہے جہاں ہر شے ایک پراسرار تعفن میں لپٹی نظر آتی ہے ۔ ۔ ۔ یہ دنیا کس قدر بھیانک طور پر حسین ہے!''

ناک شاہی اینٹوں کا ناہموار فرش اس کے سامنے تھا۔لالٹین کی بیمار روشنی میں جاوید نے اس فرش کی طرف اپنی بدلی ہوئی نظروں سے دیکھا تو اسے ایسا محسوس ہوا کہ بہت سی ننگی عورتیں اوندھی سیدھی لیٹی ہیں، جن کی ہڈیاں جابجا ابھر رہی ہیں۔اس نے ارادہ کیا کہ اس فرش کو ٹے کر کے نکڑ والے مکان کی سیڑھیوں تک پہنچ جائے اور کوٹھے پر چڑھ جائے مگر میونسپل کمیٹی کی لالٹین غیر مُختَتَم ٹکٹکی باندھے اس کی طرف گھور رہی تھی۔اس کے بڑھنے والے قدم رک گئے اور وہ بھنا سا گیا۔ یہ لالٹین مجھے کیوں گھور رہی ہے ۔ ۔ ۔ یہ میرے راستے میں کیوں روڑے اٹکاتی ہے۔

وہ جانتا تھا کہ یہ محض واہمہ ہے اور اصلیت سے اس کا کوئی تعلق نہیں پھر بھی اس کے قدم رک جاتے تھے۔اور وہ اپنے دل میں تمام بھیانک ارادے لیے موری کے اس پار کھڑا رہ جاتا تھا، وہ یہ سمجھتا تھا کہ اس کی زندگی کے ستائیس برسوں کی جھجک جو اسے ورثے میں ملی تھی،اس لالٹین میں جمع ہو گئی ہے۔یہ جھجک جس کو وہ پرانی کینچلی کی طرح اتار کر وہ اپنے گھر چھوڑ آیا تھا،اس سے پہلے وہاں پہنچ چکی تھی جہاں اسے اپنی زندگی کا سب سے بھدا کھیل کھیلنا تھا۔ایسا کھیل جو اسے کیچڑ میں لت پت کر دے، اس کی روح کو ملوّث کر دے۔

ایک میلی کچیلی عورت اس مکان میں رہتی تھی۔اس کے پاس چار پانچ جوان عورتیں تھیں جو رات کے اندھیرے اور دن کے اجالے میں یکساں بھدے پن سے پیشہ کیا کرتی تھیں۔ یہ عورتیں گندی موری سے غلاظت نکالنے والے پمپ کی طرح چلتی رہتی تھیں۔ جاوید کو اس قحبہ خانے کے متعلق اس کے ایک دوست نے بتایا تھا جو حسن و عشق کی تلاش کئی مرتبہ اس قبرستان میں دفن کر چکا تھا۔جاوید سے وہ کہا کرتا تھا،

''تم عورت عورت پکارتے ہو ۔ ۔ ۔ عورت ہے کہاں ۔ ۔ ۔ ؟ مجھے تو اپنی زندگی میں صرف ایک عورت نظر آئی جو میری ماں تھی ۔ ۔ ۔ مستورات البتہ دیکھی ہیں اور ان کے متعلق سنا بھی ہے لیکن جب بھی عورت

کی ضرورت محسوس ہوئی ہے تو میں نے مائی جیواں کے کوٹھے کو اپنا بہترین رفیق پایا ہے ۔ ۔ ۔ بخدا مائی جیواں عورت نہیں فرشتہ ہے ۔ ۔ ۔ خدا اس کو خضر کی عمر عطا فرمائے۔ ''

جاوید، مائی جیواں اور اس کے یہاں کی چار پانچ پیشہ کرنے والی عورتوں کے متعلق بہت کچھ سن چکا تھا۔اس کو معلوم تھا کہ ان میں سے ایک ہر وقت گہرے رنگ کے شیشے والا چشمہ پہنے رہتی ہے۔اس لیے کہ کسی بیماری کے باعث اس کی آنکھیں خراب ہو چکی ہیں۔ایک کالی کلوٹی لونڈیا ہے جو ہر وقت ہنستی رہتی ہے۔ اس کے متعلق جاوید جب سوچتا تو عجیب و غریب تصویر اس کی آنکھوں کے سامنے کھنچ جاتی، '' مجھے ایسی ہی عورت چاہیے جو ہر وقت ہنستی رہے ۔ ۔ ۔ ایسی عورتوں کو ہنستے ہی رہنا چاہیے ۔ ۔ ۔ جب وہ ہنستی ہو گی تو اس کے کالے کالے ہونٹ یوں کھلتے ہوں گے جیسے بدبودار گندے پانی میں میلے بلبلے بن بن کر اٹھتے ہیں۔ ''

مائی جیواں کے پاس ایک اور چھوکری بھی تھی جو باقاعدہ طور پر پیشہ کرنے سے پہلے گلیوں اور بازاروں میں بھیک مانگا کرتی تھی۔ اب ایک برس سے وہ اس مکان میں تھی، جہاں اٹھارہ برسوں سے یہی کام ہو رہا تھا۔ یہ اب پوڈر اور سرخی لگاتی تھی۔ جاوید اس کے متعلق بھی سوچتا، '' اس کے سرخی لگے گال بالکل داغدار سیبوں کے مانند ہوں گے ۔ ۔ ۔ جو ہر کوئی خرید سکتا ہے۔ ''

ان چار یا پانچ عورتوں میں سے جاوید کی کسی خاص پر نظر نہیں تھی۔ ۔ ۔ مجھے کوئی بھی مل جائے ۔ ۔ ۔ میں چاہتا ہوں کہ مجھ سے دام لیے جائیں اور کھٹ سے ایک عورت میری بغل میں تھما دی جائے ۔ ۔ ۔ ایک سیکنڈ کی دیر نہ ہونی چاہیے، کسی قسم کی گفتگو نہ ہو، کوئی نرم و ناز ک فقرہ منہ سے نہ نکلنے پائے ۔ ۔ ۔ قدموں کی چاپ سنائی دے ۔ دروازہ کھلنے کی کھڑ کھڑاہٹ پیدا ہو ۔ ۔ ۔ روپے کھنکنائیں، اور آوازیں بھی آئیں مگر منہ بند رہے، اگر آواز نکلے تو ایسی جو انسانی آواز معلوم نہ ہو ۔ ۔ ۔ ملاقات ہو بالکل حیوانوں کی طرح، تہذیب و تمدن کے صندوق میں تالا لگ جائے ۔ تھوڑی دیر کے لیے ایسی دنیا آباد ہو جائے جس میں سونگھنے، دیکھنے اور سننے کی نازک حسیات زنگ لگے استرے کے مانند کند ہو جائیں۔

جاوید بے چین ہو گیا۔ایک الجھن سی اس کے دماغ میں پیدا ہو گئی۔ارادہ اس کے اندر اتنی شدت اختیار کر چکا تھا کہ اگر پہاڑ بھی اس کے راستے میں ہوتے تو وہ ان سے بھڑ جاتا۔ مگر میونسپل کمیٹی کی ایک اندھی لالٹین جس کو ہوا کا ایک جھونکا بجھا سکتا تھا، اس کی راہ میں بہت بری طرح حائل ہو گئی تھی۔

اس کی بغل میں پان والے کی دکان کھلی تھی۔ تیز روشنی میں اس کی چھوٹی سی دکان کا اسباب اس قدر نمایاں ہو رہا تھا کہ بہت سی چیزیں نظر نہیں آتی تھیں۔بجلی کے قمقمے کے ارد گرد مکھیاں اس انداز سے اڑ رہی تھیں

جیسے ان کے پر بوجھل ہو رہے ہیں۔ جاوید نے جب ان کی طرف دیکھا تو اس کی الجھن میں اضافہ ہو گیا۔ وہ نہیں چاہتا تھا کہ اسے کوئی سست رفتار چیز نظر آئے۔ اس کا کر گزرنے کا ارادہ جو وہ اپنے گھر سے لے کر یہاں آیا تھا ان مکھیوں کے ساتھ ساتھ بار بار ٹکرایا اور وہ اس کے احساس سے اس قدر پریشان ہوا کہ ایک ہلڑ سا اس کے دماغ میں مچ گیا، ''میں ڈرتا ہوں۔۔۔ میں خوف کھاتا ہوں۔۔۔۔اس لالٹین سے مجھے ڈر لگتا ہے۔۔۔میرے تمام ارادے اس نے تباہ کر دیئے ہیں۔۔۔ میں ڈرپوک ہوں۔۔۔ میں ڈرپوک ہوں۔۔۔لعنت ہو مجھ پر۔'' اس نے کئی لعنتیں اپنے آپ پر بھیجیں مگر خاطر خواہ اثر پیدا نہ ہوا۔ اس کے قدم آگے نہ بڑھ سکے۔ نانک شاہی اینٹوں کا ناہموار فرش اس کے سامنے لیٹا رہا۔

گرمیوں کے دن تھے۔ نصف رات گزرنے پر بھی ہوا ٹھنڈی نہیں ہوئی تھی۔ بازار میں آمد و رفت بہت کم تھی۔ گنتی کی صرف چند دکانیں کھلی تھیں۔ فضا خاموشی میں لپٹی ہوئی تھی۔ البتہ کبھی کبھی کسی کوٹھے سے ہوا کے گرم جھونکے کے ساتھ تھکی ہوئی موسیقی کا ایک ٹکڑا اڑ کر ادھر چلا آتا تھا اور گاڑھی خاموشی میں گھل جاتا تھا۔ جاوید کے سامنے، یعنی مائی جیواں کے قحبہ خانے سے اُدھر ہٹ کر بڑے بازار میں جو دکانوں کے اوپر کوٹھوں کی ایک قطار تھی، اس میں کئی جگہ زندگی کے آثار نظر آ رہے تھے۔ اس کے بالمقابل کھڑکی میں تیز روشنی کے قمقمے کے نیچے ایک سیاہ فام عورت بیٹھی پنکھا جھل رہی تھی۔ اس کے سر کے اوپر بجلی کا بلب جل رہا تھا اور ایسا دکھائی دیتا تھا کہ سفید آگ کا ایک گولا ہے جو پگھل پگھل کر اس ویشیا پر گر رہا ہے۔

جاوید اس سیاہ فام عورت کے متعلق کچھ غور کرنے ہی والا تھا کہ بازار کے اس سرے سے جو اس کی آنکھوں سے اوجھل تھا، بڑے بھدے نعروں کی صورت میں چند آوازیں بلند ہوئیں۔ تھوڑی دیر کے بعد تین آدمی جھومتے جھامتے شراب کے نشے میں چور نمودار ہوئے۔ تینوں کے تینوں اس سیاہ فام عورت کے کوٹھے کے نیچے پہنچ کر کھڑے ہو گئے اور جاوید کے کانوں نے ایسی ایسی واہیات باتیں سنیں کہ اس کے تمام ارادے اس کے اندر سمٹ کر رہ گئے۔

ایک شرابی نے، جس کے قدم بہت زیادہ لڑکھڑا رہے تھے، اپنے مونچھوں بھرے ہونٹوں سے بڑی بھدی آواز کے ساتھ ایک بوسہ نوچ کر اس کالی ویشیا کی طرف اچھالا اور ایک ایسا فقرہ کسا کہ جاوید کی ساری ہمت پست ہو گئی۔ کوٹھے پر برقی لیمپ کی روشنی میں اس سیاہ فام عورت کے ہونٹ ایک آبنوسی قہقہے نے والے اور اس نے شرابی کے فقرے کا جواب یوں دیا جیسے ٹوکری بھر کوڑا نیچے پھینک دیا ہے۔ نیچے غیر مربوط قہقہوں کا ایک فوارہ سا چھوٹ پڑا اور جاوید کے دیکھتے دیکھتے وہ تینوں شرابی کوٹھے پر چڑھے۔ تھوڑی دیر

کے بعد وہ نشست جہاں وہ کالی ویشیا بیٹھی تھی خالی ہو گئی۔

جاوید اپنے آپ سے اور زیادہ متنفر ہو گیا، ''تم ۔ ۔ تم ۔ ۔ تم کیا ہو ۔ ۔ ۔ ؟ میں پوچھتا ہوں، آخر تم کیا ہو ۔ ۔ ۔ نہ تم یہ ہو، نہ وہ ہو ۔ ۔ ۔ نہ تم انسان ہو نہ حیوان ۔ ۔ ۔ تمہاری ذہانت و ذکاوت آج سب دھری کی دھری رہ گئی ہے ۔ تین شرابی آتے ہیں۔ تمہاری طرح ان کے دل میں ارادہ نہیں ہوتا۔ لیکن بے دھڑک اس ویشیا سے واہیات باتیں کرتے ہیں اور ہنستے، قہقہے لگاتے کوٹھے پر چڑھ جاتے ہیں۔ گویا پتنگ اڑانے جا رہے ہیں ۔ ۔ ۔ اور تم ۔ ۔ ۔ اور تم جو کہ اچھی طرح سمجھتے ہو کہ تمہیں کیا کرنا ہے ۔ یوں بیوقوفوں کی طرح نیچ بازار میں کھڑے ہو اور ایک بے جان لاٹین سے خوف کھا رہے ہو ۔ ۔ ۔ تمہارا ارادہ اس قدر صاف اور شفاف ہے لیکن پھر بھی تمہارے قدم آگے نہیں بڑھتے ۔ ۔ ۔ لعنت ہو تم پر ۔ ۔ ۔ ''

جاوید کے اندر ایک لمحے کے لیے خود انتقامی کا جذبہ پیدا ہوا۔ اس کے قدموں میں جنبش ہوئی اور موری پھاند کر وہ مائی جیواں کے کوٹھے کی طرف بڑھا۔ قریب تھا کہ وہ لپک کر سیڑھیوں کے پاس پہنچ جائے کہ اوپر سے ایک آدمی اترا۔ جاوید پیچھے ہٹ گیا۔ غیر ارادی طور پر اس نے اپنے آپ کو چھپانے کی کوشش بھی کی لیکن کوٹھے پر سے نیچے آنے والے آدمی نے اس کی طرف کوئی توجہ نہ دی۔

اس آدمی نے اپنا ململ کا کرتہ اتار کر کاندھے پر دھرا تھا۔ اور داہنی کلائی میں موتیے کے پھولوں کا مسلا ہوا ہار لپیٹا تھا۔ اس کا بدن پسینے سے شرابور ہو رہا تھا۔ جاوید کے وجود سے بے خبر وہ اپنے تہ بند کو دونوں ہاتھوں سے گھٹنوں تک اونچا کیے کیے نانک شاہی اینٹوں کا اونچا نیچا فرش طے کر کے موری کے اُس پار چلا گیا اور جاوید نے سوچنا شروع کیا کہ اس آدمی نے اس کی طرف کیوں نہیں دیکھا۔

اس دوران میں اس نے اس کی لاٹین کی طرف دیکھا تو وہ اسے یہ کہتی معلوم ہوئی، ''تم کبھی اپنے مقصد میں کام یاب نہیں ہو سکتے ۔ اس لیے کہ تم ڈرپوک ہو ۔ ۔ ۔ یاد ہے تمہیں پچھلے برس برسات میں جب تم نے اس ہندو لڑکی اندر سے اپنی محبت کا اظہار کرنا چاہا تو تمہارے جسم میں سکت نہیں رہی تھی ۔ ۔ ۔ کیسے کیسے بھیانک خیال تمہارے دماغ میں پیدا ہوئے تھے ۔ ۔ ۔ یاد ہے، تم نے ہندو مسلم فساد کے متعلق بھی سوچا تھا اور ڈر گئے تھے۔ اس لڑکی کو تم نے اسی ڈر کے مارے بھلا دیا اور حمیدہ سے تم اس لیے محبت نہ کر سکے کہ وہ تمہاری رشتہ دار تھی اور تمہیں اس بات کا خوف تھا کہ تمہاری محبت کو غلط نظروں سے دیکھا جائے گا۔ کیسے کیسے وہم تمہارے اوپر ان دنوں مسلط تھے ۔ ۔ ۔ اور پھر تم نے بلقیس سے محبت کرنا چاہی۔ مگر اس کو صرف ایک بار دیکھ کر تمہارے سب ارادے غائب ہو گئے اور تمہارا دل ویسے کا ویسا بنجر رہا ۔ ۔ ۔ کیا

تمہیں اس بات کا احساس نہیں کہ ہر بار تم نے اپنی بے لوث محبت کو آپ ہی شک کی نظروں سے دیکھا ہے۔تمہیں اس بات کا کبھی پوری طرح یقین نہیں آیا کہ تمہاری محبت ٹھیک فطری حالت میں ہے ۔۔تم ہمیشہ ڈرتے ہو۔اس وقت بھی تم خائف ہو۔یہاں گھریلو عورتوں اور لڑکیوں کا سوال نہیں، ہندو مسلم فساد کا بھی اس جگہ کوئی خدشہ نہیں لیکن اس کے باوجود تم کبھی اس کوٹھے اس پر نہیں جاسکو گے۔۔۔میں دیکھوں گی تم کس طرح اوپر جاتے ہو۔ ''

جاوید کی رہی سہی ہمت بھی پست ہوگئی۔اس نے محسوس کیا وہ واقعی پرلے درجے کا ڈرپوک ہے ۔۔۔بیتے ہوئے واقعات تیز ہوا میں رکھی ہوئی کتاب کے اوراق کی طرح اس کے دماغ میں دیر تک پھر پھراتے رہے اور پہلی مرتبہ اس کو اس بات کا بڑی شدت کے ساتھ احساس ہوا کہ اس کے وجود کی بنیادوں میں ایک ایسی جھجک بیٹھی ہوئی ہے جس نے اسے قابلِ رحم حد تک ڈرپوک بنا دیا ہے۔

سامنے سیڑھیوں سے کسی کے اترنے کی آواز آئی تو جاوید اپنے خیالات سے چونک پڑا۔ وہی جو گہرے رنگ کے شیشوں والی عینک پہنتی تھی اور جس کے متعلق وہ کئی بار اپنے دوست سے سن چکا تھا، سیڑھیوں کے اختتامی چبوترے پر کھڑی تھی۔ جاوید گھبرا گیا، قریب تھا کہ وہ آگے سرک جائے کہ اس نے بڑے بھدے طریقے پر اسے آواز دی، '' اجی ٹھہر جاؤ۔۔۔میری جان گھبراؤ نہیں۔۔آؤ۔۔آؤ۔۔۔'' اس کے بعد اس نے پچکارتے ہوئے کہا، '' چلے آؤ۔۔۔آ جاؤ۔۔ ''

یہ سن کر جاوید کو ایسا محسوس ہوا کہ اگر وہ کچھ دیر وہاں ٹھہرا تو اس کی پیٹھ میں دم اگ آئے گی جو ویشیا کے پچکارنے پر ہلنا شروع کر دے گی۔اس احساس سمیت اس نے چبوترے کی طرف گھبرائی ہوئی نظروں سے دیکھا۔ مائی جیواں کے قحبہ خانے کی اس عینک چڑھی لونڈیا نے کچھ اس طرح اپنے بالائی جسم کو حرکت دی کہ جاوید کے تمام ارادے پکے ہوئے بیروں کی ماند جھڑ گئے۔ اس نے پھر پچکارا، '' آؤ۔۔۔میری جان اب آبھی جاؤ۔ ''

جاوید اٹھ بھاگا۔موری پھاند کر جب وہ بازار میں پہنچا تو اس نے ایک ایسے قہقہے کی آواز سنی جو خطر ناک طور پر بھیانک تھا۔ وہ کانپ اٹھا۔

جب وہ اپنے گھر کے پاس پہنچا تو اس کے خیالات کے ہجوم میں سے دفعتاً ایک خیال رینگ کر آگے بڑھا جس نے اس کو تسکین دی، '' جاوید، تم ایک بہت بڑے گناہ سے بچ گئے۔ خدا کا شکر بجالاؤ۔ ''

ڈھارس

آج سے ٹھیک آٹھ برس پہلے کی بات ہے۔

ہندو سبھا کالج کے سامنے جو خوبصورت شادی گھر ہے اس میں ہمارے دوست بشیشر ناتھ کی برات ٹھہری ہوئی تھی۔ تقریباً تین سو سارھے تین سو کے قریب مہمان تھے جو امرتسر اور لاہور کی نام ور طوائفوں کا مجرا سننے کے بعد اس وسیع عمارت کے مختلف کمروں میں فرش پر یا چارپائیوں پر گہری نیند سو رہے تھے۔ چار بج چکے تھے۔ میری آنکھوں میں، بشیشر ناتھ کے ساتھ ایک علیحدہ کمرے میں خاص خاص دوستوں کی موجودگی میں پی ہوئی وہسکی کا خمار ابھی تک باقی تھا۔ جب ہال کے گول کلاک نے چار بجائے تو میری آنکھ کھلی۔ شاید کوئی خواب دیکھ رہا تھا کیونکہ پلکوں میں کچھ چیز پھنسی پھنسی معلوم ہوتی تھی۔

ایک آنکھ بند کر کے، اس خیال سے کہ دوسری آنکھ ابھی کچھ دیر سوتی رہے، میں نے ہال کے فرش پر نظر دوڑائی۔ سب سو رہے تھے۔ کچھ اوندھے، کچھ سیدھے اور کچھ چاقو سے بنے ہوئے۔ میں نے اب دوسری آنکھ کھولی اور دیکھا۔ رات کو پینے کے بعد جب ہم ہال میں آ کر لیٹے تھے تو اصغر علی نے ضد کی تھی کہ وہ گاؤ تکیہ لے کر سوئے گا۔ گاؤ تکیہ میرے سر سے کچھ فاصلے پر پڑا تھا مگر اصغر موجود نہیں تھا۔

میں نے سوچا، حسبِ معمول رات بھر جاگتا رہا ہے اور اس وقت یہاں سے بہت دور رام باغ میں کسی معمولی کٹھائی کے میلے بستر پر سو رہا ہے۔

اصغر علی کے لیے شراب دیسی ہو یا انگریزی، ایک تیز گاڑی تھی جو اسے فوراً عورت کی طرف کھینچ کر لے جاتی تھی۔ شراب پینے کے بعد یوں تو ننانوے فی صد مردوں کو خوبصورت چیزیں اپنی طرف کھینچتی ہیں، لیکن اصغر جو نہایت اچھا فوٹو گرافر اور پینٹر تھا۔۔۔ جو رنگوں اور لکیروں کا صحیح امتزاج جانتا تھا، شراب پینے

کے بعد ہمیشہ نہایت ہی بھونڈی تصویر پیش کیا کرتا تھا۔ میری پلکوں میں پھنسے ہوئے خواب کے ٹکڑے نکل گئے اور میں نے اصغر علی کے متعلق سوچنا شروع کر دیا جو خواب نہیں تھا۔ اس کے لمبے بالوں والے وزنی سر کا دباؤ کاؤ تکیے پر مجھے صاف نظر آ رہا تھا۔

کئی بار غور کرنے کے باوجود میں سمجھ نہ سکا تھا کہ شراب پی کر اصغر کا دل اور دماغ شل کیوں ہو جاتا ہے۔ شل تو نہیں کہنا چاہیے کیونکہ وہ خوف ناک طور پر بیدار ہو جاتا تھا اور اندھیری سے اندھیری گلیوں میں بھی راستہ تلاش کرتا، وہ لڑکھڑاتے ہوئے قدموں سے کسی نہ کسی جسم بیچنے والی عورت کے پاس پہنچ جاتا۔ اس کے غلیظ بستر سے اٹھ کر جب وہ صبح نہا دھو کر اپنے اسٹوڈیو پہنچتا اور صاف ستھری، تندرست جوان اور خوب صورت لڑکیوں اور عورتوں کی تصویر اتارتا تو اس کی آنکھوں میں حیوانیت کی ہلکی سی جھلک بھی نہ ہوتی جو شرابی حالت میں ہر دیکھنے والے کو نظر آ سکتی تھی۔

یقین مانیے شراب پی کر وہ سخت بے چین ہو جاتا تھا۔ اس کے دماغ سے خود احتسابی کچھ عرصے کے لیے بالکل مفقود ہو جاتی تھی۔ آدمی کتنی پی سکتا تھا! چھ، سات، آٹھ پیگ۔۔۔ مگر اس بظاہر بے ضرر سیال مادے کے چھ یا سات گھونٹ اسے شہوت کے اتھاہ سمندر میں دھکیل دیتے تھے۔

آپ وہسکی میں سوڈا یا پانی ملا سکتے ہیں، لیکن عورت کو اس میں حل کرنا کم از کم میری سمجھ میں نہیں آتا۔ شراب پی جاتی ہے، غم غلط کرنے کے لیے۔۔۔ عورت کوئی غم تو نہیں۔ شراب پی جاتی ہے، شور مچانے کے لیے۔۔۔ عورت کوئی شور تو نہیں۔

رات اصغر نے شراب پی کر بہت شور مچایا۔ شادی بیاہ پر چونکہ ویسے ہی کافی ہنگامہ ہوتا ہے اس لیے یہ شور دب گیا ورنہ مصیبت برپا ہوتی۔ ایک دفعہ وہسکی سے بھرا ہوا گلاس اٹھا کر یہ کہتے ہوئے کمرے سے باہر نکل گیا، ''میں بہت اونچا آدمی ہوں۔۔۔ اونچی جگہ بیٹھ کر پیوں گا۔'' میرا خیال تھا کہ رام باغ میں کسی اونچے کوٹھے کی تلاش میں چلا گیا ہے، لیکن تھوڑی ہی دیر کے بعد جب دروازہ کھلا تو وہ ایک لکڑی کی سیڑھی لیے اندر داخل ہوا اور اسے دیوار کے ساتھ لگا کر سب سے اوپر والے ڈنڈے پر بیٹھ گیا اور چھت کے ساتھ سر لگا کر پینے لگا۔

بڑی مشکلوں کے بعد میں نے اور بشیشر نے اسے نیچے اتارا اور سمجھایا کہ ایسی حرکتیں صرف اس وقت اچھی لگتی ہیں جب کوئی اور موجود نہ ہو، شادی گھر مہمانوں سے کھچا کھچ بھرا ہے، اسے خاموش رہنا چاہیے۔ معلوم نہیں کیسے یہ بات اس کے دماغ میں بیٹھ گئی کیونکہ جب تک پارٹی جاری رہی، وہ ایک کونے میں

چپ چاپ بیٹھا اپنے حصے کی وہسکی پیتا رہا۔

یہ سوچتے سوچتے میں اٹھا اور باہر بالکنی میں جا کر کھڑا ہو گیا۔ سامنے ہندو سبھا کالج کی لال لال اینٹوں والی عمارت صبح کے خاموش اندھیارے میں لپٹی ہوئی تھی۔ آسمان کی طرف دیکھا تو کئی تارے مٹیالے آسمان پر کانپتے ہوئے نظر آئے۔ مارچ کے آخری دنوں کی خنک ہوا دھیرے دھیرے چل رہی تھی۔ میں نے سوچا چلو اوپر چلیں۔ کھلی جگہ ہے، کچھ دیر مرمر کے بنے ہوئے شہ نشین پر لیٹیں گے۔ سردی محسوس ہونے پر بدن میں جو تیز تیز جھر جھریاں پیدا ہوں گی، ان کا مزا آئے گا۔

لمبا برآمدہ طے کر کے جب میں سیڑھیوں کے پاس پہنچا تو اوپر سے کسی کے اترنے کی آواز آئی۔ چند لمحات کے بعد اصغر نمودار ہوا اور مجھ سے کلام کیے بغیر پاس سے گزر گیا۔ اندھیرا تھا، میں نے سوچا شاید اس نے مجھے دیکھا نہیں چنانچہ آہستہ آہستہ سیڑھیوں پر میں نے چڑھنا شروع کیا۔ میری عادت ہے، جب کبھی میں سیڑھیاں چڑھتا ہوں تو اس کے زینے ضرور گنتا ہوں۔ میں نے دل میں چوبیس کہا اور دفعتاً مجھے آخری زینے پر ایک عورت کھڑی نظر آئی۔ میں بوکھلا گیا کیونکہ قریب قریب ہم دونوں ایک دوسرے سے ٹکرا گئے تھے۔ ''معاف کر دیجیے گا۔۔۔اوہ، آپ!''

عورت شاردا تھی۔ ہماری ہمسائی ہر نام کور کی بڑی لڑکی جو شادی کے ایک برس ہی بیوہ ہو گئی تھی۔ پیشتر اس کے کہ میں اس سے کچھ اور کہوں، اس نے مجھ سے بڑی تیزی سے پوچھا، ''یہ کون تھا جو ابھی نیچے گیا ہے؟''

''کون؟''

''وہی آدمی جو ابھی نیچے اتر کے گیا ہے۔۔۔کیا آپ اسے جانتے ہیں۔''

''جانتا ہوں۔''

''کون ہے؟''

''اصغر۔''۔۔۔ ''اصغر!'' اس نے یہ نام اپنے دانتوں کے اندر جیسے کاٹ دیا اور مجھے، جو کچھ بھی ہوا تھا اس کا علم ہو گیا۔ ''کیا اس نے کوئی بدتمیزی کی ہے؟''

''بدتمیزی!'' شاردا کا دوہرا جسم غصے سے کانپ اٹھا، ''لیکن میں کہتی ہوں اس نے مجھے سمجھا کیا۔۔۔'' یہ کہتے ہوئے اس کی چھوٹی چھوٹی آنکھوں میں آنسو آ گئے۔

''اس نے۔۔۔اس نے۔۔۔'' اس کی آواز حلق میں پھنس گئی اور دونوں ہاتھوں سے منہ ڈھانپ کر اس

نے زور زور سے رونا شروع کر دیا۔ میں عجیب الجھن میں پھنس گیا۔سوچنے لگا اگر رونے کی آواز سن کر کوئی اوپر آ گیا تو ایک ہنگامہ بر پا ہو جائے گا۔شاردا کے چار بھائی ہیں اور چاروں کے چاروں شادی گھر میں موجود ہیں۔ان میں سے دو تو ہر وقت دوسروں سے لڑائی کا بہانہ ڈھونڈتے رہتے ہیں۔اصغر علی کی اب خیر نہیں۔

میں نے اس کو سمجھانا شروع کیا، '' دیکھیے آپ رویئے نہیں۔۔۔ کوئی سن لے گا۔''

ایک دم دونوں ہاتھ اپنے منہ سے ہٹا کر اس نے تیز آواز میں کہا، '' سن لے ۔۔۔میں سنانا ہی تو چاہتی ہوں۔۔۔مجھے آخر اس نے سمجھا کیا تھا۔۔۔ بازاری عورت۔۔۔ میں۔۔۔میں۔۔۔میں۔۔۔''

آواز پھر اس کے حلق میں اٹک گئی۔

'' میرا خیال ہے اس معاملے کو یہیں دبا دینا چاہیے۔''

'' کیوں؟''

'' بدنامی ہو گی۔''

'' کس کی۔۔۔میری یا اس کی؟''

'' بدنامی تو اس کی ہو گی لیکن کیچڑ میں ہاتھ ڈالنے کا فائدہ ہی کیا ہے؟''

یہ کہہ میں نے اپنا رومال نکال کر اسے دیا، '' لیجیے آنسو پونچھ لیجیے۔''

رومال فرش پر پٹک کر وہ شہ نشین پر بیٹھ گئی۔ میں نے رومال اٹھا کر اپنی جیب میں رکھ لیا۔

'' شاردا دیوی! اصغر میرا دوست ہے۔اس سے جو غلطی ہوئی، میں اس کی معافی چاہتا ہوں۔''

'' آپ کیوں معافی مانگتے ہیں؟''

'' اس لیے کہ میں یہ معاملہ رفع دفع کرنا چاہتا ہوں۔ویسے آپ کہیں تو میں اسے یہاں لے آتا ہوں۔وہ آپ کے سامنے ناک سے لکیریں بھی کھینچ دے گا۔''

نفرت سے اس نے اس اپنا منہ پھیر لیا، '' نہیں۔۔۔اس کو میرے سامنے مت لایئے گا۔۔۔اس نے میرا ایمان کیا ہے۔'' یہ کہتے ہوئے پھر اس کا گلا رندھ گیا، اور شہ نشین کی مرمریں سل پر کہنیوں کے بل دوہری ہو کر اس نے مجروح جذبات کے اٹھتے ہوئے فوارے کو دبانے کی ناکام کوشش کی۔ میں بوکھلا گیا۔۔۔ ایک جوان اور تندرست عورت میرے سامنے رو رہی تھی اور میں اسے چپ نہیں کرا سکتا تھا۔ایک دفعہ اسی اصغر کی موٹر چلاتے چلاتے میں نے ایک کتے کو بچانے کے لیے ہارن بجایا۔۔۔ شامت اعمال ایسا ہاتھ پڑا کہ ہارن بس وہیں، آواز۔۔۔ ایک نہ ختم ہونے والا شور بن کے رہ گئی۔ ہزار کوشش کر رہا ہوں کہ ہارن

بند ہو جائے مگر وہ پڑا چلّا رہا ہے۔ لوگ دیکھ رہے ہیں اور میں مجسم بے چارگی بنا بیٹھا ہوں۔

خدا کا شکر ہے کوٹھے پر میرے اور شاردا کے سوا اور کوئی نہیں تھا۔ لیکن میری بے چارگی کچھ اس ہار ن والے معاملے سے سوا تھی۔ میرے سامنے ایک عورت رو رہی تھی جس کو بہت دکھ پہنچا تھا۔

کوئی اور عورت ہوتی تو میں تھوڑی دیر اپنا فرض ادا کرنے کے بعد چلا جاتا، مگر شاردا ہمسائی کی لڑکی تھی اور میں اسے بچپن سے جانتا تھا۔ بڑی اچھی لڑکی تھی۔ اپنی تین چھوٹی بہنوں کے مقابلے میں کم خوبصورت لیکن بہت ذہین۔ کروشیے اور سلائی کے کام میں چابک دست اور کم گو۔ جب پچھلے برس شادی کے عین ساڑھے گیارہ مہینوں بعد اس کا خاوند ریل کے حادثے میں مر گیا تھا تو ہم سب گھر والوں کو بہت افسوس ہوا تھا۔

خاوند کی موت کا صدمہ کچھ اور ہے، مگر یہ صدمہ جو شاردا کو میرے ایک واہیات دوست نے پہنچایا تھا، ظاہر ہے کہ اس کی نوعیت بالکل مختلف اور بہت اذیت دہ تھی۔

میں نے اس کو چپ کرانے کی ایک بار اور کوشش کی۔ شہ نشین پر اس کے پاس بیٹھ کر میں نے اس سے کہا، ''شاردا یوں روئے جانا ٹھیک نہیں۔ جاؤ! نیچے چلی جاؤ اور جو کچھ ہوا ہے، اس کو بھول جاؤ۔۔۔ وہ کم بخت شراب پیے ہوا تھا۔ ورنہ یقین جانو اتنا برا آدمی نہیں۔ شراب پی کر جانے کیا ہو جاتا ہے اسے۔''

شاردا کا رونا بند نہ ہوا۔

مجھے معلوم تھا اصغر نے کیا کیا ہو گا، کیونکہ عام مردوں کا ایک ہی طریقہ ہوتا ہے، جسمانی۔ لیکن پھر بھی میں خود شاردا کے منہ سے سننا چاہتا تھا کہ اصغر نے کس طور پر یہ بے ہودگی کی۔ چنانچہ میں نے اسی ہمدردانہ لہجے میں اس سے کہا، ''معلوم نہیں اس نے تم سے کیا بدتمیزی کی ہے، لیکن کچھ نہ کچھ میں سمجھ سکتا ہوں۔ ۔۔ تم اوپر کیا کرنے آئی تھیں۔''

شاردا نے لرزتی ہوئی آواز میں کہا، ''میں نیچے کمرے میں سو رہی تھی، دو عورتوں نے میرے متعلق باتیں شروع کر دیں۔''

آواز ایک دم اس کے گلے میں رندھ گئی۔

میں نے پوچھا، ''کیا کہہ رہی تھیں؟''

شاردا نے اپنا منہ میری مرمریں سل پر رکھ دیا اور بہت زور سے رونے لگی۔ میں نے اس کے چوڑے کاندھوں پر ہولے ہولے تھکی دی، ''چپ کر جاؤ شاردا۔۔۔ چپ کر جاؤ۔''

روتے روتے، ہچکیوں کے درمیان اس نے کہا، ''وہ کہتی تھیں۔۔۔ وہ کہتی تھیں۔۔۔ اس ودوا کو یہاں

کیوں بلایا گیا ہے۔''

ودوا کہتے ہوئے شاردا نے اپنے آنسوؤں بھرے دوپٹے کا ایک کونہ منہ میں چبالیا، ''یہ سن کر میں رونے لگی اور اوپر چلی آئی۔۔۔اور۔۔۔۔''

یہ سن کر مجھے بھی شدید دکھ ہوا۔۔۔عورتیں کتنی ظالم ہوتی ہیں۔ خاص طور پر بوڑھی۔ زخم تازہ ہوں یا پرانے، کیا مزے لے لے کر کریدتی ہیں۔ میں نے شاردا کا ہاتھ اپنے ہاتھ میں لیا اور پرخلوص ہمدردی سے دبایا، ''ایسی باتوں کی بالکل پروا نہیں کرنی چاہیے۔''

وہ بچے کی طرح بلکنے لگی، ''میں نے اوپر آ کر یہی سوچا اور رو سوگئی تھی۔۔۔کہ آپ کا دوست آیا اور اس نے میرا دوپٹہ کھینچا۔۔۔اور میرے کرتے کے بٹن کھول کر۔''

اس کے کرتے کے بٹن کھلے ہوئے تھے۔

''جانے دو شاردا۔ بھول جاؤ جو کچھ ہوا۔'' میں نے جیب سے رومال نکالا اور اس کے آنسو پونچھنے شروع کیے۔ دوپٹے کا کونہ ابھی تک اس کے منہ میں تھا، بلکہ اس نے کچھ اور زیادہ اندر چبالیا تھا۔ میں نے کھینچ کر باہر نکال لیا۔ اس گیلے حصے کو اس نے اپنی انگلیوں پر لپیٹتے ہوئے بڑے دکھ سے کہا:

''آپ کے دوست نے ودوا سمجھ کر ہی مجھ پر ہاتھ ڈالا ہو گا سوچا ہو گا اس عورت کا کون ہے۔۔۔''

''نہیں نہیں شاردا، نہیں۔'' میں نے اس کا سر اپنے کندھے کے ساتھ لگا لیا۔

''جو کچھ اس نے سوچا، جو کچھ اس نے کیا، لعنت بھیجو اس پر۔۔۔چپ ہو جاؤ۔''

جی چاہا لوری دے کر اس کو سلا دوں۔ میں نے اس کی آنکھیں خشک کی تھیں لیکن آنسو پھر ابل آئے تھے۔ دوپٹے کا کونہ جو اس نے پھر منہ میں چبالیا تھا، میں نے نکال کر انگلیوں سے اس کے آنسو پونچھے اور دونوں آنکھوں کو ہولے ہولے چوم لیا۔

''بس اب نہیں رونا۔''

شاردا نے اپنا سر میرے سینے کے ساتھ لگا دیا۔ میں نے دھیرے دھیرے اس کے گال تھپکائے، ''بس، بس، بس!''

تھوڑی دیر کے بعد جب میں نیچے اترا تو مارچ کے آخری دنوں کی خنک ہوا میں، شہ نشین کی مرمریں سِل پر، اصغر کی بے ہودگی کو بھول کر شاردا اپنا لمبا ململ کا دوپٹہ تانے خود کو بالکل ہلکی محسوس کر رہی تھی۔۔۔اس کے سینے میں تلاطم کے بجائے اب شیر گرم سکون تھا۔

راجو

سن اکتیس کے شروع ہونے میں صرف رات کے چند برفائے ہوئے گھنٹے باقی تھے۔ وہ لحاف میں سردی کی شدت کے باعث کانپ رہا تھا۔ پتلون اور کوٹ سمیت لیٹا تھا، لیکن اس کے باوجود سردی کی لہریں اس کی ہڈیوں تک پہنچ رہی تھیں۔ وہ اٹھ کھڑا ہوا اور اپنے کمرے کی سبز روشنی میں جو سردی میں اضافہ کر رہی تھی، زور زور سے ٹہلنا شروع کر دیا کہ اس کا دوران خون تیز ہو جائے.

تھوڑی دیر یوں چلنے پھرنے کے بعد جب اس کے اندر تھوڑی سی حرارت پیدا ہو گئی تو وہ آرام کرسی پر بیٹھ گیا اور سگریٹ سلگا کر اپنے دماغ کو ٹٹولنے لگا۔ اس کا دماغ چوں کہ بالکل خالی تھا، اس لیے اس کی قوتِ سامعہ بہت تیز تھی۔ کمرے کی ساری کھڑکیاں بند تھیں، مگر وہ باہر گلی میں ہوا کی مدھم سے گنگناہٹ بڑی آسانی سے سن سکتا تھا۔ اس گنگناہٹ میں اسے انسانی آوازیں سنائی دیں۔ ایک دبی دبی چیخ دسمبر کی آخری رات کی خاموشی میں چابک کے اول کی طرح ابھری، پھر کسی کی التجائیہ آواز لرزی ۔ ۔ ۔ وہ اٹھ کھڑا ہوا اور اس نے کھڑکی کی دَرز میں سے باہر کی طرف دیکھا۔

وہی ۔ ۔ ۔ وہی لڑکی یعنی سوداگروں کی نوکرانی میونسپلٹی کی لالٹین کے نیچے کھڑی تھی صرف ایک سفید بنیان پہنے لیمپ کی روشنی میں یوں معلوم ہوتا تھا کہ اس کے بدن پر برف کی ایک پتلی سی تہہ جم گئی ہے۔ اس کے بنیان کے نیچے، اس کی بدنما چھاتیاں، ناریلوں کے مانند لٹکی ہوئی تھیں۔ وہ اس انداز میں کھڑی تھی، گویا ابھی ابھی کشتی سے فارغ ہوئی ہے۔ ایسی حالت میں دیکھ کر سعید کے صناعانہ جذبات کو دھچکا سا لگا۔ اتنے میں کسی مرد کی بھنچی بھنچی آواز سنائی دی، ''خدا کے لیے اندر چلی آؤ ۔ ۔ ۔ کوئی دیکھ لے گا تو آفت ہی آ جائے گی، ''۔ وحشی بلی کی طرح اس نے غرا کر جواب دیا۔ ''میں نہیں آؤں گی ۔ ۔ ۔ بس ایک بار جو کہہ

دیا کہ نہیں آؤں گی۔،،

سوداگر کے بچے نے التجا کے طور پر اس سے کہا، ،،خدا کے لیے اونچے نہ بولو، کوئی سن لے گا، راجو۔،، تو اس کا نام راجو تھا۔ راجو نے اپنی لنڈوری چٹیا کو جھٹکا دے کر کہا، ،،سن لے۔۔۔۔ساری دنیا سن لے ۔۔۔۔خدا کرے ساری دنیا سن لے۔۔۔۔ اگر تم مجھے یوں ہی اپنے کمرے کے اندر آنے کو کہتے رہو گے، تو میں خود محلے بھر کو جگا کر سب کچھ کہہ دوں گی۔،،

راجو اس کو نظر آ رہی تھی، مگر وہ جس سے مخاطب تھی وہ اس کی نظروں سے اوجھل تھا۔ اس نے بڑی دَرز سے راجو کو دیکھا، اس کے بدن پر جھر جھری سی طاری ہو گئی۔ اگر وہ ساری کی ساری ننگی ہوتی تو شاید اس کے صناعانہ جذبات کو ٹھیس نہ پہنچتی۔ لیکن اس کے جسم کے وہ حصے جو ننگے تھے، دوسرے مستور حصوں کو عریانی کی دعوت دے رہے تھے راجو میونسپلٹی کی لالٹین کے نیچے کھڑی تھی اور اسے ایسا محسوس ہوتا تھا کہ عورت کے متعلق اس کے جذبات اپنے کپڑے اتار رہے ہیں۔

راجو کی غیر متناسب بانہیں، جو کاندھوں تک ننگی تھیں، نفرت انگیز طور پر لٹک رہی تھیں۔ مردانہ بنیان اور گول گلے میں سے اس کی نیم پختہ ڈبل روٹی ایسی موٹی اور نرم چھاتیاں، کچھ اس انداز سے باہر جھانک رہی تھیں، گویا سبزی ترکاری کی ٹوٹی ہوئی ٹوکری میں سے گوشت کے ٹکڑے دکھائی دے رہے ہوں۔ زیادہ استعمال سے گھسی ہوئی تیلی پتلی بنیان کا نچلا گھیرا خود بخود اوپر کو اٹھ گیا تھا۔ اور راجو کی ناف کا گڑھا، اس کے خمیرے آٹے ایسے پھولے ہوئے پیٹ پر یوں دکھائی دیتا تھا۔ جیسے کسی نے انگلی کھبو دی ہو۔

یہ نظارہ دیکھ کر اس کے دماغ کا ذائقہ خراب ہو گیا۔ اس نے چاہا کہ کھڑکی سے ہٹ کر اپنے بستر پر لیٹ جائے، اور سب کچھ بھول بھال کر سو جائے لیکن جانے کیوں، وہ سوراخ پر آنکھیں جمائے کھڑا رہا؟ راجو کو اس حالت میں دیکھ کر اس کے دل میں کافی نفرت پیدا ہو گئی تھی۔۔۔۔شاید وہ اسی نفرت کی وجہ سے اس سے دلچسپی لے رہا تھا۔

سوداگر کے سب سے چھوٹے لڑکے نے جس کی عمر تیس برس کے لگ بھگ ہو گی، ایک بار پھر التجائیہ لہجے میں کہا، ،،راجو خدا کے لیے اندر چلی آؤ۔۔۔ میں تم سے وعدہ کرتا ہوں کہ پھر کبھی تمہیں ستاؤں گا۔۔۔ لو اب مان جاؤ۔۔۔ یہ تمہاری بغل میں وکیلوں کا مکان ہے، ان میں سے کسی نے دیکھا یا سن لیا تو بڑی بدنامی ہو گی۔،،

راجو خاموش رہی لیکن تھوڑی دیر کے بعد بولی، ،،مجھے میرے کپڑے لا دو۔۔۔بس اب میں تمہارے

گھر میں نہیں رہوں گی۔ ۔ ۔ تنگ آگئی ہوں۔ ۔ ۔ کل سے وکیلوں کے ہاں نوکری کرلوں گی۔ ۔ ۔ سمجھے ۔ ۔ ۔؟ اب اگر تم نے مجھ سے کچھ اور کہا تو خدا کی قسم شور مچانا شروع کر دوں گی۔ ۔ ۔ میرے کپڑے چپ چاپ لا کے دے دو۔''

سوداگر کے لڑکے کی آواز آئی، ''لیکن تم رات کہاں کاٹوگی؟''

راجو نے جواب دیا، ''جہنم میں۔ تمہیں اس سے کیا۔ ۔ ۔ جاؤ تم اپنی بیوی کی بغل گرم کرو۔ ۔ ۔ میں کہیں نہ کہیں سو جاؤں گی۔'' اس کی آنکھوں میں آنسو تھے۔ وہ سچ مچ رو رہی تھی۔

سوراخ پر سے آنکھ ہٹا کر وہ پاس پڑی کرسی پر بیٹھ گیا اور سوچنے لگا۔ راجو کی آنکھوں میں آنسو دیکھ کر اسے عجیب قسم کا صدمہ ہوا تھا۔ اس میں کوئی شک نہیں کہ اس صدمے کے ساتھ وہ نفرت بھی لپٹی ہوئی تھی جو راجو کو اس حالت میں دیکھ کر اس کے دل میں پیدا ہوئی تھی، مگر غایت درجہ نرم دل ہونے کے باعث وہ پگھل سا گیا۔ راجو کی کھلاڑی آنکھوں میں، جو شیشے کے مرتبان میں چمک دار مچھلیوں کی طرح سدا متحرک رہتی تھیں آنسو دیکھ کر اس کا جی چاہا کہ انہیں تھپک کر دلاسا دے۔

راجو کی جوانی کے چار قیمتی برس سوداگر بھائیوں نے معمولی چٹائی کی طرح استعمال کیے تھے۔ ان برسوں میں تینوں بھائیوں کے نقش قدم کچھ اس طرح خلط ملط ہو گئے تھے کہ ان میں سے کسی کو اس بات کا خوف نہیں رہا تھا کہ کوئی ان کے پیروں کے نشان پہچان لے گا اور راجو کے متعلق بھی یہی کہا جا سکتا ہے کہ وہ اپنے قدموں کے نشان دیکھتی تھی نہ دوسروں کے۔

اسے بس چلتے جانے کی دھن تھی کسی بھی طرف۔ پر اب شاید اس نے مڑ کے دیکھا تھا۔ ۔ ۔ مڑ کے اس نے کیا دیکھا تھا جو اس کی آنکھوں میں آنسو آگئے ۔ ۔ ۔ یہ اس کو معلوم نہیں تھا۔

باہر سن تیس کی آخری رات دم توڑ رہی تھی اور اس کا دل دھڑک رہا تھا۔

وہ کہاں گئی۔ ۔ ۔؟ کیا وہ اندر چلی گئی۔ ۔ ۔؟ کیا وہ مان گئی تھی۔ ۔ ۔؟ مگر سوال یہ تھا کہ وہ کس بات پر جھگڑی تھی۔ ۔ ۔؟ راجو کے کانپتے ہوئے ننگے پنتنے ابھی تک اس کو نظر آرہے تھے۔ ۔ ۔ ضرور اس کے اور سوداگر کے لڑکے کے درمیان، جس کا نام محمود تھا کسی بات پر جھگڑا ہوا تھا جبھی تو وہ دسمبر کی خون منجمد کر دینے والی رات میں صرف ایک بنیان اور شلوار کے ساتھ باہر نکل آئی تھی اور اندر جانے کا نام ہی نہیں لیتی تھی۔

اس میں کوئی شک نہیں کہ راجو کو دکھی دیکھ کر اس کے ایک نامعلوم جذبے کو تسکین پہنچی تھی، لیکن اس کے ساتھ ہی اس کے دل میں رحم کے جذبات بھی پیدا ہوئے تھے۔ ۔ ۔ کسی عورت سے اس نے کبھی ہمدردی کا

اظہار نہیں کیا تھا۔شاید اسی لیے وہ راجو کو دکھی دیکھنا چاہتا تھا کہ وہ اس سے اپنی ہمدردی کا اظہار کر سکے ۔ اسے یقین تھا کہ اگر وہ راجو کے قریب ہونا چاہے گا تو وہ جنگلی گھوڑی کی طرح بدکے گی نہیں۔راجو غلاف چڑھی عورت نہیں تھی۔وہ جیسی بھی تھی دور سے نظر آ جاتی تھی۔اس کی بھدی اور موٹی ہنسی جو اکثر اس کے مٹ میلے ہونٹوں پر بچوں کے ٹوٹے ہوئے گھروندے کے مانند نظر آتی تھی،اصلی ہنسی تھی۔۔۔بڑی صحت مند ۔ ۔اور اب اس کی بھنورے جیسی متحرک آنکھوں نے آنسو اُگلے تھے، تو ان میں کوئی مصنوعی پن نہیں تھا۔

راجو کو وہ ایک مدت سے جانتا تھا۔اس کی آنکھوں کے سامنے اس کے چہرے کے تمام خطوط تبدیل ہوئے تھے اور وہ غیر محسوس طریق پر لڑکی سے عورت بننے کی طرف متوجہ ہوئی تھی۔یہی وجہ ہے کہ وہ تین سودا گر بھائیوں کو ہجوم نہیں سمجھتی تھی۔۔۔یہ ہجوم اسے پسند نہیں تھا،اس لیے کہ ایک عورت کے ساتھ وہ صرف ایک مرد منسلک دیکھنے کا قائل تھا۔۔۔مگر یہاں۔۔۔یعنی راجو کے معاملے میں اسے پسندیدگی اور ناپسندیدگی کے درمیان رک جانا پڑتا تھا۔

اس واقعے کے دوسرے روز جب وہ جاگ رہا تھا لحاف اوڑھے لیٹا تھا کہ راجو آئی۔اس نے کمرہ صاف کیا۔اس نے یہ سمجھا کہ شاید جمعدار ہے۔۔۔جو آج جلدی آ گیا ہے۔چنانچہ اس نے لحاف کے اندر سے کہا، ''دیکھو بھئی۔۔۔گرد مت اُڑانا۔''

ایک نسوانی آواز اس کو سنائی دی، ''جی میں۔۔۔جی میں میں تو۔۔۔''

اس نے لحاف اپنے سے جدا کیا اور دیکھا کہ راجو ہے۔۔۔وہ بہت متحیر ہوا۔چند لمحات وہ اس کو دیکھتا رہا۔ ۔۔اس کے بعد اس سے مخاطب ہوا، ''تم یہاں کیسے آئی ہو؟''

راجو نے جھاڑن اپنے کاندھے پر رکھا اور جواب دیا، ''میں آج صبح یہاں آئی ہوں،سوداگروں کی نوکری میں نے چھوڑ دی ہے۔''اس کی سمجھ میں نہ آیا کہ کیا کہے۔۔۔بہرحال اس نے اتنا کہہ دیا، ''اچھا کیا۔ ۔۔اب کیا تم نے ہمارے یہاں ملازمت اختیار کر لی ہے؟''

''جی ہاں۔۔۔'' یہ اس کا مختصر جواب تھا۔

اس کو راجو سے سخت نفرت تھی۔وہ چاہتا تھا کہ اس کے گھر میں اس کا کسی قسم کا دخل نہ ہو لیکن اس کی والدہ نے جو بہت رحم دل تھیں اور جنہیں نوکرانی کی ضرورت بھی تھی راجو کو ملازم رکھ لیا تھا۔اس کو بڑی الجھن محسوس ہوئی کہ وہ رات کا تماشا شاد دیکھ چکا تھا۔۔۔اسے اس سے نفرت تھی۔۔۔اس قدر نفرت کہ وہ چاہتا تھا کہ وہ اس کی نظروں کے سامنے نہ آئے۔مگر وہ آتی تھی۔۔۔صبح ناشتا لے کر آتی۔۔۔شیو کا سامان لے

کر آتی۔ دو پہر کا کھانا پیش کرتی۔ مگر اس کو یہ سب باتیں بہت ناگوار گزرتیں۔ وہ نہیں چاہتا تھا کہ راجو اس سے اس قسم کا سلوک کرے۔

چنانچہ ایک دن اس نے تنگ آ کر اس سے کہا، ''دیکھو راجو ، مجھے تمہاری ہمدردیاں پسند نہیں۔۔۔ میں اپنا کام خود کر سکتا ہوں۔۔۔ تم مہربانی کر کے تکلیف نہ کیا کرو۔'' راجو نے بڑی متانت سے کہا، ''سرکار۔ ۔۔ مجھے کوئی تکلیف نہیں ہوتی۔۔۔ میں تو آپ کی باندی ہوں۔'' وہ جھینپ سا گیا، ''ٹھیک ہے ۔۔ تم نوکرانی ہو۔۔۔ بس اس کا خیال رکھو۔''

راجو نے تپائی کا کپڑا ٹھیک کرتے ہوئے کہا، ''جی مجھے ہر چیز کا خیال ہے۔۔۔ مجھے اس بات کا بھی خیال ہے کہ آپ مجھے اچھی نظروں سے نہیں دیکھتے۔''

وہ لوٹ پوٹ گیا، ''میں۔۔۔ میں تمہیں اچھی نظروں سے کیوں نہیں دیکھتا۔۔۔ یہ تم نے کیسے جانا؟'' راجو مسکرائی، ''حضور آپ امیر آدمی ہیں۔۔۔ آپ کو ہم غریبوں کے دکھ درد کا کوئی احساس نہیں ہو سکتا۔''

اس کو راجو سے اور نفرت ہو گئی۔ وہ سمجھنے لگا کہ یہ لڑکی جو اس کے گھر میں اس کی والدہ کی نرم طبیعت کی وجہ سے آ گئی ہے، بہت واہیات ہے۔

راجو بڑی باقاعدگی سے کام کرتی رہی۔۔۔ اس کا کوئی نقص نکالنے کا سوال ہی پیدا نہیں ہو سکتا تھا۔

جب اس کی شادی کا سوال اٹھا تو وہ بہت مضطرب ہوا۔ وہ اتنی جلدی شادی نہیں کرنا چاہتا تھا۔۔۔ اس نے اپنے والدین سے صاف لفظوں میں کہہ دیا کہ مجھے یہ جھنجھٹ ابھی نہیں چاہیے۔ اس کے والدین نے بہت زور دیا کہ وہ شادی کر لے مگر وہ نہ مانا۔۔۔ اسے کوئی لڑکی پسند نہیں آتی تھی۔

ایک دن وہ گھر سے غائب ہو گیا۔۔۔ اس کے ساتھ راجو بھی۔۔۔ دوسرے دن معلوم ہوا کہ وہ میاں بیوی بن چکے ہیں۔

رام کھلاون

کھٹمل مارنے کے بعد میں ٹرنک میں پرانے کاغذات دیکھ رہا تھا کہ سعید بھائی جان کی تصویر مل گئی۔ میز پر ایک خالی فریم پڑا تھا۔۔۔ میں نے اس تصویر سے اس کو پُر کر دیا اور کرسی پر بیٹھ کر دھوبی کا انتظار کرنے لگا۔ ہر اتوار کو مجھے اسی طرح انتظار کرنا پڑتا تھا کیونکہ ہفتے کی شام کو میرے دھلے ہوئے کپڑوں کا اسٹاک ختم ہو جاتا تھا۔۔۔ مجھے اسٹاک تو نہیں کہنا چاہیے اس لیے کہ مفلسی کے اس زمانے میں میرے صرف اتنے کپڑے تھے جو بمشکل چھ سات دن تک میری وضعداری قائم رکھ سکتے تھے۔

میری شادی کی بات چیت ہو رہی تھی اور اس سلسلے میں پچھلے دو تین اتواروں سے میں ماہم جا رہا تھا۔ دھوبی شریف آدمی تھا یعنی دھلائی نہ ملنے کے باوجود ہر اتوار کو باقاعدگی کے ساتھ پورے دس بجے میرے کپڑے لے آتا تھا، لیکن پھر بھی مجھے کھٹکا تھا کہ ایسا نہ ہو میری نادہندگی سے تنگ آ کر کسی روز میرے کپڑے چور بازار میں فروخت کر دے اور مجھے اپنی شادی کی بات چیت میں بغیر کپڑوں کے حصہ لینا پڑے جو کہ ظاہر ہے، بہت ہی معیوب بات ہوتی۔

کھولی میں مرے ہوئے کھٹملوں کی نہایت ہی مکروہ بو پھیلی ہوئی تھی۔ میں سوچ رہا تھا کہ اسے کس طرح دباؤں کہ دھوبی آ گیا، ''صاب سلام۔'' کر کے اس نے اپنی گٹھری کھولی اور میرے گنتی کے کپڑے میز پر رکھ دیئے۔ ایسا کرتے ہوئے اس کی نظر سعید بھائی جان کی تصویر پر پڑی۔ ایک دم چونک کر اس نے اس کو غور سے دیکھنا شروع کر دیا۔ اور ایک عجیب اور غریب آواز حلق سے نکالی، ''ہے ہے ہے ہیں؟''

میں نے اس سے پوچھا، ''کیا بات ہے دھوبی؟''

دھوبی کی نظریں اس تصویر پر جمی رہیں، ''یہ تو ساعید شالیم بالشتر ہے؟''

’’کون؟‘‘

دھوبی نے میری طرف دیکھا اور بڑے وثوق سے کہا، ’’سعید شالیم بشر۔‘‘

’’تم جانتے ہو انہیں؟‘‘

دھوبی نے زور سے سر ہلایا، ’’ہاں۔ ۔ ۔ دو بھائی ہوتا۔ ۔ ادھر کولابا میں ان کا کوٹھی ہوتا۔ ۔ سعید شالیم ب شر۔ ۔ ۔ میں ان کا کپڑا دھوتا ہوتا۔‘‘

میں نے سوچا یہ دو برس پہلے کی بات ہو گی کیونکہ سعید حسن اور محمد حسن بھائی جان نے فجی آئی لینڈ جانے سے پہلے تقریباً ایک برس بمبئی میں پریکٹس کی تھی۔ چنانچہ میں نے اس سے کہا، ’’دو برس پہلے کی بات کرتے ہو تم؟‘‘

دھوبی نے زور سے سر ہلایا، ’’ہاں۔ ۔ ۔ سعید شالیم بشر جب ہم کو ایک پگڑی دیا۔ ۔ ۔ ایک دھوتی دیا۔ ۔ ۔ ایک کرتہ دیا۔ ۔ ۔ نیا۔ ۔ ۔ بہت اچھا لوگ ہوتا۔ ۔ ۔ ایک کا داڑھی ہوتا۔ ۔ یہ بڑا۔‘‘

اس نے ہاتھ سے داڑھی کی لمبائی بتائی اور سعید بھائی جان کی تصویر کی طرف اشارہ کر کے کہا، ’’یہ چھوٹا ہوتا۔ ۔ ۔ اس کا تین باولوگ ہوتا۔ ۔ ۔ دو لڑکا، ایک لڑکی۔ ۔ ۔ ہمارے سنگ بہت کھیلتا ہوتا۔ ۔ ۔ کولابے میں کوٹھی ہوتا۔ ۔ ۔ بہت بڑا۔ ۔ ۔‘‘

میں نے کہا، ’’دھوبی یہ میرے بھائی ہیں۔‘‘ دھوبی نے حلق سے عجیب و غریب آواز نکالی، ’’ہے ہے ہے ہیں۔ ۔ ۔؟ سعید شالیم ب شر؟‘‘ میں نے اس کی حیرت دور کرنے کی کوشش کی اور کہا، ’’یہ تصویر سعید حسن بھائی جان کی ہے۔ ۔ ۔ داڑھی والے محمد حسن ہیں۔ ۔ ۔ ہم سب سے بڑے۔‘‘

دھوبی نے میری طرف گھور کے دیکھا، پھر میری کھولی کی غلاظت کا جائزہ لیا۔ ۔ ۔ ایک چھوٹی سی کوٹھری تھی بجلی کی لائٹ سے محروم۔ ایک میز تھا۔ ایک کرسی اور ایک ٹاٹ کی کوٹ جس میں ہزار ہا کٹمل تھے۔ دھوبی کو یقین نہیں آتا تھا کہ میں سعید شالیم بشر کا بھائی ہوں۔ لیکن جب میں نے اس کو ان کی بہت سی باتیں بتائیں تو اس نے سر کو عجیب طریقے سے جنبش دی اور کہا، ’’سعید شالیم بشر کولابے میں رہتا اور تم اس کھولی میں!‘‘

میں نے بڑے فلسفیانہ انداز میں کہا، ’’دنیا کے یہی رنگ ہیں دھوبی۔ ۔ ۔ کہیں دھوپ کہیں چھاؤں۔ ۔ ۔ پانچ انگلیاں ایک جیسی نہیں ہوتیں۔‘‘

’’ہاں ساب۔ ۔ ۔ تم برو بر کہتا ہے۔‘‘ یہ کہہ کر دھوبی نے گٹھری اٹھائی اور باہر جانے لگا۔ مجھے اس کے

حساب کا خیال آیا۔ جیب میں صرف آٹھ آنے تھے جو شادی کی بات چیت کے سلسلے میں ماہم تک آنے
جانے کے لیے بمشکل کافی تھے صرف یہ بتانے کے لیے میری نیت صاف ہے میں نے اسے ٹھہرایا اور کہا،
''دھوبی۔۔۔ کپڑوں کا حساب یاد رکھنا۔۔۔ خدا معلوم کتنی دھلائیاں ہو چکی ہیں۔''

دھوبی نے اپنی دھوتی کا لانگ درست کیا اور کہا، ''ساب ہم حساب نہیں رکھتے۔۔۔سعید شالیم باشٹر
کا ایک برس کام کیا۔۔۔ جو دے دیا، لے لیا۔۔۔ہم حساب جانت ہی نا ہیں۔'' یہ کہہ وہ چلا گیا اور میں
شادی کی بات چیت کے سلسلے میں ماہم جانے کے لیے تیار ہونے لگا۔ بات چیت کامیاب رہی۔۔۔میری
شادی ہو گئی۔ حالات بھی بہتر ہو گئے اور میں سکینڈ پیر خان اسٹریٹ کی کھولی سے جس کا کرایہ نو روپے
ماہوار تھا، کلیئر روڈ کے ایک فلیٹ میں جس کا کرایہ پینتیس روپے ماہوار تھا، اٹھ آیا اور دھوبی کو ماہ بماہ
باقاعدگی سے اس کی دھلائیوں کے دام ملنے لگے۔

دھوبی خوش تھا کہ میرے حالات پہلے کی بہ نسبت بہتر ہیں چنانچہ اس نے میری بیوی سے کہا، ''بیگم
ساب۔۔۔ساب کا بھائی سعید شالیم باشٹر بہت بڑا آدمی ہوتا۔۔۔ادھر کولابا میں رہتا ہوتا۔۔۔جب
گیا تو ہم کو ایک پگڑی، ایک دھوتی، ایک کرتا دیا ہوتا۔۔۔تمہارا ساب بھی ایک دن بڑا آدمی بنتا ہوتا۔''

میں اپنی بیوی کو تصویر والا قصہ سنا چکا تھا اور اس کو یہ بھی بتا چکا تھا کہ مفلسی کے زمانے میں کتنی دریا دلی سے
دھوبی نے میرا ساتھ دیا تھا۔۔۔جب دے دیا، جو دے دیا، اس نے کبھی شکایت کی ہی نہ تھی۔۔۔لیکن
میری بیوی کو تھوڑے عرصے کے بعد ہی اس سے یہ شکایت پیدا ہو گئی کہ وہ حساب نہیں کرتا۔ میں نے
اس سے کہا، ''چار برس میرا کام کرتا رہا۔۔۔اس نے کبھی حساب نہیں کیا۔'' جواب یہ ملا، ''حساب کیوں
کرتا۔۔۔ویسے دُگنے چوگنے وصول کر لیتا ہو گا۔''

''وہ کیسے؟''

''آپ نہیں جانتے۔۔۔جن کے گھروں میں بیویاں نہیں ہوتیں ان کو ایسے لوگ بے وقوف بنانا جانتے
ہیں۔''

قریب قریب ہر مہینے دھوبی سے میری بیوی کی چخ چخ ہوتی تھی کہ وہ کپڑوں کا حساب الگ اپنے پاس کیوں
نہیں رکھتا۔ وہ بڑی سادگی سے صرف اتنا کہہ دیتا، ''بیگم ساب۔۔۔ہم حساب جانت نا ہیں، تم جھوٹ نا
ہیں بولے گا۔۔۔سعید شالیم باشٹر جو تمہارے ساب کا بھائی ہوتا۔۔۔ہم ایک برس اس کا کام کیا ہوتا۔
۔۔بیگم ساب بولتا دھوبی تمہارا اتنا پیسہ ہوا۔۔۔ہم بولتا، ٹھیک ہے۔''

ایک مہینے ڈھائی سو کپڑے دھلائی میں گئے۔میری بیوی نے آزمانے کے لیے اس سے کہا، ''دھوبی اس مہینے ساٹھ کپڑے ہوئے۔''اس نے کہا، ''ٹھیک ہے۔۔۔۔بیگم ساب، تم جھوٹ نہیں بولے گا۔'' میری بیوی نے ساٹھ کپڑوں کے حساب سے جب اس کو دام دیئے تو اس نے ماتھے کے ساتھ روپے چھوا کر سلام کیا اور چلنے لگا۔میری بیوی نے اسے روکا، ''ٹھیرو دھوبی، ساٹھ نہیں، ڈھائی سو کپڑے تھے۔۔۔ ۔لو اپنے باقی روپے، میں نے مذاق کیا تھا۔''دھوبی نے صرف اتنا کہا، ''بیگم ساب تم جھوٹ نہیں بولے گا۔''باقی کے روپے اپنے ماتھے کے ساتھ چھوا کر سلام کیا اور چلا گیا۔

شادی کے دو برس بعد میں دلی چلا گیا۔ڈیڑھ سال وہاں رہا، پھر واپس بمبئی آ گیا اور ماہم میں رہنے لگا۔تین مہینے کے دوران میں ہم نے چار دھوبی تبدیل کیے کیونکہ بے حد بے ایمان اور جھگڑالو تھے۔ہر دھلائی پر جھگڑا کھڑا ہو جاتا تھا۔کبھی کپڑے کم نکلتے تھے، کبھی دھلائی نہایت ذلیل ہوتی تھی۔ہمیں اپنا پرانی دھوبی یاد آنے لگا۔ایک روز جب کہ ہم بالکل بغیر دھوبی کے رہ گئے تھے وہ اچانک آ گیا اور کہنے لگا، ''ساب کو ہم نے ایک دن بس میں دیکھا۔۔۔۔ہم بولا، ایسا کیسا۔۔۔ساب تو دلی چلا گیا تھا۔۔۔۔ہم نے ادھر بائی کلہ میں تپاس کیا۔چھاپہ والا بولا، ادھر ماہم میں تپاس کرو۔۔۔باجو والی چالی میں ساب کا دوست ہوتا۔۔ ۔اس سے پوچھا اور آ گیا۔''ہم بہت خوش ہوئے اور ہمارے کپڑوں کے دن ہنسی خوشی گزرنے لگے۔ کانگریس برسر اقتدار آئی تو امتناعِ شراب کا حکم نافذ ہو گیا۔انگریزی شراب ملتی تھی لیکن دیسی شراب کی کشید اور فروخت بالکل بند ہو گئی۔ننانوے فی صدی دھوبی شراب کے عادی تھے۔۔۔۔دن بھر پانی میں رہنے کے بعد شام کو پاؤ آدھ پاؤ شراب ان کی زندگی کا جزو بن چکی تھی۔۔۔۔ہمارا دھوبی بیمار ہو گیا۔اس بیماری کا علاج اس نے اس زہریلی شراب سے کیا جو ناجائز طور پر کشید کر کے چھپے چھپے چوری بکتی تھی۔نتیجہ یہ ہوا کہ اس کے معدے میں خطرناک گڑبڑ پیدا ہو گئی جس نے اس کو موت کے دروازے تک پہنچا دیا۔ میں بے حد مصروف تھا۔صبح چھ بجے گھر سے نکلتا تھا اور رات کو دس ساڑھے دس بجے لوٹتا تھا۔میری بیوی کو جب اس کی خطرناک بیماری کا علم ہوا تو وہ ٹیکسی لے کر اس کے گھر گئی۔نوکر اور شوفر کی مدد سے اس کو گاڑی میں بٹھایا اور ڈاکٹر کے پاس لے گئی۔ڈاکٹر بہت متاثر ہوا چنانچہ اس نے فیس لینے سے انکار کر دیا۔لیکن میری بیوی نے کہا، ''ڈاکٹر صاحب، آپ سارا ثواب حاصل نہیں کر سکتے۔''ڈاکٹر مسکرایا، ''تو آدھا آدھا کر لیجے۔''ڈاکٹر نے آدھی فیس قبول کر لی۔

دھوبی کا باقاعدہ علاج ہوا۔معدے کی تکلیف چند انجکشنوں ہی سے دور ہو گئی۔نقاہت تھی، وہ آہستہ آہستہ

مقوی دواؤں کے استعمال سے ختم ہوگئی۔ چند مہینوں کے بعد وہ بالکل ٹھیک ٹھاک تھا اور اٹھتے بیٹھتے ہمیں دعائیں دیتا تھا، ''بھگوان ساب کو سعید شالیم بالشٹر بنائے ۔ ۔ ۔ ادھر کولابے میں ساب رہنے کو جائے ۔ ۔ ۔ باوا لوگ ہیں ۔ ۔ ۔ بہت بہت پیسہ ہو ۔ ۔ ۔ بیگم ساب دھوبی کو لینے کو آیا ۔ ۔ موٹر میں ۔ ۔ ۔ ادھر کلے (قلعے) میں بہت بڑے ڈاکٹر کے پاس لے گیا جس کے پاس میم ہوتا ۔ ۔ ۔ بھگوان بیگم ساب کو خُس رکھے ۔ ۔ ۔''

کئی برس گزر گئے۔ اس دوران میں کئی سیاسی انقلاب آئے۔ دھوبی بلاناغہ اتوار کو آتا رہا۔ اس کی صحت اب بہت اچھی تھی۔ اتنا عرصہ گزر نے پر بھی وہ ہمارا سلوک نہیں بھولا تھا۔ ہمیشہ دعائیں دیتا تھا۔ شراب قطعی طور پر چھوٹ چکی تھی۔ شروع میں وہ کبھی کبھی اسے یاد کیا کرتا تھا۔ پر اب نام تک نہ لیتا تھا۔ سارا دن پانی میں رہنے کے بعد تھکن دور کرنے کے لیے اب اسے دارو کی ضرورت محسوس نہیں ہوتی تھی۔

حالات بہت زیادہ بگڑ گئے تھے۔ بٹوارہ ہوا تو ہندو مسلم فسادات شروع ہو گئے۔ ہندوؤں کے علاقوں میں مسلمان اور مسلمانوں کے علاقوں میں ہندو دن کی روشنی اور رات کی تاریکی میں ہلاک کیے جانے لگے۔ میری بیوی لاہور چلی گئی۔ جب حالات اور زیادہ خراب ہوئے تو میں نے دھوبی سے کہا، ''دیکھو دھوبی اب تم کام بند کر دو ۔ ۔ یہ مسلمانوں کا محلّہ ہے، ایسا نہ ہو کوئی تمہیں مار ڈالے۔'' دھوبی مسکرایا، ''ساب اپن کو کوئی نہیں مارتا۔'' ہمارے محلے میں کئی وارداتیں ہوئیں مگر دھوبی برابر آتا رہا۔

ایک اتوار میں گھر میں بیٹھا اخبار پڑھ رہا تھا۔ کھیلوں کے صفے پر کرکٹ کے میچوں کا اسکور درج تھا اور پہلے صفحات پر فسادات کے شکار ہندوؤں اور مسلمانوں کے اعداد و شمار ۔ ۔ ۔ میں ان دونوں کی خوف ناک مماثلت پر غور کر رہا تھا کہ دھوبی آ گیا۔ کاپی نکال کر میں نے کپڑوں کی پڑتال شروع کر دی تو دھوبی نے ہنس ہنس کے باتیں شروع کر دیں۔ سعید شالیم بالشٹر بہت اچھا آدمی ہوتا ۔ ۔ ۔ یہاں سے جاتا تو ہم کو ایک پگڑی، ایک دھوتی، ایک کرتہ دیا ہوتا ۔ ۔ تمہارا بیگم ساب بھی ایک دم اچھا آدمی ہوتا ۔ ۔ ۔ باہر گام گیا ہے نا ۔ ۔ ۔؟ اپنے ملک میں ۔ ۔؟ ادھر کا گج لکھو تو ہمارا اسلام بولو ۔ ۔ ۔ موٹر لے کر آیا ہماری کھولی میں ۔ ۔ ہم کو اتنا جلاب آنا ہوتا ۔ ۔ ڈاکٹر نے سوئی لگایا ۔ ۔ ایک دم ٹھیک ہو گیا ۔ ۔ ادھر کا گج لکھو تو ہمارا اسلام بولو ۔ ۔ بولو رام کھلاون بولتا ہے، ہم کو بھی کا گج لکھو ۔ ۔ ۔'' میں نے اس کی بات کاٹ کر ذرا تیزی سے کہا، ''دھوبی ۔ ۔ دارو شروع کر دی؟'' دھوبی ہنسا، ''دارو؟ ۔ ۔ دارو کہاں سے ملتی ہے ساب؟'' میں نے اور کچھ کہنا مناسب نہ سمجھا۔ اس نے میلے کپڑوں کی گٹھری بنائی اور سلام کر کے چلا گیا۔

چند دنوں میں حالات بہت ہی زیادہ خراب ہو گئے۔ لاہور سے تار پر تار آنے لگے کہ سب کچھ چھوڑ وا ور جلدی چلے آؤ۔ میں نے ہفتے کے روز ارادہ کر لیا کہ اتوار کو چل دوں گا۔ لیکن مجھے صبح سویرے نکل جانا تھا۔ کپڑے دھوبی کے پاس تھے۔ میں نے سوچا کرفیو سے پہلے پہلے اس کے ہاں جاکر لے آؤں، چنانچہ شام کو وکٹوریہ لے کر مہالکشمی روانہ ہو گیا۔

کرفیو کے وقت میں بھی ایک گھنٹہ باقی تھا۔ اس لیے آمد و رفت جاری تھی۔ ٹریمیں چل رہی تھیں۔ میری وکٹوریہ پل کے پاس پہنچی تو ایک دم شور بر پا ہوا۔ لوگ اندھا دھند بھاگنے لگے۔ ایسا معلوم ہوا جیسے سانڈوں کی لڑائی ہو رہی ہے۔۔۔ ہجوم چھدرا ہوا تو دیکھا، دور بھٹیوں کے پاس بہت سے دھوبی لاٹھیاں ہاتھ میں لیے ناچ رہے ہیں اور طرح طرح کی آوازیں نکال رہے ہیں۔ مجھے ادھر ہی جانا تھا مگر وکٹوریہ والے نے انکار کر دیا۔ میں نے اس کو کرایہ ادا کیا اور پیدل چل پڑا۔۔۔ جب دھوبیوں کے پاس پہنچا تو وہ مجھے دیکھ کر خاموش ہو گئے۔ میں نے آگے بڑھ کر ایک دھوبی سے پوچھا، ''رام کھلاون کہاں رہتا ہے؟''

ایک دھوبی جس کے ہاتھ میں لاٹھی تھی، جھومتا ہوا اس دھوبی کے پاس آیا جس سے میں نے سوال کیا تھا،

''کیا پوچھت ہے؟''

''پوچھت ہے رام کھلاون کہاں رہتا ہے؟''

شراب سے دھت دھوبی نے قریب قریب میرے اوپر چڑھ کر پوچھا، ''تم کون ہے؟''

''میں۔۔۔؟ رام کھلاون میرا دھوبی ہے۔''

''رام کھلاون تمہارا دھوبی ہے۔۔۔ تو کس دھوبی کا بچہ ہے۔''

ایک چلایا، ''ہندو دھوبی یا مسلمین دھوبی کا۔''

تمام دھوبی جو شراب کے نشے میں چور تھے، مکے تانتے اور لاٹھیاں گھماتے میرے ارد گرد جمع ہو گئے۔ مجھے ان کے صرف ایک سوال کا جواب دینا تھا۔ مسلمان ہوں یا ہندو۔۔۔؟ میں بے حد خوف زدہ ہو گیا۔ بھاگنے کا سوال ہی پیدا نہیں ہوتا تھا۔ کیونکہ میں ان میں گھرا ہوا تھا۔ نزدیک کوئی پولیس والا بھی نہیں تھا جس کو مدد کے لیے پکارتا۔۔۔ اور کچھ سمجھ میں نہ آیا تو بے جوڑ الفاظ میں ان سے گفتگو شروع کر دی۔ رام کھلاون ہندو ہے۔۔۔ ہم پوچھتا ہے وہ کدھر رہتا ہے۔۔۔ اس کی کھولی کہاں ہے۔۔۔ دس برس سے وہ ہمارا دھوبی ہے۔۔۔ بہت بیمار تھا۔۔۔ ہم نے اس کا علاج کرایا تھا۔۔۔ ہماری بیگم۔۔۔ ہماری میم صاحب یہاں موٹر لے کر آئی تھی۔۔۔ یہاں تک میں نے کہا تو مجھے اپنے اوپر بہت ترس آیا۔ دل

ہی دل میں بہت خفیف ہوا کہ انسان اپنی جان بچانے کے لیے کتنی نیچی سطح پر اتر آتا ہے اس احساس نے جرأت پیدا کر دی چنانچہ میں نے ان سے کہا، ''میں مسلمین ہوں۔''

''مار ڈالو۔ ۔ ۔ مار ڈالو'' کا شور بلند ہوا۔ دھوبی جو کہ شراب کے نشے میں دھت تھا ایک طرف دیکھ کر چلایا، ''ٹھہرو۔ ۔ ۔اسے رام کھلاون مارے گا۔'' میں نے پلٹ کر دیکھا۔ رام کھلاون موٹا ڈنڈا ہاتھ میں لیے لڑکھڑا رہا تھا۔ اس نے میری طرف دیکھا اور مسلمانوں کو اپنی زبان میں گالیاں دینا شروع کر دیں۔ ڈنڈا سر تک اٹھا کر گالیاں دیتا ہوا وہ میری طرف بڑھا۔ میں نے تحکمانہ لہجے میں کہا، ''رام کھلاون!'' رام کھلاون دھاڑا، ''چپ کر بے رام کھلاون کے۔ ۔ ۔''

میری آخری امید بھی ڈوب گئی۔ جب وہ میرے قریب آ پہنچا تو میں نے خشک گلے سے ہولے سے کہا، ''مجھے پہچانتے نہیں رام کھلاون؟'' رام کھلاون نے وار کرنے کے لیے ڈنڈا اٹھایا۔ ۔ ۔ایک دم اس کی آنکھیں سکڑیں، پھر پھیلیں، پھر سکڑیں۔ ڈنڈا ہاتھ سے گرا کر اس نے قریب آ کر مجھے غور سے دیکھا اور پکارا، ''ساب!'' پھر وہ اپنے ساتھیوں سے مخاطب ہوا ''یہ مسلمین نہیں۔ ۔ ۔ساب ہے۔ ۔ ۔ساب ہے۔ ۔ ۔بیگم ساب کا ساب۔ ۔ ۔وہ موٹر لے کر آیا تھا۔ ۔ ۔ڈاکٹر کے پاس لے گیا تھا۔ ۔ ۔جس نے میرا جلاب ٹھیک کیا تھا۔''

رام کھلاون نے اپنے ساتھیوں کو بہت سمجھایا مگر وہ نہ مانے۔ ۔ ۔سب شرابی تھے۔ تو تو میں میں شرع ہو گئی۔ کچھ دھوبی رام کھلاون کی طرف ہو گئے اور ہاتھا پائی پر نوبت آ گئی۔ میں نے موقع غنیمت سمجھا اور وہاں سے کھسک گیا۔ دوسرے روز صبح نو بجے کے قریب میرا سامان تیار تھا صرف جہاز کے ٹکٹوں کا انتظار تھا جو ایک دوست بلیک مارکیٹ سے حاصل کرنے گیا تھا۔ میں بہت بے قرار تھا۔ دل میں طرح طرح کے جذبات ابل رہے تھے۔ جی چاہتا تھا کہ جلدی ٹکٹ آ جائیں اور میں بندر گاہ کی طرف چل دوں۔ مجھے ایسا محسوس ہوتا تھا کہ اگر دیر ہو گئی تو میرا فلیٹ مجھے اپنے اندر قید کر لے گا۔

دروازہ پر دستک ہوئی۔ میں نے سوچا ٹکٹ آ گئے۔ دروازہ کھولا تو باہر دھوبی کھڑا تھا۔

''ساب سلام!''

''سلام''

''میں اندر آ جاؤں؟''

''آؤ''

وہ خاموشی سے اندر داخل ہوا۔ گٹھری کھول کر اس نے کپڑے نکال پلنگ پر رکھے۔ دھوتی سے اپنی آنکھیں

پوچھیں اور گلوگیر آواز میں کہا، ''آپ جارہے ہیں ساب؟''

''ہاں!''

اس نے رونا شروع کر دیا، ''ساب، مجھے معاف کر دو۔ ۔ ۔ یہ سب دارو کا قصور تھا۔ ۔ ۔ اور دارو۔ ۔ ۔ دارو آج کل مفت ملتی ہے۔ ۔ ۔ سیٹھ لوگ بانٹتا ہے کہ پی کر مسلمین کو مارو۔ ۔ ۔ مفت کی دارو کون چھوڑتا ہے ساب۔ ۔ ۔ ہم کو معاف کر دو۔ ۔ ۔ ہم پیئے لا تھا۔ ۔ ۔ سعید شالیم بالشّر ہمارا بہت مہربان ہوتا۔ ۔ ۔ ہم کو ایک پگڑی، ایک دھوتی، ایک کرتا دیا ہوتا۔ ۔ ۔ تمہارا بیگم ساب ہمارا جان بچایا ہوتا۔ ۔ ۔ جلاب سے ہم مرتا ہوتا۔ ۔ ۔ وہ موٹر لے کر آتا۔ ڈاکٹر کے پاس لے جاتا۔ اتنا پیسہ خرچ کرتا۔ ۔ ۔ ملک ملک جاتا۔ ۔ ۔ بیگم ساب سے مت بولنا۔ رام کھلاون۔ ۔ ۔''

اس کی آواز گلے میں رندھ گئی۔ گٹھری کی چادر کاندھے پر ڈال کر چلنے لگا تو میں نے روکا، ''ٹھہرو رام کھلاون!''

لیکن وہ دھوتی کا لانگ سنبھالتا تیزی سے باہر نکل گیا۔

را میشنگر

میرے لیے یہ فیصلہ کرنا مشکل تھا آیا پرویز مجھے پسند ہے یا نہیں۔ کچھ دنوں سے میں اس کے ایک ناول کا بہت چرچا سن رہا تھا۔ بوڑھے آدمی، جن کی زندگی کا مقصد دعوتوں میں شرکت کرنا ہے، اس کی بہت تعریف کرتے تھے اور بعض عورتیں جو اپنے شوہروں سے بگڑ چکی تھیں اس بات کی قائل تھیں کہ وہ ناول مصنف کی آئندہ شان دار ادبی زندگی کا پیش خیمہ ہے۔ میں نے چند ریویو پڑھے جو قطعاً متضاد تھے۔ بعض ناقدوں کا خیال تھا کہ مصنف ایسا معیاری ناول لکھ کر بہتر ناول نگاروں کی صف میں شامل ہو گیا ہے۔ میں نے جان بوجھ کر یہ ناول نہ پڑھا۔ کیونکہ میرے ذہن میں یہ خیال سما گیا ہے کہ کسی ایسی کتاب کو جو ادبی حلقوں میں ہلچل مچا دے، ایک سال ٹھہر کر پڑھنا چاہیے۔ اور حقیقت یہ ہے کہ یہ میعاد گزر جانے پر آپ اسے عموماً نظر انداز کر دیں گے۔

میری پرویز سے ایک دعوت میں ملاقات ہوئی۔ میری میزبان دو ادھیڑ عمر کی عورتیں تھیں۔ دعوت میں ایک جوان لڑکی بھی شریک تھی، جو غالباً میزبان کی چھوٹی بہن تھی۔ اس کا نام عفت تھا۔ وہ خاصی تندرست اور قد آور تھی۔ وہ ذرا زیادہ توانا اور لمبی ہوتی تو اور بھی بھلی معلوم ہوتی۔ پرویز بھی میرے پاس بیٹھا تھا۔ عمر یہی کوئی بائیس تئیس سال، درمیانہ قد جسم کی بناوٹ کچھ ایسی تھی کہ وہ ناٹا معلوم ہوتا۔ اس کی جلد سرخ تھی جو اس کے چہرے کی ہڈیوں پر اکڑی ہوئی سی دکھائی دیتی تھی۔ ناک لمبی، آنکھیں نیلگوں اور سر کے بال بھورے رنگ کے۔ وہ بھورے رنگ کی جیکٹ اور گرے پتلون پہنے تھا۔ اس کے لب و لہجے اور حرکات میں کوئی دلکشی نہ تھی۔ اسے صرف اپنی زبان سے اپنی تعریف کرنے کی عادت تھی۔ اسے اپنے ہم عصروں سے سخت نفرت تھی۔ اس کی فطرت میں مزاح کی کمی نہ تھی لیکن اس سے پوری طرح محظوظ نہ

ہوسکا۔ کیونکہ وہ تینوں عورتیں اس کی ہر ایک بات پر یونہی لوٹ پوٹ ہو جاتیں۔ میں نہیں کہہ سکتا وہ ذہین تھا یا نہیں۔ اچھا ناول لکھنا کوئی ذہانت کی نشانی نہیں۔ اتنا ضرور ہے کہ وہ ظاہری طور پر عام انسانوں سے ذرا مختلف دکھائی دیتا ہے۔

اتفاق کی بات ہے، دو تین دن بعد اس کا ناول میرے ہاتھ لگا، میں نے اسے پڑھا، اس میں آپ بیتی کا رنگ نمایاں تھا۔ کرداروں کا تعلق درمیانے طبقہ کے ان لوگوں سے تھا جو تھوڑی آمدن ہونے پر بھی شان دار طریقے سے رہنے سہنے کی کوشش کرتے ہیں۔ مزاح کا معیار بہت عامیانہ تھا۔ کیونکہ اس میں ان لوگوں کا صرف اس لیے منہ چڑایا گیا تھا کہ وہ غریب اور بوڑھے ہیں۔ پرویز کو اس بات کا قطعاً کوئی احساس نہ تھا کہ ان لوگوں کے مسائل کس درجہ ہمدردی کے مستحق ہیں۔ میں سمجھ گیا کہ اس ناول کی مقبولیت کا سبب محبت کا وہ افسانہ ہے جو اس کے پلاٹ کی جان ہے۔ انداز بیان میں کوئی ایسی پختگی نہ تھی لیکن اس کے مطالعے سے پڑھنے والے کے ذہن میں جنسیت کے شدید احساس کا پیدا ہو جانا یقینی تھا۔ میں نے پرویز کو کتاب کے بارے میں اپنی رائے لکھی اور ساتھ ہی لنچ پر بھی مدعو کیا۔

وہ بہت شرمیلا تھا۔ میں نے اسے بیئر کا گلاس پیش کیا۔ اس کی گفتگو سے مجھے احساس ہوا کہ اس کے اندر ایک حجاب سا پیدا ہو گیا ہے جسے وہ چھپانے کی کوشش کر رہا تھا۔ مجھے وہ آداب سے عاری نظر آیا۔ وہ فضول سی باتیں کہہ کر اپنی الجھن کو مٹانے کے لیے قہقہہ لگاتا۔ اس کا مقصد اپنے ہم عصروں کے خیالات کی شدید مخالفت کرنا تھا۔ وہ قابل نفرت انسان تھا۔ ایسے انسان دنیا سے کچھ لینا چاہتے ہیں۔ لیکن انہیں اپنی آنکھوں کے سامنے کسی کے ہاتھ پھیلے نظر نہیں آتے۔ وہ شہرت حاصل کرنے کے لیے بے تاب ہوتے ہیں۔

پرویز اپنے ناول کے متعلق خاموش تھا۔ پر جب میں نے اس کی تعریف کی تو مارے شرم کے اس کا چہرہ سرخ ہو گیا۔ اسے اس کی اشاعت سے تھوڑے پیسے نصیب ہوئے تھے اور اب پبلشر اسے آئندہ ناول لکھنے کے لیے کچھ رقم ماہانہ دے رہے تھے۔ وہ چاہتا تھا کہ کسی ایسے پرسکون مقام پر پہنچ کر اسے مکمل کرے جہاں زندگی کی ضرور یا ستی میسر ہو سکیں۔ میں نے اسے اپنے پاس چند دن بسر کرنے کی دعوت دی۔ اس دعوت نے اس کی آنکھوں میں ایک چمک پیدا کر دی۔

’’ میری موجودگی سے آپ کو تکلیف تو نہ ہو گی؟ ‘‘

’’ قطعاً نہیں۔ میں تمہارے لیے خوراک اور ایک کمرے کا بندوبست کر دوں گا۔ ‘‘

’’ شکریہ۔ میں آپ کو اپنے ارادے سے جلد مطلع کر دوں گا۔ ‘‘

یہ سچ ہے کہ اس وقت میں نے اسے دعوت دے دی۔ لیکن چار ہفتے گزرنے پر میرے دل میں یہ خیال پیدا ہوا کہ وہ فضول انسان ہے اور اسے اپنے پاس بلانا ٹھیک نہیں، وہ یقیناً میری خاموش زندگی میں مخل ہو گا۔ اس نے اپنے خط میں جو مجھے اس نے چار ہفتوں کے بعد لکھا تھا اس میں مایوس دورِ زندگی کا ذکر کیا تھا اور اسی کے زیرِ اثر میں نے اسے تار دے کر بلا لیا۔

وہ آیا اور بہت مسرور رہا۔ شام کو ڈنر سے فارغ ہو کر باغ میں بیٹھے۔ اس نے اپنے ناول کا ذکر چھیڑا۔ اس کا پلاٹ ایک نوجوان مصنف اور ایک مغنیہ کا رومان تھا۔ وہی پرانا تخیل۔ یہ ٹھیک ہے کہ پرویز کا ارادہ اس افسانے کو ایک نئے انداز سے لکھنے کا تھا۔ اس نے اس کے متعلق بہت کچھ کہا، اسے ہرگز احساس نہ تھا کہ وہ اپنے ہی خوابوں کو افسانہ کی صورت دینا چاہتا تھا۔ ایک ایسے خیالی نوجوان کے خواب جو یونہی اپنے ذہن میں اپنی ذات سے محبت کرنے والی ایک حد درجہ حسین اور نازک محبوبہ کے تخیل کو پالتا ہے ۔ مجھے یہ ناپسند نہ تھا کہ وہ اپنی قوتِ بیان سے خون کو گرما کر شاعرانہ رنگ دے رہا ہے۔

میں نے اس سے پوچھا، ''کیا تم نے کبھی کسی مغنیہ کو دیکھا؟''

''نہیں میں نے بہت سی آپ بیتیاں ضروری پڑھی ہیں۔ اور اس کے ایک ایک نقطہ اور مختلف واقعات کو جانچنے کی کوشش کی ہے۔''

''اس سے کیا تمہارا مقصد پورا ہو گیا؟''

''غالباً''

اس نے اپنی خیالی مغنیہ کو میرے سامنے پیش کیا۔ وہ جوان تھی، حسین تھی مگر بڑی کائیاں۔ موسیقی اس کی جان تھی۔ اس کی آواز اور اس کے خیالات موسیقی سے لبریز تھے۔ وہ آرٹ کی مداح تھی۔ اور اگر کوئی گانے والی اس کے جذبات کو ٹھیس پہنچاتی، وہ اس کے گیت سن کر اس کی خطا کو معاف کر دیتی، بہت فیاض تھی۔ اور کسی کی دکھ بھری داستان سن کر اپنا سب کچھ قربان کر دیتی۔ وہ گہری محبت کرنے والی تھی اور اپنے محبوب کی خاطر اگر ساری دنیا سے ٹھن جائے تو اسے پروانہ تھی۔

''کیوں نہ تمہاری مغنیہ سے ملاقات کرا دی جائے؟''

''کیسے؟''

''تم الماس کو جانتے ہو کیا؟''

''بے شک۔ میں نے اس کا ذکر اکثر سنا ہے۔''

’’یہیں پاس ہی اس کا مکان ہے۔ میں اسے کھانے پر بلاؤں گا۔‘‘

’’سچ؟‘‘

’’اگر وہ تمہارے معیار پر پوری نہ اترے تو مجھے الزام نہ دینا۔‘‘

’’میں واقعی اس سے ملنا چاہتا ہوں۔‘‘

الماس کس سے چھپی تھی۔ وہ فلموں کے لیے گانا ترک کر چکی تھی لیکن اب بھی اس کی آواز میں وہی لوچ تھی اور وہی ترنم۔ اس سے میری ملاقات چند سال پہلے ہوئی۔ جو شیلے مزاج کی عورت تھی۔ اور گانے کے علاوہ اپنے محبت کے رومانوں کے سبب مشہور تھی۔

اکثر مجھے اپنی محبت کے انوکھے افسانے سناتی اور مجھے یقین ہے کہ وہ سچائی سے خالی نہ تھے۔ اس نے تین چار دفعہ اپنی شادی رچائی۔ کیونکہ ہر بار چند ہی ماہ بعد یہ رشتہ ٹوٹ جاتا تھا۔ وہ لکھنؤ کی رہنے والی تھی، بہت شستہ اردو بولتی تھی، وہ مجرد آرٹ کی مداح تھی۔ لیکن اسے ایک فریب سے تعبیر کرتی۔ اس لیے کہ یہ اس کی آنکھوں میں بہت کھلتا تھا۔ مجھے یقین تھا کہ اس مغنیہ سے پرویز کی ملاقات میرے لیے تفریح کا باعث ہو گی۔ اسے میرے ہاں کا کھانا پسند تھا۔

سبز رنگ کا نیم عریاں لباس پہنے آئی۔ گلے میں موتیوں کی مالا، انگلیوں میں جگمگاتی انگوٹھیاں اور بانہوں میں ہیرے جڑی چوڑیاں تھیں۔

’’تم کتنی بھلی معلوم دیتی ہو، بہت بن ٹھن کے آئی ہو‘‘۔

الماس نے کہا، ’’ضیافت ہی تو ہے۔

تم نے کہا تھا کہ تمہارا دوست ایک ذہین مصنف ہے اور حسن پرست ہے۔‘‘

میں نے اسے شیری کا ایک چھوٹا گلاس پیش کیا۔ میں اسے لمی کے نام سے پکارتا اور وہ مجھے ماسٹر کہہ کر مخاطب کرتی۔ وہ پینتیس سال کی معلوم ہوتی تھی۔ اس کے چہرے کے خطوط سے اس کی صحیح عمر کا اندازہ مشکل تھا۔ وہ کبھی اسٹیج پر بہت حسین دکھائی دیتی تھی اور اب اپنی لمبی ناک اور گوشت بھرے چہرے کے باوصف خوبصورت دکھائی دیتی ہے۔

وہ بے وقوف تھی۔ البتہ اسے ایک خاص رنگ میں باتیں کرنے کا سلیقہ آتا تھا جس سے لوگ پہلی ملاقات میں بہت متاثر ہوتے۔ یہ محض ایک تماشہ تھا۔ کیونکہ دراصل اسے اس قسم کی باتوں سے کوئی دلچسپی نہ تھی۔ ڈرائنگ روم میں ہم کھانا کھا رہے تھے۔ نیچے باغ میں سنگترے کے پودوں سے بھینی بھینی خوشبو آ رہی تھی۔

وہ ہمارے درمیان بیٹھی شیری کی تعریف کر رہی تھی۔ بار بار اس کی نگاہیں چاند کی طرف اُٹھتیں ۔

''اللہ رے قدرت کی رنگینی اس وقت گانا کسے سوجھ سکتا ہے ''

پرویز نے خاموشی سے اس کے الفاظ سنے۔ شیری کے دو گلاس نے اس پر نشہ طاری کر دیا تھا۔ بڑی باتونی تھی۔ اس کی باتوں سے ظاہر تھا کہ وہ ایک ایسی عورت ہے جس سے دنیا نے اچھا سلوک نہیں کیا۔ اس کی زندگی حوادث کے خلاف ایک مسلسل جدوجہد تھی۔ گانے کے جلسوں کے مینیجر اس سے فریب کرتے رہے مختلف گویوں نے اسے برباد کرنے کی کوشش کی۔ اس کے وہ محبوب جن کی خاطر اس نے اپنا سب کچھ قربان کر دیا اسے ٹھکرا کر چل دیئے۔ یہ سب کچھ ہوا لیکن اپنی چالاکی اور ذہانت سے اس نے اس کے سب منصوبے خاک میں ملائے۔ میں حیران ہوں وہ کس طرح مجھے اپنے متعلق اپنی زبان سے یہ ہتک آمیز باتیں سناتی رہی۔ اسے ہرگز احساس نہ تھا کہ وہ خود اپنے عیار اور خود غرض ہونے کا اعتراف کر رہی ہے۔ میں نے نظریں چرا کر پرویز کی طرف دیکھا۔ وہ یقیناً اس کا اپنی خیالی مغنیہ سے مقابلہ کر کے دل ہی دل میں کوئی فیصلہ کر چکا تھا۔ اس عورت کا سینہ دل سے خالی تھا۔ جب وہ رخصت ہوئی تو میں نے پرویز سے کہا، '' کہو پسند آئی؟ ''

'' بہت۔ بڑے کام کی چیز ہے۔ ''

'' سچ؟ ''

'' میری مغنیہ ایسی ہی ہے۔ اسے کیا خبر کہ اس ملاقات سے پہلے میں اس کا ذہنی نقش تیار کر چکا ہوں۔ ''
میں نے حیران نظروں سے اس کی طرف دیکھا۔

'' آرٹ کی پرستار ہے۔ اس کی روح میں کتنی پاکیزگی ہے۔ تنگ نظر انسان اس کی راہ میں روڑے اٹکاتے رہے ہیں۔ لیکن اس کے ارادوں کی بلندی بالآخر اسے کام یاب بنا دیتی ہے یقین جانو میری مغنیہ کی الماس زندہ تصویر ہے۔ '' میں کچھ کہنا چاہتا تھا لیکن بات آئی تک آئی وہیں رک گئی۔ پرویز نے اس عورت میں اپنی خیالی مغنیہ کو اصل شکل میں دیکھ لیا تھا۔

دو تین دن کے بعد وہ رخصت ہو گیا۔

دن گزرتے گئے۔ پرویز کا دوسرا ناول شائع ہوا تو اسے وہ پہلی سی کامیابی نصیب نہ ہو سکی۔ نقاد، جنہوں نے اس کے پہلے ناول کی بے جا تعریف کی تھی اب اسے یونہی کوسنے لگے۔ اپنی ذات یا ایسے انسانوں کے متعلق، جنہیں ہم بچپن سے جانتے ہیں، ناول لکھنا کوئی بڑی بات نہیں۔ لیکن اپنے تخلیق کیے ہوئے

کرداروں کو ناول میں جگہ دینا بڑا کام ہے۔اس کے ناول میں کافی رطب و یابس تھا۔لیکن اس کا رومان سے بھرا ہوا پلاٹ شدید جذبات کا مظہر تھا۔

اس دعوت کے بعد۔۔۔ایک سال تک الماس سے ملنا نہ ہو سکا۔وہ کلکتے میں رقص و سرود کے دورے پر چلی گئی اور گرمیوں کے آخر میں لوٹی۔ایک دفعہ اس نے مجھے کھانے پر مدعو کیا۔وہاں اس کی باورچن کے علاوہ کوئی نہ تھا۔ذرا ذرا سی بات پر اس پر برس پڑتی۔لیکن اس کے بغیر اس کا گزارہ بھی نہ تھا۔وہ ادھیڑ عمر کی عورت تھی۔سر کے بال سفید ہو چکے تھے اور چہرے کی جھریوں نے بڑھاپے کو اور بھی نمایاں کر دیا تھا۔وہ انوکھی وضع کی عورت تھی اور اپنی مالکن کی رگ رگ سے واقف تھی۔

الماس نیلے لباس میں بہت بھلی معلوم ہوتی تھی۔گلے میں مالا اور ہاتھوں میں چوڑیاں۔۔۔جھول جھول کر اپنے سفر کے حالات سنا رہی تھی۔اس کی زبان میں لوچ تھی اور باتوں سے ظاہر تھا کہ اسے اس دورے میں کافی رقم ہاتھ لگی ہے۔اس نے اپنی نوکرانی سے کہا، ''میری باتیں سچی ہیں نا؟''

''ایک حد تک۔''

''کلکتے میں جس شخص سے ملاقات ہوئی تھی اس کا کیا نام تھا؟''

''کون سا شخص؟''

''بے وقوف۔جس سے میری ایک بار شادی ہوئی تھی۔''

نوکرانی نے منہ بنا کر جواب دیا، ''وہ سیٹھ جوہری!''

''ہاں وہی کوئی قلاش تھا۔احمق انسان مجھے ہیروں کی مالا دے کر، واپس لینا چاہتا تھا صرف اس لیے کہ وہ اس کی ماں کی ملکیت تھی۔''

''بہتر ہوتا اگر تم سچ مچ لوٹا دیتیں۔''

''لوٹا دیتی! تم کیا پاگل ہو گئی ہو!'' پھر اس نے مجھ سے کہا، ''آؤ باہر چلیں۔اگر میرے اندر کا جذبہ نرم نہ ہوتا تو میں اس بڑھیا کو کبھی کا نکال چکی ہوتی۔''

ہم دونوں باہر نکل کر برآمدے میں بیٹھ گئے۔باغیچہ میں صنوبر کی شاخیں تاروں بھرے آسمان کی طرف اشارہ کر رہی تھیں۔ایکا ایکی الماس بول اٹھی، ''تمہارا وہ پگلا دوست اور اس کا ناول۔۔۔؟'' میں اس کا مفہوم جلدی نہ سمجھ سکا۔

''کیا کہہ رہی ہو؟''

’’پگلے نہ بنو۔وہی ہونق، جس نے میرے متعلق ناول لکھا تھا۔‘‘

’’لیکن ناول سے تمہارا کیا تعلق؟‘‘

’’کیوں نہیں۔۔۔میں کوئی پگلی تھوڑی ہوں، اس نے مجھے ایک نسخہ بھیجنے کی بھی حماقت کی تھی۔‘‘

’’لیکن تم نے اسے شرفِ قبولیت نہ بخشا ہو گا۔‘‘

’’مجھے کیا اتنی فرصت ہے کہ ٹکے ٹکے کے مصنفوں کو خط لکھتی پھروں۔تمہیں کوئی حق نہ تھا کہ دعوت پر بلا کر اس سے میرا تعارف کراتے۔میں نے صرف تمہاری خاطر دعوت قبول کی تھی لیکن تم نے ناجائز فائدہ اٹھایا۔افسوس کہ اب پرانے دوستوں پر بھی اعتبار کرنا محال ہو گیا ہے۔میں آئندہ تمہارے ساتھ کبھی کھانا نہ کھاؤں گی۔

’’یہ تم کیا چھیڑ بیٹھی ہو۔اس ناول میں گانے والی کے کردار کا خاکہ وہ تمہاری ملاقات سے پہلے تیار کر چکا تھا اور بھلا تمہاری اس سے مشابہت ہی کیا ہے!‘‘

’’کیوں نہیں، میرے دوستوں کو اس بات کا یقین ہے کہ وہ میری ہی تصویر ہے۔‘‘

’’پر تم کو اس کا یقین کیوں ہے؟‘‘

’’اس لیے کہ میں نے ایک دوست کو یہ کہتے سنا کہ یہ میری ہی کہانی ہے۔‘‘

’’لیکن ناول کی ہیروئین کی عمر تو صرف پچیس سال ہے۔‘‘

’’مجھ ایسی عورت کے لیے عمر کوئی چیز نہیں۔‘‘

’’وہ سراپا موسیقی ہے۔فاختہ کی طرح خاموش اور بے غرض۔کیا تمہاری بھی اپنے متعلق یہی رائے ہے؟‘‘

’’اور تمہاری میرے بارے میں کیا رائے ہے؟‘‘

’’ناخن کی طرح سخت۔۔۔سنگدل۔۔۔‘‘

اس نے مجھے ایک ایسے نام سے پکارا جسے عورتیں کسی شریف مرد کو مخاطب کرتے وقت بہت کم استعمال کرتی ہیں۔اس کی آنکھوں میں چمک تھی لیکن یہ ظاہر تھا کہ وہ ناراض نہیں۔

’’ہیرے کی انگوٹھی کی کہو۔کیا میں نے اسے یہ قصّہ سنایا؟‘‘

قصّہ یہ ہے کہ ایک بڑی ریاست کے شہزادے نے تحفے کے طور پر ایک ہیر الماس کی نذر کیا۔ایک شب دونوں میں تکرار ہو گئی اور گالی گلوچ تک نوبت پہنچی۔اس نے وہ انگوٹھی اتار آگ میں پھینک دی۔شہزادہ چھوٹے دل کا تھا۔گھٹنوں کے بل ہو کر آگ میں انگوٹھی تلاش کرنے لگا۔الماس بڑی نفرت آمیز نگاہوں

سے اس کی طرف دیکھتی رہی۔

شہزادے کو انگوٹھی مل گئی لیکن وہ الماس سے چھن گئی۔ اس کے بعد وہ اس سے محبت نہ کرسکی۔ یہ واقعہ رنگین تھا۔ اور پرویز نے اس کا بڑے دلکش انداز میں ذکر کیا تھا۔

’’میں نے تمھیں اپنا سمجھ کر یہ واقعہ سنایا تھا۔ بھلا یہ کہاں کی شرافت ہے کہ اسے لوگوں کے پڑھنے کے لیے بیان کر دیا جائے۔‘‘

’’میں تو کئی بار یہی واقعہ دوسروں کی زبانی سن چکا ہوں۔ یہ تو بڑی پرانی حکایت ہے۔‘‘

ایک لمحہ کے لیے اس نے حیران نگاہوں سے میری طرف دیکھا۔

’’کئی بار ایسا ہوا ہے۔ میں غلط نہیں کہہ رہی۔ یہ ظاہر ہے کہ عورتیں عصیلی ہوتی ہیں اور مرد کمینہ فطرت، وہ ہیرا میں اب بھی تمھیں دکھا سکتی ہوں۔ اس واقعہ کے بعد مجھے اسے دوبارہ چرانا پڑا۔ میں تمھیں اب اور واقعہ سناتی ہوں۔ بڑا دلچسپ ہے لیکن دیکھو کسی کو سنا نہ دینا۔‘‘

میں نے کہا، ’’سناؤ ضرور سناؤ۔ تمھاری زندگی کا ہر واقعہ دلچسپ ہوتا ہے۔‘‘

’’میں نے تمھیں کبھی موتیوں والا قصہ نہیں سنایا؟‘‘

’’میں یہ قصہ اس سے پیشتر سن چکا ہوں۔‘‘

موتیوں کا ایک بڑا دولت مند عرب تھا۔ وہ ایک مدت تک الماس پر لٹو رہا۔ ہم جس مکان میں بیٹھے باتیں کر رہے تھے اس کا دیا ہوا تھا۔

الماس نے کہنا شروع کیا، ’’پوَن ہِل پر بمبئی میں میرے راگ سے متاثر ہو کر ایک عرب نے موتیوں کی مالا میرے گلے میں ڈالی تم تو شاید اسے نہیں جانتے!‘‘

’’نہیں‘‘

’’وہ کوئی اتنا بڑا نہ تھا۔ لیکن بڑا حاسد۔ ایک برطانوی افسر کی بات پر اس سے ٹھن گئی۔ میں دنیا میں ایک ایسی عورت ہوں کہ ہر کسی کی رسائی ممکن ہے لیکن اپنی عزت کا کسے خیال نہیں۔ میں نے غصے میں وہ موتیوں کی مالا اتار کر دہکتی ہوئی انگیٹھی میں پھینک دی۔ وہ چیخ اٹھا کہ یہ تو پچاس ہزار روپوں کی چیز ہے۔ اس کا رنگ زرد ہو گیا۔ میں نے ذرا تنک کر کہا، ’صرف تمھاری محبت کی وجہ سے مجھے یہ مالا عزیز تھی۔‘ اور منہ پھیر لیا۔‘‘

’’تم نے کتنی حماقت کی۔‘‘ میں نے کہا۔

’’چوبیس گھنٹے تک میں نے اس سے کلام نہ کیا۔ اور جب ہم شملے پہنچے تو اس نے فوراً ہی نئی موتیوں کی

مالا خرید دی۔''

وہ زیرِ لب مسکرانے لگی۔

''تم نے کیا کہا تھا کہ میں بے وقوف ہوں؟ میں نے سچے موتیوں کی مالا تو بہیں بنک میں رکھ دی تھی اور ایک نقلی خرید کر لی۔ جسے میں نے انگیٹھی میں پھینک دیا۔''

وہ بچے کی طرح فرطِ مسرت سے ہنسنے لگی۔ یہ بھی اس کا ایک فریب تھا۔

''مرد کتنے پگلے ہوتے ہیں۔۔۔''اس نے کہا۔

وہ دیر تک ہنستی رہی۔اور شاید اس وجہ سے اس پر ایک مستی سی چھانے لگی۔

''میں گانا چاہتی ہوں، پیانو تو بجاؤ۔''

الماس دھیمے سروں میں گانے لگی اور جونہی اسے ہونٹوں سے نکلتی ہوئی آواز کا احساس ہوا وہ بے خود ہو گئی۔ گیت ختم ہوا۔ ماحول پر ایک سکوت چھانے لگا۔ وہ کھڑکی میں کھڑی ہو کر دریا کا نظارہ کرنے لگی۔ رات کا سماں دلفریب تھا۔ مجھے یوں محسوس ہوا گویا میری رانوں پر ایک کپکپی طاری ہو رہی ہے۔ الماس پھر گانے لگی۔ یہ موت کا راگ تھا۔ وہ راگ رنگ کی محفلوں میں اکثر اس کی نمائش کر چکی تھی۔ اس کی سریلی آواز ساکن ہوا کو چیر کر پہاڑوں میں ارتعاش پیدا کر رہی تھی۔ اس کی آواز میں اتنا درد تھا کہ مجھ پر وجد طاری ہو گیا۔ اس کی آنکھوں سے آنسو رواں تھے۔ میری زبان گنگ ہو گئی۔ وہ بھی ابھی تک کھڑکی میں کھڑی باہر خلا میں دیکھ رہی تھی۔

کتنی عجیب عورت تھی۔ پرویز نے اسے خوبیوں کا مجسمہ تصور کیا۔ لیکن مجھے وہ اپنی زندگی کی تمام تر نفرتوں سمیت پیاری تھی۔ لوگوں کو یہ شکایت ہے کہ مجھے ایسے لوگ کیوں پسند ہیں جو ضرورت سے زیادہ برے ہوتے ہیں۔ وہ قابل نفرت ضرور تھی۔ لیکن اس کی ذات میں دلکشی اس سے کہیں سوا تھی۔

رتی، ماشہ، تولہ

زینت اپنے کالج کی زینت تھی۔ بڑی زیرک، بڑی ذہین اور بڑے اچھے خدو خال کی صحت مند نوجوان لڑکی تھی۔ جس طبیعت کی وہ مالک تھی اس کے پیشِ نظر اس کی ہم جماعت لڑکیوں کو کبھی خیال بھی نہ آیا تھا کہ وہ اتنی مقدار پسند عورت بن جائے گی۔ ویسے وہ جانتی تھیں کہ چائے کی پیالی میں صرف ایک چچ شکر ڈالنی ہے، زیادہ ڈال دی جائے تو پینے سے انکار کر دیتی ہے، قمیض اگر آدھ انچ بڑی یا چھوٹی سل جائے تو کبھی نہیں پہنے گی۔ لیکن انہیں یہ معلوم نہیں تھا کہ شادی کے بعد وہ اپنے خاوند سے بھی نپی تلی محبت کرے گی۔

زینت سے ایک لڑکے کو محبت ہوگئی وہ اس کے گھر کے قریب ہی رہتا تھا بلکہ یوں کہیے کہ اس کا اور زینت کا مکان آمنے سامنے تھا۔ ایک دن اس لڑکے نے جس کا نام جمال تھا اسے کوٹھے پر اپنے بال خشک کرتے دیکھا تو وہ سر تا پا محبت کے شربت میں شرابور ہو گیا۔

زینت وقت کی پابند تھی۔ صبح ٹھیک چھ بجے اٹھتی، اپنی بہن کے دو بچوں کو اسکول کے لیے تیار کرتی، اس کے بعد خود نہاتی اور سر پر تولیہ لپیٹ کر اوپر کوٹھے پر چلی جاتی اور اپنے بال جو اس کے ٹخنوں تک آتے تھے، سکھاتی، کنگھی کرتی اور نیچے چلی جاتی۔ جوڑا وہ اپنے کمرے میں کرتی تھی۔

اس کی ہر حرکت اور اس کے ہر عمل کے وقت معین تھے۔ جمال اگر صبح ساڑھے چھ بجے اٹھتا اور حوائج ضروری سے فارغ ہو کر اپنے کوٹھے پر پہنچتا تو اسے ناامیدی کا سامنا کرنا پڑتا، اس لیے کہ زینت اپنے بال سکھا کر نیچے چلی گئی ہوتی تھی۔ ایسے لمحات میں وہ اپنے بالوں میں انگلیوں سے کنگھی کرتا اور اِدھر اُدھر دیکھ کے واپس نیچے چلا جاتا۔ اس کو سیڑھیاں اترتے ہوئے یوں محسوس ہوتا کہ ہر زینہ کنگھی کا ایک دندانہ ہے جو اترتے ہوئے ایک ایک کر کے ٹوٹ رہا ہے۔

ایک دن جمال نے زینت کو ایک رقعہ بھیجا۔ وقت پر وہ کوٹھے پر پہنچ گیا تھا جب کہ زینت اپنے ٹخنوں تک لمبے بال سکھا رہی تھی۔ اس نے یہ تحریر جو خوشبودار کاغذ پر تھی، روڑے میں لپیٹ کر سامنے کوٹھے پر پھینک دی۔ زینت نے یہ کاغذی پیراہن میں ملبوس پتھر اٹھایا۔ کاغذ اپنے پاس رکھ لیا اور پتھر واپس پھینک دیا۔ لیکن اس کو جمال کی شوخئ تحریر پسند نہ آئی اور وہ سر تا پا فریاد بن گئی۔ اس نے لکھا تھا۔

زلف برہم سنبھال کر چلیے

راستہ دیکھ بھال کر چلیے

موسم گل ہے اپنی بانہوں کو

میری بانہوں میں ڈال کر چلیے

موسم گل قطعاً نہیں تھا۔ اس لیے اس آخری شعر نے اس کو بہت کوفت پہنچائی۔ اس کے گھر میں کئی گملے تھے جن میں بوٹے لگے ہوئے تھے، یہ سب کے سب مرجھائے ہوئے تھے۔ جب اس نے یہ شعر پڑھا تو اس کا رِدِ عمل یہ ہوا کہ اس نے مرجھائے ہوئے، بے گل بوٹے اکھاڑے اور اس کنستر میں ڈال دیا جس میں کوڑا کرکٹ وغیرہ جمع کیا جاتا تھا۔

ایک زلف اس کی برہم رہتی تھی۔ لیکن راستہ دیکھ بھال کر چلنے کا سوال کیا پیدا ہوتا تھا۔ زینت نے سوچا کہ یہ محض شاعرانہ تک بندی ہے لیکن اس کے بال ٹخنوں تک لمبے تھے۔ اسی دن جب اس کو یہ رقعہ ملا تو نیچے سیڑھیاں اترتے ہوئے جب ایک زینے پر اپنی ایک بھانجی کے کان سے گری ہوئی سونے کی بالی اٹھانی پڑی تو وہ اس کی سینڈل سے الجھ گئے اور گرتے گرتے بچی۔ چنانچہ اس دن سے اس نے راستہ دیکھ بھال کر چلنا شروع کیا۔ مگر اس کی بانہوں میں بانہیں ڈال کر چلنے میں سخت اعتراض تھا۔ وہ اسے زیادتی سمجھتی تھی۔ اس لیے کہ موسم گل نہیں تھا، موسم گل بھی ہوتا تو اس کی سمجھ میں یہ بات نہیں آتی تھی کہ پھولوں سے بانہوں کا کیا تعلق ہے۔ اس کے نزدیک بانہوں میں بانہیں ڈال کر چلنا بڑا اوہیات بلکہ سوقیانہ ہے۔ چنانچہ جب وہ دوسرے روز صبح ۶ بجے اُٹھی اور اپنی بھانجیوں کو اسکول کے لیے تیار کرنا چاہا تو اسے معلوم ہوا کہ اتوار ہے۔ اس کے دل و دماغ میں وہ دو شعر سوار تھے۔

اس نے اسی وقت تہیہ کر لیا تھا کہ وہ بچیوں کو تیار کرے گی، اس کے بعد نہائے گی اور اپنے کمرے میں جا کر جمال کا رقعہ پڑھ کر اسے۔ جی ہی جی میں کوسے گی مگر اتوار ہونے کے باعث اس کا یہ تہیہ درہم برہم ہو گیا۔ اسے وقت سے پہلے غسل کرنا پڑا، حالانکہ وہ اپنے روز مرہ کے اوقات کے معاملے میں بڑی پابند تھی۔

اس نے غسل خانے میں ضرورت سے زیادہ وقت صرف کیا۔ دو بالٹیوں سے پہلے نہاتی تھی دو بالٹیوں سے اب بھی نہائی۔ لیکن آہستہ آہستہ اس نے نہاتے وقت اپنی بانہوں کو دیکھا جو سڈول اور خوبصورت تھیں، پھر اسے جمال کی بانہوں کا خیال آیا لیکن اس نے ان کو دیکھا ہی نہیں تھا۔ قمیض کی آستینوں کے اندر چھپی رہتی تھیں، ان کے متعلق وہ کیا رائے قائم کرسکتی تھی۔ بہر حال وہ اپنے گداز بازوئے ہوئے دیکھ کر مطمئن ہو گئی اور جمال کو بھول گئی۔

غسل میں کچھ زیادہ ہی دیر ہو گئی۔ اس لیے کہ وہ اپنے حسن و جمال کے متعلق اندازہ کرنے بیٹھ گئی تھی۔ اس نے کافی دیر غور کرنے پر یہ نتیجہ نکالا کہ وہ زیادہ حسین تو نہیں لیکن قبول صورت اور جوان ضرور ہے۔ جوان وہ بلاشبہ تھی۔ وہ چھوٹی مختصر سی ریشمی چیز جو اس نے اپنے بدن سے اتار کر لکس صابن کی ہوائیوں میں دھوئی تھی، اس کے سامنے ٹنگی تھی۔ یہ گیلی ہونے کے باوجود بہت سی چغلیاں کھا رہی تھی۔

اس کے بعد روڑے میں لپٹا ہوا ایک اور خط آیا، اس میں بے شمار اشعار تھے۔ شعروں سے اسے نفرت تھی، اس لیے کہ وہ انہیں محبت کا عامیانہ ذریعہ سمجھتی تھی۔ خط آتے رہے، زینت وصول کرتی رہی لیکن اس نے کوئی جواب نہ دیا۔

وہ محبت کے شدید جذبے کی قائل نہیں تھی۔ اس کو جمال پسند تھا، اس لیے کہ وہ خوش شکل اور صحت مند جوان تھا۔ اس کے متعلق وہ لوگوں سے بھی سن چکی تھی کہ وہ بڑے اچھے خاندان کا لڑکا ہے۔ شریف ہے، اس کو اور کسی لڑکی سے کوئی واسطہ نہیں رہا۔ غالباً یہی وجہ تھی، ایک دن اس نے اپنی نو کرانی کے دس سالہ بچے کے ہاتھ اس کو یہ رقعہ لکھ کر بھیج دیا، ''آپ کی رقعہ نویسی پر مجھے اس کے سوا اور کوئی اعتراض نہیں کہ یہ شعروں میں نہ ہوا کرے۔ مجھے ایسا لگتا ہے کہ کوئی مجھے چاندی اور سونے کے ہتھوڑوں سے کوٹ رہا ہے۔''

یہ خط ملنے کے بعد جمال نے اشعار لکھنے بند کر دیئے۔ لیکن اس کی نثر اس سے بھی کہیں زیادہ جذبات سے پُر ہوتی تھی۔ زینت کی طبع پر یہ بھی گراں گزرتی۔ وہ سوچتی یہ کیسا آدمی ہے۔ وہ رات کو سوتی تو اپنا کمرہ بند کر کے قمیض اتار دیتی تھی، اس لیے کہ یہ اس کی نیند پر یہ ایک بوجھ سا ہوتا تھا۔ مگر جمال تو اس کی قمیض کے مقابلے میں کہیں زیادہ بوجھل تھا۔ وہ اسے کبھی برداشت نہ کرسکتی لیکن اس بات کا کامل احساس تھا کہ وہ اس سے والہانہ محبت کرتا ہے۔

یہی وجہ ہے کہ زینت نے جمال کو کئی موقعے دیئے کہ وہ اس سے ہم کلام ہو سکے۔ وہ اس سے جب پہلی بار ملا تو کانپ رہا تھا۔ کانپتے کانپتے اور ڈرتے ڈرتے اس نے ایک ناول بغیر عنوان کے اپنی جیب سے نکالا

اور زینت کو پیش کیا، ''اسے پڑھیے۔۔۔ میں۔۔۔ اس سے آگے وہ کچھ نہ کہہ سکا اور کانپتا لرزتا زینت کے گھر سے نکل گیا۔''

زینت کو بڑا ترس آیا لیکن اس نے سوچا کہ اچھا ہوا۔ اس لیے کہ اس کے پاس زیادہ وقت تختیے کے لیے نہیں تھا۔ اس کے ابا ٹھیک ساڑھے سات بجے آنے والے تھے اور جمال سوا سات بجے چل دیا تھا۔ اس کے بعد جمال نے ملاقات کی درخواست کی تو زینت نے اسے کہلا بھیجا کہ وہ اس سے پلازہ میں شام کا پہلا شو شروع ہونے سے دس منٹ پہلے مل سکے گی۔ زینت وہاں پندرہ منٹ پہلے پہنچی۔ جو سہیلی اس کے ساتھ تھی اس کو کسی بہانے اِدھر اُدھر کر دیا۔ دس منٹ اس نے باہر گیٹ کے پاس جمال کا انتظار کیا، جب وہ نہ آیا تو کسی تکدر کے بغیر وہاں سے ہٹی اور اپنی سہیلی کو تلاش کر کے اندر سینما میں چلی گئی۔

جمال اس وقت پہنچا جب وہ فرسٹ کلاس میں داخل ہو رہی تھی۔ زینت نے اسے دیکھا، اس کے ملتجی چہرے اور اس کی معافی کی خواستگار آنکھوں کو، مگر اس نے اس کو گیٹ کیپر کی بھی حیثیت نہ دی اور اندر داخل ہو گئی۔ شو چونکہ شروع ہو چکا تھا اس لیے اس نے اتنی نوازش کی کہ جمال کی طرف دیکھ کر گیٹ کیپر سے کہا، ''معاف کیجیے گا ہم لیٹ ہو گئے۔''

جمال شو ختم ہونے تک باہر کھڑا رہا۔ جب لوگوں کا ہجوم سینما کی بلڈنگ سے نکلا تو اس نے زینت کو دیکھا۔ آگے بڑھ کے اس سے بات کرنا چاہی مگر اس نے اس کے ساتھ بالکل اجنبیوں سا سلوک کیا چنانچہ اسے مایوس گھر لوٹنا پڑا۔

اس کو اس بات کا شدید احساس تھا کہ بال بنوانے اور نہا دھو کر کپڑے پہننے میں اسے دیر ہو گئی تھی۔ اس نے رات کو بڑی سوچ بچار کے بعد ایک خط لکھا جو معذرت نامہ تھا۔ وہ زینت کو پہنچا دیا، یہ خط پڑھ کر جب وہ مقررہ وقت پر کوٹھے پر آئی تو جمال نے اس کے تیوروں سے محسوس کیا کہ اسے بخش دیا گیا ہے۔ اس کے بعد خط و کتابت کا سلسلہ دیر تک جاری رہا۔ زینت کو جمال سے شکایت رہتی کہ وہ خط بہت لمبے لکھتا ہے جو ضرورت سے زیادہ جذبات سے پُر ہوتے ہیں۔ وہ اختصار کی قائل تھی، محبت اس کو بھی جمال سے ہو چکی تھی مگر وہ اس کے اظہار میں اپنی طبیعت کے موافق کفایت برتتی تھی۔

آخر ایک دن ایسا آیا کہ زینت شادی پر آمادہ ہو گئی مگر ادھر دونوں کے والدین رضامند نہیں ہوتے تھے۔ بہر حال بڑی مشکلوں کے بعد یہ مرحلہ طے ہوا اور جمال کے گھر زینت دلہن بن کے پہنچ گئی۔ حجلۂ عروسی سجا ہوا تھا، ہر طرف پھول ہی پھول تھے۔ جمال کے دل و دماغ میں ایک طوفان برپا تھا، عشق و محبت کا۔

اس نے چنانچہ عجیب و غریب حرکتیں کیں، زینت کو سر سے پاؤں تک اپنے ہونٹوں کی سجدہ گاہ بنا ڈالا۔ زینت کو جذبات کا یہ بے پناہ بہاؤ پسند نہ آیا، وہ اکتا گئی۔ ٹھیک دس بجے سو جانے کی عادی تھی۔ اس نے جمال کے تمام جذبات ایک طرف جھٹک دیئے اور سوگئی۔

جمال نے ساری رات جاگ کر کاٹی۔ زینت حسبِ معمول صبح ٹھیک چھ بجے اٹھی اور غسل خانے میں چلی گئی۔ باہر نکلی تو اپنے ٹخنوں تک لمبے بالوں کا بڑی چابک دستی سے جوڑا بنانے میں مصروف ہوگئی۔ اس دوران میں وہ صرف ایک مرتبہ جمال سے مخاطب ہوئی، ''ڈارلنگ مجھے بڑا افسوس ہے۔''

جمال اس ننھے سے جملے سے ہی خوش ہو گیا جیسے کسی بچے کو کھلونا مل گیا ہو۔ اس نے دل ہی دل میں اس فضا ہی کو جمنا شروع کر دیا جس میں زینت سانس لے رہی تھی۔ وہ اس سے والہانہ طور پر محبت کرتا، اس قدر شدید اندازِ میں کہ زینت کی مقدار پسند طبیعت برداشت نہیں کرتی تھی۔ وہ چاہتی تھی کہ ایک طریقہ طے ہو جائے جس کے مطابق محبت کی جائے۔

ایک دن اس نے جمال سے کہا، ''آپ مجھ سے یقیناً ناراض ہو جاتے ہوں گے کہ میری طرف سے محبت کا جواب تار کے سے اختصار سے ملتا ہے لیکن میں مجبور ہوں، میری طبیعت ہی کچھ ایسی ہے۔ آپ کی محبت کی میں قدر کرتی ہوں لیکن پیار مصیبت نہیں بن جانا چاہیے، آپ کا پیار بعض اوقات میرے لیے بہت بڑی مصیبت بن جاتا ہے، آپ کو اس کا خیال رکھنا چاہیے۔''

جمال نے بہت خیال رکھا۔ ناپ تول کر بیوی سے محبت کی مگر نا کام رہا۔ نتیجہ یہ ہوا کہ ان دونوں میں ناچاقی ہو گئی۔ زینت نے بہت سوچا کہ طلاق ہی بہتر صورت ہے جو بدمزگی دور کر سکتی ہے۔ چنانچہ جمال سے علیحدگی اختیار کرنے کے بعد اس نے طلاق کے لیے جمال کو کہلوا بھیجا۔ اس نے جواب دیا کہ مر جائے گا مگر طلاق نہیں دے گا۔ وہ اپنی محبت کا گلا ایسے بے رحم طریقے سے گھونٹنا نہیں چاہتا۔

زینت کے لیے جمال کی یہ محبت بہت بڑی مصیبت بن گئی تھی۔ اس نے اس سے چھٹکارا حاصل کرنے کے لیے عدالت سے رجوع کیا۔ عدالت میں پہلے روز جب فریقین حاضر ہوئے تو عجیب تماشا ہوا۔ جمال نے زینت کو دیکھا تو اس کی حالت غیر ہو گئی۔ اس کے وکیل نے مجسٹریٹ سے درخواست کی کہ سماعت اور کسی تاریخ پر ملتوی کر دی جائے۔ زینت کو بڑی کوفت ہوئی، وہ چاہتی تھی کہ جلد کوئی فیصلہ ہو۔ اگلی تاریخ پر جمال حاضر عدالت نہ ہوا کہ وہ بیمار ہے۔ دوسرے مہینے کی تاریخ پر بھی وہ نہ آیا تو زینت نے ایک رقعہ لکھ کر جمال کو بھیجا کہ وہ اسے پریشان نہ کرے اور جو تاریخ مقرر ہوئی ہے اس پر وہ ٹھیک وقت پر آ جائے۔

تاریخ سولہ اگست تھی۔ رات سے موسلا دھار بارش ہو رہی تھی، زینت حسبِ معمول صبح چھ بجے اٹھی، نہا دھو کر کپڑے پہنے اور اپنے وکیل کے ساتھ تانگے میں عدالت پہنچ گئی۔ اس کو یقین تھا کہ جمال وہاں موجود ہو گا اس لیے کہ اس نے اس کو لکھ بھیجا تھا کہ وقت پر پہنچ جائے۔ مگر جب اس نے اِدھر اُدھر نظر دوڑائی اور اسے جمال نظر نہ آیا تو اس کو بہت غصہ آیا۔

مقدمہ اس دن سرفہرست تھا۔ مجسٹریٹ نے عدالت میں داخل ہوتے ہی تھوڑی دیر کے بعد جمال اور زینت کو بلایا۔ زینت اندر جانے ہی والی تھی کہ اس کو جمال کی آواز سنائی دی۔ اس نے پلٹ کر دیکھا تو اس کا دل دھک سے رہ گیا۔ اس کا چہرہ خون میں لتھڑا ہوا تھا، بالوں میں کیچڑ، کپڑوں پر خون کے دھبے، لڑکھڑاتا ہوا وہ اس کے پاس آیا اور معذرت بھرے لہجے میں کہا، ''زینت مجھے افسوس ہے، میری موٹر سائیکل پھسل گئی اور میں ۔ ۔ ۔''

جمال کے ماتھے پر گہرا زخم تھا جس سے خون نکل رہا تھا۔ زینت نے اپنا دوپٹہ پھاڑا اور پٹی بنا کر اس پر باندھ دی اور جمال نے جذبات سے مغلوب ہو کر وہیں عدالت کے باہر اس کا منہ چوم لیا۔ اُس نے کوئی اعتراض نہ کیا بلکہ وکیل سے کہا کہ وہ طلاق لینا نہیں چاہتی، مقدمہ واپس لے لیا جائے۔

جمال دس دن ہسپتال میں رہا۔ اس دوران میں زینت اس کی بڑی محبت سے تیار داری کرتی رہی۔ آخری دن جب جمال مشین پر اپنا وزن دیکھ رہا تھا تو اس نے زینت سے دبی زبان سے پوچھا، ''میں اب تم سے کتنی محبت کر سکتا ہوں؟''

زینت مسکرائی، ''ایک من۔''

جمال نے وزن کرنے والی مشین کی سوئی دیکھی اور زینت سے کہا، ''مگر میرا وزن تو ایک من تیس سیر ہے۔ میں یہ فالتو تیس سیر کہاں غائب کروں؟''

زینت ہنسنے لگی۔

رحمت خداوندی کے پھول

زمیندار اخبار میں جب ڈاکٹر راتھر پر رحمت خداوندی کے پھول برستے تھے تو یار دوستوں نے غلام رسول کا نام ڈاکٹر راتھر رکھ دیا۔ معلوم نہیں کیوں، اس لیے کہ غلام رسول کو ڈاکٹر راتھر سے کوئی نسبت نہیں تھی۔ اِس میں کوئی شک نہیں کہ وہ ایم بی بی ایس میں تین بار فیل ہو چکا تھا، مگر کہاں ڈاکٹر راتھر ، کہاں غلام رسول۔

ڈاکٹر راتھر ایک اشتہاری ڈاکٹر تھا جو اشتہاروں کے ذریعے سے قوتِ مردمی کی دوائیں بیچتا تھا۔ خدا اور اس کے رسول کی قسمیں کھا کھا کر اپنی دواؤں کو مُجرَّب بتاتا تھا اور یوں سینکڑوں روپے کماتا تھا۔ غلام رسول کو ایسی دوائیوں سے کوئی دلچسپی نہ تھی۔ وہ شادی شدہ تھا اور اس کو قوت مردمی بڑھانے والی چیزوں کی کوئی حاجت نہیں تھی، لیکن پھر بھی اُس کے یار دوست اُس کو ڈاکٹر راتھر کہتے تھے۔ اِس کا یا کلپ کو اُس نے تسلیم کر لیا تھا۔ اِس لیے کہ اِس کے علاوہ اور کوئی چارہ نہیں تھا۔ اس کے دوستوں کو یہ نام پسند آ گیا تھا۔ اور یہ ظاہر ہے کہ غلام رسول کے مقابلے میں ڈاکٹر راتھر کہیں زیادہ موڈرن ہے۔

اب غلام رسول کو ڈاکٹر راتھر ہی کے نام سے یاد کیا جائے گا۔ اس لیے کہ زبانِ خلق کو نَقّارۂ خدا سمجھنا چاہیے۔

ڈاکٹر راتھر میں بے شمار خوبیاں تھیں۔ سب سے بڑی خوبی اُس میں یہ تھی کہ وہ ڈاکٹر نہیں تھا اور نہ بننا چاہتا تھا۔ وہ ایک اطاعت مند بیٹے کی طرح اپنے ماں باپ کی خواہش کے مطابق میڈیکل کالج میں پڑھتا تھا۔ اِتنے عرصے سے کہ اب کالج کی عمارت اُس کی زندگی کا ایک جُزو بن گئی تھی۔ وہ یہ سمجھنے لگا تھا کہ کالج اُس کے کسی بزرگ کا گھر ہے جہاں اُس کو ہر روز سلام عرض کرنے کے لیے جانا پڑتا ہے۔

اس کے والدین مُصِر تھے کہ وہ ڈاکٹری پاس کرے۔ اس کے والد کو یقین تھا کہ وہ ایک کام یاب ڈاکٹر

کی صلاحیتیں رکھتا ہے۔ اپنے بڑے لڑکے کے متعلق مولوی صباح الدین نے اپنی بیوی سے پیش گوئی کی تھی کہ وہ بیرسٹر ہوگا۔ چنانچہ جب اس کو ایل ایل بی پاس کراکے لندن بھیجا گیا تو بیرسٹر بن کر ہی آیا۔ یہ علیحدہ بات ہے کہ اس کی پریکٹس دوسرے بیرسٹروں کے مقابلے میں بہت ہی کم تھی۔

گو ڈاکٹر راتھر تین مرتبہ ایم بی بی ایس کے امتحان میں فیل ہو چکا تھا، مگر اس کے باپ کو یقین تھا کہ وہ انجام کار بہت بڑا ڈاکٹر بنے گا اور ڈاکٹر راتھر اپنے باپ کا اس قدر فرماں بردار تھا کہ اس کو بھی یقین تھا کہ ایک روز وہ لندن کے ہارلے اسٹریٹ میں بیٹھا ہوگا اور اس کی ساری دنیا میں دھوم مچی ہوگی۔

ڈاکٹر راتھر میں بے شمار خوبیاں تھیں۔ ایک خوبی یہ تھی کہ سادہ لوح تھا۔ لیکن سب سے بڑی برائی اس میں یہ تھی کہ پیتا تھا اور اکیلا پیتا تھا۔ شروع شروع میں تو اس نے بہت کوشش کی کہ اپنے ساتھ کسی اور کو نہ ملائے لیکن یار دوستوں نے اس کو تنگ کرنا شروع کر دیا۔ اُن کو اُس کا ٹھکانا معلوم ہو گیا۔ ''سیوائے بار'' میں شام کو سات بجے پہنچ جاتے تھے۔ مجبوراً ڈاکٹر راتھر کو انہیں اپنے ساتھ پلانا پڑتی۔۔۔ یہ لوگ اس کا گن گاتے، اس کے مستقبل کے متعلق بھی حوصلہ افزا باتیں کرتے۔ راتھر نشے کی ترنگ میں بہت خوش ہوتا اور اپنی جیب خالی کر دیتا۔

پانچ چھ مہینے اسی طرح گزر گئے۔ اس کو اپنے باپ سے دوسرو پے ماہوار ملتے تھے۔ رہتا الگ تھا۔ مکان کا کرایہ بیس روپے ماہانہ تھا۔ دن اچھے تھے۔ روز راتھر کی بیوی کو فاقے کھینچنے پڑتے، بلیکن پھر بھی اُس کا ہاتھ تنگ ہو گیا اس لیے کہ راتھر کو دوسروں کو پلانا پڑتی تھی۔

اُن دنوں شراب بہت سستی تھی۔ آٹھ روپے کی ایک بوتل۔ آدھا چار روپے آٹھ آنے میں ملتا تھا۔ مگر ہر روز ایک آدھ لینا، یہ ڈاکٹر راتھر کی بساط سے باہر تھا۔ اس نے سوچا کہ گھر میں پیا کرے۔۔۔ مگر یہ کیسے ممکن تھا۔ اس کی بیوی فوراً طلاق لے لیتی۔ اس کو معلوم ہی نہیں تھا کہ اس کا خاوند شراب کا عادی ہے۔ اس کے علاوہ اس کو شرابیوں سے سخت نفرت تھی، نفرت ہی نہیں، اُن سے بہت خوف آتا تھا۔ کسی کی سرخ آنکھیں دیکھتی تو ڈر جاتی، ہائے ڈاکٹر صاحب، کتنی ڈراؤنی آنکھیں تھیں اُس آدمی کی۔۔۔ ایسا لگتا تھا کہ شرابی ہے۔''

اور ڈاکٹر راتھر دل ہی دل میں سوچتا کہ اس کی آنکھیں کیسی ہیں، کیا پی کر آنکھوں میں سرخ ڈورے آتے آتے ہیں۔۔۔؟ کیا اس کی بیوی کو اس کی آنکھیں ابھی تک سرخ نظر نہیں آئیں۔۔۔؟ کب تک اس کا راز راز رہے گا۔۔۔؟ منہ سے بو تو ضرور آتی ہوگی۔۔۔ کیا وجہ ہے کہ اس کی بیوی نے کبھی نہیں سونگھی۔ پھر وہ یہ سوچتا ''نہیں، میں بہت احتیاط برتتا ہوں۔ میں نے ہمیشہ منہ پرے کر کے اس سے بات کی ہے۔ ایک

دفعہ اس نے پوچھا تھا کہ آپ کی آنکھیں آج سرخ کیوں ہیں تو میں نے اس سے کہا تھا، دُھول پڑ گئی ہے۔ اسی طرح ایک بار اس نے دریافت کیا تھا، یہ بُو کسی ہے، تو میں نے یہ کہہ کر ٹال دیا تھا، ''آج سِگار پیا تھا۔۔۔ بہت بُو ہوتی ہے کم بخت میں۔''

ڈاکٹر راتھر اکیلا پینے کا عادی تھا۔ اس کو ساتھی نہیں چاہیے تھے۔ وہ کنجوس تھا۔ اس کے علاوہ اس کی جیب بھی اجازت نہیں دیتی تھی کہ وہ دوستوں کو پلائے۔ اس نے بہت سوچا کہ ایسی ترکیب کیا ہو سکتی ہے کہ سانپ بھی مر جائے اور لاٹھی بھی نہ ٹوٹے۔ یعنی یہ مسئلہ کچھ اس طرح حل ہو کہ وہ گھر میں پیا کرے جہاں اس کے دوستوں کو شرکت کرنے کی جرات نہیں ہو سکتی تھی۔

ڈاکٹر راتھر، پورا ڈاکٹر تو نہیں تھا لیکن اس کو ڈاکٹری کی چند چیزوں کا علم ضرور تھا۔ ان وہ اتنا جانتا تھا کہ دوائیں بوتلوں میں ڈال کر دی جاتی ہیں۔ اور ان پر اکثر یہ لکھا ہوتا ہے، ''شیک دی بوتل بی فور یوز۔'' اُس نے اِتنے علم میں اپنی ترکیب کی دیواریں استوار کیں۔ آخر میں بہت سوچ بچار کے بعد اس نے یہ سوچا کہ وہ گھر ہی میں پیا کرے گا۔ سانپ بھی مر جائے گا اور لاٹھی بھی نہیں ٹوٹے گی۔ وہ دوا کی بوتل میں شراب ڈلوا کر گھر رکھ دے گا۔ بیوی سے کہے گا کہ اس کے سر میں درد ہے اور اس کے استاد ڈاکٹر سید رمضان علی شاہ نے اپنے ہاتھ سے یہ نسخہ دیا ہے اور کہا ہے کہ شام کو ہر پندرہ منٹ کے بعد ایک خوراک پانی کے ساتھ پیا کرے، انشاء اللہ شفا ہو جائے گی۔

یہ ترکیب تلاش کر لینے پر ڈاکٹر راتھر بے حد خوش ہوا۔ اپنی زندگی میں پہلی بار اس نے یوں محسوس کیا جیسے اس نے ایک نیا امریکا دریافت کر لیا ہے، چنانچہ صبح سویرے اٹھ کر اس نے اپنی بیوی سے کہا، ''نسیمہ! آج میرے سر میں بڑا درد ہو رہا ہے۔۔۔ ایسا لگتا ہے پھٹ جائے گا۔''

نسیمہ نے بڑے تردُّد سے کہا، ''کالج نہ جائیے آج۔''

ڈاکٹر راتھر مسکرایا، ''پگلی، آج تو مجھے ضرور جانا چاہیے۔۔۔ ڈاکٹر سید رمضان علی شاہ صاحب سے پوچھوں گا۔ ان کے ہاتھ میں بڑی شفا ہے۔''

''ہاں ہاں، ضرور جائیے۔۔۔ میرے متعلق بھی اُن سے بات کیجیے گا۔''

نسیمہ کو سیلان الرحم کی شکایت تھی، جس سے ڈاکٹر راتھر کو کوئی دلچسپی نہیں تھی، مگر اس نے کہا، ''ہاں ہاں بات کروں گا۔۔۔ مگر مجھے یقین ہے کہ وہ میرے لیے کوئی نہایت ہی کڑوی اور بدبو دار دوا تجویز کر دیں گے۔''

’’آپ خود ڈاکٹر ہیں، دوائیں مٹھائیاں تو نہیں ہوتیں۔‘‘

’’ٹھیک ہے، لیکن بدبودار دواؤں سے مجھے نفرت ہے۔‘‘

’’آپ دیکھیے تو سہی کیسی دوا دیتے ہیں۔ابھی سے کیوں ایسی رائے قائم کر رہے ہیں آپ؟‘‘

’’اچھا،‘‘ کہہ کر ڈاکٹر راتھر اپنے سر کو دباتا کالج چلا گیا۔شام کو وہ دوا کی بوتل میں وہسکی ڈلوا کر لے آیا اور اپنی بیوی سے کہا، ’’میں نے تم سے کہا تھا نا کہ ڈاکٹر سید رمضان علی شاہ ضرور کوئی ایسی دوا لکھ کر دیں گے جو بے حد کڑوی اور بدبودار ہو گی۔۔۔لو، ذرا اسے سونگھو۔‘‘ بوتل کا کارک اتار کر اس نے بوتل کا منہ اپنی بیوی کی ناک کے ساتھ لگا دیا۔اس نے سونگھا اور ایک دم ناک ہٹا کر کہا، ’’بہت واہیات سی بُو ہے۔‘‘

’’اب ایسی دوا کون پیے؟‘‘

’’نہیں نہیں۔۔۔آپ ضرور پئیں گے۔۔۔سر کا درد کیسے دور ہو گا۔‘‘

’’ہو جائے گا اپنے آپ۔‘‘

’’اپنے آپ کیسے دور ہو گا۔۔۔یہی تو آپ کی بری عادت ہے۔دوا لاتے ہیں مگر استعمال نہیں کرتے۔‘‘

’’یہ بھی کوئی دوا ہے۔۔۔ایسا لگتا ہے جیسے شراب ہے۔‘‘

’’آپ تو جانتے ہی ہیں کہ انگریزی دواؤں میں شراب ہوا کرتی ہے۔‘‘

’’لعنت ہے ایسی دواؤں پر۔‘‘

ڈاکٹر راتھر کی بیوی نے خوراک کے نشان دیکھے اور حیرت سے کہا، ’’اتنی بڑی خوراک!‘‘

ڈاکٹر راتھر نے بُرا سا منہ بنایا۔ ’’یہی تو مصیبت ہے۔‘‘

’’آپ مصیبت مصیبت نہ کہیں، اللہ کا نام لے کر پہلی خوراک پئیں۔۔۔پانی کتنا ڈالنا ہے۔‘‘

ڈاکٹر راتھر نے بوتل اپنی بیوی کے ہاتھ سے لی اور مصنوعی طور پر بادل نا خواستہ کہا، ’’سوڈا منگوانا پڑے گا۔۔۔عجیب و غریب دوا ہے۔۔پانی نہیں سوڈا۔‘‘

یہ سن کر نسیمہ نے کہا، ’’سوڈا اس لیے کہا ہو گا کہ آپ کا معدہ خراب ہے۔‘‘

’’خدا معلوم کیا خراب ہے۔‘‘ یہ کہہ کر ڈاکٹر راتھر نے ایک خوراک گلاس میں ڈالی۔ ’’بھئی خدا کی قسم میں نہیں پیوں گا۔‘‘

بیوی نے بڑے پیار سے اس کے کاندھے پر ہاتھ رکھا، ’’نہیں نہیں۔۔۔پی جائیے۔۔۔ناک بند کر لیجیے۔۔۔میں اسی طرح فیور مکسچر پیا کرتی ہوں۔‘‘

ڈاکٹر راتھر نے بڑے نخروں کے ساتھ شام کا پہلا پیگ پیا۔ بیوی نے اس کو شاباش دی اور کہا، ''پندرہ منٹ کے بعد دوسری خوراک۔ خدا کے فضل و کرم سے درد یوں چٹکیوں میں دور ہو جائے گا۔''

ڈاکٹر راتھر نے سارا ڈھونگ کچھ ایسے خلوص سے رچایا تھا کہ اس کو محسوس ہی نہ ہوا کہ اس نے دوا کے بجائے شراب پی ہے، لیکن جب ہلکا سا درد اس کے دماغ میں نمودار ہوا تو وہ دل ہی دل میں خوب ہنسا۔ ترکیب خوب تھی۔ اس کی بیوی نے عین پندرہ منٹ کے بعد دوسری خوراک گلاس میں انڈیل لی۔ اس میں سوڈا ڈالا اور ڈاکٹر راتھر کے پاس لے آئی، ''یہ لیجیے دوسری خوراک۔۔۔کوئی ایسی بری بُو تو نہیں ہے۔''

ڈاکٹر راتھر نے گلاس پکڑ کر بڑی بد دلی سے کہا، ''تمہیں پینا پڑے تو معلوم ہو۔۔۔خدا کی قسم شراب کی سی بُو ہے۔۔۔ذرا سونگھ کر تو دیکھو!''

''آپ تو بالکل میری طرح ضد کرتے ہیں۔''

''نسیمہ، خدا کی قسم ضد نہیں کرتا۔۔۔ضد کا سوال ہی کہاں پیدا ہوتا ہے، لیکن۔۔۔خیر، ٹھیک ہے۔'' یہ کہہ کر ڈاکٹر راتھر نے گلاس منہ سے لگایا اور شام کا دوسرا پیگ غٹاغٹ چڑھا گیا۔

تین خوراکیں ختم ہو گئیں۔ ڈاکٹر راتھر نے کسی قدر افاقہ محسوس کیا، لیکن دوسرے روز پھر سر میں درد عُود کر آیا۔ ڈاکٹر راتھر نے اپنی بیوی سے کہا، ''ڈاکٹر سید رمضان علی شاہ نے کہا ہے کہ یہ مرض آہستہ آہستہ دور ہو گا، لیکن دوا کا استعمال برابر جاری رہنا چاہیے۔ خدا معلوم کیا نام لیا تھا انہوں نے بیماری کا۔۔۔کہا تھا معمولی سر کا درد ہوتا تو دو خوراکوں ہی سے دور ہو جاتا۔ مگر تمہارا کیس ذرا سیریس ہے۔''

یہ سن کر نسیمہ نے تَرَدُّد سے کہا، ''تو آپ کو دوا اب باقاعدہ پینی پڑے گی۔''

''میں نہیں جانتا۔۔۔تم وقت پر دے دیا کرو گی تو قہر درویش بر جان درویش پی لیا کروں گا۔''

نسیمہ نے ایک خوراک سوڈے میں حل کر کے اس کو دی۔ اس کی بُو ناک میں گھسی تو متلی آنے لگی مگر اس نے اپنے خاوند پر کچھ ظاہر نہ ہونے دیا۔ کیونکہ اس کو ڈر تھا کہ وہ پینے سے انکار کر دے گا۔ ڈاکٹر راتھر نے تین خوراکیں اپنی بیوی کے بڑے اِصرار پر پیِیں۔ وہ بہت خوش تھی کہ اس کا خاوند اس کا کہا مان رہا ہے، کیونکہ بیوی کی بات ماننے کے معاملے میں ڈاکٹر بہت بدنام تھا۔

کئی دن گزر گئے۔ خوراکیں پینے اور پلانے کا سلسلہ چلتا رہا۔ ڈاکٹر راتھر بڑا مسرور تھا کہ اس کی ترکیب سُود مند ثابت ہوئی۔ اب اسے دوستوں کا کوئی خدشہ نہیں تھا۔ ہر شام گھر میں بسر ہوتی۔ ایک خوراک پیتا اور لیٹ کر کوئی افسانہ پڑھنا شروع کر دیتا۔ دوسری خوراک عین پندرہ منٹ کے بعد اس کی بیوی تیار کر

کے لے آتی۔اسی طرح تیسری خوراک اس کو بن مانگے مل جاتی۔۔۔ڈاکٹر راتھر بے حد مطمئن تھا۔اتنے دن گزر جانے پر اس کے اور اس کی بیوی کے لیے یہ دوا کا سلسلہ ایک معمول ہو گیا تھا۔

ڈاکٹر راتھر اب ایک پوری بوتل لے آیا تھا۔اس کا لیبل وغیرہ اتار کر اس نے اپنی بیوی سے کہا تھا، ''کیمسٹ میرا دوست ہے۔اس نے مجھ سے کہا، ''آپ ہر روز تین خوراکیں لیتے ہیں، دوا آپ کو یوں مہنگی پڑتی ہے۔پوری بوتل لے جائیے۔اس میں سے چھوٹی نشانوں والی بوتل میں ہر روز تین خوراکیں ڈال لیا کیجیے۔۔۔بہت سستی پڑے گی اس طرح آپ کو یہ دوا۔''

یہ سن کر نسیمہ کو خوشی ہوئی کہ چلو بچت ہو گئی۔ڈاکٹر راتھر بھی خوش تھا کہ اس کے کچھ پیسے بچ گئے، کیونکہ روزانہ تین پیگ لینے میں اسے زیادہ دام دینے پڑے تھے۔اور بوتل آٹھ روپوں میں مل جاتی تھی۔

کالج سے فارغ ہو کر ڈاکٹر راتھر ایک دن گھر آیا تو اس کی بیوی لیٹی ہوئی تھی۔ڈاکٹر راتھر نے اس سے کہا، ''نسیمہ کھانا نکالو، بہت بھوک لگی ہے۔''

نسیمہ نے کچھ عجیب سے لہجے میں کہا، ''کھانا۔۔کیا آپ کھانا کھا نہیں چکے؟''

''نہیں تو۔''

''نسیمہ نے ایک لمبی ''نہیں'' کہی، ''آپ۔۔۔کھانا کھا چکے ہیں۔۔۔میں نے آپ کو دیا تھا۔''

ڈاکٹر راتھر نے حیرت سے کہا، ''کب دیا تھا؟ میں ابھی ابھی کالج سے آ رہا ہوں۔''

نسیمہ نے ایک جمائی لی، ''جھوٹ ہے۔۔۔آپ کالج تو گئے ہی نہیں۔''

ڈاکٹر راتھر نے سمجھا، نسیمہ مذاق کر رہی ہے، چنانچہ مسکرایا، ''چلو اٹھو، کھانا نکالو سخت بھوک لگی ہے۔''

نسیمہ نے ایک اور لمبی ''نہیں'' کہی۔ ''آپ جھوٹ بولتے ہیں، میں نے آپ کے ساتھ کھانا کھایا تھا۔''

''کب۔۔۔؟ حد ہو گئی ہے۔۔۔چلو اٹھو، مذاق نہ کرو۔'' یہ کہہ کر ڈاکٹر راتھر نے اپنی بیوی کا بازو پکڑا۔

''خدا کی قسم میرے پیٹ میں چوہے دوڑ رہے ہیں۔''

نسیمہ کھلکھلا کر ہنسی، ''چوہے۔۔۔آپ یہ چوہے کیوں نہیں کھاتے؟''

ڈاکٹر راتھر نے بڑے تعجب سے پوچھا، ''کیا ہو گیا ہے تمہیں؟''

نسیمہ نے سنجیدگی اختیار کر کے اپنے ماتھے پر ہاتھ رکھا اور اپنے خاوند سے کہا، ''میں۔۔۔میں۔۔سرد میں درد تھا میرے۔۔۔آپ کی دوا کی دو خو۔۔خو۔۔۔خوراکیں پی ہیں۔۔۔چوہے۔۔۔چوہے بہت

ستاتے ہیں۔۔۔ان کو مارنے والی گولیاں لے آیئے۔۔۔کھانا۔۔۔؟ نکالتی ہوں کھانا۔''

ڈاکٹر راتھر نے اپنی بیوی سے صرف اتنا کہا، ''تم سو جاؤ، میں کھانا کھا چکا ہوں۔''

نسیمہ زور سے ہنسی، ''میں نے جھوٹ تو نہیں کہا۔''

ڈاکٹر راتھر نے جب دوسرے کمرے میں جاکر مُضطرب حالت میں زمیندار کا تازہ پرچہ کھولا تو اُس کو ایک خبر کی سرخی نظر آئی۔ ''ڈاکٹر راتھر پر رحمت خداوندی کے پھول۔'' اس کے نیچے یہ درج تھا کہ پولیس نے اس کو دھوکا دہی کے سلسلے میں گرفتار کر لیا ہے۔

غلام رسول عرف ڈاکٹر راتھر نے یہ خبر پڑھ کر یوں محسوس کیا کہ اس پر رحمت خداوندی کے پھول برس رہے ہیں۔

رشوت

احمد دین کھاتے پیتے آدمی کا لڑکا تھا۔۔۔ اپنے ہم عمر لڑکوں میں سب سے زیادہ خوش پوش مانا جاتا تھا۔۔
۔ لیکن ایک وقت ایسا بھی آیا کہ وہ بالکل خستہ حال ہو گیا۔

اس نے بی اے کیا اور اچھی پوزیشن حاصل کی۔۔ ۔ وہ بہت خوش تھا۔۔ ۔ اس کے والد خان بہادر عطاء
اللہ کا ارادہ تھا کہ اسے اعلیٰ تعلیم کے لیے ولایت بھیجیں گے۔ پاسپورٹ لے لیا گیا تھا۔۔ سوٹ وغیرہ
بھی بنوا لیے گئے تھے کہ اچانک خان بہادر عطاء اللہ نے جو بہت شریف آدمی تھے، کسی دوست کے کہنے
پر سٹہ کھیلنا شروع کر دیا۔

شروع میں انہیں اس کھیل میں کافی منافع ہوا۔۔ ۔ وہ خوش تھے کہ چلو میرے بیٹے کی اعلیٰ تعلیم کا خرچ ہی نکل
آیا۔۔ ۔ مگر لالچ بری بلا ہے۔ انہوں نے یہ سمجھا کہ ان کی پشت پر جو گنی ہے۔۔ ۔ جیتتے ہی چلے جائیں گے۔
ان کا وہ دوست جس نے ان کو اس راستے پر لگایا تھا یار بار ان سے کہتا تھا:

‘‘ خان صاحب۔۔ ۔ ماشاء اللہ آپ قسمت کے دھنی ہیں۔۔ ۔ مٹی میں بھی ہاتھ ڈالیں تو سونا بن جائے۔۔ ’’
اور وہ اس قسم کی چاپلوسیوں کے ذریعے خان بہادر سے سو دو سو روپے اینٹھ لیتا۔ خان بہادر کو بھی کوئی تکلیف
محسوس نہ ہوتی، اس لیے کہ انہیں بغیر محنت کے ہزاروں روپے مل رہے تھے۔ احمد دین ذہین اور باشعور
لڑکا تھا۔۔ ۔ اس نے ایک دن اپنے باپ سے کہا، ‘‘ اباجی! یہ آپ نے جو سٹہ بازی شروع کی ہے ۔۔ ۔
معاف کیجیے گا، اس کا انجام اچھا نہیں ہو گا۔۔ ۔ ’’

خان بہادر نے تیز لہجے میں اس سے کہا، ‘‘ برخوردار! تمہیں میرے کاموں میں دخل دینے کی جرأت نہیں
ہونی چاہیے۔ میں جو کچھ کر رہا ہوں ٹھیک ہے ۔۔ ۔ جتنا روپیہ آ رہا ہے، وہ میں اپنے ساتھ قبر میں لے کر

نہیں جاؤں گا۔ یہ سب تمہارے کام آئے گا۔۔۔''

احمد دین نے بڑی معصومیت سے پوچھا، ''لیکن اباجی، یہ کب تک آتا رہے گا۔۔۔ہو سکتا ہے کل کو یہ جانے بھی لگے۔۔۔''

خان بہادر بِھنّا گئے۔

''حکومت۔۔۔آتا ہی رہے گا۔''

روپیہ آتا رہا۔۔۔لیکن ایک دن خان بہادر نے کئی ہزار روپے کی رقم داؤ پر لگا دی۔۔۔لیکن نتیجہ صفر نکلا۔ ۔۔دس ہزار ہاتھ سے دینے پڑے۔

تاؤ میں آ کر انہوں نے بیس ہزار روپے کا سٹہ کھیلا۔۔۔ان کو یقین تھا کہ ساری کسر پوری ہو جائے گی۔ ۔۔لیکن صبح جب انہوں نے اخبار دیکھا تو معلوم ہوا کہ یہ بیس ہزار بھی گئے۔ خان بہادر ہمت ہارنے والے نہیں تھے۔ انہوں نے اپنا ایک مکان گروی رکھ کر پچاس ہزار روپے لیے اور سب کا سب اللہ کا نام لے کر چاندی کے سٹے پر لگا دیئے۔

اللہ کا نام تو خیر اللہ کا نام ہے۔۔۔وہ چاندی اور سونے کی مارکیٹ پر کیا کنٹرول کر سکتا ہے۔۔۔صبح ہوئی تو خان بہادر کو معلوم ہوا کہ چاندی کا بھاؤ ایک دم گر گیا ہے۔۔۔ان کو اس قدر صدمہ ہوا کہ دل کے دورے پڑنے لگے۔

احمد دین نے ان سے کہا، ''اباجی۔۔۔چھوڑ دیجیے اس بکواس کو۔۔۔''

خان بہادر نے بڑے غصے میں اپنے بیٹے سے کہا، ''تم بکواس مت کرو۔۔۔میں جو کچھ کر رہا ہوں ٹھیک ہے۔''

احمد دین نے مؤدبانہ کہا، ''لیکن اباجان۔۔۔یہ جو آپ کو دل کی تکلیف شروع ہو گئی ہے، اس کی وجہ کیا ہے؟''

''مجھے کیا معلوم۔۔۔اللہ بہتر جانتا ہے۔۔۔ایسے عارضے انسان کو ہوتے ہی رہتے ہیں۔''

احمد دین نے کچھ دیر سوچنے کے بعد کہا، ''جی ہاں۔۔۔انسان کو ہر قسم کے عارضے ہوتے رہتے ہیں لیکن ان کی کوئی وجہ بھی تو ہوتی ہے۔ مثال کے طور پر اگر آپ کوئی ایسی چیز کھالیں جس میں ہیضے کے جراثیم ہوں اور۔۔۔''

خان بہادر کو اپنے بیٹے کی یہ گفتگو پسند نہیں تھی۔

’’تم چلے جاؤ یہاں سے ۔ ۔ ۔ میرا مغز مت چاٹو ۔ ۔ میں ہر چیز سے واقف ہوں۔‘‘

احمد دین نے کمرے سے باہر نکلتے ہوئے کہا، ’’یہ آپ کی غلط فہمی ہے ۔ ۔ کوئی انسان بھی ہر چیز سے واقف ہونے کا دعویٰ نہیں کر سکتا۔‘‘

احمد دین چلا گیا۔

خان بہادر اندرونی طور پر خود کو بہت بڑا چغد سمجھنے لگے تھے۔ لیکن وہ اپنے اس احساس کو اپنے لڑکے پر ظاہر نہیں کرنا چاہتے تھے۔

بستر پر لیٹے انہوں نے بار بار خود سے کہا، ’’خان بہادر عطاء اللہ ۔ ۔ تم خان بہادر بنے پھرتے ہو ۔ ۔ ۔ لیکن اصل میں تم اول درجے کے بے وقوف ہو۔‘‘

’’تم اپنے بیٹے کی بات پر کان کیوں نہیں دھرتے ۔ ۔ ۔ جب کہ تم جانتے ہو کہ وہ جو کچھ کہہ رہا ہے صحیح ہے۔‘‘

’’جتنا روپیہ تم نے حاصل کیا تھا، اس سے دگنا روپیہ تم ضائع کر چکے ہو ۔ ۔ کیا یہ درست ہے؟‘‘

خان بہادر جھنجھلا گئے اور بڑ بڑانے لگے، ’’سب درست ہے ۔ ۔ ۔ سب درست ہے ۔ ۔ ۔ ایک میں ہی غلط ہوں لیکن میرا غلط ہونا ہی صحیح ہو گا ۔ ۔ ۔ بعض اوقات غلطیاں بھی صحت کا سامان مہیا کر دیتی ہیں۔‘‘

پندرہ دن بستر پر لیٹے اور علاج کرانے کے بعد جب وہ کسی قدر ہی تندرست ہوئے تو انہوں نے اپنا ایک اور مکان بیچ دیا ۔ ۔ ۔ یہ پچیس ہزار روپے میں بکا۔ خان صاحب نے یہ سب روپے سٹے پر لگا دیئے۔ ان کو پوری امید تھی کہ وہ اپنی اگلی پچھلی کسر پوری کر لیں گے مگر قسمت نے یاوری نہ کی اور وہ ان پچیس ہزار روپوں سے بھی ہاتھ دھو بیٹھے۔ احمد دین پیچ و تاب کھا کے رہ گیا، اس کی سمجھ میں نہیں آتا تھا کہ اپنے باپ کو کس طرح سمجھائے، وہ اس کی کوئی بات سنتے ہی نہیں تھے۔ احمد دین نے آخری کوشش کی اور ایک دن جب اس کا باپ اپنے کمرے میں حقہ پی رہا تھا اور معلوم نہیں کس سوچ میں غرق تھا کہ اس سے ڈرتے ڈرتے مخاطب ہوا:

’’ابا جی ۔ ۔ ۔ !‘‘

خان بہادر صاحب سوچ میں اس قدر غرق تھے کہ انہوں نے اپنے لڑکے کی آواز ہی نہیں سنی۔ احمد دین نے آواز کو ذرا بلند کیا:

’’ابا جی ۔ ۔ ۔ ابا جی!‘‘

خان بہادر چونکے، ’’کیا ہے ۔ ۔ ؟‘‘

احمد دین کانپ گیا۔۔۔۔

'' کچھ نہیں ابا جی۔۔۔ مجھے۔۔۔ مجھے آپ سے ایک بات کہنا تھی۔''

خان بہادر نے حقے کی نڑی اپنے منہ سے جدا کی، '' کہو، کیا کہنا ہے۔۔۔''

احمد دین نے بڑی لجاجت سے کہا، '' مجھے یہ عرض کرنا ہے۔۔۔ یہ درخواست کرنا تھی۔۔۔ کہ۔۔۔ کہ آپ سٹہ کھیلنا بند کر دیں۔۔۔''

حقے کا ایک زور دار کش لے کر وہ احمد دین پر برس پڑے، '' تم کون ہوتے ہو مجھے نصیحت کرنے والے ۔۔۔ میں جانوں میرا کام۔ کیا اب تک تمہارے ہی مشورے سے میں سارے کام کرتا رہا ہوں۔۔۔ دیکھو، میں تم سے کہے دیتا ہوں کہ آئندہ میرے معاملے میں کبھی دخل نہ دینا۔۔ مجھے یہ گستاخی ہرگز پسند نہیں۔۔۔ سمجھے! ''

احمد دین کی گردن جھکی ہوئی تھی، '' جی میں سمجھ گیا۔۔۔''

اور یہ کہہ کر وہ اپنے باپ کے کمرے سے نکل گیا۔

سٹے کی لت شراب کی عادت سے بھی کہیں زیادہ بری ہوتی ہے۔ خان بہادر اس میں کچھ ایسے گرفتار ہوئے کہ جائداد۔۔۔ سب کی سب اس خطرناک کھیل کی نذر ہو گئی۔ مرحوم بیوی کے زیور تھے۔۔۔ وہ بھی بک گئے۔۔۔ اور نتیجہ اس کا یہ نکلا کہ ان کے دل کے عارضے نے کچھ ایسی شکل اختیار کی کہ وہ ایک روز صبح سویرے غسل خانے میں داخل ہوتے ہی دھم سے گرے اور ایک سیکنڈ کے اندر اندر دم توڑ دیا۔ احمد دین کو ظاہر ہے کہ اپنے باپ کی وفات کا بہت صدمہ ہوا۔۔۔ وہ کئی دن نڈھال رہا۔ اس کی سمجھ میں نہیں آتا تھا کہ کیا کرے۔۔۔ بی اے پاس تھا، اعلیٰ تعلیم حاصل کرنے کے خواب دیکھ رہا تھا۔۔۔ مگر اب سارا نقشہ ہی بدل گیا تھا۔ اس کے باپ نے ایک پھوٹی کوڑی بھی اس کے لیے نہیں چھوڑی تھی۔ مکان۔۔۔ جس میں وہ تنہا رہتا تھا۔۔۔ رہن تھا۔

یہاں سے اس کو کچھ عرصے کے بعد نکلنا پڑا۔ گھر کی مختلف چیزیں بیچ کر اس نے چار پانچ سو روپے حاصل کیے اور ایک غلیظ محلے میں ایک کمرہ کرائے پر لے لیا مگر پانچ سو روپے کب تک اس کا ساتھ دے سکتے تھے۔ زیادہ سے زیادہ ایک برس تک بڑی کفایت شعاری سے گزارا کر لیتا۔ لیکن اس کے بعد کیا ہوتا۔ احمد دین نے سوچا، '' مجھے ملازمت کر لینی چاہیے! چاہے وہ کیسی بھی ہو۔۔۔ پچاس ساٹھ روپے ماہوار مل جائیں۔۔۔ تو گزارا ہو جائے گا۔ '' اس کی ماں کو مرے اتنے ہی برس ہو گئے تھے جتنے اس کو جیتے،

احمد دین نے حالانکہ اس کی شکل تک نہیں دیکھی تھی۔۔۔نہ اس کو دودھ پینا نصیب ہوا تھا۔۔۔پھر بھی وہ اکثر اس کو یاد کرکے آنسو بہاتا رہتا۔احمد دین نے ملازمت حاصل کرنے کی انتہائی کوشش کی۔۔۔مگر کامیابی نہ ہوئی۔۔۔اتنے بے روزگار اور بے کار آدمی تھے کہ وہ خود کو اس بے روزگاری اور بے کاری کے سمندر میں ایک قطرہ سمجھتا تھا۔لیکن اس احساس کے باوجود اس نے ہمت نہ ہاری۔۔۔اور اپنی تگ ودو جاری رکھی۔

بہت دنوں کے بعد اسے معلوم ہوا کہ اگر کسی افسر کی مٹھی گرم کی جائے تو ملازمت ملنے کا امکان پیدا ہو سکتا ہے لیکن وہ مٹھی گرم کرنے کا مسالا کہاں سے لاتا۔ایک دفتر میں جب وہ ملازمت کے سلسلے میں گیا تو ہیڈ کلرک نے اس سے شفیقانہ انداز میں کہا:

''دیکھو برخوردار! یوں خالی خولی کام نہیں چلے گا۔۔۔جس اسامی کے لیے تم نے درخواست دی ہے، اس کے لیے پہلے ہی دو سو پچاس درخواستیں وصول ہو چکی ہیں۔۔۔میں بڑا صاف گو آدمی ہوں۔۔۔پانچ سو روپے اگر تم دے سکتے ہو تو یہ ملازمت تمہیں یقیناً مل جائے گی۔'' اب احمد دین پانچ سو روپے کہاں سے لاتا، اس کے پاس بمشکل بیس یا تیس روپے تھے۔چنانچہ اس نے ہیڈ کلرک سے کہا،''جناب! میرے پاس اتنے روپے نہیں۔۔۔آپ ملازمت دلوا دیجیے، تنخواہ میں سے آدھی رقم آپ لے لیا کریں۔'' ہیڈ کلرک ہنسا،''تم ہمیں بے وقوف بناتے ہو۔۔۔جاؤ، چلتے پھرتے بنو۔۔۔'' احمد دین بہت دیر تک چلتا پھرتا رہا۔۔۔مگر اسے اطمینان سے کہیں بیٹھنے کا موقع نہ ملا۔جہاں جاتا، رشوت کا سوال سامنے ہوتا۔۔۔دنیا شاید رشوت ہی کی وجہ سے عالم وجود میں آئی ہے۔شاید خدا کو کسی نے رشوت دی ہو اور اس نے یہ دنیا بنا دی ہو۔احمد دین کے پاس پیسہ بھی نہ رہا تو مزدوری شروع کر دی۔بوجھ اٹھاتا اور ہر روز دو روپے کما لیتا۔مہنگائی کا زمانہ تھا، گو دونوں وقت کا کھانا بھٹیار خانے میں کھاتا لیکن اسے کافی خرچ برداشت کرنا پڑتا۔زیادہ سے زیادہ ایک آنہ بچ رہتا۔

احمد دین مزدوری کرتا، مگر اس کے دل و دماغ پر رشوت کا چکر گھومتا رہتا تھا۔یہ ایک بہت بڑی لعنت تھی اور وہ چاہتا تھا کہ اس سے کسی طرح نجات حاصل کرے۔۔۔اور مزدوری چھوڑ کر کوئی ایسی ملازمت اختیار کرے جو اس کے شایانِ شان ہو۔آخر وہ بی۔اے پاس تھا۔۔۔فرسٹ کلاس۔اس نے سوچا کہ نماز پڑھنا شروع کر دے، خدا سے دعا مانگے کہ وہ اس کی سنے۔چنانچہ اس نے باقاعدہ پانچ وقت کی نماز شروع کر دی۔یہ سلسلہ ایک وقت تک جاری رہا مگر کوئی نتیجہ برآمد نہ ہوا۔اس دوران میں اس کے پاس

تیس روپے جمع ہو چکے تھے ۔ صبح کی نماز ادا کرنے کے بعد وہ ڈاک خانے گیا۔ تیس روپے کا پوسٹل آرڈر لیا اور لفافے میں ڈال کر ساتھ ہی ایک رقعہ بھی رکھ دیا جس کا مضمون کچھ اس قسم کا تھا:

'' اللہ میاں ۔ ۔ ۔ میں سمجھتا ہوں تم بھی رشوت لے کر کام کرتے ہو۔ میرے پاس تیس روپے ہیں جو تمہیں بھیج رہا ہوں ۔ ۔ ۔ مجھے کہیں اچھی سی ملازمت دلوا دو ۔ ۔ ۔ بوجھ اٹھا اٹھا کر میری کمر دوہری ہو گئی ہے ۔ ''

لفافے پر اس نے پتہ لکھا:

'' بخدمت جناب اللہ میاں ۔ ۔ ۔ مالکِ کائنات ۔ ''

چند روز بعد احمد دین کو ایک خط ملا جو '' کائنات '' اخبار کے ایڈیٹر کی طرف سے تھا۔ اس کا نام محمد میاں تھا، خط کے ذریعے اس نے احمد دین کو بلایا تھا۔ وہ '' کائنات '' کے دفتر گیا جہاں مترجم کی حیثیت سے سو روپیہ ماہوار پر رکھ لیا گیا۔

احمد دین نے سوچا ۔ ۔ ۔ آخر رشوت کام آ ہی گئی۔

سارھے تین آنے

''میں نے قتل کیوں کیا۔ایک انسان کے خون میں اپنے ہاتھ کیوں رنگے، یہ ایک لمبی داستان ہے۔جب
تک میں اس کے تمام عواقب و عواطف سے آپ کو آگاہ نہیں کروں گا، آپ کو کچھ پتہ نہیں چلے گا۔۔۔مگر
اس وقت آپ لوگوں کی گفتگو کا موضوع جرم اور سزا ہے۔انسان اور جیل ہے۔۔۔چونکہ میں جیل میں
رہ چکا ہوں، اس لیے میری رائے نادرست نہیں ہوسکتی۔مجھے منٹو صاحب سے پورا اتفاق ہے کہ جیل، مجرم
کی اصلاح نہیں کرسکتی۔مگر یہ حقیقت اتنی بار دہرائی جا چکی ہے کہ اس پر زور دینے سے آدمی کو یوں محسوس
ہوتا ہے جیسے وہ کسی محفل میں ہزار بار سنایا ہوا لطیفہ بیان کر رہا ہے۔۔۔اور یہ لطیفہ نہیں کہ اس حقیقت کو
جانتے پہچانتے ہوئے بھی ہزار ہا جیل خانے موجود ہیں۔ہتھکڑیاں ہیں اور وہ ننگِ انسانیت بیڑیاں۔۔۔
میں قانون کا یہ زیور پہن چکا ہوں۔''

یہ کہہ کر رضوی نے میری طرف دیکھا اور مسکرایا۔اس کے موٹے موٹے حبشیوں کے سے ہونٹ عجیب
انداز میں پھڑکے۔''اس کی چھوٹی چھوٹی مخمور آنکھیں، جو قاتل کی آنکھیں لگتی تھیں، چمکیں۔ہم سب چونک
پڑے تھے، جب اس نے یکایک ہماری گفتگو میں حصہ لینا شروع کر دیا تھا۔وہ ہمارے قریب کرسی پر بیٹھا
کریم ملی ہوئی کوفی پی رہا تھا۔جب اس نے خود کو متعارف کرایا تو ہمیں وہ تمام واقعات یاد آ گئے جو اس
کی قتل کی واردات سے وابستہ تھے۔وعدہ معاف گواہ بن کر اس نے بڑی صفائی سے اپنی اور اپنے دوستوں
کی گردن پھانسی کے پھندے سے بچالی تھی۔

وہ اسی دن رہا ہو کر آیا تھا۔بڑے شائستہ انداز میں وہ مجھ سے مخاطب ہوا، ''معاف کیجیے گا منٹو صاحب۔۔۔
آپ لوگوں کی گفتگو سے مجھے دلچسپی ہے۔میں ادیب تو نہیں، لیکن آپ کی گفتگو کا جو موضوع ہے اس پر

اپنی ٹوٹی پھوٹی زبان میں کچھ نہ کچھ ضرور کہہ سکتا ہوں۔ پھر اس نے کہا، ''میرا نام صدیق رضوی ہے۔۔۔ لنڈا بازار میں جو قتل ہوا تھا، میں اس سے متعلق تھا۔''

میں نے اس قتل کے متعلق صرف سرسری طور پر پڑھا تھا، لیکن جب رضوی نے اپنا تعارف کرایا تو میرے ذہن میں خبروں کی تمام سرخیاں ابھر آئیں۔ ہماری گفتگو کا موضوع یہ تھا کہ آیا جیل مجرم کی اصلاح کر سکتی ہے۔ میں خود محسوس کر رہا تھا، ہم ایک باسی روٹی کھا رہے ہیں۔ رضوی نے جب یہ کہا، ''یہ حقیقت اتنی بار دہرائی جا چکی ہے کہ اس پر زور دینے سے آدمی کو یوں محسوس ہوتا ہے جیسے وہ کسی محفل میں ہزار بار سنایا ہوا لطیفہ بیان کر رہا ہے۔'' تو مجھے بڑی تسکین ہوئی۔ میں نے یہ سمجھا جیسے رضوی نے میرے خیالات کی ترجمانی کر دی ہے۔

کریم ملی ہوئی کوفی کی پیالی ختم کر کے رضوی نے اپنی چھوٹی چھوٹی مخمور آنکھوں سے مجھے دیکھا اور بڑی اور بڑی سنجیدگی سے کہا، ''منٹو صاحب آدمی جرم کیوں کرتا ہے۔۔۔ جرم کیا ہے، سزا کیا ہے۔۔۔ میں نے اس کے متعلق بہت غور کیا ہے۔ میں سمجھتا ہوں کہ ہر جرم کے پیچھے ایک ہسٹری ہوتی ہے۔۔۔ زندگی کے واقعات کا ایک بہت بڑا ٹکر اہوتا ہے، بہت الجھا ہوا، ٹیڑھا میڑھا۔۔۔ میں نفسیات کا ماہر نہیں۔۔۔ لیکن اتنا ضرور جانتا ہوں کہ انسان سے خود جرم سرزد نہیں ہوتا، حالات سے ہوتا ہے!''

نصیر نے کہا، ''آپ نے بالکل درست کہا ہے۔''

رضوی نے ایک اور کافی کا آرڈر دیا اور نصیر سے کہا، ''مجھے معلوم نہیں جناب، لیکن میں نے جو کچھ عرض کیا ہے اپنے مشاہدات کی بنا پر عرض کیا ہے ورنہ یہ موضوع بہت پرانا ہے۔ میرا خیال ہے کہ وکٹر ہیوگو۔۔۔ فرانس کا ایک مشہور ناولسٹ تھا۔۔۔ شاید کسی اور ملک کا ہو۔۔۔ آپ تو خیر جانتے ہی ہوں گے، جرم اور سزا پر اس نے کافی لکھا ہے۔۔۔ مجھے اس کی ایک تصنیف کے چند فقرے یاد ہیں۔'' یہ کہہ کر وہ مجھ سے مخاطب ہوا، ''منٹو صاحب، غالباً آپ ہی کا ترجمہ تھا۔۔۔ کیا تھا۔۔۔؟ وہ سیڑھی اتار دو جو انسان کو جرائم اور مصائب کی طرف لے جاتی ہے۔۔۔ لیکن میں سوچتا ہوں کہ وہ سیڑھی کون سی ہے۔ اس کے کتنے زینے ہیں۔ کچھ بھی ہو، یہ سیڑھی ضرور ہے، اس کے زینے بھی ہیں، لیکن جہاں تک میں سمجھتا ہوں، بے شمار ہیں، ان کو گننا، ان کا شمار کرنا ہی سب سے بڑی بات ہے۔''

''منٹو صاحب، حکومتیں رائے شماری کرتی ہیں، حکومتیں اعداد و شماری کرتی ہیں، حکومتیں ہر قسم کی شماری کرتی ہیں۔۔۔ اس سیڑھی کے زینوں کی شماری کیوں نہیں کرتیں۔۔۔ کیا یہ ان کا فرض نہیں۔۔۔ میں نے

قتل کیا۔۔۔ لیکن اس سیڑھی کے کتنے زینے طے کر کے کیا۔۔۔ حکومت نے مجھے وعدہ معاف گواہ بنا لیا، اس لیے کہ قتل کا ثبوت اس کے پاس نہیں تھا، لیکن سوال یہ ہے کہ میں اپنے گناہ کی معافی کس سے مانگوں۔۔۔ وہ حالات جنہوں نے مجھے قتل کرنے پر مجبور کیا تھا۔ اب میرے نزدیک نہیں ہیں، ان میں اور مجھ میں ایک برس کا فاصلہ ہے۔ میں اس فاصلے سے معافی مانگوں یا ان حالات سے جو بہت دور کھڑے میرا منہ چڑا رہے ہیں۔''

ہم سب رضوی کی باتیں بڑے غور سے سن رہے تھے۔ وہ بظاہر تعلیم یافتہ معلوم نہیں ہوتا تھا، لیکن اس کی گفتگو سے ثابت ہوا کہ وہ پڑھا لکھا ہے اور بات کرنے کا سلیقہ جانتا ہے۔ میں نے اس سے کچھ کہا ہوتا، لیکن میں چاہتا تھا کہ وہ باتیں کرتا جائے اور میں سنتا جاؤں۔ اسی لیے میں اس کی گفتگو میں حائل نہ ہوا۔ اس کے لیے نئی کوفی آگئی تھی۔ اسے بنا کر اس نے چند گھونٹ پیے اور کہنا شروع کیا، ''خدا معلوم میں کیا بکواس کرتا رہوں، لیکن میرے ذہن میں ہر وقت ایک آدمی کا خیال رہا ہے۔۔۔ اس آدمی کا، اس بھنگی کا جو ہمارے ساتھ جیل میں تھا۔ اس کو ساڑھے تین آنے چوری کرنے پر ایک برس کی سزا ہوئی تھی۔''

نصیر نے حیرت سے پوچھا، ''صرف ساڑھے تین آنے چوری کرنے پر؟''

رضوی نے تیخ آلود جواب دیا، ''جی ہاں۔۔۔ صرف ساڑھے تین آنے کی چوری پر۔۔۔ اور جو اس کو نصیب نہ ہوئے، کیونکہ وہ پکڑا گیا۔۔۔ یہ رقم خزانے میں محفوظ ہے اور پھگو بھنگی غیر محفوظ ہے۔ کیونکہ ہو سکتا ہے وہ پھر پکڑا جائے، کیونکہ ہو سکتا ہے اس کا پیٹ پھر اسے مجبور کرے، کیونکہ ہو سکتا ہے کہ اس سے گُو موت صاف کرانے والے اس کی تنخواہ نہ دے سکیں، کیونکہ ہو سکتا ہے اس کو تنخواہ دینے والوں کو اپنی تنخواہ نہ ملے۔۔۔ یہ ہو سکتا ہے کا سلسلہ منٹو صاحب عجیب و غریب ہے۔ سچ پوچھئے تو دنیا میں سب کچھ ہو سکتا ہے۔۔۔ رضوی سے قتل بھی ہو سکتا ہے۔''

یہ کہہ کر وہ تھوڑے عرصے کے لیے خاموش ہو گیا۔ نصیر نے اس سے کہا۔ ''آپ پھگو بھنگی کی بات کر رہے تھے؟''

رضوی نے اپنی چھدری مونچھوں پر سے کوفی رومال کے ساتھ پونچھی، ''جی ہاں۔۔۔ پھگو بھنگی چور ہونے کے باوجود، یعنی وہ قانون کی نظروں میں چور تھا۔ لیکن ہماری نظروں میں پورا ایمان دار۔۔۔ خدا کی قسم میں نے آج تک اس جیسا ایمان دار آدمی نہیں دیکھا، ساڑھے تین آنے اس نے ضرور چرائے تھے، اس نے صاف صاف عدالت میں کہہ دیا تھا کہ یہ چوری میں نے ضرور کی ہے، میں اپنے حق میں کوئی گواہی پیش

نہیں کرنا چاہتا۔۔۔ میں دو دن کا بھوکا تھا، مجبوراً مجھے کریم درزی کی جیب میں ہاتھ ڈالنا پڑا، اس سے مجھے پانچ روپے لینے تھے۔۔۔ دو مہینوں کی تنخواہ۔۔۔ حضور اس کا بھی کچھ قصور نہیں تھا۔اس لیے کہ اس کے کئی گاہکوں نے اس کی سلائی کے پیسے مارے ہوئے تھے۔۔۔ حضور، میں پہلے بھی چوریاں کر چکا ہوں۔ ایک دفعہ میں نے دس روپے ایک میم صاحب کے بٹوے سے نکال لیے تھے، مجھے ایک مہینے کی سزا ہوئی تھی۔ پھر میں نے ڈپٹی صاحب کے گھر سے چاندی کا ایک کھلونا چرایا تھا اس لیے کہ میرے بچے کو نمونیا تھا اور ڈاکٹر بہت فیس مانگتا تھا۔۔۔ حضور میں آپ سے جھوٹ نہیں کہتا۔۔۔ میں چور نہیں ہوں۔۔۔ کچھ حالات ہی ایسے تھے کہ مجھے چوریاں کرنی پڑیں۔۔۔ اور حالات ہی ایسے تھے کہ میں پکڑا گیا۔۔۔ مجھ سے بڑے بڑے چور موجود ہیں لیکن وہ ابھی تک پکڑے نہیں گئے۔۔۔ حضور، اب میرا بچہ بھی نہیں ہے، بیوی بھی نہیں ہے۔۔۔ لیکن حضور افسوس ہے کہ میرا پیٹ ہے، یہ مر جائے تو سارا جھنجھٹ ہی ختم ہو جائے، حضور مجھے معاف کر دو۔۔۔ لیکن حضور نے اس کو معاف نہ کیا اور عادی چور سمجھ کر اس کو ایک برسِ قید بامشقت کی سزا دے دی۔''

رضوی بڑے بے تکلف انداز میں بول رہا تھا، اس میں کوئی تصنع، کوئی بناوٹ نہیں تھی۔ ایسا لگتا تھا کہ الفاظ خود بخود اس کی زبان پر آتے اور بہتے چلتے جا رہے ہیں، میں بالکل خاموش تھا، سگریٹ پہ سگریٹ پی رہا تھا اور اس کی باتیں سن رہا تھا۔نصیر پھر اس سے مخاطب ہوا، '' آپ پھگو کی ایمان داری کی بات کر رہے تھے؟''

'' جی ہاں۔ '' رضوی نے جیب سے بیڑی نکال کر سلگائی، '' میں نہیں جانتا قانون کی نگاہوں میں ایمان داری کیا چیز ہے، لیکن میں اتنا جانتا ہوں کہ میں نے بڑی ایمان داری سے قتل کیا تھا۔۔۔ اور میرا خیال ہے کہ پھگو بھنگی نے بھی بڑی ایمان داری سے ساڑھے تین آنے چرائے تھے۔۔۔ میری سمجھ میں نہیں آتا کہ لوگ ایمان داری کو صرف اچھی باتوں سے کیوں منسوب کرتے ہیں، اور سچ پوچھیے تو میں اب یہ سوچنے لگا ہوں کہ اچھائی اور برائی ہے کیا۔ ایک چیز آپ کے لیے اچھی ہو سکتی ہے، میرے لیے بری۔ ایک سوسائٹی میں ایک چیز اچھی سمجھی جاتی ہے، دوسری میں بری۔۔۔ ہمارے مسلمانوں میں بغلوں کے بال بڑھانا گناہ سمجھا جاتا ہے، لیکن سکھ اس سے بے نیاز ہیں۔ اگر یہ بال بڑھانا واقعی گناہ ہے تو خدا ان کو سزا کیوں نہیں دیتا اگر کوئی خدا ہے تو میری اس سے درخواست ہے کہ خدا کے لیے تم یہ انسانوں کے قوانین توڑ دو، ان کی بنائی ہوئی جیلیں ڈھا دو۔۔۔ اور آسمانوں پر اپنی جیلیں خود اپنی عدالت میں ان کو سزا دو، کیونکہ اور کچھ نہیں تو کم از کم خدا تو ہو۔''

رضوی کی اس تقریر نے مجھے بہت متاثر کیا۔ اس کی خام کاری ہی اصل میں تاثر کا باعث تھی۔ وہ باتیں کرتا تھا تو یوں لگتا تھا جیسے وہ ہم سے نہیں بلکہ اپنے آپ سے دل ہی دل میں گفتگو کر رہا ہے۔ اس کی بیڑی بجھ گئی تھی، غالباً اس میں تمباکو کی گانٹھ اٹکی ہوئی تھی، اس لیے کہ اس نے پانچ چھ مرتبہ اس کو سلگانے کی کوشش کی۔ جب نہ سلگی تو پھینک دی اور مجھ سے مخاطب ہو کر کہا، ''منٹو صاحب، پھگو مجھے اپنی تمام زندگی یاد رہے گا۔۔۔ آپ کو بتاؤں گا تو آپ ضرور کہیں گے کہ جذباتیت ہے، لیکن خدا کی قسم جذباتیت کو اس میں کوئی دخل نہیں۔۔۔ وہ میرا دوست نہیں تھا۔۔۔ نہیں وہ میرا دوست تھا کیونکہ اس نے ہر بار خود کو ایسا ہی ثابت کیا۔''

رضوی نے جیب میں سے دوسری بیڑی نکالی مگر وہ ٹوٹی ہوئی تھی۔ میں نے اسے سگریٹ پیش کیا تو اس نے قبول کر لیا، ''شکریہ۔۔۔ منٹو صاحب، معاف کیجیے گا، میں نے اتنی بکواس کی ہے حالانکہ مجھے نہیں کرنی چاہیے تھی اس لیے کہ ماشاءاللہ آپ۔۔۔''

میں نے اس کی بات کاٹی، ''رضوی صاحب، میں اس وقت منٹو نہیں ہوں صرف سعادت حسن ہوں۔ آپ اپنی گفتگو جاری رکھیے۔ میں بڑی دلچسپی سے سن رہا ہوں۔''

رضوی مسکرایا۔ اس کی چھوٹی چھوٹی مخمور آنکھوں میں چمک پیدا ہوئی۔ آپ کی بڑی نوازش ہے۔ پھر وہ نصیر سے مخاطب ہوا، ''میں کیا کہہ رہا تھا۔''

میں نے اس سے کہا، ''آپ پھگو کی ایمان داری کے متعلق کچھ کہنا چاہتے تھے۔''

''جی ہاں۔'' یہ کہہ کر اس نے میرا پیش کیا ہوا سگریٹ سلگایا، ''منٹو صاحب، قانون کی نظروں میں وہ عادی چور تھا۔ بیڑیوں کے لیے ایک دفعہ اس نے آٹھ آنے چرائے تھے۔ بڑی مشکلوں سے، دیوار پھاند کر جب اس نے بھاگنے کی کوشش کی تھی تو اس کے ٹخنے کی ہڈی ٹوٹ گئی تھی۔ قریب قریب ایک برس تک وہ اس کا علاج کراتا رہا تھا، مگر جب میرا اہم الزام دوست جرجی بیس بیڑیاں اس کی معرفت بھیجتا تو وہ سب کی سب پولیس کی نظریں بچا کر میرے حوالے کر دیتا۔ وعدہ معاف گواہوں پر بہت کڑی نگرانی ہوتی ہے، لیکن جرجی نے پھگو کو اپنا دوست اور ہم راز بنا لیا تھا۔ وہ بھنگی تھا، لیکن اس کی فطرت بہت خوشبو دار تھی۔ شروع شروع میں جب وہ جرجی کی بیڑیاں لے کر میرے پاس آیا تو میں نے سوچا، اس حرام زادے چور نے ضرور ان میں سے کچھ غائب کر لی ہوں گی، مگر بعد میں مجھے معلوم ہوا کہ وہ قطعی طور پر ایمان دار تھا۔۔۔ بیڑی کے لیے اس نے آٹھ آنے چراتے ہوئے اپنے ٹخنے کی ہڈی تڑوا لی تھی مگر یہاں جیل میں

اس کو تمباکو کہیں سے بھی نہیں مل سکتا تھا، وہ جر جی کی دی ہوئی بیڑیاں تمام و کمال میرے حوالے کر دیتا تھا، جیسے وہ امانت ہوں۔۔۔ پھر وہ کچھ دیر ہچکچانے کے بعد مجھ سے کہتا، بابو جی، ایک بیڑی تو دیجیے اور میں اس کو صرف ایک بیڑی دیتا۔۔۔ انسان بھی کتنا کمینہ ہے!''

رضوی نے کچھ اس انداز سے اپنا سر جھٹکا جیسے وہ اپنے آپ سے متنفر ہے۔ ''جیسا کہ میں عرض کر چکا ہوں مجھ پر بہت کڑی پابندیاں عائد تھیں۔ وعدہ معاف گواہوں کے ساتھ ایسا ہی ہوتا ہے۔ جر جی البتہ میرے مقابلے میں بہت آزاد تھا۔ اس کو رشوت دے دلاکر بہت آسانیاں مہیا تھیں۔ کپڑے مل جاتے تھے، صابن مل جاتا تھا، بیڑیاں مل جاتی تھیں۔ جیل کے اندر رشوت دینے کے لیے روپے بھی مل جاتے تھے۔۔۔ پھگو بھنگی کی سزا ختم ہونے میں صرف چند دن باقی رہ گئے تھے، جب اس نے آخری بار جر جی کی دی ہوئی بیڑیاں مجھے لاکر دیں۔ میں نے اس کا شکریہ ادا کیا۔ وہ جیل سے نکلنے پر خوش نہیں تھا۔ میں نے جب اس کو مبارک باد دی تو اس نے کہا، ''بابو جی، میں پھر یہاں آ جاؤں گا۔۔۔ بھوکے انسان کو چوری کرنی ہی پڑتی ہے۔۔۔ بالکل ایسے ہی جیسے ایک بھوکے انسان کو کھانا کھانا ہی پڑتا ہے۔۔۔ بابو جی آپ بڑے اچھے ہیں، مجھے اتنی بیڑیاں دیتے رہے۔۔۔ خدا کرے آپ کے سارے دوست بری ہو جائیں۔ جر جی بابو آپ کو بہت چاہتے ہیں۔''

نصیر نے یہ سن کر غالباً اپنے آپ سے کہا، ''اور اس کو صرف ساڑھے تین آنے چرانے کے جرم میں سزا ملی تھی۔''

رضوی نے گرم کافی کا ایک گھونٹ پی کر ٹھنڈے انداز میں کہا، ''جی ہاں، صرف ساڑھے تین آنے چرانے کے جرم میں۔۔۔ اور وہ بھی خزانے میں جمع ہیں۔۔۔ خدا معلوم ان سے کس پیٹ کی آگ بجھے گی!'' رضوی نے کافی کا ایک اور گھونٹ پیا اور مجھ سے مخاطب ہو کر کہا، ''ہاں منٹو صاحب، اس کی رہائی میں صرف ایک دن رہ گیا تھا۔ مجھے دس روپوں کی اشد ضرورت تھی۔۔۔ میں تفصیل میں نہیں جانا چاہتا۔ مجھے یہ روپے ایک سلسلے میں سنتری کو رشوت کے طور پر دینے تھے۔ میں نے بڑی مشکلوں سے کاغذ پنسل مہیا کر کے جر جی کو ایک خط لکھا تھا اور پھگو کے ذریعہ سے اس تک بھجوایا تھا کہ وہ مجھے کسی نہ کسی طرح دس روپے بھیج دے۔ پھگو اُن پڑھ تھا، شام کو وہ مجھ سے ملا، جر جی کا رقعہ اس نے مجھے دیا، اس میں دس روپے کا سرخ پاکستانی نوٹ قید تھا۔ میں نے رقعہ پڑھا، یہ لکھا تھا، ''رضوی پیارے دس روپے بھیج تو رہا ہوں، مگر ایک عادی چور کے ہاتھ، خدا کرے تمہیں مل جائیں۔ کیونکہ یہ کل ہی جیل سے رہا ہو کر جا رہا ہے۔'' میں نے یہ

تحریر پڑھی تو پھگو بھنگی کی طرف دیکھ کر مسکرایا۔ اس کو ساڑھے تین آنے چرانے کے جرم میں ایک برس کی سزا ہوئی تھی۔ میں سوچنے لگا اگر اس نے دس روپے چرائے ہوتے تو ساڑھے تین آنے فی برس کے حساب سے اس کو کیا سزا ملتی؟،،

یہ کہہ کر رضوی نے کافی کا آخری گھونٹ پیا اور رخصت مانگے بغیر کافی ہاؤس سے باہر چلا گیا۔

سبز سینڈل

’’آپ سے اب میرا نباہ بہت مشکل ہے۔۔۔ مجھے طلاق دے دیجیے۔‘‘

’’لاحول ولا کیسی باتیں منہ سے نکال رہی ہو۔۔۔تم میں سب سے بڑا عیب ایک یہی ہے کہ وقتاً فوقتاً تم پر ایسے دورے پڑتے ہیں کہ ہوش و حواس کھو دیتی ہو۔‘‘

’’آپ تو بڑے ہوش و حواس کے مالک ہیں۔۔۔چوبیس گھنٹے شراب کے نشے میں دھت رہتے ہیں۔‘‘

’’میں شراب ضرور پیتا ہوں لیکن تمہاری طرح بن پیئے مدہوش نہیں رہتا۔ وا ہی تباہی نہیں بکتا۔‘‘

’’گویا میں وا ہی تباہی بک رہی تھی۔‘‘

’’یہ میں نے کب کہا۔۔۔لیکن تم خود سوچو یہ طلاق لینا کیا ہے۔‘‘

’’بس میں لینا چاہتی ہوں۔۔۔جس خاوند کو اپنی بیوی کا ذرہ بھر خیال نہ ہو اُس سے طلاق نہ مانگی جائے تو اور کیا مانگا جائے؟‘‘

’’تم طلاق کے علاوہ اور سب چیزیں مجھ سے مانگ سکتی ہو۔‘‘

’’آپ مجھے دے ہی کیا سکتے ہیں؟‘‘

’’یہ ایک نیا الزام تم نے مجھ پر دھرا۔۔۔تمہاری ایسی خوش نصیب عورت اور کون ہو گی۔۔۔گھر میں۔۔۔‘‘

’’لعنت ہے ایسی خوش نصیبی پر۔‘‘

’’اِس پر لعنت نہ بھیجو۔۔۔معلوم نہیں تم کس بات پر ناراض ہو۔ لیکن میں تمھیں خلوصِ دل سے یقین دلاتا ہوں کہ مجھے تم سے بے پناہ محبت ہے۔‘‘

’’ خدا مجھے اس محبت سے پناہ دے۔ ‘‘

’’ اچھا۔۔۔ چھوڑو اِن جلی کٹی باتوں کو۔۔۔ بتاؤ، بچیاں اسکول چلی گئیں۔۔۔ ‘‘

’’ آپ کو اِن سے کیا دلچسپی ہے۔ اسکول جائیں یا جہنم میں۔۔۔ میں تو دعا کرتی ہوں مر جائیں۔ ‘‘

’’ کسی روز تمہاری زبان مجھے حلتے چھتے سے باہر کھینچنا پڑے گی۔۔۔ شرم نہیں آتی کہ اپنی اولاد کے لیے ایسی بکواس کر رہی ہو۔ ‘‘

’’ میں نے کہا میرے ساتھ ایسی بد کلامی نہ کیجیے۔۔۔ شرم آپ کو آنی چاہیے کہ ایک عورت سے جو آپ کی بیوی ہے اور جس کا احترام آپ پر فرض ہے، اُس سے آپ بازاری انداز میں گفتگو کر رہے ہیں۔۔۔ اصل میں یہ سب آپ کی بری سوسائٹی کا قصور ہے۔ ‘‘

’’ اور جو تمہارے دماغ میں خلل ہے اس کی وجہ کیا ہے؟ ‘‘

’’ آپ اور کون؟ ‘‘

’’ قصور وار ہمیشہ مجھے ہی ٹھہراتی ہو۔۔۔ سمجھ میں نہیں آتا تمہیں کیا ہو گیا ہے۔ ‘‘

’’ مجھے کیا ہوا ہے۔۔۔ جو ہوا ہے صرف آپ کو ہوا ہے۔۔۔ ہر وقت میرے سر پر سوار رہتے ہیں۔ میں آپ سے کہہ چکی ہوں مجھے طلاق دے دیجیے۔ ‘‘

’’ کیا دوسری شادی کرنے کا ارادہ ہے۔ مجھ سے اکتا گئی ہو؟ ‘‘

’’ تھو ہے آپ پر۔۔۔ مجھے کوئی ایسی ویسی عورت سمجھا ہے؟ ‘‘

’’ طلاق لے کر کیا کرو گی؟ ‘‘

’’ جہاں سینگ سمائے چلی جاؤں گی۔۔۔ محنت مز دوری کروں گی۔ اپنا اور اپنے بچوں کا پیٹ پالوں گی۔ ‘‘

’’ تم محنت مز دوری کیسے کر سکو گی۔۔۔ صبح نو بجے اٹھتی ہو، ناشتا کر کے پھر لیٹ جاتی ہو۔ دوپہر کا کھانا کھانے کے بعد کم از کم تین گھنٹے سوتی ہو۔۔۔ خود کو دھو کا تو نہ دو۔ ‘‘

’’ جی ہاں، میں تو ہر وقت سوئی رہتی ہوں۔۔۔ آپ ہیں کہ ہر وقت جاگتے رہتے ہیں۔۔۔ ابھی کل آپ کے دفتر سے ایک آدمی آیا تھا وہ کہہ رہا تھا کہ ہمارے افسر صاحب کو جب دیکھو میز پر سر رکھے اُنگا غفیل ہوتے ہیں۔ ‘‘

’’ وہ کون تھا الو کا پٹھا؟ ‘‘

’’ آپ اپنی زبان درست کیجیے۔ ‘‘

’’بھَئی مجھے تاؤ آ گیا تھا۔۔۔ غصے میں آدمی کو اپنی زبان پر قابو نہیں رہتا۔‘‘

’’مجھے آپ پر اتنا غصہ آ رہا ہے لیکن میں نے ایسا کوئی غیر مہذب لفظ استعمال نہیں کیا۔‘‘

’’انسان کو ہمیشہ دائرۂ تہذیب میں رہنا چاہیے مگر یہ سب آپ کی بری سوسائٹی کی وجہ سے ہے جو آپ ایسے الفاظ اپنی گفتگو میں استعمال کرتے ہیں۔‘‘

’’میں تم سے پوچھتا ہوں، میری بری سوسائٹی کون سی ہے؟‘‘

’’وہ کون ہے جو خود کو کپڑے کا بہت بڑا تاجر کہتا ہے۔۔۔ اُس کے کپڑے آپ نے کبھی ملاحظہ کیے۔۔۔ بڑے ادنیٰ قسم کے اور وہ بھی میَلے چِکٹ۔۔۔ یوں تو وہ بی اے ہے، لیکن اُس کی عادات و اطوار اٹھنا بیٹھنا ایسا واہیات ہے کہ گِھن آتی ہے۔‘‘

’’وہ مردِ مجذوب ہے۔‘‘

’’یہ کیا بلا ہوتی ہے؟‘‘

’’تم نہیں سمجھو گی۔۔۔ مجھے بے کار وقت ضائع کرنا پڑے گا۔‘‘

’’آپ کا وقت بڑا قیمتی ہے۔۔۔ ہمیشہ ایک بات کرنے پر بھی ضائع ہو جاتا ہے۔‘‘

’’تم اصل میں کہنا کیا چاہتی ہو؟‘‘

’’میں کچھ کہنا نہیں چاہتی۔۔۔ جو کہنا تھا، کہہ دیا۔۔۔ بس مجھے طلاق دے دیجیے تا کہ میری جان چھُٹے۔۔۔ اِن ہر روز کے جھگڑوں سے میری زندگی اجیرن ہو گئی ہے۔‘‘

’’تمہاری زندگی تو محبت سے بھرے ہوئے ایک کلمے سے بھی اجیرن ہو جاتی ہے۔۔۔ اِس کا کیا علاج ہے؟‘‘

’’اِس کا علاج صرف طلاق ہے۔‘‘

’’تو بلاؤ کسی مولوی کو۔۔۔ تمہاری اگر یہی خواہش ہے تو میں انکار نہیں کروں گا۔‘‘

’’میں کہاں سے بلاؤں مولوی کو؟‘‘

’’بھَئی طلاق تم چاہتی ہو۔۔۔ اگر مجھے لینا ہوتی تو میں دس مولوی چٹکیوں میں پیدا کر لیتا۔ مجھ سے تم کو اس سلسلے میں کسی مدد کی توقع نہیں کرنی چاہیے تم جانو، تمہارا کام جانے۔‘‘

’’آپ میرے لیے اتنا کام بھی نہیں کر سکتے؟‘‘

’’جی نہیں۔‘‘

’’آپ تو اب تک یہی کہتے آئے ہیں کہ آپ کو مجھ سے بے پناہ محبت ہے۔‘‘

’’درست ہے۔۔۔رفاقت کی حد تک۔۔۔مفارقت کے لیے نہیں۔‘‘

’’تو میں کیا کروں؟‘‘

’’جو جی میں آئے کرو۔۔۔اور دیکھو مجھے اب زیادہ تنگ نہ کرو۔کسی مولوی کو بلوا لو۔وہ طلاق نامہ لکھ دے، مَیں اس پر دستخط کر دوں گا۔‘‘

’’حق مہر کا کیا ہو گا؟‘‘

’’طلاق چونکہ تم خود طلب کر رہی ہو اِس لیے اُس کے مطالبے کا سوال ہی پیدا نہیں ہوتا۔‘‘

’’واہ جی واہ!‘‘

’’تمہارے بھائی بیرسٹر ہیں۔۔۔اُن کو خط لکھ کر پوچھ لو۔۔۔جب عورت طلاق چاہے تو وہ اپنا حق مہر طلب نہیں کر سکتی۔‘‘

’’تو ایسا کیجیے کہ آپ مجھے طلاق دے دیں۔‘‘

’’میں ایسی بے وقوفی کیوں کرنے لگا۔۔۔مجھے تو تم سے پیار ہے۔‘‘

’’آپ کے یہ چونچلے مجھے پسند نہیں۔۔۔پیار ہوتا تو مجھ سے ایسا سلوک کرتے؟‘‘

’’تم سے میں نے کیا بد سلوکی کی ہے؟‘‘

’’جیسے آپ جانتے ہی نہیں۔۔۔ابھی پرسوں کی بات ہے آپ نے میری نئی ساڑی سے اپنے جوتے صاف کیے۔‘‘

’’خدا کی قسم نہیں۔‘‘

’’تو اور کیا فرشتوں نے کیے تھے؟‘‘

’’مَیں اتنا جانتا ہوں کہ آپ کی تینوں بچیاں اپنے جوتوں کی گرد آپ کی ساڑی سے جھاڑ رہی تھیں۔۔۔مَیں نے ان کو ڈانٹا بھی تھا۔‘‘

’’وہ ایسی بدتمیز نہیں ہیں۔‘‘

’’کافی بدتمیز ہیں۔۔۔اِس لیے کہ اُن کو صحیح تربیت نہیں دیتی ہو۔۔۔اسکول سے واپس آئیں تو اُن سے پوچھ لینا کہ وہ ساڑی کا ناجائز استعمال کر رہی تھیں یا نہیں۔‘‘

’’مجھے ان سے کچھ پوچھنا نہیں ہے۔‘‘

’’تمہارے دماغ کو آج معلوم نہیں کیا ہو گیا ہے۔۔۔ اصل وجہ معلوم ہو جائے تو میں کوئی نتیجہ قائم کر سکوں۔‘‘

’’آپ نتیجے قائم کرتے رہیں گے لیکن میں اپنا نتیجہ قائم کر چکی ہوں۔۔۔ بس آپ مجھے طلاق دے دیجیے۔۔۔ جس خاوند کو اپنی بیوی کا مُطلَق خیال نہ ہو اُس کے ساتھ رہنے کا کیا فائدہ۔

’’میں نے ہمیشہ تمہارا خیال رکھا ہے۔‘‘

’’آپ کو معلوم ہے کل عید ہے؟‘‘

’’معلوم ہے۔۔۔ کیوں۔۔۔؟ کل ہی تو میں بچیوں کے لیے بوٹ لایا ہوں اور ان کے فراکوں کے لیے میں نے آج سے آٹھ روز پہلے تمہیں ساٹھ روپے دیے تھے۔‘‘

’’یہ روپے دے کر آپ نے بڑا میرے باپ پر احسان کیا۔‘‘

’’احسان کا سوال ہی پیدا نہیں ہوتا۔۔۔ بات کیا ہے؟‘‘

’’بات یہ ہے کہ ساٹھ روپے کم تھے۔۔۔ تین بچوں کے لیے آرکنڈی چالیس روپے میں آئی۔ فی فراک درزی نے سات روپے لیے۔۔۔ بتائیے آپ نے مجھ پر اور ان بچیوں پر کون سا کرم کیا؟‘‘

’’باقی روپے تم نے ادا کر دیئے؟‘‘

’’ادا نہ کرتی تو فراک سلتے کیسے؟‘‘

’’تو یہ روپے مجھ سے ابھی لے لو۔۔۔ میرا خیال ہے ساری ناراضی اسی بات کی تھی۔‘‘

’’میں کہتی ہوں کل عید ہے۔‘‘

’’ہاں ہاں! مجھے معلوم ہے۔۔۔ میں دو مرغ منگوا رہا ہوں۔۔۔ اس کے علاوہ سویاں بھی۔۔۔ تم نے بھی کچھ انتظام کیا؟‘‘

’’میں خاک انتظام کروں گی!‘‘

’’کیوں؟‘‘

’’میں چاہتی تھی کل سبز ساڑی پہنوں۔ سبز سینڈل کے لیے آرڈر دے آئی تھی۔ آپ سے کئی مرتبہ کہا کہ جائیے اور چینیوں کی دکان سے دریافت کیجیے کہ وہ سینڈل ابھی تک بنے ہیں یا نہیں۔۔۔ مگر آپ کو مجھ سے کوئی دلچسپی ہو تو آپ وہاں جاتے۔‘‘

’’لاحول ولا۔۔۔ یہ جھگڑا سارا سبز سینڈل کا تھا۔۔۔؟ جناب آپ کے یہ سینڈل میں پرسوں ہی لے آیا

تھا۔۔۔آپ کی الماری میں پڑے ہیں۔۔۔آپ تو سارا وقت سوئی رہتی ہیں۔۔۔آپ نے الماری کھولی
ہی نہیں ہو گی۔،،

سجدہ

گلاس پر بوتل جھکی تو ایک دم حمید کی طبیعت پر بوجھ سا پڑ گیا۔ ملک جو اس کے سامنے تیسرا پیگ پی رہا تھا فوراً تاڑ گیا کہ حمید کے اندر روحانی کشمکش پیدا ہو گئی ہے۔ وہ حمید کو سات برس سے جانتا تھا، اور ان سات برسوں میں کئی بار حمید پر ایسے دورے پڑ چکے تھے جن کا مطلب اس کی سمجھ سے ہمیشہ بالاتر رہا تھا، لیکن وہ اتنا ضرور سمجھتا تھا کہ اُس کے لاغر دوست کے سینے پر کوئی بوجھ ہے، ایسا بوجھ جس کا احساس شراب پینے کے دوران میں کبھی کبھی حمید کے اندر یوں پیدا ہوتا ہے جیسے بے دھیان بیٹھے ہوئے آدمی کی پسلیوں میں کوئی زور سے ٹھوکا دے دے۔

حمید بڑا خوش باش انسان تھا۔ ہنسی مذاق کا عادی، حاضر جواب، بذلہ سَنج۔ اس میں بہت سی خوبیاں تھیں جو زیادہ نزدیک آ کر اس کے دوست ملک نے معلوم کی تھیں۔ مثال کے طور پر سب سے بڑی خوبی یہ تھی کہ وہ بے حد مخلص تھا، اس قدر مخلص کہ بعض اوقات اس کا اخلاص ملک کے لیے عہدِ عتیق کا رومانی افسانہ بن جاتا تھا۔

حمید کے کردار میں ایک عجیب و غریب بات جو ملک نے نوٹ کی یہ تھی، کہ اس کی آنکھیں آنسوؤں سے نا آشنا تھیں۔ یوں تو ملک بھی رونے کے معاملے میں بڑا بخیل تھا مگر وہ جانتا تھا کہ جب کبھی رونے کا موقع آئے گا وہ ضرور رو دے گا۔ اس پر غم افزا باتیں اثر ضرور کرتی تھیں مگر وہ اس اثر کو اتنی دیر اپنے دماغ پر بیٹھنے کی اجازت دیتا تھا جتنی دیر گھوڑا اپنے ہوئے جسم پر مکھی کو۔

غموں سے دور رہنے والے اور ہر وقت ہنسی مذاق کے عادی حمید کی زندگی میں نہ جانے ایسا کون سا واقعہ الجھا ہوا تھا کہ وہ کبھی کبھی قبرستان کی طرح خاموش ہو جاتا تھا۔ ایسے لمحات جب اس پر طاری ہوتے تو اس کا

چہرہ ایسی رنگت اختیار کر لیتا تھا جو تین دن کی باسی شراب میں بے جان سوڈا گھولنے سے پیدا ہوتی ہے ۔ سات برس کے دوران میں کئی بار حمید پر ایسے دورے پڑ چکے تھے مگر ملک نے آج تک اس سے ان کی وجہ دریافت نہ کی تھی۔ اس لیے نہیں کہ ان کی وجہ دریافت کرنے کی خواہش اس کے دل میں پیدا نہیں ہوئی تھی۔ دراصل بات یہ ہے کہ ملک پرلے درجے کا سست اور کاہل واقع ہوا تھا۔ اس خیال سے بھی وہ حمید کے ساتھ اس معاملے میں بات چیت نہیں کرتا تھا کہ ایک طول طویل کہانی اسے سننا پڑے گی اور اس کے چوتھے پیگ کا سارا سرور غارت ہو جائے گا۔ شراب پی کر لمبی چوڑی آپ بیتیاں سننا یا سنانا اس کے نزدیک بہت بڑی بد ذوقی تھی۔ اس کے علاوہ وہ کہانیاں سننے کے معاملے میں بہت ہی خام تھا۔ اسی خیال کی وجہ سے کہ وہ اطمینان سے حمید کی داستان نہیں سن سکے گا، اس نے آج تک اس سے ان دوروں کی بابت دریافت نہیں کیا تھا۔

کر پا رام نے حمید کے گلاس میں تیسرا پیگ ڈال کر بوتل میز پر رکھ دی اور ملک سے مخاطب ہوا، ''ملک، اسے کیا ہو گیا ہے۔'' ملک خاموش رہا لیکن حمید مُضطرِب ہو گیا۔ اس کے اعصاب زور سے کانپ اٹھے۔ کر پا رام کی طرف دیکھ کر اس نے مسکرانے کی کوشش کی، اس میں جب ناکامی ہوئی تو اس کا اِضطِراب اور بھی زیادہ ہو گیا۔ حمید کی یہ بہت بڑی کمزوری تھی کہ وہ کسی بات کو چھپا نہیں سکتا تھا اور اگر چھپانے کی کوشش کرتا تو اس کی وہی حالت ہوتی جو آندھی میں صرف ایک کپڑے میں لپٹی ہوئی عورت کی ہوتی ہے۔ ملک نے اپنا تیسرا پیگ ختم کیا اور اس فضا کو جو کچھ عرصہ پہلے طرَب افزا باتوں سے گونج رہی تھی، اپنی بے محل ہنسی سے خوش گوار بنانے کے لیے اس نے کر پا رام سے مخاطب ہو کر کہا، ''کر پا تم مان لو اسے اشوک کمار کا فلمی عشق ہو گیا ہے۔۔۔ بھئی یہ اشوک کمار بھی عجیب چیز ہے ۔ پردے پر عشق کرتا ہے تو ایسا معلوم ہوتا ہے کا سٹرائل پی رہا ہے ۔''

کر پا رام، اشوک کمار کو اتنا ہی جانتا تھا جتنا کہ مہاراجہ اشوک اور اس کی مشہور آہنی لاٹھ کو۔ فلم اور تاریخ سے اسے کوئی دلچسپی نہیں تھی۔ البتہ وہ ان کے فوائد سے ضرور آگاہ تھا۔ کیوں کہ وہ عام طور پر کہا کرتا تھا، ''مجھے اگر کبھی بے خوابی کا عارضہ لاحق ہو جائے تو میں یا تو فلم دیکھنا شروع کر دوں گا یا چکرورتی کی لکھی ہوئی تاریخ پڑھنا شروع کر دوں گا۔'' وہ، ہمیشہ حساب دان چکرورتی کو مؤرخ بنا کر اپنی مسرت کے لیے ایک بات پیدا کر لیا کرتا تھا۔

کر پا رام چار پیگ پی چکا تھا۔ چار پیالہ پیگ، نشہ اس کے دماغ کی آخری منزل تک پہنچ چکا تھا۔ آنکھیں

سیکٹر کراس نے حمید کی طرف اس انداز سے دیکھا جیسے وہ کیمرے کا فوکس کر رہا ہے، ''تمہارا گلاس ابھی تک ویسے کا ویسا پڑا ہے۔''

حمید نے دردِ سر کے مریض کی سی شکل بنا کر کہا، ''بس۔۔۔اب مجھ سے زیادہ نہیں پی جائے گی۔''

''تم چُغد ہو۔۔۔نہیں چُغد نہیں کچھ اور ہو۔۔۔تمہیں پینا ہو گی۔ سمجھے، یہ گلاس اور اس بوتل میں جتنی پڑی ہے سب کی سب تمہیں پینا ہوگی۔ شراب سے جو انکار کرے وہ انسان نہیں حیوان ہے۔۔۔حیوان بھی نہیں، اس لیے کہ حیوانوں کو اگر انسان بنا دیا جائے تو وہ بھی اس خوبصورت شئے کو کبھی نہ چھوڑیں، تم سن رہے ہو ملک۔۔۔ملک نے اگر یہ ساری شراب اس کے حلق میں نہ انڈیل دی تو میرا نام کرپارام نہیں گھسیٹارام آرٹسٹ ہے۔'' گھسیٹارام آرٹسٹ سے کرپارام کو سخت نفرت تھی صرف اس لیے کہ آرٹسٹ ہو کر اس کا نام گھسیٹارام تھا۔

ملک کا منہ سوڈا ملی وہسکی سے بھرا ہوا تھا۔ کرپارام کی بات سن کر وہ بے اختیار ہنس پڑا جس کے باعث اس کے منہ سے ایک فوارہ سا چھوٹ پڑا، ''کرپارام خدا کے لیے تم گھسیٹارام آرٹسٹ کا نام نہ لیا کرو۔ میری انتڑیوں میں ایک طوفان سا مچ جاتا ہے۔۔۔لاحول ولا۔۔۔میری پتلون کا ستیاناس ہو گیا ہے۔۔۔لو بھئی، حمید، اب تو تمہیں پینا ہی پڑے گی۔ کرپارام، گھسیٹارام بنے یا نہ بنے لیکن میں ضرور کرپارام بن جاؤں گا اگر تم نے یہ گلاس خالی نہ کیا۔۔۔لو پیو۔۔۔پی جاؤ۔۔۔ارے میرا منہ کیا دیکھتے ہو۔۔۔یہ تمہارے چہرے پر قیامت کیسی برس رہی ہے۔۔۔کرپارام اٹھو۔۔۔لاتوں کے بھوت باتوں سے نہیں مانا کرتے۔ زبردستی کرنا ہی پڑے گی۔''

کرپارام اور ملک دونوں اٹھے اور حمید کو زبردستی پلانے کی کوشش کرنے لگے۔ حمید کو روحانی کوفت تو ویسے ہی محسوس ہو رہی تھی، جب کرپارام اور ملک نے اس کو جھنجھوڑنا شروع کیا تو اس کو جسمانی اذیت بھی پہنچی جس کے باعث وہ بے حد پریشان ہو گیا۔

اس کی پریشانی سے کرپارام اور ملک بہت محظوظ ہوئے۔ چنانچہ انہوں نے ایک کھیل سمجھ کر حمید کو اور زیادہ تنگ کرنا شروع کیا۔ کرپارام نے گلاس پکڑ کر اس کے سر میں تھوڑی سی شراب ڈال دی۔ اور نائیوں کے انداز میں جب اس نے حمید کا سر سہلایا تو وہ اس قدر پریشان ہوا کہ اس کی آنکھوں میں موٹے موٹے آنسو آ گئے۔ اس کی آواز بھر آئی۔ اس کے سارے جسم میں تشنج سا پیدا ہوا اور ایک دم کاندھے ڈھیلے کر کے اس نے رونی اور مردہ آواز میں کہا، ''میں بیمار ہوں۔۔۔خدا کے لیے مجھے تنگ نہ کرو۔''

کرپارام اسے بہانہ سمجھ کر حمید کو اور زیادہ تنگ کرنے کے لیے کوئی نیا طریقہ سوچنے ہی والا تھا کہ ملک نے ہاتھ کے اشارے سے اسے پرے ہٹا دیا، ''کرپا، اس کی طبیعت واقعی خراب ہے ۔۔۔۔ دیکھو تو رو رہا ہے ۔'' کرپارام نے اپنی موٹی کمر جھکا کر غور سے دیکھا، ''ارے ۔۔۔ تم تو سچ مچ رو رہے ہو۔''

حمید کی آنکھوں سے ٹپ ٹپ آنسو گرنے لگے، جس پر سوالوں کی بوچھار شروع ہو گئی۔

''کیا ہو گیا ہے تمہیں ۔۔۔؟ خیر تو ہے؟''

''یہ تم رو کیوں رہے ہو؟''

''بھئی حد ہو گئی ۔۔۔ ہم تو صرف مذاق کر رہے تھے۔''

''کچھ سمجھ میں بھی تو آئے ۔۔۔ کیا تکلیف ہے تمہیں؟''

ملک اس کے پاس بیٹھ گیا، ''بھئی مجھے معاف کر دو اگر مجھ سے کوئی غلطی ہو گئی ہو۔''

حمید نے جیب سے رومال نکال کر اپنے آنسو پونچھے اور کچھ کہتے کہتے خاموش ہو گیا۔ جذبات کی شدت کے باعث اس کی قوتِ گویائی جواب دے گئی۔ تیسرے پیگ سے پہلے اس کے چہرے پر رونق تھی، اس کی باتیں سوڈے کے بلبلوں کی طرح ترو تازہ اور شگفتہ تھیں مگر اب وہ باسی شراب کی طرح بے رونق تھا۔ وہ سکڑ سا گیا تھا۔ اس کی حالت ویسی ہی تھی جیسی بھیگی ہوئی پتلون کی ہوتی ہے۔

کرسی پر وہ اس انداز سے بیٹھا تھا گویا وہ اپنے آپ سے شرمندہ ہے۔ اپنے آپ کو چھپانے کی بھونڈی کوشش میں وہ ایک ایسا بے جان لطیفہ بن کے رہ گیا تھا جو بڑے ہی خام انداز میں سنایا گیا ہو۔ ملک کو اس کی حالت پر بہت ترس آیا، ''حمید، لو اب خدا کے لیے چپ ہو جاؤ ۔۔۔ واللہ تمہارے آنسوؤں سے مجھے روحانی تکلیف ہو رہی ہے۔ مزا تو سب کرکراہو ہی گیا تھا۔ مگر یوں تمہارے ایکا ایکی آنسو بہانے سے میں بہت مغموم ہو گیا ہوں ۔۔۔ خدا جانے تمہیں کیا تکلیف ہے ۔۔۔؟''

''کچھ نہیں، میں بہت جلد ٹھیک ہو جاؤں گا۔ کبھی کبھی مجھے ایسی تکلیف ہو جایا کرتی ہے۔'' یہ کہہ کر وہ اٹھا، ''اب میں اجازت چاہتا ہوں۔''

کرپارام بوتل میں بچی ہوئی شراب کو دیکھتا رہا اور ملک یہ ارادہ کر تا رہا کہ حمید سے آج پوچھ ہی لے کہ وقتاً فوقتاً اسے یہ دورے کیوں پڑتے ہیں مگر وہ جا چکا تھا۔ حمید گھر پہنچا تو اس کی حالت پہلے سے زیادہ خراب تھی۔ کمرے میں چونکہ اس کے سوا اور کوئی نہیں تھا اس لیے وہ رو بھی نہ سکتا تھا۔ اس کی آنسوؤں سے لبالب بھری ہوئی آنکھوں کو کرسیاں اور میزیں نہیں چھلکا سکتی تھیں۔

اس کی خواہش تھی کہ اس کے پاس کوئی آدمی موجود ہو جس کے چھیڑنے سے وہ جی بھر کے رو سکے مگر ساتھ ہی اس کی یہ بھی خواہش تھی کہ وہ بالکل اکیلا ہو۔۔۔ایک عجیب کشمکش اس کے اندر پیدا ہو گئی تھی۔ وہ کرسی پر اس انداز سے اکیلا بیٹھا تھا جیسے شطرنج کا پٹا ہوا مہرہ بساط سے بہت دور پڑا ہے۔ سامنے میز پر اس کی ایک پرانی تصویر چمکدار فریم میں جڑی رکھی تھی۔ حمید نے اداس نگاہوں سے اس کی طرف دیکھا تو سات برس اس تصویر اور اس کے درمیان تھان کی طرح کھلتے چلے گئے۔۔۔!

ٹھیک سات برس پہلے برسات کے انہی دنوں میں رات کو وہ ریلوے رسٹوران میں ملک عبدالرحمن کے ساتھ بیٹھا تھا۔۔۔اس وقت کے حمید اور اِس وقت کے حمید میں کتنا فرق تھا۔۔۔کتنا فرق تھا۔ حمید نے یہ فرق اس شدت سے محسوس کیا کہ اسے اپنی تصویر میں ایک ایسا آدمی نظر آیا جس سے ملے اس کو ایک زمانہ گزر گیا ہے۔

اس نے تصویر کو غور دیکھا تو اس کے دل میں یہ تلخ احساس پیدا ہوا کہ انسانیت کے لحاظ سے وہ اس کے مقابلے میں بہت پست ہے۔ تصویر میں جو حمید ہے اس حمید کے مقابلے میں بدرجہا افضل و برتر ہے۔ جو کرسی پر سر نیوڑھائے بیٹھا ہے۔ چنانچہ اس احساس نے اس کے دل میں حسد بھی پیدا کر دیا۔ ایک سجدے۔۔۔صرف ایک سجدے نے اس کا ستیاناس کر دیا تھا۔

آج سے ٹھیک سات برس پہلے کا ذکر ہے۔ برسات کے یہی دن تھے۔ رات کو ریلوے رسٹوران میں اپنے دوست ملک عبدالرحمن کے ساتھ بیٹھا تھا۔ حمید کو یہ شرارت سوجھی تھی کہ بغیر بُو کی شراب، جن، کا ایک پورا پیگ لیمونیڈ میں ملا کر اس کو پلا دے اور جب وہ پی جائے تو آہستہ سے اس کے کان میں کہے،

''مولانا ایک پورا پیگ آپ کے ثوابوں بھرے پیٹ میں داخل ہو چکا ہے۔''

بیرے سے مل ملا کر اس نے اس بات کا انتظام کر دیا تھا کہ پر لیمونیڈ کی بوتل میں جن کا ایک پیگ ڈال کر ملک کو دے دیا جائے گا۔ چنانچہ ایسا ہی ہوا کہ حمید نے وہسکی پی اور ملک بظاہر بے خبری کی حالت میں جن کا پورا پیگ چڑھا گیا۔

حمید چوں کہ تین پیگ پینے کا ارادہ رکھتا تھا اس لیے اِدھر اُدھر کی باتیں کرنے کے بعد اس نے پوچھا، '' ملک صاحب، آپ یوں بے کار نہ بیٹھیے میں تیسرا پیگ بڑی عیاشی سے پیا کرتا ہوں۔ آپ ایک اور لیمونیڈ منگوا لیجیے۔'' ملک رضامند ہو گیا، چنانچہ ایک اور لیمونیڈ آ گیا۔ اس بیرے نے اپنی طرف سے جن کا ایک پیگ ملا دیا تھا۔

ملک سے حمید کی نئی نئی دوستی ہوئی تھی۔ چاہیے تو یہ تھا کہ حمید اس شرارت سے باز رہتا مگر ان دنوں وہ اس قدر زندہ دل اور شرارت پسند تھا کہ جب پیرا ملک کے لیے لیمونیڈ کا دوسرا گلاس لایا اور اس کی طرف دیکھ کر مسکرایا تو وہ اس خیال سے بہت خوش ہوا کہ ایک کے بجائے دو پیگ ملک کے پیٹ کے اندر چلے جائیں گے۔

ملک آہستہ آہستہ لیمونیڈ ملی جن پیتا رہا اور حمید دل ہی دل میں اس کبوتر کی طرح گٹگٹا تا رہا جس کے پاس ایک کبوتری آ بیٹھی ہو۔ اس نے جلدی جلدی اپنا تیسرا پیگ ختم کیا اور ملک سے پوچھا، ''اور پئیں گے آپ۔'' ملک نے غیر معمولی سنجیدگی کے ساتھ جواب دیا، ''نہیں۔'' پھر اس نے بڑے روکھے انداز میں کہا، ''اگر تمہیں اور پینا ہے تو پیو، میں جاؤں گا۔ مجھے ایک ضروری کام ہے ۔''

اس مختصر گفتگو کے بعد دونوں اٹھے۔ حمید نے دوسرے کمرے میں جا کر بل ادا کیا۔ جب وہ رستوران سے باہر نکلے تو ٹھنڈی ٹھنڈی ہوا چل رہی تھی۔ حمید کے دل میں یہ خواہش چٹکیاں لینے لگی کہ وہ ملک پر اپنی شرارت واضح کر دے مگر اچھے موقع کی تلاش میں کافی وقت گزر گیا۔ ملک بالکل خاموش تھا اور حمید کے اندر بھلجھری سی چھوٹ رہی تھی۔ بے شمار ننھی ننھی خوبصورت اور شوخ و شنگ باتیں اس کے دل و دماغ میں پیدا ہو کر بجھ رہی تھیں۔ وہ ملک کی خاموشی سے پریشان ہو رہا تھا اور جب اس نے اپنی پریشانی کا اظہار نہ کیا تو آہستہ آہستہ اس کی طبیعت پر ایک افسردگی سی طاری ہو گئی۔ وہ محسوس کرنے لگا کہ اس کی شرارت اب دُم کٹی کلہری بن کر رہ گئی ہے۔

دیر تک دونوں بالکل خاموش چلتے رہے۔ جب کمپنی باغ آیا تو ملک ایک بنچ پر مفکرانہ انداز میں بیٹھ گیا۔ چند لحات ایسی خاموشی میں گزرے کہ حمید کے دل میں وہاں سے اٹھ بھاگنے کی خواہش پیدا ہوئی مگر اس وقت زیادہ دیر تک دبے رہنے کے باعث اس کی تمام تیزی اور طراری ماند پڑ چکی تھی۔

ملک بنچ پر سے اٹھ کھڑا ہوا، ''حمید تم نے آج مجھے روحانی تکلیف پہنچائی ہے۔۔۔ تمہیں یہ شرارت نہیں کرنی چاہیے تھے ۔'' اس آواز میں اور درد پیدا ہو گیا، ''تم نہیں جانتے کہ تمہاری اس شرارت سے مجھے کس قدر روحانی تکلیف پہنچی ہے۔ اللہ تمہیں معاف کرے۔'' یہ کہہ کر وہ چلا گیا اور حمید نے اپنے آپ کو بڑی شدت سے گناہ گار محسوس کرنے لگا۔ معافی مانگنے کا خیال اس کو آیا تھا مگر ملک باغ سے نکل کر باہر سٹرک پر پہنچ چکا تھا۔

ملک کے چلے جانے کے بعد حمید گناہ اور ثواب کے چکر میں پھنس گیا۔ شراب کے حرام ہونے کے متعلق

اس نے جتنی باتیں لوگوں سے سنی تھیں سب کی سب اس کے کانوں میں بھنبھنانے لگیں، ''شراب اخلاق بگاڑ دیتی ہے۔۔۔شراب، خانہ خراب ہے، شراب پی کر آدمی بے ادب اور بے حیا ہو جاتا ہے۔ شراب اسی لیے حرام ہے۔ شراب صحت کا ستیاناس کر دیتی ہے۔ اس کے پینے سے چھیچھڑے چھلنی ہو جاتے ہیں۔۔۔ شراب۔۔۔۔''

شراب، شراب کی ایک لامتناہی گردان حمید کے دماغ میں شروع ہو گئی۔ اور اس کی تمام برائیاں ایک ایک کر کے اس کے سامنے آ گئیں، ''سب سے بڑی برائی تو یہ ہے۔'' حمید نے محسوس کیا، ''کہ میں نے بے ضرر شرارت سمجھ کر ایک شریف آدمی کو دھوکے سے شراب پلا دی ہے۔ ممکن ہے وہ پکا نمازی اور پرہیز گار ہو۔ اس میں کوئی شک نہیں کہ غلطی میری ہے اور سارا گناہ میرے ہی سر ہو گا مگر اسے جو روحانی تکلیف پہنچی ہے اس کا کیا ہو گا؟ واللہ باللہ میرا یہ مقصد نہیں تھا کہ اسے تکلیف پہنچے۔۔۔ میں اس سے معافی مانگ لوں گا اور۔۔۔ لیکن اس سے معافی مانگ کر بھی تو میرا گناہ ہلکا نہیں ہو گا۔ ایک میں نے شراب پی۔۔۔ اوپر سے اس کو دھوکا دے کر پلائی۔''

وہسکی کا نشہ اس کے دماغ میں جمائیاں لینے لگا جس سے اس کا احساسِ گناہ گھناؤنی شکل اختیار کر گیا، ''مجھے معافی مانگنی چاہیے۔ مجھے شراب چھوڑ دینی چاہیے۔۔۔ مجھے گناہوں سے پاک زندگی بسر کرنی چاہیے۔'' اس کو شراب شروع کیے صرف دو برس ہوئے تھے۔ ابھی تک وہ اس کا عادی نہیں ہوا تھا۔ چنانچہ اس نے گھر لوٹتے ہوئے راستے میں دوسری باتوں کے ساتھ اس پر بھی غور کیا، ''میں شراب کو ہاتھ تک نہیں لگاؤں گا۔ یہ کوئی ضروری چیز نہیں۔ میں اس کے بغیر بھی زندہ رہ سکتا ہوں۔۔۔ دنیا کہتی ہے۔۔۔ دنیا کہتی ہے تو اس کا یہ مطلب نہیں کہ منہ سے لگی ہوئی یہ چھٹ ہی نہیں سکتی۔ میں اسے بالکل چھوڑ دوں گا۔۔۔ میں اس خیال کو غلط ثابت کر دوں گا۔''

یہ سوچتے ہوئے حمید نے خود کو ایک ہیرو محسوس کیا۔ پھر ایک دم اس کے دماغ میں خدا کا خیال آیا جس نے اسے تباہی سے بچا لیا تھا، ''مجھے شکر بجا لانا چاہیے کہ میرے سینے میں نور پیدا ہو گیا ہے۔ میں نہ جانے کتنی دیر تک اس کھائی میں پڑا رہتا۔''

وہ اپنی گلی میں پہنچ چکا تھا۔ اوپر آسمان پر گدلے بادلوں میں چاند صابن کے جھاگ لگے گالوں کا نقشہ پیش کر رہا تھا۔ ہوا خنک تھی۔ فضا بالکل خاموش تھی۔۔۔ حمید پر خدا کے رعب اور شراب نوشی سے بچ جانے کے احساس نے رقت طاری کر دی۔ اس نے شکرانے کا سجدہ کرنا چاہا۔ وہیں پتھریلی زمین پر اس نے گھٹنے ٹیک

کر اپنا ماتھا رگڑنا چاہا۔ اس خیال سے کہ اسے کوئی دیکھ لے گا وہ کچھ دیر کے لیے ٹھٹک گیا مگر فوراً ہی
یہ سوچ کر کہ یوں خدا کی نگاہوں میں اس کی وقعت بڑھ جائے گی وہ ڈبکی لگانے کے انداز میں جھکا اور اپنی
پیشانی گلی کے ٹھنڈے ٹھنڈے پتھریلے فرش کے ساتھ جوڑ دی۔

جب وہ اٹھا تو اس نے اپنے آپ کو ایک بہت بڑا آدمی محسوس کیا۔ اس نے جب اس پاس کی اونچی دیواروں
کو دیکھا تو وہ اسے اپنے قد کے مقابلے میں بہت پست معلوم ہوئیں۔

اس واقعہ کے ڈیڑھ مہینے بعد اسی کمرے میں جہاں اب حمید بیٹھا اپنی سات برس کی پرانی تصویر پر رشک کھا
رہا تھا۔ اس کا دوست ملک آیا۔ اندر آتے ہی اس نے اپنی جیب سے بلیک اینڈ وائٹ کا آدھا نکالا اور زور
سے میز پر رکھ کر کہا، ''حمید آؤ۔۔۔ آج پئیں اور خوب پئیں۔۔۔ یہ ختم ہو جائے گی تو اور لائیں گے۔''

حمید اس قدر متحیّر ہوا کہ وہ اس سے کچھ بھی نہ کہہ سکا۔ ملک نے دوسری جیب سے سوڈے کی بوتل
نکالی، تپائی پر سے گلاس اٹھا کر اس میں شراب انڈیلی۔ سوڈے کی بوتل انگوٹھے سے کھولی، اور حمید کی
متحیّر آنکھوں کے سامنے وہ دو پیگ غٹاغٹ پی گیا۔ حمید نے تلاتے ہوئے کہا، ''لیکن۔۔۔ لیکن۔۔۔
اس روز تم نے مجھے اتنا برا بھلا کہا تھا۔۔۔''

ملک نے ایک قہقہہ بلند کیا، ''تم نے مجھ سے شرارت کی۔ میں نے بھی اس کے جواب میں تم سے شرارتاً
کچھ کہہ دیا۔۔۔ مگر بھئی ایمان کی بات ہے جو مزہ اس روز جن کے دو پیگ پینے میں آیا ہے زندگی بھر بھی
نہیں آئے گا۔ لو اب چھوڑو اس قصے کو۔۔۔ وہسکی پیو۔ جن وِن بکواس ہے۔ شراب پینی ہو تو وہسکی پینی
چاہیے۔'' یہ سن کر حمید کو ایسا محسوس ہوا تھا کہ جو سجدہ اس نے گلی میں کیا تھا ٹھنڈے فرش سے نکل کر
اس کی پیشانی پر چپک گیا ہے۔ یہ سجدہ بھوت کی طرح حمید کی زندگی سے چمٹ گیا تھا۔ اس نے اس سے
نجات حاصل کرنے کے لیے پھر پینا شروع کیا۔ مگر اس سے بھی کچھ فائدہ نہ ہوا۔

ان سات برسوں میں جو اس کی پرانی تصویر اور اس کے درمیان کھلے ہوئے تھے، یہ ایک سجدہ بے شمار مرتبہ
حمید کو اس کی اپنی نگاہوں میں ذلیل و رسوا کر چکا تھا۔ اس کی خودی، اس کی تخلیقی قوت، اس کی زندگی کی وہ
حرارت جس سے حمید اپنے ماحول کو گرما کے رکھنا چاہتا تھا، اس سجدے نے قریب قریب سرد کر دی تھی۔ یہ
سجدہ اس کی زندگی میں ایک ایسی خراب بریک بن گئی تھی جو کبھی کبھی اپنے آپ اس کے چلتے ہوئے پہیوں
کو ایک دھچکے کے ساتھ ٹھہرا دیتی تھی۔

سات برس کی پرانی تصویر اس کے سامنے میز پر پڑی تھی۔ جب سارا واقعہ اس کے دماغ میں پوری تفصیل

کے ساتھ دہرایا جا چکا تھا تو اس کے اندر ایک ناقابلِ بیان اِضطِراب پیدا ہو گیا۔ وہ ایسا محسوس کرنے لگا جیسے اس کو قے ہونے والی ہے۔ وہ گھبرا کر اٹھا اور سامنے کی دیوار کے ساتھ اس نے اپنا ماتھا رگڑنا شروع کر دیا جیسے وہ اس سجدے کا نشان مٹانا چاہتا ہے۔ اس عمل سے اسے جب جسمانی تکلیف پہنچی تو وہ پھر کرسی پر بیٹھ گیا۔۔۔ سر جھکا کر اور کاندھے ڈھیلے کر کے اس نے تھکی ہوئی آواز میں کہا، ''اے خدا، میرا سجدہ مجھے واپس دے دے۔۔۔''

سراج

ناگ پاڑہ پولیس چوکی کے اُس طرف جو چھوٹا سا باغ ہے، اس کے بالکل سامنے ایرانی کے ہوٹل کے باہر، بجلی کے کھمبے کے ساتھ لگ کر ڈھونڈو کھڑا تھا۔ دن ڈھلے، مقررہ وقت پر وہ یہاں آ جاتا اور صبح چار بجے تک اپنے دھندے میں مصروف رہتا۔

معلوم نہیں اس کا اصل نام کیا تھا، مگر سب اسے ڈھونڈو کہتے تھے۔ اس لحاظ سے تو یہ بہت مناسب تھا کہ اس کا کام اپنے مؤکلوں کے لیے ان کی خواہش اور پسند کے مطابق ہر نسل اور ہر رنگ کی لڑکیاں ڈھونڈنا تھا۔ یہ دھندہ وہ قریب قریب دس برس سے کر رہا تھا۔ اس دوران میں ہزاروں لڑکیاں اس کے ہاتھوں سے گزر چکی تھیں۔ ہر مذہب کی، ہر نسل کی، ہر مزاج کی۔

اس کا اڈا شروع سے یہی رہا تھا۔ ناگ پاڑہ پولیس چوکی کے اُس طرف، باغ کے بالکل سامنے، ایرانی ہوٹل کے باہر بجلی کے کھمبے کے ساتھ۔۔۔ کھمبا اس کا نشان بن گیا تھا۔ بلکہ مجھے تو وہ ڈھونڈو ہی معلوم ہوتا تھا۔ میں جب کبھی اُدھر سے گزرتا اور میری نظر اُس کھمبے پر پڑتی، جس پر جگہ جگہ چونے اور کتھے کی انگلیاں پونچھی گئی تھیں تو مجھے ایسا لگتا کہ ڈھونڈو کھڑا ہے اور کالے کانڈی اور سینکی لی سُپاری والا پان چبا رہا ہے۔

یہ کھمبا کافی اونچا تھا، ڈھونڈو بھی دراز قد تھا۔۔۔ کھمبے کے اوپر بجلی کے تاروں کا ایک جال سا بچھا تھا۔ کوئی تار دور تک دوڑتا چلا گیا تھا اور دوسرے کھمبے کے تاروں کے الجھاؤ میں مدغم ہو گیا تھا۔ کوئی تار کسی بلڈنگ میں اور کوئی کسی دکان میں چلا گیا تھا۔ ایسا لگتا تھا کہ اس کھمبے کی پہنچ دور دور تک ہے۔ وہ دوسرے کھمبوں سے مل کر گویا سارے شہر پر چھایا ہوا ہے۔

اس کھمبے کے ساتھ ٹیلی فون کے محکمے نے ایک بکس لگا رکھا تھا، جس کے ذریعے سے وقتاً فوقتاً تاروں کی

درستی وغیرہ کی جانچ پڑتال کی جاتی تھی۔ میں اکثر سوچتا تھا کہ ڈھونڈو بھی اسی قسم کا ایک بکس ہے جو لوگوں کی جنسی جانچ پڑتال کے لیے کھمبے کے ساتھ لگا رہتا ہے۔ کیونکہ اسے اس پاس کے علاقے کے علاوہ دور دور کے علاقوں کے ان تمام بیٹھوں کا پتا تھا جن کو وقفوں کے بعد یا ہمیشہ ہی اپنی جنسی خواہشات کے تنے ہوئے یا ڈھیلے تار درست کرانے کی ضرورت محسوس ہوتی تھی۔

اُسے اُن تمام چھوکریوں کا بھی پتا تھا جو اِس دھندے میں تھیں، وہ اُن کے جسم کے ہر خدوخال سے واقف تھا، ان کی ہر نبض سے آشنا تھا، کون کس مزاج کی ہے اور کس وقت اور کس گاہک کے لیے موزوں ہے، اُس کو اس کا بخوبی اندازہ تھا۔ لیکن ایک صرف اس کو سراج کے متعلق ابھی تک کوئی اندازہ نہیں ہوا تھا۔ وہ اس کی گہرائی تک نہیں پہنچ سکا تھا۔

ڈھونڈو کئی بار مجھ سے کہہ چکا تھا، ''سالی کا مستک پھرے لا ہے ۔ ۔ ۔ سمجھ میں نہیں آتا منٹو صاحب، کیسی چھوکری ہے ۔ ۔ ۔ گھڑی میں ماشہ گھڑی میں تولا ۔ ۔ ۔ کبھی آگ، کبھی پانی ۔ ہنس رہی ہے ۔ ۔ ۔ قہقہے لگا رہی ہے ۔ ۔ ۔ لیکن ایک دم رونا شروع کر دے گی ۔ ۔ ۔ سالی کی کسی سے نہیں بنتی ۔ ۔ ۔ بڑی جھگڑالو ہے ۔ ہر پسنجر سے لڑتی ہے۔ سالی سے کئی بار کہہ چکا کہ دیکھ، اپنا مستک ٹھیک کر، ورنہ جا، جہاں سے آئی ہے ۔ ۔ ۔ انگ پر تیرے کوئی کپڑا نہیں۔ ۔ کھانے کو تیرے پاس ڈیڑھیا نہیں ۔ ۔ ۔ ماراماری اور دھاندلی سے تو میری جان کام نہیں چلے گا۔ ۔ ۔ پر وہ ایک تخم ہے، کسی کی سنتی ہی نہیں۔''

میں نے سراج کو ایک دو مرتبہ دیکھا ہے۔ بڑی دبلی پتلی لڑکی تھی مگر خوبصورت۔ ۔ ۔ اس کی آنکھیں ضرورت سے زیادہ بڑی تھیں۔ ایسا لگتا تھا کہ وہ اس کے بیضوی چہرے پر صرف اپنی بڑائی جتانے کی خاطر چھائی ہوئی ہیں۔ میں نے جب اس کو پہلی مرتبہ کلیئر روڈ پر دیکھا تھا تو مجھے بڑی الجھن ہوئی تھی۔ میرے دل میں یہ خواہش پیدا ہوئی تھی کہ اس کی آنکھوں سے کہوں کہ بھئی تم تھوڑی دیر کے لیے ذرا ایک طرف ہٹ جاؤ تا کہ میں سراج کو دیکھ سکوں۔ لیکن میری اس خواہش کے باوجود، جو یقیناً میری آنکھوں نے اس کی آنکھوں تک پہنچا دی ہو گی، وہ اسی طرح اُس کے سفید بیضوی چہرے پر چھائی رہیں۔

مختصر سی تھی، مگر اس اختصار کے باوجود بڑی جامع معلوم ہوتی تھی۔ ایسا لگتا تھا کہ وہ ایک صراحی ہے جس میں ایک حجم سے زیادہ پانی ملی ہوئی شراب بھرنے کی کوشش کی گئی ہے اور نتیجے کے طور پر سیال چیز دباؤ کے باعث ادھر ادھر تڑپ کر بہہ گئی ہے۔

میں نے پانی ملی ہوئی شراب اس لیے کہا ہے کہ اس میں تلخی تھی، وہی جو تیز و تند شراب کی ہوتی ہے، مگر ایسا

لگتا تھا کسی دھوکے باز نے اس میں پانی ملا دیا ہے، تا کہ مقدار زیادہ ہو جائے۔ مگر سراج میں نسائیت کی جو مقدار تھی، ویسی کی ویسی موجود تھی اور اس جھنجھلاہٹ سے، جو اس کے گھنے بالوں سے، اس کی تیکھی ناک سے، اس کے بھنچے ہوئے ہونٹوں سے اور اس کی انگلیوں سے، جو نقشہ نویسوں کی نوکیلی اور تیز تیز پنسلیں معلوم ہوتی تھیں، میں نے یہ اندازہ لگایا تھا کہ وہ ہر چیز سے ناراض ہے۔ ڈھونڈو سے ۔ ۔ اس کھمبے سے جس کے ساتھ لگ کر وہ کھڑا رہتا تھا۔ ۔ ان گاہکوں سے جو اس کے لیے لائے جاتے تھے ۔ ۔ ۔ اپنی بڑی بڑی آنکھوں سے بھی جو اس کے سفید بیضوی چہرے پر قبضہ جمائے رکھتی تھیں۔ اس کی تتلی تتلی، نوکیلی انگلیاں جو نقشہ نویسوں کی پنسلوں کی طرح تیز تھیں، ایسا معلوم ہوتا تھا کہ وہ ان سے بھی ناراض ہے۔ شاید اس لیے کہ جو نقشہ سراج بنانا چاہتی تھی وہ نہیں بنا سکتی تھیں۔

یہ تو ایک افسانہ نگار کے تاثرات ہیں جو چھوٹے سے تل میں سنگِ اسود کی تمام سختیاں بیان کر سکتا ہے ۔ ۔ ۔ آپ ڈھونڈو کی زبانی سراج کے متعلق سنیے، اس نے مجھ سے ایک دن کہا، ''منٹو صاحب ۔ ۔ ۔ آج سالی نے پھر ٹنٹا کر دیا۔ ۔ ۔ وہ تو جانے کس دن کا ثواب کام آ گیا اور آپ کی دعا سے یوں بھی ناگ پاڑہ چوکی کے سب افسر مہربان ہیں، ورنہ کل ڈھونڈو اندر ہوتا۔ ۔ ۔ وہ دھمال مچائی کہ میں تو باپ رے باپ کہتا رہ گیا۔''

میں نے اس سے پوچھا، ''کیا بات ہوئی تھی؟''

''وہی جو ہوا کرتی ہے ۔ ۔ ۔ میں نے لاکھ لعنت بھیجی اپنی ہَشت پُشت پر کہ حرامی جب تو اُس چھوکری کو اچھی طرح جانتا ہے تو پھر کیوں انگلی لیتا ہے ۔ ۔ ۔ کیوں اُس کو نکال کر لاتا ہے۔ تیری ماں لگتی ہے یا بہن۔ ۔ ۔ میری تو کوئی عقل کام نہیں کرتی منٹو صاحب!''

ہم دونوں ایرانی کے ہوٹل میں بیٹھے تھے۔ ڈھونڈو نے کوفی ملی چائے پرچ میں انڈیلی اور سرڑپ سرڑپ پینے لگا، ''اصل بات یہ ہے کہ سالی سے مجھے ہمدردی ہے۔''

میں نے پوچھا، ''کیوں؟''

ڈھونڈو نے سر کو ایک جھٹکا دیا، ''جانے کیوں ۔ ۔ ۔ یہ سالا معلوم ہو جائے تو یہ روز کا ٹنٹا ختم نہ ہو۔''
پھر اس نے ایک دم پرچ میں پیالی اوندھی کر کے مجھ سے کہا، ''آپ کو معلوم ہے ۔ ۔ ۔ ابھی تک کنواری ہے۔''

یقین مانیے کہ میں ایک لحظے کے لیے چکرا گیا۔

’’ کنواری !‘‘

’’ آپ کی جان کی قسم !‘‘

میں نے جیسے اس کو اپنی بات پر نظر ثانی کرنے کے لیے کہا، ’’نہیں ڈھونڈو۔‘‘

ڈھونڈو کو میرا یہ شک ناگوار معلوم ہوا، ’’میں آپ سے جھوٹ نہیں کہتا منٹو صاحب۔۔۔ سولہ آنے کنواری ہے۔۔۔ آپ مجھ سے شرط لگا لیجیے۔‘‘

میں صرف اسی قدر کہہ سکا، ’’مگر ایسا کیونکر ہو سکتا ہے۔‘‘

ڈھونڈو نے بڑے وثوق کے ساتھ کہا، ’’ایسا کیوں ہو نہیں سکتا۔۔۔ سراج جیسی چھوکری تو اس دھندے میں بھی رہ کر ساری عمر کنواری رہ سکتی ہے۔۔۔ سالی کسی کو ہاتھ ہی نہیں لگانے دیتی۔۔۔ مجھے اس کی ساری ہسٹری معلوم نہیں۔۔۔ اتنا جانتا ہوں پنجابن ہے۔۔۔ لیمنگٹن روڈ پر میم صاحب کے پاس تھی۔ وہاں سے نکالی گئی کہ ہر پینجر سے لڑتی تھی۔ دو تین مہینے نکل گئے کہ مڈام کے پاس دس بیس اور چھوکریاں تھیں۔۔۔ پر منٹو صاحب کوئی کب تک کسے کھلاتا ہے۔۔۔ اس نے ایک دن تین کپڑوں میں نکال باہر کیا۔۔۔ یہاں سے فارس روڈ میں دوسری مڈام کے پاس پہنچی۔ وہاں بھی اس کا مستک ویسے کا ویسا تھا۔ ایک پینجر کے کاٹ کھایا۔۔۔ دو تین مہینے یہاں گزرے۔۔۔ پر سالی کے مزاج میں تو جیسے آگ بھری ہوئی ہے، اب کون اسے ٹھنڈا کرتا پھرے۔۔۔ پھر خدا آپ کا بھلا کرے، کھیت واڑی کے ایک ہوٹل میں رہی۔۔۔ پر یہاں بھی وہی دھمال۔۔۔ منیجر نے تنگ آ کر چلتا کیا۔۔۔ کیا بتاؤں منٹو صاحب، نہ سالی کو کھانے کا ہوش ہے نہ پینے کا۔۔۔ کپڑوں میں جوئیں پڑی ہیں، سر دو دو مہینے سے نہیں دھویا۔۔۔ چرس کے ایک دو سگرٹ مل جائیں کہیں سے تو پھونک لیتی ہے۔۔۔ یا کسی ہوٹل سے دور کھڑی ہو کر، فلمی ریکارڈ سنتی رہتی ہے۔‘‘

میرے لیے یہ تفصیل کافی تھی۔ اس کے ردعمل سے میں آپ کو آگاہ نہیں کرنا چاہتا کہ افسانہ نگار کی حیثیت سے یہ نامناسب ہے۔ میں نے ڈھونڈو سے محض سلسلہ گفتگو قائم رکھنے کے لیے پوچھا، ’’تم اسے واپس کیوں نہیں بھیج دیتے۔ جب کہ اسے اس دھندے سے کوئی دلچسپی نہیں۔۔۔ کرایہ تم مجھ سے لے لو !‘‘

ڈھونڈو کو یہ بات بھی ناگوار معلوم ہوئی، ’’منٹو صاحب کرائے سالے کی کیا بات ہے۔۔۔ میں نہیں دے سکتا۔‘‘

میں نے ٹوہ لینی چاہی، ’’پھر اسے واپس کیوں نہیں بھیجتے؟‘‘

ڈھونڈو کچھ عرصے کے لیے خاموش ہو گیا۔ کان میں اڑسے ہوئے سگرٹ کا ٹکڑا نکال کر اس نے سلگایا اور دھوئیں کو ناک کے دونوں نتھنوں سے باہر پھینک کر اس نے صرف اتنا کہا، ''میں نہیں چاہتا کہ وہ جائے۔''

میں نے سمجھا الجھے ہوئے دھاگے کا ایک سرا میرے ہاتھ میں آ گیا ہے، ''کیا تم اس سے محبت کرتے ہو؟''

ڈھونڈو پر اس کا شدید ردِ عمل ہوا، ''آپ کیسی باتیں کرتے ہیں منٹو صاحب۔'' پھر اس نے دونوں کان پکڑ کر کھینچے، ''قرآن کی قسم میرے دل میں ایسا پلید خیال کبھی نہیں آیا۔۔۔ مجھے بس۔۔۔'' وہ رک گیا، ''مجھے بس، کچھ اچھی لگتی ہے!''

میں نے بڑا صحیح سوال کیا، ''کیوں؟''

ڈھونڈو نے بھی اس کا بڑا صحیح جواب دیا، ''اس لیے۔۔۔اس لیے کہ وہ دوسروں جیسی نہیں۔۔۔باقی جتنی ہیں سب پیسے کی پیر ہیں۔۔۔حرامی ہیں اول درجے کی۔۔۔پر یہ جو ہے نا۔۔۔کچھ عجیب و غریب ہے ۔۔۔نکال کے لاتا ہوں تو راضی ہو جاتی ہے۔۔۔سودا ہو جاتا ہے۔۔۔ٹیکسی یا وکٹوریہ میں بیٹھ جاتی ہے ۔۔۔اب منٹو صاحب، پیسنجر سالا موج شوق کے لیے آتا ہے۔۔۔مال پانی خرچ کرتا ہے۔۔۔ذرا دبا کے دیکھتا ہے۔۔۔یا ویسے ہی ہاتھ لگا کے دیکھتا ہے۔۔۔بس دھمال مچ جاتی ہے۔۔۔مار ماری شروع کر دیتی ہے۔۔۔آدمی شریف ہو تو بھاگ جاتا ہے۔۔۔پیے لاہو۔۔۔یا موالی ہو تو آفت۔۔۔ہر موقعے پر مجھے پہنچنا پڑتا ہے۔۔۔پیسے واپس کرنے پڑتے ہیں اور ہاتھ الگ پیر جوڑنے پڑتے ہیں۔۔۔قسم قرآن کی صرف سراج کی خاطر۔۔۔اور منٹو صاحب آپ کی جان کی قسم اسی سالی کی وجہ سے میرا دھندا آدھ رہ گیا ہے۔۔۔!''

میرے ذہن نے سراج کا جو عقبی منظر تیار کیا تھا، میں اس کا ذکر کرنا نہیں چاہتا، لیکن اتنا ہے کہ جو کچھ ڈھونڈو نے مجھے بتایا وہ اس کے ساتھ ٹھیک طور پر جمتا نہیں تھا۔ میں نے ایک دن سوچا کہ ڈھونڈو کو بتائے بغیر سراج سے ملوں۔ وہ بائی کلہ اسٹیشن کے پاس ہی ایک نہایت واہیات جگہ میں رہتی تھی، جہاں کوڑے کرکٹ کے ڈھیر تھے، آس پاس کا تمام فضلہ تھا۔ کارپوریشن نے یہاں غریبوں کے لیے جست کے بے شمار جھونپڑے بنا دیئے تھے۔ میں یہاں ان بلند بام عمارتوں کا ذکر نہیں چاہتا جو اس غلاظت گاہ سے تھوڑی دور ایستادہ تھیں کیونکہ ان کا اس افسانے سے کوئی تعلق نہیں۔ دنیا نام ہی نشیب و فراز کا

ہے یا رفعتوں اور پستیوں کا۔

ڈھونڈو سے مجھے اس کے جھونپڑے کا اتا پتا معلوم تھا، میں وہاں گیا۔۔۔ اپنے خوش وضع کپڑوں کو اس ماحول سے چھپائے ہوئے۔۔۔ لیکن یہاں میری ذات متعلق نہیں۔ بہر حال میں وہاں گیا۔۔۔ جھونپڑے کے باہر ایک بکری بندھی تھی۔ اس نے مجھے دیکھا تو ممیائی۔ اندر سے ایک بڑھیا نکلی۔۔۔ جیسے پرانی داستانوں کے کرم خوردہ انبار سے کوئی کٹنی لاٹھی ٹیکتی ہوئی۔۔۔ میں لوٹنے ہی والا تھا کہ ٹاٹ کے جگہ جگہ سے پھٹے ہوئے پردے کے پیچھے مجھے دو بڑی بڑی آنکھیں نظر آئیں۔۔۔ بالکل اسی طرح پھٹی ہوئی جس طرح وہ ٹاٹ کا پردہ تھا۔ پھر میں نے سراج کا سفید بیضوی چہرہ دیکھا اور مجھے ان غاصب آنکھوں پر بڑا غصہ آیا۔ اس نے مجھے دیکھ لیا تھا۔ معلوم نہیں اندر کیا کام کر رہی تھی، فوراً سب چھوڑ چھاڑ کر باہر آئی۔ اس نے بڑھیا کی طرف کوئی توجہ نہ دی اور مجھ سے کہا، ''آپ یہاں کیسے آئے؟''

میں نے مختصراً کہا، ''تم سے ملنا تھا۔''

سراج نے بھی اختصار ہی کے ساتھ کہا، ''آؤ اندر''

میں نے کہا، ''نہیں میرے ساتھ چلیے۔''

اس پر کرم خوردہ داستانوں کی کرم خوردہ کٹنی بڑے دکاندارانہ انداز میں بولی، ''دس روپے ہوں گے۔'' میں نے بٹوا نکال کر دس روپے اس بڑھیا کو دے دیئے اور سراج سے کہا، ''آؤ سراج۔۔۔''

سراج کی بڑی بڑی آنکھوں نے ایک لحظے کے لیے میری نگاہوں کو راستہ دیا کہ اس کے چہرے کی سڑک پر چند قدم چل سکیں۔۔۔ میں ایک بار پھر اسی نتیجے پر پہنچا کہ وہ خوبصورت تھی۔۔۔ سکڑی ہوئی خوبصورتی۔ ۔ حنوط لگی خوبصورتی۔ ۔۔ صدیوں کی محفوظ و مامون اور مدفون کی ہوئی خوبصورتی۔۔۔ میں نے ایک لحظے کے لیے یوں محسوس کیا کہ میں مصر میں ہوں اور پرانے دفینوں کی کھدائی پر مامور کیا گیا ہوں۔ میں زیادہ تفصیل میں نہیں جانا چاہتا۔ ۔ سراج میرے ساتھ تھی۔ ہم دونوں ایک ہوٹل میں تھے۔ وہ میرے سامنے، اپنے غلیظ کپڑوں میں ملبوس بیٹھی تھی اور اس کی بڑی بڑی آنکھیں اس کے بیضوی چہرے پر قبضہ مخالفانہ کیے ہوئے تھیں۔ مجھے ایسا محسوس ہو رہا تھا کہ انہوں نے صرف سراج کے چہرے ہی کو نہیں، اس کے سارے وجود کو ڈھانپ لیا ہے کہ میں اس کے کسی روئیں کو بھی نہ دیکھ سکوں۔ بڑھیا نے جو قیمت بتائی تھی، میں نے ادا کر دی تھی۔ اس کے علاوہ میں نے چالیس روپے اور سراج کو دیئے تھے۔ ۔۔ میں چاہتا تھا کہ وہ مجھ سے بھی اسی طرح لڑے جھگڑے، جس طرح وہ دوسروں کے ساتھ

لڑتی جھگڑتی ہے۔ چنانچہ اسی غرض سے میں نے اس سے کوئی ایسی بات نہ کی جس سے محبت اور خلوص کی بو آئے۔ ۔ ۔ اس کی بڑی بڑی آنکھوں سے بھی میں خائف تھا۔ وہ اتنی بڑی تھیں کہ میرے علاوہ میرے ارد گرد کی ساری دنیا بھی دیکھ سکتی تھیں۔

وہ خاموش تھی۔ ۔ ۔ واہیات طریقے پر اسے چھیڑنے کے لیے ضروری تھا کہ میرے جسم اور ذہن میں غلط قسم کی حرارت ہو۔ چنانچہ میں نے وہسکی کے چار پیگ پیے اور اس کو عام پینجروں کی طرح چھیڑا، اس نے کوئی مزاحمت نہ کی۔ میں نے ایک زبردست فضول حرکت کی۔ میرا خیال تھا کہ وہ بارود جو اس کے اندر بھری پڑی ہے، اس کو بھک سے اڑانے کے لیے یہ چنگاری کافی ہے، مگر حیرت ہے کہ وہ کسی قدر پرسکون ہو گئی۔ اٹھ کر اس نے مجھے اپنی بڑی بڑی آنکھوں کے پھیلاؤ میں سمیٹتے ہوئے کہا، ''چرس کا ایک سگریٹ منگوا دو مجھے !''

''شراب پیو !''

''نہیں۔ ۔ ۔ چرس کا سگریٹ پیوں گی !''

میں نے اسے چرس کا سگریٹ منگوا دیا۔ ۔ ۔ اسے ٹھیٹ چرسیوں کے انداز میں پی کر اس نے میری طرف دیکھا۔ ۔ ۔ اس کی بڑی بڑی آنکھیں اب اپنا تسلط چھوڑ چکی تھیں۔ ۔ ۔ مگر اسی طرح جس طرح کوئی غاصب چھوڑتا ہے۔ ۔ ۔ اس کا چہرہ مجھے ایک اجڑی ہوئی، ایک برباد شدہ سلطنت نظر آیا۔ ۔ ۔ تاخت و تاراج ملک، اس کا ہر خط، ہر خال۔ ۔ ۔ ویرانی کی ایک لکیر تھی۔

مگر یہ ویرانی کیا تھی۔ ۔ ۔؟ کیوں تھی۔ ۔ ۔؟ بعض اوقات ایسا بھی ہوتا ہے کہ آبادیاں ہی ویرانوں کا باعث ہوتی ہیں۔ ۔ ۔ کیا وہ اسی قسم کی آبادی تھی جو شروع ہونے کے بعد کسی حملہ آور کے باعث ادھوری رہ گئی تھی اور آہستہ آہستہ اس کی دیواریں جو ابھی گرِ بھی نہ گئی او پر نہیں اٹھی تھیں کھنڈر بن گئی تھیں۔

میں چکر میں تھا، لیکن آپ کو میں اس چکر میں نہیں ڈالنا چاہتا۔ ۔ ۔ میں نے کیا سوچا، کیا نتیجہ برآمد کیا، اس سے آپ کو کیا مطلب۔

سراج کنواری تھی یا نہیں، میں اس کے متعلق جاننا نہیں چاہتا تھا۔ سُلفے کے دھوئیں میں، البتہ اس کی محزُون و مخمُور آنکھوں میں مجھے ایک ایسی جھلک نظر آئی تھی جس کو میرا قلم بھی بیان نہیں کر سکتا۔ میں نے اس سے باتیں کرنا چاہیں مگر اسے کوئی دلچسپی نہیں تھی۔ میں نے چاہا کہ وہ مجھ سے لڑے جھگڑے، مگر یہاں بھی اس نے مجھے ناامید کیا۔

میں اسے گھر چھوڑ آیا۔

ڈھونڈو کو جب میرے اس خفیہ سلسلے کا پتہ چلا تو وہ بہت ناراض ہوا۔ اس کے دوستانہ اور تاجرانہ جذبات دونوں بہت بری طرح مجروح ہوئے تھے۔ اس نے مجھے صفائی کا موقع نہ دیا صرف اتنا کہا، ''منٹو صاحب آپ سے یہ امید نہ تھی!'' اور یہ کہہ کر وہ کھمبے سے ہٹ کر ایک طرف چلا گیا۔

عجیب بات ہے کہ دوسرے روز شام کو وقتِ مقررہ پر وہ مجھے اپنے اڈے پر نظر نہ آیا۔ میں سمجھا شاید بیمار ہے مگر اس سے اگلے روز بھی وہ موجود نہیں تھا۔

ایک ہفتہ گزر گیا۔ وہاں سے میرا صبح شام آنا جانا ہوتا تھا۔ میں جب اس کھمبے کو دیکھتا، مجھے ڈھونڈو یاد آتا۔ میں بائیں کلہ اسٹیشن کے پاس ہی جو واہیات جگہ تھی وہاں بھی گیا۔ یہ دیکھنے کے لیے کہ سراج کہاں ہے۔ مگر وہاں اب صرف وہ کرم خوردہ کٹنی رہتی تھی۔ میں نے اس سے سراج کے متعلق پوچھا تو وہ پولی مسکراہٹ میں لاکھوں برس کی پرانی جنسی کروٹیں بدل کر بولی، ''وہ گئی۔ ۔ ۔ اور ہیں۔ ۔ ۔ منگواؤں؟''

میں نے سوچا، اس کا کیا مطلب ہے۔ ڈھونڈو اور سراج دونوں غائب ہیں اور وہ بھی میری اس خفیہ ملاقات کے بعد۔ ۔ ۔ لیکن میں اس ملاقات کے متعلق اتنا مثّر دِّہ نہیں تھا۔ ۔ ۔ یہاں پھر میں اپنے خیالات آپ پر ظاہر نہیں کرنا چاہتا لیکن مجھے یہ حیرت ضرور تھی کہ وہ دونوں غائب کہاں ہو گئے۔ ان میں محبت قسم کی کوئی چیز نہیں تھی۔ ڈھونڈو ایسی چیزوں سے بالاتر تھا۔ اس کی بیوی تھی، بچے تھے اور وہ ان سے بے حد محبت کرتا تھا، پھر یہ سلسلہ کیا تھا کہ وہ دونوں بیک وقت غائب تھے۔ میں نے سوچا، ہو سکتا ہے کہ اچانک ڈھونڈو کے دماغ میں یہ خیال آ گیا ہو کہ سراج کو واپس گھر جانا چاہیے۔ اس کے متعلق وہ پہلے فیصلہ نہیں کر سکا تھا، پر اب اچانک کر لیا ہو۔

غالباً ایک مہینہ گزر گیا۔

ایک شام اچانک مجھے ڈھونڈو نظر آیا۔ اسی کھمبے کے ساتھ، مجھے ایسا محسوس ہوا کہ جیسے بڑی دیر کرنٹ فیل رہنے کے بعد ایک دم واپس آ گیا ہے۔ اس کھمبے میں جان پڑ گئی۔ ٹیلی فون کے ڈبے میں بھی۔ ۔ ۔ چاروں طرف، اور پر تاروں کے پھیلے ہوئے جال، ایسا لگتا تھا آپس میں سرگوشیاں کر رہے ہیں۔ میں اس کے پاس سے گزرا۔ ۔ ۔ اس نے میری طرف دیکھا اور مسکرایا۔

ہم دونوں ایرانی کے ہوٹل میں تھے۔ میں نے اس سے کچھ نہ پوچھا۔ اس نے اپنے لیے کوفی ملی چائے اور میرے لیے سادہ چائے منگوائی اور پہلو بدل کر اس نے ایسی نشست قائم کی کہ جیسے وہ مجھے کوئی بہت بڑی

بات سنانے والا ہے، مگر اس نے صرف اتنا کہا، ''اور سناؤ منٹو صاحب۔''

''کیا سنائیں ڈھونڈو۔۔۔بس گزر رہی ہے۔''

ڈھونڈو مسکرایا، ''ٹھیک کہا آپ نے۔۔۔بس گزر رہی ہے۔۔۔اور گزرتی جائے گی۔۔۔لیکن یہ سال گزرتے رہنا یا گزرنا بھی عجیب چیز ہے۔۔۔سچ پوچھیے تو اس دنیا میں ہر چیز عجیب ہے۔''

میں نے صرف اتنا کہا، ''تم ٹھیک کہتے ہو ڈھونڈو۔''

چائے آئی اور ہم دونوں نے پینا شروع کی۔ ڈھونڈو نے اپنی کوفی ملی چائے انڈیلی اور مجھ سے کہا، ''منٹو صاحب۔۔۔اس نے مجھے بتا دی تھی ساری بات۔۔۔کہتی تھی، وہ سیٹھ جو تمہارا دوست ہے اس کا مستک پھرے لا ہے۔''

میں ہنسا، ''کیوں؟''

''بولی۔۔۔مجھے ہوٹل لے گیا۔۔۔اتنے روپے دیے۔۔۔پر سیٹھوں والی کوئی بات نہ کی۔''

میں اپنے اناڑی پن پر بہت خفیف ہوا، ''وہ قصہ ہی کچھ ایسا تھا ڈھونڈو۔''

اب ڈھونڈو پیٹ بھر کے ہنسا، ''میں جانتا ہوں۔۔۔مجھے معاف کر دینا کہ میں اس روز تم سے ناراض ہو گیا تھا۔'' اس کے اندازِ گفتگو میں ان جانے میں بے تکلفی پیدا ہو گئی، ''پر اب وہ قصہ خلاص ہو گیا ہے۔''

''کون سا قصہ؟''

''اس سالی کا سراج کا۔۔۔اور کس کا۔''

میں نے پوچھا کیا، ''کیا ہوا؟''

ڈھونڈو گٹکنے لگا، ''جس روز آپ کے ساتھ گئی۔۔۔واپس آ کر مجھ سے کہنے لگی۔۔۔میرے پاس چالیس روپے ہیں۔۔۔چلو مجھے لاہور لے چلو۔۔۔میں بولا سالی، یہ ایک دم تیرے سر پر کیا بھوت سوار ہوا۔۔۔بولی، نہیں۔۔۔چل ڈھونڈو، تجھے میری قسم۔۔۔اور منٹو صاحب، آپ جانتے ہیں۔۔۔میں سالی کی کوئی بات نہیں ٹال سکتا کہ مجھے اچھی لگتی ہے۔۔۔میں نے کہا چل۔۔۔سو ٹکٹ کٹا کے ہم دونوں گاڑیوں میں سوار ہوئے۔۔۔لاہور پہنچ کر ایک ہوٹل میں ٹھہرے۔۔۔مجھ سے بولی۔ ڈھونڈو۔ ایک بُرخا لا دے میں لے آیا۔۔۔اسے پہن کر وہ لگی سٹرک اور گلی گلی گھومنے۔۔۔کئی دن گزر گئے۔۔۔میں بولا، یہ بھی اچھی رہی ڈھونڈو۔ سراج سالی کا مستک تو پھرے لا تھا۔ سالا تیرا بھی بھیجا پھر گیا جو تو اتنی دور اس کے ساتھ آ گیا۔۔۔منٹو صاحب! آخرا ایک دن اس نے تانگہ رکوایا اور ایک آدمی کی طرف اشارہ کر کے مجھ

سے کہنے لگی۔۔۔ڈھونڈو۔۔۔اس آدمی کو میرے پاس لے آ۔۔۔میں چلتی ہوں واپس سرائے میں۔۔۔میری عقل جواب دے گئی۔

میں ٹانگے سے اترا تو وہ غائب۔۔۔اب میں اس آدمی کے پیچھے پیچھے۔۔۔آپ کی دعا سے اور اللہ تعالیٰ کی مہربانی سے۔۔۔میں آدمی آدمی کو پہچانتا ہوں۔ دو باتیں کیں اور میں تاڑ گیا کہ موج شوق کرنے والا ہے۔۔۔میں بولا بمبئی کا خاص مال ہے۔۔۔میں بولا، ابھی چلو۔۔۔میں بولا، نہیں پہلے مال پانی دکھاؤ۔ اس نے اتنے سارے نوٹ دکھائے۔۔۔میں دل میں بولا۔۔۔چلو ڈھونڈو۔۔۔یہاں بھی اپنا دھندا چلتا رہے۔۔۔پر میری سمجھ میں یہ بات نہیں آئی تھی کہ سراج سالی نے سارے لاہور میں اسی کو کیوں چنا۔۔۔میں نے کہا، چلتا ہے۔۔۔تانگہ لیا اور سیدھا سرائے میں۔۔۔سراج کو خبر کی۔۔۔وہ بولی، ابھی ٹھہر۔۔۔میں ٹھہر گیا۔۔۔تھوڑی دیر کے بعد اس آدمی کو جو اچھی شکل کا تھا، اندر لے گیا۔۔۔سراج کو دیکھتے ہی وہ سالیوں بد کا جیسے گھوڑا۔۔۔سراج نے اس کو پکڑ لیا۔''

ڈھونڈو نے یہاں پہنچ کر پیالی سے اپنی ٹھنڈی کوفی ملی چائے ایک،ہی جرعے میں ختم کی اور بیڑی سلگانے لگا۔ میں نے اس سے کہا، ''سراج نے اس کو پکڑ لیا۔''

ڈھونڈو نے بلند آواز میں کہا، ''ہاں جی۔۔۔پکڑ لیا اس سالے کو۔۔۔کہنے لگی۔اب کہاں جاتا ہے۔۔۔میرا گھر چھڑا کر تو مجھے اپنے ساتھ کس لیے لایا تھا۔۔۔میں تجھ سے محبت کرتی تھی۔۔۔تو نے بھی مجھ سے یہی کہا تھا کہ تو مجھ سے محبت کرتا ہے۔۔۔پر جب میں اپنا گھر بار، اپنا ماں باپ چھوڑ کر تیرے ساتھ بھاگ نکلی اور امرتسر سے ہم دونوں یہاں آئے۔۔۔اسی سرائے میں آ کر ٹھہرے تورات،ہی رات تو بھاگ گیا۔۔۔مجھے اکیلی چھوڑ کر۔۔۔کس لیے لایا تھا تو مجھے یہاں۔۔۔کس لیے بھگایا تھا تو نے مجھے۔۔۔میں ہر چیز کے لیے تیار تھی۔۔۔پر تو میری ساری تیاریاں چھوڑ کر بھاگ گیا۔۔۔آ۔۔۔اب میں نے تمہیں بلایا ہے۔۔۔میری محبت ویسی کی ویسی قائم ہے۔۔۔آ۔۔۔اور منٹو صاحب، وہ اس کے ساتھ لپٹ گئی۔۔۔اس سالے کے آنسو ٹپکنے لگے۔۔۔رو رو کر معافیاں مانگنے لگا۔۔۔مجھ سے غلطی ہوئی۔۔۔میں ڈر گیا تھا۔۔۔میں اب کبھی تم سے علیحدہ نہیں ہوں گا۔قسمیں کھاتا رہا۔۔۔جانے کیا کیا بکتا رہا۔۔۔سراج نے مجھے اشارہ کیا۔۔۔میں باہر چلا گیا۔۔۔صبح ہوئی تو میں باہر کھاٹ پر سو رہا تھا۔۔۔سراج نے مجھے جگایا اور کہا۔۔۔چلو ڈھونڈو۔۔۔میں بولا، کہاں۔۔۔؟بولی، واپس بمبئی۔۔۔میں بولا۔۔۔وہ سالا کہاں ہے۔۔۔سراج نے کہا سو رہا ہے۔۔۔میں اس پر اپنا بُرخا ڈال آئی ہوں۔''

ڈھونڈونے اپنے لیے دوسری کوفی ملی چائے کا آرڈر دیا تو سراج اندر داخل ہوئی۔ ۔ ۔اس کا سفید بیضوی چہرہ نکھرا ہوا تھا اور اس پر اس کی بڑی بڑی آنکھیں دو گرے ہوئے سگنل معلوم ہوتی تھیں۔

سودا بیچنے والی

سر کنڈوں کے پیچھے

کون سا شہر تھا، اس کے متعلق جہاں تک میں سمجھتا ہوں، آپ کو معلوم کرنے اور مجھے بتانے کی کوئی ضرورت نہیں۔ بس اتنا ہی کہہ دینا کافی ہے کہ وہ جگہ جو اس کہانی سے متعلق ہے، پشاور کے مضافات میں تھی۔ سرحد کے قریب۔ اور جہاں وہ عورت تھی، اس کا گھر جھونپڑا نما تھا۔۔۔ سر کنڈوں کے پیچھے۔

گھنی باڑ تھی، جس کے پیچھے اس عورت کا مکان تھا، کچی مٹی کا بنا ہوا۔ چونکہ یہ باڑ سے کچھ فاصلے پر تھا، اس لیے سر کنڈوں کے پیچھے چھپ سا گیا تھا کہ باہر کچی سٹرک پر سے گزرنے والا کوئی بھی اسے دیکھ نہیں سکتا تھا۔ سر کنڈے بالکل سوکھے ہوئے تھے مگر وہ کچھ اس طرح زمین میں گڑے ہوئے تھے کہ ایک دبیز پردہ بن گئے تھے۔ معلوم نہیں اس عورت نے خود وہاں پیوست کیے تھے یا پہلے ہی سے موجود تھے۔ بہر حال، کہنا یہ ہے کہ وہ آہنی قسم کے پردہ پوش تھے۔

مکان کہہ لیجیے یا مٹی کا جھونپڑا، صرف چھوٹی چھوٹی تین کوٹھریاں تھیں مگر صاف ستھری۔ سامان مختصر تھا مگر اچھا۔ پچھلے کمرے میں ایک بہت بڑا نواڑی پلنگ تھا۔ اس کے ساتھ ایک طاقچہ تھا جس میں سرسوں کے تیل کا دیا رات بھر جلتا رہتا تھا۔۔۔ مگر یہ طاقچہ بھی صاف ستھرا رہتا تھا۔ اور وہ دیا بھی جس میں ہر روز نیا تیل اور بتی ڈالی جاتی تھی۔

اب میں آپ کو اس عورت کا نام بتا دوں جو اس مختصر سے مکان میں، جو سر کنڈوں کے پیچھے چھپا ہوا تھا، اپنی جوان بیٹی کے ساتھ رہائش پذیر تھی۔

مختلف روایتیں ہیں۔ بعض لوگ کہتے ہیں کہ وہ اس کی بیٹی نہیں تھی ایک یتیم لڑکی تھی، جس کو اس نے بچپن سے گود لے کر پال پوس کر بڑا کیا تھا۔ بعض کہتے ہیں کہ اس کی ناجائز لڑکی تھی۔ کچھ ایسے بھی ہیں جن کا خیال

ہے کہ وہ اس کی سگی بیٹی تھی۔۔۔حقیقت جو کچھ بھی ہے، اس کے متعلق وثوق سے کچھ تو کہا نہیں جا سکتا۔ یہ کہانی پڑھنے کے بعد آپ خود بخود کوئی نہ کوئی رائے قائم کر لیجیے گا۔

دیکھیے، میں آپ کو اس عورت کا نام بتانا بھول گیا۔۔۔۔ بات اصل میں یہ ہے کہ اس کا نام کوئی اہمیت نہیں رکھتا۔ اس کا نام آپ کچھ بھی سمجھ لیجیے، سکینہ، مہتاب، گلشن یا کوئی اور۔ آخر نام میں کیا رکھا ہے لیکن آپ کی سہولت کی خاطر میں اسے سردار کہوں گا۔

یہ سردار، ادھیڑ عمر کی عورت تھی۔ کسی زمانے میں یقیناً خوبصورت تھی۔ اس کے سرخ و سفید گالوں پر گو کسی قدر جھریاں پڑ گئی تھیں، مگر پھر بھی وہ اپنی عمر سے کئی برس چھوٹی دکھائی دیتی تھی مگر ہمیں اس کے گالوں سے کوئی تعلق نہیں۔

اس کی بیٹی، معلوم نہیں وہ اس کی بیٹی تھی یا نہیں، شباب کا بڑا دلکش نمونہ تھی۔ اس کے خد و خال میں ایسی کوئی چیز نہیں تھی جس سے یہ نتیجہ اخذ کیا جا سکے کہ وہ فاحشہ ہے۔ لیکن یہ حقیقت ہے کہ اس کی ماں اس سے پیشہ کراتی تھی اور خوب دولت کما رہی تھی۔ اور یہ بھی حقیقت ہے کہ اس لڑکی کو، جس کا نام پھر آپ کی سہولت کی خاطر نواب رکھے دیتا ہوں، کو اس پیشے سے نفرت نہیں تھی۔

اصل میں اس نے اس دور کی آبادی سے ایک ایسے مقام پر پرورش پائی تھی کہ اس کو صحیح ازدواجی زندگی کا کچھ پتہ نہیں تھا۔ جب سردار نے اس سے پہلا مرد بستر پر۔۔۔ نواڑی پلنگ پر متعارف کروایا تو غالباً اس نے یہ سمجھا کہ تمام لڑکیوں کی جوانی کا آغاز کچھ اسی طرح ہوتا ہے۔ چنانچہ وہ اپنی اس کسبیانہ زندگی سے مانوس ہو گئی تھی اور وہ مرد جو دور دور سے چل کر اس کے پاس آتے تھے اور اس کے ساتھ اس بڑے نواڑی پلنگ پر لیٹتے تھے، اس نے سمجھا تھا کہ یہی اس کی زندگی کا منتہیٰ ہے۔

یوں تو وہ ہر لحاظ سے ایک فاحشہ عورت تھی، ان معنوں میں جن میں ہماری شریف اور مطہر عورتیں ایسی عورتوں کو دیکھتی ہیں، مگر سچ پوچھیے تو اسے اس امر کا قطعاً احساس نہ تھا کہ وہ گناہ کی زندگی بسر کر رہی ہے۔۔۔۔ وہ اس کے متعلق غور بھی کیسے کر سکتی تھی جب کہ اس کو اس کا موقع ہی نہیں ملا تھا۔ اس کے جسم میں خلوص تھا۔ وہ ہر مرد کو جو اس کے پاس ہفتے ڈیڑھ ہفتے کے بعد طویل مسافت طے کر کے آتا تھا، اپنا آپ سپرد کر دیتی تھی، اس لیے کہ وہ یہ سمجھتی تھی کہ ہر عورت کا یہی کام ہے۔ اور وہ اس مرد کی ہر آسائش، اس کے ہر آرام کا خیال رکھتی تھی۔ وہ اس کی کوئی ننھی سی تکلیف بھی برداشت نہیں کر سکتی تھی۔ اس کو شہر کے لوگوں کے تکلفات کا علم نہیں تھا۔ وہ یہ قطعاً نہیں جانتی تھی کہ جو مرد اس کے پاس آتے ہیں،

صبح سویرے اپنے دانت برش کے ساتھ صاف کرنے کے عادی ہیں اور آنکھیں کھول کر سب سے پہلے بستر میں چائے کی پیالی پیتے ہیں، پھر رفع حاجت کے لیے جاتے ہیں، مگر اس نے آہستہ آہستہ بڑے الہڑ طریقے پر ان مردوں کی عادات سے کچھ واقفیت حاصل کر لی تھی۔ پر اسے بڑی الجھن ہوتی تھی کہ سب مرد ایک طرح کے نہیں ہوتے تھے۔ کوئی صبح سویرے اٹھ کر سگریٹ مانگتا تھا، کوئی چائے اور بعض ایسے بھی ہوتے جو اٹھنے کا نام ہی نہیں لیتے تھے۔ کچھ ساری رات جاگتے رہتے اور صبح موٹر میں سوار ہو کر بھاگ جاتے تھے۔

سردار بے فکر تھی۔ اس کو اپنی بیٹی پر، یا جو کچھ بھی وہ تھی، پورا اعتماد تھا کہ وہ اپنے گاہکوں کو سنبھال سکتی ہے، اس لیے وہ افیم کی ایک گولی کھا کر کھاٹ پر سوئی رہتی تھی۔ کبھی کبھار جب اس کی ضرورت پڑتی۔۔۔مثال کے طور پر جب کسی گاہک کی طبیعت زیادہ شراب پینے کے باعث یکدم خراب ہوتی تو وہ غنودگی کے عالم میں اٹھ کر نواب کو ہدایات دے دیتی تھی کہ اس کو اچار کھلا دے یا کوشش کرے کہ وہ نمک ملا گرم پانی پلا کر قے کرا دے اور بعد میں تھپکیاں دے کر سلا دے۔

سردار اس معاملے میں بڑی محتاط تھی کہ جو نہی گاہک آتا، وہ اس سے نواب کی فیس پہلے وصول کر کے اپنے نیفے میں محفوظ کر لیتی تھی اور اپنے مخصوص انداز میں دعائیں دے کر کہ تم آرام سے جھولے جھولو، افیم کی ایک گولی ڈبیا میں سے نکال کر منہ میں ڈال کر سو جاتی۔

جو روپیہ آتا، اس کی مالک سردار تھی۔ لیکن جو تحفے تحائف وصول ہوتے، وہ نواب ہی کے پاس رہتے تھے۔ چونکہ اس کے پاس آنے والے لوگ دولت مند ہوتے، اس لیے وہ بڑھیا کپڑا پہنتی اور قسم قسم کے پھل اور مٹھائیاں کھاتی تھی۔

وہ خوش تھی۔۔۔مٹی سے لیپے پتے اس مکان میں جو صرف تین چھوٹی چھوٹی کوٹھریوں پر مشتمل تھا، وہ اپنی دانست کے مطابق بڑی دلچسپ اور خوش گوار زندگی بسر کر رہی تھی۔۔۔ایک فوجی افسر نے اسے گرامو فون اور بہت سے ریکارڈ لا دیئے تھے۔ فرصت کے اوقات میں وہ ان کو بجا بجا کر فلمی گانے سنتی اور ان کی نقل اتارنے کی کوشش کیا کرتی تھی۔ اس کے گلے میں کوئی رس نہیں تھا مگر شاید وہ اس سے بے خبر تھی۔۔۔ سچ پوچھے تو اس کو کسی بات کی خبر بھی نہیں تھی اور نہ اس کو اس بات کی خواہش تھی کہ وہ کسی چیز سے باخبر ہو۔ جس راستے پر وہ ڈال دی گئی تھی، اس کو اس نے قبول کر لیا تھا۔۔۔ بڑی بے خبری کے عالم میں۔ سرکنڈوں کے اس پار کی دنیا کیسی ہے، اس کے متعلق وہ کچھ نہیں جانتی تھی سوائے اس کے کہ ایک کچی

سٹرک ہے جس پر ہر دوسرے تیسرے دن ایک موٹر دھول اڑاتی ہوئی آتی ہے اور رک جاتی ہے۔ ہارن بجتا ہے۔ اس کی ماں یا جو کوئی بھی وہ تھی، کھٹیا سے اٹھتی ہے اور سرکنڈوں کے پاس جاکر موٹر والے سے کہتی ہے کہ موٹر ذرا دور کھڑی کرکے اندر آ جائے۔ اور وہ اندر آ جاتا ہے اور نواڑی پلنگ پر اس کے ساتھ بیٹھ کر میٹھی میٹھی باتوں میں مشغول ہو جاتا ہے۔

اس کے ہاں آنے جانے والوں کی تعداد زیادہ نہیں تھی۔ یہی پانچ چھ ہوں گے مگر یہ پانچ چھ مستقل گاہک تھے اور سردار نے کچھ ایسا انتظام کر رکھا تھا کہ ان کا باہم تصادم نہ ہو۔ بڑی ہوشیار عورت تھی۔۔۔۔ وہ ہر گاہک کے لیے خاص دن مقرر کر دیتی، اور ایسے سلیقے سے کہ کسی کو شکایت کا موقع نہ ملتا تھا۔

اس کے علاوہ ضرورت کے وقت وہ اس کا بھی انتظام کرتی رہتی کہ نواب ماں نہ بن جائے۔ جن حالات میں نواب اپنی زندگی گزار رہی تھی، ان میں اس کا ماں بن جانا یقینی تھا مگر سردار دو ڈھائی برس سے بڑی کامیابی کے ساتھ اس قدرتی خطرے سے نبٹ رہی تھی۔

سرکنڈوں کے پیچھے یہ سلسلہ دو ڈھائی برس سے بڑے ہموار طریقے پر چل رہا تھا۔ پولیس والوں کو بالکل علم نہیں تھا۔ بس صرف وہی لوگ جانتے تھے جو وہاں آتے تھے۔ یا پھر سردار اور اس کی بیٹی نواب، یا جو کوئی بھی وہ تھی۔

سرکنڈوں کے پیچھے، ایک دن مٹی کے اس مکان میں ایک انقلاب برپا ہو گیا۔ ایک بہت بڑی موٹر جو غالباً ڈوج تھی وہاں آ کے رکی۔ ہارن بجا۔ سردار باہر آئی تو اس نے دیکھا کوئی اجنبی ہے۔ اس نے اس سے کوئی بات نہ کی۔ اجنبی نے بھی اس سے کچھ نہ کہا۔ موٹر دور کھڑی کرکے وہ اترا اور رسید ہاان کے گھر میں گھس گیا جیسے برسوں کا آنے جانے والا ہو۔

سردار بہت سٹپٹائی، لیکن دروازے کی دہلیز پر نواب نے اس اجنبی کا بڑی پیاری مسکراہٹ سے خیر مقدم کیا اور اسے اس کمرے میں لے گئی جس میں نواڑی پلنگ تھا۔ دونوں اس پر ساتھ ساتھ بیٹھے ہی تھے کہ سردار آ گئی۔۔۔۔ ہوشیار عورت تھی۔ اس نے دیکھا کہ اجنبی کسی دولت مند گھرانے کا آدمی ہے، خوش شکل ہے، صحت مند ہے۔ اس نے اندر کوٹھری میں داخل ہو کر سلام کیا اور پوچھا، ''آپ کو ادھر کا راستہ کس نے بتایا؟'' اجنبی مسکرایا اور بڑے پیار سے نواب کے گوشت بھرے گالوں میں اپنی انگلی چبھو کر کہا، ''اس نے؟'' نواب تڑپ کر ایک طرف ہٹ گئی، ایک ادا کے ساتھ کہا، ''ہائیں۔۔۔ میں تو کبھی تم سے ملی بھی نہیں؟'' اجنبی کی مسکراہٹ اس کے ہونٹوں پر اور زیادہ پھیل گئی۔ ''ہم تو کئی بار تم سے مل چکے ہیں۔''

نواب نے پوچھا، ''کہاں۔۔۔کب؟'' حیرت کے عالم میں اس کا چھوٹا سا منہ کچھ اس طور پر وا ہوا کہ اس کے چہرے کی دلکشی میں اضافے کا موجب ہوگیا۔اجنبی نے اس کا گدگدا ہاتھ پکڑ لیا اور سردار کی طرف دیکھتے ہوئے کہا، ''تم یہ باتیں ابھی نہیں سمجھ سکتیں۔۔۔اپنی ماں سے پوچھو۔''

نواب نے بڑے بڑے بھولپن کے ساتھ اپنی ماں سے پوچھا کہ یہ شخص اس سے کب اور کہاں ملا تھا۔سردار سارا معاملہ سمجھ گئی کہ وہ لوگ جو اس کے یہاں آتے ہیں، ان میں سے کسی نے اس کے ساتھ نواب کا ذکر کیا ہوگا اور سارا اتا پتا بتا دیا ہوگا چنانچہ اس نے نواب سے کہا، ''میں بتا دوں گی تمہیں۔'' اور یہ کہہ کر وہ باہر چلی گئی۔کھٹیا پر بیٹھ کر اس نے ڈبیا میں سے افیم کی گولی نکالی اور لیٹ گئی۔وہ مطمئن تھی کہ آدمی اچھا ہے گڑ بڑ نہیں کرے گا۔

وثوق سے اس بارے میں کچھ نہیں کہا جاسکتا، لیکن اغلب یہی ہے کہ اجنبی جس کا نام ہیبت خان تھا اور ضلع ہزارہ کا بہت بڑا رئیس تھا، نواب کے الہڑپن سے اس قدر متاثر ہوا کہ اس نے رخصت ہوتے وقت سردار سے کہا کہ آئندہ نواب کے پاس اور کوئی نہ آیا کرے۔سردار ہوشیار عورت تھی۔اس نے ہیبت خان سے کہا، ''خان صاحب! یہ کیسے ہوسکتا ہے ۔۔۔کیا آپ اتنا روپیہ دے سکیں گے کہ۔۔۔''

ہیبت خان نے سردار کی بات کاٹ کر جیب میں ہاتھ ڈالا اور سو سو کے نوٹوں کی ایک موٹی گڈی نکالی اور نواب کے قدموں میں پھینک دی۔ پھر اس نے اپنی ہیرے کی انگوٹھی انگلی سے نکالی اور نواب کو پہنا کر تیزی سے سرکنڈوں کے اس پار چلا گیا۔

نواب نے نوٹوں کی طرف آنکھ اٹھا کر بھی نہ دیکھا۔بس دیر تک اپنی سجی ہوئی انگلی کو دیکھتی رہی جس پر کافی بڑے ہیرے سے رنگ رنگ کی شعاعیں پھوٹ رہی تھیں۔موٹر اسٹارٹ ہوئی اور دھول اڑاتی چلی گئی۔

اس کے بعد وہ چونکی اور سرکنڈوں کے پاس آئی، مگر اب گرد و غبار کے سوا سڑک پر کچھ نہ تھا۔

سردار نوٹوں کی گڈی اٹھا کر انہیں گن چکی تھی۔ایک نوٹ اور ہوتا تو پورے دو ہزار تھے۔مگر اس کو اس کا افسوس نہیں تھا۔سارے نوٹ اس نے اپنی گھیرے دار شلوار کے نیفے میں بڑی صفائی سے اڑس لیے اور نواب کو چھوڑ کر اپنی کھٹیا کی طرف بڑھی اور ڈبیا میں سے افیم کی ایک بڑی گولی نکال کر اس نے منہ میں ڈالی اور بڑے اطمینان سے لیٹ گئی اور دیر تک سوتی رہی۔

نواب بہت خوش تھی۔ بار بار اپنی اس انگلی کو دیکھتی تھی جس پر ہیرے کی انگوٹھی تھی۔۔۔تین چار روز گزر گئے۔اس دوران میں اس کا ایک پرانا گاہک آیا جس سے سردار نے کہہ دیا کہ پولیس کا خطرہ ہے، اس

لیے اس نے یہ دھندہ بند کر دیا ہے۔ یہ گاہک جو خاصا دولت مند تھا، بے نیل و مُرام واپس چلا گیا۔

سردار کو ہیبت خان نے بہت متاثر کیا تھا۔ اس نے افیم کھا کر پینگ کے عالم میں سوچا تھا کہ اگر آمدن اتنی ہی رہے جتنی کہ پہلے تھی اور آدمی صرف ایک ہو تو بہت اچھا ہے۔ چنانچہ اس نے فیصلہ کر لیا تھا کہ باقیوں کو آہستہ آہستہ یہ کہہ کر ٹرخا دے گی کہ پولیس والے اس کے پیچھے ہیں اور یہ نہیں دیکھ سکتی کہ ان کی عزت خطرے میں پڑے۔

ہیبت خان ایک ہفتے کے بعد نمودار ہوا۔ اس دوران میں سردار دو گاہکوں کو منع کر چکی تھی کہ وہ اب ادھر کا رخ نہ کریں۔ وہ اسی شان سے آیا جس شان سے پہلے روز آیا تھا۔ آتے ہی اس نے نواب کو اپنی چھاتی کے ساتھ بھینچ لیا۔ سردار نے اس سے کوئی بات نہ کی۔ نواب اسے۔۔۔ بلکہ یوں کہیے کہ ہیبت خان اسے اس کوٹھڑی میں لے گیا جہاں نواڑی پلنگ تھا۔ اب کے سردار اندر نہ آئی اور اپنی کھٹیا پر افیم کی گولی کھا کر اونگھتی رہی۔

ہیبت خان بہت محظوظ ہوا۔ اس کو نواب کا الہڑ پن اور بھی زیادہ پسند آیا۔ وہ پیشہ ور رنڈیوں کے چلتروں سے قطعاً ناواقف تھی۔ اس میں وہ گھریلو پن بھی نہیں تھا جو عام عورتوں میں ہوتا ہے۔ اس میں کوئی ایسی بات تھی جو خود اس کی اپنی تھی۔ دوسروں سے مختلف۔ وہ بستر میں اس کے ساتھ اس طرح لیٹتی تھی، جس طرح بچہ اپنی ماں کے ساتھ لیٹتا ہے۔ اس کی چھاتیوں پر ہاتھ پھیرتا ہے۔ اس کی ناک کے نتھنوں میں انگلیاں ڈالتا ہے، اس کے بال نوچتا ہے اور پھر آہستہ آہستہ سو جاتا ہے۔

ہیبت خان کے لیے یہ ایک نیا تجربہ تھا۔ اس کے لیے عورت کی یہ قسم بالکل نرالی، دلچسپ اور فرحت بخش تھی۔ وہ اب ہفتے میں دو بار آنے لگا تھا۔ نواب اس کے لیے ایک بے پناہ کشش بن گئی تھی۔ سردار خوش تھی کہ اس کے نینے میں اڑسنے کے لیے کافی نوٹ مل جاتے ہیں۔۔۔ لیکن نواب اپنے الہڑ پن کے باوجود بعض اوقات سوچتی تھی کہ ہیبت خان ڈراڈرا سا کیوں رہتا ہے۔ اگر کچی سڑک پر سے، سرکنڈوں کے اس پار کوئی لاری یا موٹر گزرتی ہے تو وہ کیوں سہم جاتا ہے۔ کیوں اس سے الگ ہو کر باہر نکل جاتا ہے اور چھپ چھپ کر دیکھتا ہے کہ وہ کون تھا۔

ایک رات بارہ بجے کے قریب سڑک پر سے کوئی لاری گزری۔ ہیبت خان اور نواب دونوں ایک دوسرے سے گتھے ہوئے سو رہے تھے کہ ایک دم ہیبت خان بڑے زور سے کانپا اور اٹھ کر بیٹھ گیا۔ نواب کی نیند بڑی ہلکی تھی۔ وہ کانپا تو وہ سر سے پیر تک یوں لرزی جیسے اس کے اندر زلزلہ آ گیا ہے۔ چیخ کر اس نے پوچھا، ''کیا ہوا؟''

ہیبت خان اب کسی قدر سنبھل چکا تھا۔اس نے خود کو اور زیادہ سنبھال کر اس سے کہا، '' کوئی بات نہیں۔۔۔ میں۔۔۔ میں شاید خواب میں ڈر گیا تھا۔''

لاری کی آواز دور سے رات کی خاموشی میں ابھی تک آ رہی تھی۔

نواب نے اس سے کہا، '' نہیں خان۔۔۔ کوئی اور بات ہے۔ جب بھی کوئی موٹر یا لاری سٹرک پر سے گزرتی ہے، تمہاری یہی حالت ہوتی ہے۔''

ہیبت خان کی شاید یہ دکھتی رگ تھی جس پر نواب نے ہاتھ رکھ دیا تھا۔اس نے اپنا مردانہ وقار قائم رکھنے کے لیے بڑے تیز لہجے میں کہا، '' بکتی ہو تم۔۔۔ موٹروں اور لاریوں سے ڈرنے کی کیا وجہ ہو سکتی ہے؟''

نواب کا دل بہت نازک تھا۔ہیبت خان کے تیز لہجے سے اس کو ٹھیس لگی اور اس نے بلک بلک کر رونا شروع کر دیا۔ہیبت خان نے جب اس کو چپ کرایا تو وہ اپنی زندگی کے ایک لطیف ترین خط سے آشنا ہوا اور اس کا جسم نواب کے جسم سے اور زیادہ قریب ہو گیا۔

ہیبت خان اچھے قد کاٹھ کا آدمی تھا۔اس کا جسم گٹھا ہوا تھا۔خوبصورت تھا۔اس کی بانہوں میں نواب نے پہلی بار بڑی پیاری حرارت محسوس کی تھی۔اس کو جسمانی لذت کی الف بے اسی نے سکھائی تھی۔وہ اس سے محبت کرنے لگی تھی۔یوں کہیے کہ وہ شے جو محبت ہوتی ہے، اس کے معانی اب اس پر آشکار ہو رہے تھے۔وہ اگر ایک ہفتہ غائب رہتا تو نواب گرامو فون پر درد بھرے گیتوں کے ریکارڈ لگا کر خود ان کے ساتھ گاتی اور آہیں بھرتی تھی۔مگر اس کو اس بات کی بڑی الجھن تھی کہ ہیبت خان موٹروں کی آمد و رفت سے کیوں گھبراتا ہے۔مہینوں گزر گئے۔نواب کی سپردگی اور اس کے التفات میں اضافہ ہوتا گیا۔مگر ادھر اس کی الجھن بڑھتی گئی کہ اب ہیبت خان چند گھنٹوں کے لیے آتا اور افراتفری کے عالم میں واپس چلا جاتا تھا۔نواب محسوس کر رہی تھی کہ یہ سب کسی مجبوری کی وجہ سے ہے، ورنہ ہیبت خان کا جی چاہتا ہے کہ وہ زیادہ دیر ٹھہرے۔

اس نے کئی مرتبہ اس سے اس بارے میں پوچھا، مگر وہ گول کر گیا۔ایک دن صبح سویرے اس کی ڈوج سرکنڈوں کے پار رکی۔نواب سو رہی تھی۔ہارن بجا تو چونک کر اٹھی۔ آنکھیں ملتی ملتی باہر آئی۔اس وقت تک ہیبت خان اپنی موٹر دور کھڑی کر کے مکان کے پاس پہنچ چکا تھا۔نواب دوڑ کر اس سے لپٹ گئی۔وہ اسے اٹھا کر اندر کمرے میں لے گیا جہاں نواڑ کا پلنگ تھا۔

دیر تک دونوں باتیں کرتے رہے۔ پیار محبت کی باتیں۔۔۔ معلوم نہیں نواب کے دل میں کیا آئی کہ اس نے اپنی زندگی کی پہلی فرمائش کی۔ '' خان۔۔۔ مجھے سونے کے کڑے لا دو۔''

ہیبت خان نے اس کی موٹی موٹی گوشت بھری سرخ و سفید کلائیوں کو کئی مرتبہ چوما اور کہا، ''کل ہی آ جائیں گے۔تمہارے لیے تو میری جان بھی حاضر ہے۔''

نواب نے ایک ادا کے ساتھ، مگر اپنے مخصوص الہڑ انداز میں کہا، ''خان صاحب۔۔۔جانے دیجیے۔۔۔ جان تو مجھے ہی دینی پڑے گی۔''

ہیبت خان یہ سن کر کئی بار اس کے صدقے ہوا۔۔۔اور بڑا پرلطف وقت گزار کے چلا گیا، اور وعدہ کر گیا کہ وہ دوسرے دن آئے گا اور سونے کے کڑے اس کے نرم نرم ہاتھوں میں خود پہنائے گا۔

نواب خوش تھی۔اس رات وہ دیر تک مسرت بھرے ریکارڈ بجا بجا کر اس چھوٹی سی کوٹھری میں ناچتی رہی جس پر نواڑی پلنگ تھا۔۔۔سردار بھی خوش تھی۔اس رات اس نے پھر اپنی ڈبیا سے افیم کی ایک بڑی گولی نکالی اور اسے نگل کر سو گئی۔

دوسرے دن نواب اور زیادہ خوش تھی کہ سونے کے کڑے آنے والے ہیں اور ہیبت خان خود اس کو پہنانے والا ہے۔وہ سارا دن منتظر رہی پر وہ نہ آیا۔اس نے سوچا شاید موٹر خراب ہو گئی ہو۔۔۔شاید رات ہی کو آئے مگر وہ ساری رات جاگتی رہی اور ہیبت خان نہ آیا۔اس کے دل کو، جو بہت نازک تھا، بڑی ٹھیس پہنچی۔ اس نے اپنی ماں کو، یا جو کچھ بھی وہ تھی، بار بار کہا، ''دیکھو، خان نہیں آیا، وعدہ کر کے پھر گیا ہے۔'' لیکن پھر وہ سوچتی اور کہتی، ''ایسا نہ ہو، کچھ ہو گیا ہو۔'' اور وہ سہم جاتی۔

کئی باتیں اس کے دماغ میں آتی تھیں۔موٹر کا حادثہ، اچانک بیماری، کسی ڈاکو کا حملہ۔۔۔لیکن بار بار اس کو لاریوں اور موٹروں کی آوازوں کا خیال آتا تھا جن کو سن کر ہیبت خان ہمیشہ بوکھلا جاتا تھا۔۔۔وہ اس کے متعلق پہروں سوچتی تھی، مگر اس کی سمجھ میں کچھ نہیں آتا تھا۔

ایک ہفتہ گزر گیا۔اس دوران میں اس کا کوئی پرانا گاہک بھی نہ آیا، اس لیے کہ سردار ان سب کو منع کر چکی تھی۔تین چار لاریاں اور دو موٹریں البتہ اس کچی سڑک پر سے دھول اڑاتی گزریں۔نواب کا ہر بار یہی جی چاہا کہ دوڑتی ہوئی ان کے پیچھے جائے اور ان کو آگ لگا دے۔اس کو یوں محسوس ہوتا تھا کہ یہی وہ چیزیں ہیں جو ہیبت خان کے یہاں آنے میں رکاوٹ کا باعث ہیں، مگر پھر سوچتی کہ موٹریں اور لاریاں رکاوٹ کا کیا باعث ہو سکتی ہیں، وہ اپنی کم عقلی پر ہنستی۔

لیکن یہ بات اس کے فہم سے بالاتر تھی کہ ہیبت خان جیسا تنومند مرد ان کی آواز سن کر سہم کیوں جاتا ہے۔ اس حقیقت کو اس کے دماغ کی پیدا کی ہوئی دلیل جھٹلا نہیں سکتی تھی۔اور جب ایسا ہوتا تو بے حد رنجیدہ اور

مغموم ہو جاتی اور گراموفون پر درد بھرے ریکارڈ لگا کر سننا شروع کر دیتی اور اس کی آنکھیں نمناک ہو جاتیں۔ ایک ہفتے کے بعد دو پہر کو جب نواب اور سردار کھانا کھا کر فارغ ہو چکی تھیں اور کچھ دیر آرام کرنے کی سوچ رہی تھیں کہ اچانک باہر سڑک پر سے موٹر کے ہارن کی آواز سنائی دی۔ دونوں یہ آواز سن کر چونکیں کیونکہ ہیبت خان کی ڈوج کے ہارن کی آواز نہیں تھی۔۔۔ سردار باہر لپکی کہ دیکھے کون ہے، پرانا آدمی ہوا تو اسے ٹر خا دے گی۔ مگر جب وہ سرکنڈوں کے پاس پہنچی تو اس نے دیکھا کہ ایک نئی موٹر میں ہیبت خان بیٹھا ہے۔ پچھلی نشست پر ایک خوش پوش اور خوبصورت عورت ہے۔

ہیبت خان نے موٹر کچھ دور کھڑی کی اور باہر نکلا۔ اس کے ساتھ ہی پچھلی نشست سے وہ عورت۔۔۔ دونوں ان کے مکان کی طرف بڑھے۔ سردار نے سوچا کہ یہ کیا سلسلہ ہے۔ عورت کے لیے تو ہیبت اتنی دور سے چل کر یہاں آتا ہے، پھر یہ عورت جو اتنی خوبصورت ہے، جوان ہے، قیمتی کپڑوں میں ملبوس ہے، اس کے ساتھ یہاں کیا کرنے آئی ہے۔

وہ ابھی یہ سوچ ہی رہی تھی کہ ہیبت خان اس خوبصورت کے ساتھ جس نے بیش قیمت زیور پہنے ہوئے تھے، مکان میں داخل ہو گیا۔ وہ ان کے پیچھے پیچھے چلی۔ اس کی طرف ان دونوں میں سے کسی نے دھیان ہی نہیں دیا تھا۔ جب وہ اندر گئی تو ہیبت خان، نواب اور وہ عورت تینوں نواڑی پلنگ پر بیٹھے تھے اور خاموشی طاری تھی۔۔۔ عجیب قسم کی خاموشی۔ زیوروں سے لدی پھندی عورت البتہ کسی قدر مضطرب نظر آتی تھی کہ اس کی ایک ٹانگ بڑے زور سے ہل رہی تھی۔

سردار دہلیز کے پاس ہی کھڑی ہو گئی۔ اس کے قدموں کی آہٹ سن کر جب ہیبت خان نے اس کی طرف دیکھا تو اس نے سلام کیا۔۔۔ ہیبت خان نے کوئی جواب نہ دیا۔ وہ سخت بوکھلایا ہوا تھا۔ اس عورت کی ٹانگ ہلنا بند ہوئی اور وہ سردار سے مخاطب ہوئی، ''ہم آئے ہیں۔ کھانے پینے کا تو بندوبست کرو۔'' سردار نے سرتا پا مہمان نواز بن کر کہا، ''جو تم کہو، ابھی تیار ہو جاتا ہے۔'' اس عورت نے جس کے خد و خال سے صاف مترشح تھا کہ بڑی دھڑ لے کی عورت ہے، سردار سے کہا، ''تو چلو تم باورچی خانے میں۔۔۔ چولھا سلگاؤ۔۔۔ بڑی دیگچی ہے گھر میں؟''

''ہے!'' سردار نے اپنا ونی سر ہلایا۔

''تو جاؤ اس کو دھو کر صاف کرو۔ میں ابھی آئی۔'' وہ عورت پلنگ پر سے اٹھی اور گراموفون کو دیکھنے لگی۔ سردار نے معذرت بھرے لہجے میں اس سے کہا، ''گوشت وغیرہ تو، یہاں نہیں ملے گا۔''

اس عورت نے ایک ریکارڈ پر سوئی رکھی، ''مل جائے گا تم سے جو کہا ہے، وہ کرو۔۔۔اور دیکھو آگ کافی ہو۔''

سردار یہ احکام لے کر چلی گئی۔ اب وہ خوش پوش عورت مسکرا کر نواب سے مخاطب ہوئی، ''نواب! ہم تمہارے لیے سونے کے کڑے لے کر آئے ہیں۔'' یہ کہہ کر اس نے اپنا وینٹی بیگ کھولا اور اس میں سے باریک سرخ کاغذ میں لپٹے ہوئے کڑے نکالے جو کافی وزنی اور خوبصورت تھے۔

نواب اپنے ساتھ بیٹھے ہوئے خاموش ہیبت خان کو دیکھ رہی تھی۔اس نے کڑوں کو ایک نظر دیکھا اور اس سے بڑی نرم و ناز ک مگر سہمی ہوئی آواز میں پوچھا، ''خان یہ کون ہے؟'' اس کا اشارہ اس عورت کی طرف تھا۔ وہ عورت کڑوں سے کھیلتے ہوئے بولی، ''میں کون ہوں۔۔۔میں ہیبت خان کی بہن ہوں۔'' اور یہ کہہ کر اس نے ہیبت خان کی طرف دیکھا جو اس کے اس جواب پر مسکرا گیا تھا۔ پھر وہ نواب سے مخاطب ہوئی، ''میرا نام ہلاکت ہے۔''

نواب کچھ نہ سمجھی۔ مگر وہ اس عورت کی آنکھوں سے خوف کھار ہی تھی جو یقیناً خوبصورت تھیں مگر بڑے خوف ناک طور پر کھلی۔ان میں جیسے آگ برس رہی تھی۔

وہ آگے بڑھی اور اس نے سمٹی ہوئی، سہمی ہوئی نواب کی کلائیاں پکڑیں اور اس میں کڑے ڈالنے لگی۔ لیکن اس نے اس کی کلائیاں چھوڑ دیں اور ہیبت خان سے مخاطب ہوئی، ''تم جاؤ ہیبت خان۔۔۔میں اسے اچھی طرح سجا بنا کر تمہاری خدمت میں پیش کرنا چاہتی ہوں۔'' ہیبت خان مبہوت تھا۔ جب وہ نہ اٹھا تو وہ عورت جس نے اپنا نام ہلاکت بتایا تھا، ذرا تیزی سے بولی۔ ''جاؤ۔۔۔تم نے سنا نہیں؟'' ہیبت خان، نواب کی طرف دیکھتا ہوا باہر چلا گیا۔ وہ بہت مضطرب تھا۔اس کی سمجھ میں نہیں آتا تھا کہ کہاں جائے اور کیا کرے۔ مکان کے باہر جو برآمدہ ساتھا، اس کے ایک کونے میں ٹاٹ لگا باورچی خانہ تھا۔ جب وہ اس کے پاس پہنچا تو اس نے دیکھا کہ سردار آگ سلگا چکی ہے۔اس نے اس سے کوئی بات نہ کی اور سرکنڈوں کے اس پار سڑک پر چلا گیا۔۔۔اس کی حالت نیم دیوانوں کی سی تھی۔ ذرا سی آہٹ پر بھی وہ چونک اٹھتا تھا۔ جب اس کو دور سے ایک لاری آتی ہوئی دکھائی دی تو اس نے سوچا کہ وہ اسے روک لے اور اس میں بیٹھ کر وہاں سے غائب ہو جائے۔ مگر جب وہ پاس آئی تو ایسی دھول اڑی کہ وہ اس میں غائب ہو گیا۔اس نے آوازیں دیں، مگر گرد کے باعث اس کا حلق اس قابل ہی نہیں تھا کہ بلند آواز نکال سکے۔ گرد و غبار کم ہوا تو ہیبت خان نیم مرد تھا۔۔۔اس نے چاہا کہ سرکنڈوں کے پیچھے اس مکان میں جائے

جہاں اس نے کئی دن اور کئی راتیں نواب کے الہڑ پہلو میں گزاری تھیں، مگر وہ نہ جاسکا۔ اس کے قدم ہی نہیں اٹھتے تھے ۔

وہ بہت دیر تک کچی سڑک پر کھڑا سوچتا رہا کہ یہ معاملہ کیا ہے۔ وہ عورت جو اس کے ساتھ آئی تھی، اس کے ساتھ اس کے کافی پرانے تعلقات تھے، صرف اس بنا پر کہ بہت دیر ہوئی، وہ اس کے خاوند کی موت کا افسوس کرنے گیا تھا جو اس کا لنگوٹیا تھا۔ مگر اتفاق سے یہ ماتم پرسی ان دونوں کے باہمی تعلق میں تبدیل ہوگئی۔ خاوند کی موت کے دوسرے ہی دن وہ اس کے گھر میں تھا، اور اس عورت نے اس کو ایسے تحکم سے اندر بلا کر اپنا آپ اس کے سپرد کیا تھا جیسے وہ اس کا نو کر ہے۔

ہیبت خان عورت کے معاملے میں بالکل کورا تھا۔ جب شاہینہ نے اس سے اپنے عجیب و غریب تحکم بھرے التفات کا اظہار کیا تو اس کے لیے یہی بڑی بات تھی۔ اس میں کوئی شک نہیں کہ شاہینہ کے پاس بے اندازہ دولت تھی۔ کچھ اپنی اور کچھ اپنے مرحوم خاوند کی، مگر اسے اس دولت سے کوئی سرو کار نہیں تھا۔ اس کو شاہینہ سے صرف یہی دلچسپی تھی کہ وہ اس کی زندگی کی سب سے پہلی عورت تھی۔ وہ اس کے تحکم کے نیچے شاید اس لیے دب کے رہ گیا تھا کہ وہ بالکل اناڑی تھا۔

بہت دیر تک وہ کچی سڑک پر کھڑا سوچتا رہا۔ آخر اس سے نہ رہا گیا۔ سرکنڈوں کے پیچھے مکان کی طرف بڑھا تو اس نے برآمدے میں ٹاٹ لگے باورچی خانے میں سردار کو کچھ بھونتے ہوئے دیکھا۔ اندر اس کمرے کی طرف گیا جہاں نواڑ کا پلنگ تھا تو دروازہ بند پایا۔ اس نے ہولے سے دستک دی۔

چند لمحات کے بعد دروازہ کھلا۔ کچے فرش پر اس کو سب سے پہلے خون ہی خون نظر آیا۔ وہ کانپ اٹھا۔ پھر اس نے شاہینہ کو دیکھا جو دروازہ کے پٹ کے ساتھ کھڑی تھی۔ اس نے ہیبت خان سے کہا، ''میں نے تمہاری نواب کو سجا بنا دیا ہے!'' ہیبت خان نے اپنے خشک گلے کو تھوک سے کسی قدر تر کرکے اس سے پوچھا، ''کہاں ہے؟'' شاہینہ نے جواب دیا۔ ''کچھ تو اس پلنگ پر ہے ۔۔۔ لیکن اس کا بہترین حصہ باورچی خانہ میں ہے۔''

ہیبت خان پر اس کا مطلب سمجھے بغیر ہیبت طاری ہوگئی۔ وہ کچھ کہہ نہ سکا۔ وہیں دہلیز کے پاس کھڑا رہا۔ مگر اس نے دیکھا کہ فرش پر گوشت کے چھوٹے چھوٹے ٹکڑے بھی ہیں اور ۔۔۔ ایک تیز چھری بھی پڑی ہے۔ اور نواڑی پلنگ پر کوئی لیٹا ہے جس پر خون آلود چادر پڑی ہے۔ شاہینہ نے مسکرا کر کہا، ''چادر اٹھا کر دکھاؤں ۔۔۔ تمہاری سجی بنی نواب ہے ۔۔۔ میں نے اپنے ہاتھوں سے سنگھار کیا ہے ۔۔۔ لیکن تم

پہلے کھانا کھالو۔ بہت بھوک لگی ہوگی، سردار بڑالذیذ گوشت بھون رہی ہے۔اس کی بوٹیاں میں نے خود اپنے ہاتھ سے کاٹی ہیں۔ ''

ہیبت خان کے پاؤں لڑکھڑائے ۔۔۔زور سے چلایا، ''شاہینہ تم نے یہ کیا کیا!''

شاہینہ مسکرائی۔ ''جان من! یہ پہلی مرتبہ نہیں ۔۔۔ دوسری مرتبہ ہے۔میرا خاوند، اللہ اسے جنت نصیب کرے، تمہاری طرح ہی بے وفا تھا۔ میں نے خود اس کو اپنے ہاتھوں سے مارا تھا اور اس کا گوشت پکا کر چیلوں اور کووں کو کھلایا تھا۔۔تم سے مجھے پیار ہے، اس لیے میں نے تمہارے بجائے۔۔۔۔''

اس نے فقرہ مکمل نہ کیا اور پلنگ پر سے خون آلود چادر ہٹا دی۔۔۔ہیبت خان کی چیخ اس کے حلق کے اندر ہی دھنسی رہی اور وہ بے ہوش ہو کر گر پڑا۔

جب اسے ہوش آیا تو اس نے دیکھا کہ شاہینہ کار چلا رہی ہے اور وہ غیر علاقے میں ہیں۔

سرمہ

فہمیدہ کی جب شادی ہوئی تو اس کی عمر انیس برس سے زیادہ نہیں تھی۔ اس کا جہیز تیار تھا۔ اس لیے اس کے والدین کو کوئی دقت محسوس نہ ہوئی پچیس کے قریب جوڑے تھے اور زیورات بھی، لیکن فہمیدہ نے اپنی ماں سے کہا کہ وہ سرمہ جو خاص طور پر ان کے یہاں آتا ہے، چاندی کی سرمے دانی میں ڈال کر اسے ضرور دیں۔ ساتھ ہی چاندی کا سُر مچُّو بھی۔

فہمیدہ کی یہ خواہش فوراً پوری ہوگئی۔ اعظم علی کی دکان سے سرمہ منگوایا۔ برکت کی دکان سے سرمے دانی اور سُر مچُّو لیا اور اس کے جہیز میں رکھ دیا۔

فہمیدہ کو سرمہ بہت پسند تھا۔ وہ اس کو معلوم نہیں، کیوں اتنا پسند تھا۔ شاید اس لیے کہ اس کا رنگ بہت زیادہ گورا تھا۔ وہ چاہتی تھی کہ تھوڑی سی سیاہی بھی اس میں شامل ہو جائے۔ ہوش سنبھالتے ہی اس نے سرمے کا استعمال شروع کر دیا تھا۔

اس کی ماں اس سے اکثر کہتی، ''فہمی! یہ تمہیں کیا خبط ہو گیا ہے۔۔۔۔ جب نہ تب آنکھوں میں سرمہ لگاتی رہتی ہو۔۔۔۔''

فہمیدہ مسکراتی، ''امی جان۔۔۔۔ اس سے نظر کمزور نہیں ہوتی۔۔۔۔ آپ نے عینک کب لگوائی تھی؟''

''بارہ برس کی عمر میں،'' فہمیدہ ہنسی۔ ''اگر آپ نے سرمے کا استعمال کیا ہوتا، تو آپ کو کبھی عینک کی ضرورت محسوس نہ ہوتی۔ اصل میں ہم لوگ کچھ زیادہ ہی روشن خیال ہو گئے ہیں لیکن روشنی کے بدلے ہمیں اندھیرا ہی اندھیرا ملتا ہے۔''

اس کی ماں کہتی، ''جانے کیا بک رہی ہو۔''

''میں جو کچھ بک رہی ہوں صحیح ہے۔ آج کل لڑکیاں نقلی بھویں لگاتی ہیں۔ کالی پنسل سے خدا معلوم اپنے چہرے پر کیا کچھ کرتی ہیں، لیکن نتیجہ کیا نکلتا ہے۔۔۔ چڑیل بن جاتی ہیں۔''

اس کی ماں کی سمجھ میں کچھ بھی نہ آیا، ''جانے کیا کہہ رہی ہو۔ میری سمجھ میں تو خاک بھی نہیں آیا۔''

فہمیدہ کہتی، ''امی جان! آپ کو اتنا سمجھنا چاہیے کہ دنیا میں صرف خاک ہی خاک نہیں۔۔۔ کچھ اور بھی ہے۔''

اس کی ماں اس سے پوچھتی، ''اور کیا ہے؟''

فہمیدہ جواب دیتی، ''بہت کچھ ہے۔۔۔ خاک میں بھی سونے کے ذرے ہو سکتے ہیں۔''

خیر۔۔۔ فہمیدہ کی شادی ہو گئی۔۔۔ پہلی ملاقات میاں بیوی کی بڑی دل چسپ تھی۔ جب فہمیدہ کا خاوند اس سے ہم کلام ہوا، تو اس نے دیکھا کہ اس کی آنکھوں میں سیاہیاں تیر رہی ہیں۔

اس کے خاوند نے پوچھا، ''یہ تم اتنا سرمہ کیوں لگاتی ہو؟''

فہمیدہ جھینپ گئی اور جواب میں کچھ نہ کہہ سکی۔

اس کے خاوند کو یہ ادا پسند آئی اور وہ اس سے لپٹ گیا۔ لیکن فہمیدہ کی سرمہ بھری آنکھوں سے ٹپ ٹپ کالے کالے آنسو بہنے لگے۔

اس کا خاوند بہت پریشان ہو گیا، ''تم روکیوں رہی ہو؟'' فہمیدہ خاموش رہی۔

اس کے خاوند نے ایک بار پھر پوچھا، ''کیا بات ہے؟ آخر رونے کی وجہ کیا ہے؟ میں نے تمھیں کوئی دکھ پہنچایا؟''

''جی نہیں۔''

''تو پھر رونے کی وجہ کیا ہو سکتی ہے؟''

''کوئی بھی نہیں۔''

اس کے خاوند نے اس کے گال پر ہولے ہولے تھپکی دی اور کہا، ''جان من جو بات ہے مجھے بتا دو۔۔۔ اگر میں نے کوئی زیادتی کی ہے تو اس کی معافی چاہتا ہوں۔۔۔ دیکھو تم اس گھر کی ملکہ ہو۔۔۔ میں تمہارا غلام ہوں۔۔۔ لیکن مجھے یہ رونا دھونا اچھا نہیں لگتا۔۔۔ میں چاہتا ہوں کہ تم سدا ہنستی رہو۔'' فہمیدہ روتی رہی۔

اس کے خاوند نے اس سے ایک بار پھر پوچھا، ''آخر اس رونے کی وجہ کیا ہے؟''

فہمیدہ نے جواب دیا، ''کوئی وجہ نہیں ہے، آپ پانی کا ایک گلاس دیجیے مجھے۔''

اس کا خاوند فوراً پانی کا ایک گلاس لے آیا۔ فہمیدہ نے اپنی آنکھوں میں لگا ہوا سرمہ دھو دیا۔ تولیے سے اچھی طرح صاف کیا۔ آنسو خود بخود خشک ہو گئے اس کے بعد وہ اپنے خاوند سے ہم کلام ہوئی۔

''میں معذرت چاہتی ہوں کہ آپ کو میں نے اتنا پریشان کیا، اب دیکھیے میری آنکھوں میں سرمے کی ایک لکیر بھی باقی نہیں رہی۔''

اس کے خاوند نے کہا، ''مجھے سرمے پر کوئی اعتراض نہیں، تم شوق سے اس کو استعمال کرو، مگر اتنا زیادہ نہیں کہ آنکھیں ابلتی نظر آئیں۔''

فہمیدہ نے آنکھیں جھکا کر کہا، ''مجھے آپ کا ہر حکم بجا لانا ہے، آئندہ میں کبھی سرمہ نہیں لگاؤں گی۔''

''نہیں نہیں۔۔۔ میں تمھیں اس کے استعمال سے منع نہیں کرتا۔۔۔ میں صرف یہ کہنا چاہتا تھا کہ۔۔۔ میرا مطلب ہے کہ اس چیز کو بقدرِ کفایت استعمال کیا جائے، ضرورت سے زیادہ جو بھی چیز استعمال میں آئے گی، اپنی قدر کھو دے گی۔''

فہمیدہ نے سرمہ لگانا چھوڑ دیا۔۔۔ لیکن پھر بھی وہ اپنی چاندی کی سرمے دانی اور چاندی کے سُرمچُو کو ہر روز نکال کر دیکھتی تھی اور سوچتی تھی کہ یہ دونوں چیزیں اس کی زندگی سے کیوں خارج ہو گئی ہیں، وہ کیوں ان کو اپنی آنکھوں میں جگہ نہیں دے سکتی۔

صرف اس لیے کہ اس کی شادی ہو گئی ہے؟ صرف اس لیے کہ اب وہ کسی کی ملکیت ہو گئی ہے؟ یا ہو سکتا ہے کہ اس کی قوتِ ارادی سلب ہو گئی ہو۔ وہ کوئی فیصلہ نہیں کر سکتی تھی۔ کسی نتیجے پر نہیں پہنچ سکی تھی۔

ایک برس کے بعد اس کے ہاں چاند سا بچہ آ گیا۔ فہمیدہ نڈھال تھی لیکن اسے اپنی کمزوری کا کوئی احساس نہیں تھا اس لیے کہ وہ اپنے لڑکے کی پیدائش پر نازاں تھی۔ اسے یوں محسوس ہوتا تھا جیسے اس نے کوئی بہت بڑی تخلیق کی ہے۔

چالیس دنوں کے بعد اس نے سرمہ منگوایا اور اپنے نومولود لڑکے کی آنکھوں میں لگایا۔۔۔ لڑکے کی آنکھیں بڑی بڑی تھیں۔۔۔ ان میں جب سرمے کی تحریر ہوئی تو وہ اور بھی زیادہ بڑی ہو گئیں۔ اس کے خاوند نے کوئی اعتراض نہ کیا کہ وہ بچے کی آنکھوں میں سرمہ کیوں لگاتی ہے، اس لیے کہ اسے بڑی اور خوب صورت آنکھیں پسند تھیں۔

دن اچھی طرح گزر رہے تھے۔ فہمیدہ کے خاوند شجاعت علی کو ترقی مل گئی تھی۔ اب اس کی تنخواہ ڈیڑھ ہزار

روپے کے قریب تھی۔ ایک دن اس نے اپنے لڑکے،، جس کا نام اس کی بیوی نے عاصم رکھا تھا، سرمہ لگی آنکھوں کے ساتھ دیکھا۔ وہ اس کو بہت پیارا لگا، اس نے بے اختیار اس کو اٹھایا چوما چاٹا اور پلنگڑی پر ڈال دیا۔ وہ ہنس رہا تھا، اور اپنے ننھے منے ہاتھ پاؤں اِدھر اُدھر مار رہا تھا۔

اس کی سالگرہ کی تیاریاں ہو رہی تھیں۔ فہمیدہ نے ایک بہت بڑے کیک کا آرڈر دے دیا تھا۔ محلے کے سب بچوں کو دعوت دی گئی تھی۔ وہ چاہتی تھی کہ اس کے لڑکے کی پہلی سالگرہ بڑی شان سے منائی جائے۔ سالگرہ یقیناً شان سے منائی جاتی، مگر دو دن پہلے عاصم کی طبیعت ناساز ہو گئی اور ایسی ہوئی کہ اسے تشنّج کے دورے پڑنے لگے۔ اسے ہسپتال لے گئے، وہاں ڈاکٹروں نے اس کا معائنہ کیا۔ تشخیص کے بعد معلوم ہوا کہ اسے ڈبل نمونیا ہو گیا ہے۔ فہمیدہ رونے لگی، بلکہ سر پیٹنے لگی، ''ہائے میرے لال کو یہ کیا ہو گیا ہے۔ ہم نے تو اسے پھولوں کی طرح پالا ہے۔'' ایک ڈاکٹر نے اس سے کہا، ''میڈم یہ بیماریاں انسان کے احاطہ اختیار میں نہیں۔ ویسے بحیثیت ڈاکٹر میں آپ سے یہ کہتا ہوں کہ بچے کے جینے کی کوئی امید نہیں۔'' فہمیدہ نے رونا شروع کر دیا، ''میں تو خود مر جاؤں گی۔ خدا کے لیے، ڈاکٹر صاحب! اسے بچا لیجیے، آپ علاج کرنا جانتے ہیں، مجھے اللہ کے گھر سے امید ہے کہ میرا بچہ ٹھیک ہو جائے گا۔''

''آپ اتنے ناامید کیوں ہیں؟''

''میں ناامید نہیں۔ لیکن میں آپ کو جھوٹی تسلی نہیں دینا چاہتا۔''

''جھوٹی تسلیاں، آپ مجھ کو کیوں دیں گے۔ مجھے یقین ہے کہ میرا بچہ زندہ رہے گا۔''

''خدا کرے کہ ایسا ہی ہو۔''

مگر خدا نے ایسا نہ کیا اور وہ تین روز کے بعد ہسپتال میں مر گیا۔

فہمیدہ پر دیر تک پاگل پن کی کیفیت طاری رہی اس کے ہوش و حواس گم تھے کو یئلے اٹھاتی انہیں پیستی اور اپنے چہرے پر ملنا شروع کر دیتی۔ اس کا خاوند سخت پریشان تھا۔ اس نے کئی ڈاکٹروں سے مشورہ کیا۔ دوائیں بھی دیں لیکن خاطر خواہ نتیجہ برآمد نہ ہوا۔ فہمیدہ کے دل و دماغ میں سرمہ ہی سرمہ تھا۔ وہ ہر بات کالک کے ساتھ سوچتی تھی۔ اس کا خاوند اس سے کہتا،

''کیا بات ہے تم اتنی افسردہ کیوں رہتی ہو؟''

وہ جواب دیتی

''جی، کوئی خاص بات نہیں۔۔۔ مجھے آپ سرمہ لا دیجیے۔''

اس کا خاوند اس کے لیے سرمہ لے آیا، مگر فہمیدہ کو پسند نہ آیا۔ چنانچہ وہ خود بازار گئی اور اپنی پسند کا سرمہ خرید کر لائی۔ اپنی آنکھوں میں لگایا اور سو گئی۔۔۔۔

جس طرح وہ اپنے بیٹے عاصم کے ساتھ سویا کرتی تھی۔

صبح جب اس کا خاوند اٹھا اور اس نے اپنی بیوی کو جگانے کی کوشش کی تو وہ مردہ پڑی تھی اس کے پہلو میں ایک گڑیا تھی جس کی آنکھیں سرمے سے لبریز تھیں۔

سڑک کے کنارے

یہی دن تھے، آسمان اس کی آنکھوں کی طرح ایسا ہی نیلا تھا جیسا کہ آج ہے۔ دھلا ہوا، نتھرا ہوا، اور دھوپ بھی ایسی ہی کنکنی تھی۔ سہانے خوابوں کی طرح۔ مٹی کی باس بھی ایسی ہی تھی جیسی اِس وقت میرے دل و دماغ میں رچ رہی ہے، اور میں نے اِسی طرح لیٹے لیٹے اپنی پھڑ پھڑاتی ہوئی روح اس کے حوالے کر دی تھی۔''

اس نے مجھ سے کہا تھا، ''تم نے مجھے جو یہ لمحات عطا کیے ہیں یقین جانو۔ میری زندگی ان سے خالی تھی۔۔۔ جو خالی جگہیں تم نے آج میری ہستی میں پُر کی ہیں، تمہاری شکر گزار ہیں۔ تم میری زندگی میں نہ آتیں تو شاید وہ ہمیشہ ادھوری رہتی۔۔۔ میری سمجھ میں نہیں آتا میں تم سے اور کیا کہوں۔۔۔ میری تکمیل ہو گئی ہے۔ ایسے مکمل طور پر، کہ محسوس ہوتا ہے مجھے اب تمہاری ضرورت نہیں رہی۔۔۔ اور وہ چلا گیا۔۔۔ ہمیشہ کے لیے چلا گیا۔''

''میری آنکھیں روئیں۔۔۔ میرا دل رویا۔۔۔ میں نے اس کی منت سماجت کی۔ اس سے لاکھ مرتبہ پوچھا کہ میری ضرورت اب تمہیں کیوں نہیں رہی۔۔۔ جب کہ تمہاری ضرورت۔۔۔ اپنی تمام شدتوں کے ساتھ اب شروع ہوئی ہے۔ اُن لمحات کے بعد جنہوں نے بقول تمہارے، تمہاری ہستی کی خالی جگہیں پُر کی ہیں۔''

اس نے کہا، ''تمہارے وجود کے جس جس ذرے کی میری ہستی کی تعمیر و تکمیل کو ضرورت تھی، یہ لمحات چن چن کر دیتے رہے۔۔۔ اب کہ تکمیل ہو گئی ہے تمہارا میرا رشتہ خود بخود ختم ہو گیا ہے۔''

کس قدر ظالمانہ لفظ تھے۔ مجھ سے یہ پتھراؤ برداشت نہ کیا گیا۔ میں چیخ چیخ کر رونے لگی۔ مگر اُس پر

کچھ اثر نہ ہوا۔ میں نے اُس سے کہا، ''یہ ذرّے جن سے تمہاری ہستی کی تکمیل ہوئی ہے، میرے وجود کا ایک حصہ تھے۔۔۔ کیا ان کا مجھ سے کوئی رشتہ نہیں۔۔۔ کیا میرے وجود کا بقایا حصہ ان سے اپنا ناتا توڑ سکتا ہے؟ تم مکمل ہو گئے ہو۔۔۔ لیکن مجھے ادھورا کر کے۔۔۔ کیا میں نے اسی لیے تمہیں اپنا معبود بنایا تھا؟''

اس نے کہا، ''بھونرے، پھولوں اور کلیوں کا رس چوس چوس کر شہد کشِید کرتے ہیں، مگر وہ اس کی تلچھٹ تک بھی ان پھولوں اور کلیوں کے ہونٹوں تک نہیں لاتے۔۔۔ خدا اپنی پرستش کراتا ہے، مگر خود بندگی نہیں کرتا۔۔۔ عدَم کے ساتھ خلوت میں چند لمحات بسر کر کے اس نے وجود کی تکمیل کی۔۔۔ اب عدَم کہاں ہے۔۔۔ اُس کی اب وجود کو کیا ضرورت ہے۔ وہ ایک ایسی ماں تھی جو وجود کو جنم دیتے ہی زچگی کے بستر پر فنا ہو گئی تھی۔''

عورت رو سکتی ہے، دلیلیں پیش نہیں کر سکتی۔ اس کی سب سے بڑی دلیل اس کی آنکھ سے ڈھلکا ہوا آنسو ہے۔۔۔ میں نے اُس سے کہا۔ ''دیکھو۔۔۔ میں رو رہی ہوں۔۔۔ میری آنکھیں آنسو برسا رہی ہیں تم جا رہے ہو تو جاؤ، مگر اِن میں سے کچھ آنسوؤں کو تو اپنے رومال کے کفن میں لپیٹ کر ساتھ لیتے جاؤ۔۔۔ میں تو ساری عمر روتی رہوں گی۔۔۔ مجھے اتنا تو یاد رہے گا کہ چند آنسوؤں کے کفن دفن کا سامان تم نے بھی کیا تھا۔۔۔ مجھے خوش کرنے کے لیے!''

اس نے کہا، ''میں تمہیں خوش کر چکا ہوں۔ تمہیں اس ٹھوس مسرت سے ہمکنار کر چکا ہوں۔ جس کے تم سراب ہی دیکھا کرتی تھیں۔ کیا اس کا لطف اس کا کیف، تمہاری زندگی کے بقایا لمحات کا سہارا نہیں بن سکتا۔ تم کہتی ہو کہ میری تکمیل نے تمہیں ادھورا کر دیا ہے۔ لیکن یہ ادھورا پن ہی کیا تمہاری زندگی کو متحرک رکھنے کے لیے کافی نہیں۔ میں مرد ہوں۔۔۔ آج تم نے میری تکمیل کی ہے۔ کل کوئی اور کرے گا۔ میرا وجود کچھ ایسے آب و گِل سے بنا ہے جس کی زندگی میں ایسے کئی لمحات آئیں گے جب وہ خود کو تشنہ تکمیل سمجھے گا۔ اور تم ایسی کئی عورتیں آئیں گی جو ان لمحات کی پیدا کی ہوئی خالی جگہیں پُر کریں گی۔''

میں روتی رہی۔ جھنجھلاتی رہی۔

میں نے سوچا، یہ چند لمحات جو ابھی ابھی میری مٹھی میں تھے۔۔۔ نہیں۔۔۔ میں ان لمحات کی مٹھی میں تھی۔۔۔ میں نے کیوں خود کو ان کے حوالے کر دیا۔ میں نے کیوں اپنی پھر پھراتی روح ان کے منہ کھولے قفس میں ڈال دی۔ اس میں مزا تھا۔ ایک لطف تھا۔۔۔ ایک کیف تھا۔۔۔ تھا، ضرور تھا۔۔۔ اور یہ اس کے اور میرے تصادُم میں تھا۔ لیکن۔۔۔ یہ کیا کہ وہ ثابِت و سالِم رہا۔۔۔ اور مجھ میں تریڑے پڑ گئے۔۔۔

یہ کیا، کہ وہ اب میری ضرورت محسوس نہیں کرتا۔ لیکن میں اور بھی شدت سے اس کی ضرورت محسوس کرتی ہوں۔وہ طاقت ور بن گیا ہے۔ میں نحیف ہو گئی ہوں۔۔۔ یہ کیا کہ آسمان پر دو بادل ہم آغوش ہوں۔۔۔ ایک رو رو کر برسنے لگا، دوسرا بجلی کا کوندا بن کر اس بارش سے کھیلتا، کُدکُڑے لگاتا بھاگ جائے۔ یہ کس کا قانون ہے؟ آسمانوں کا؟ زمینوں کا یا ان کے بنانے والوں کا؟

میں سوچتی رہی اور جھنجھلاتی رہی۔

دو روحوں کا سمٹ کر ایک ہو جانا اور ایک ہو کر والہانہ وُسعت اختیار کر جانا۔۔۔ کیا یہ سب شاعری ہے۔۔۔ نہیں، دو روحیں سمٹ کر ضرور اس ننھے سے نکتے پر پہنچتی ہیں جو پھیل کر کائنات بنتا ہے۔۔۔ لیکن اس کائنات میں ایک روح کیوں کبھی کبھی گھائل چھوڑ دی جاتی ہے۔۔۔ کیا اس قصور پر کہ اُس نے دوسری روح کو اُس ننھے سے نکتے پر پہنچنے میں مدد تھی۔

یہ کیسی کائنات ہے۔

یہی دن تھے۔ آسمان اس کی آنکھوں کی طرح ایسا ہی نیلا تھا جیسا کہ آج ہے۔ اور دھوپ بھی ایسی ہی گنگنی تھی۔ اور میں نے اِسی طرح لیٹے لیٹے اپنی پھڑ پھڑاتی ہوئی روح اس کے حوالے کر دی تھی۔ وہ موجود نہیں ہے۔ بجلی کا کوندا بن کر جانے وہ کن بدلیوں کی گریہ و زاری سے کھیل رہا ہے۔ اپنی تکمیل کر کے چلا گیا۔۔۔ ایک سانپ تھا جو مجھے ڈس کر چلا گیا۔۔۔ لیکن اب اس کی چھوڑی ہوئی لکیر کیوں میرے پیٹ میں کروٹیں لے رہی ہے۔۔۔ کیا یہ میری تکمیل ہو رہی ہے؟

نہیں، نہیں۔۔۔ یہ کیسے تکمیل ہو سکتی ہے۔۔۔ یہ تو تخریب ہے۔۔۔

لیکن یہ میرے جسم کی خالی جگہیں پُر ہو رہی ہیں۔۔۔ یہ جو گڑھے تھے کس ملمے سے پُر کیے جا رہے ہیں۔ میری رگوں میں یہ کیسی سرسراہٹیں دوڑ رہی ہیں۔ میں سمٹ کر اپنے پیٹ میں کس ننھے سے نکتے پر پہنچنے کے لیے پیچ و تاب کھا رہی ہوں۔ میری ناؤ ڈوب کر اب کن سمندروں میں اُبھرنے کے لیے اٹھ رہی ہے؟

یہ میرے اندر درد مٹکتے ہوتے چولھوں پر کس مہمان کے لیے دودھ گرم کیا جا رہا ہے۔ یہ میرا دل میرے خون کو دھنک دُھنک کر کس کے لیے نرم و نازک رضائیاں تیار کر رہا ہے۔ یہ میرا دماغ میرے حالات کے رنگ برنگ دھاگوں سے کس کے لیے ننھی منی پوشاکیں بُن رہا ہے؟ میرا رنگ کس کے لیے نکھر رہا ہے۔۔۔ میرے اَنگ اَنگ اور رُوم رُوم میں پھنسی ہوئی ہچکیاں لوریوں میں

کیوں تبدیل ہو رہی ہیں۔

یہی دن تھے۔۔۔ آسمان اس کی آنکھوں کی طرح ایسا ہی نیلا تھا جیسا کہ آج ہے۔۔۔ لیکن یہ آسمان اپنی بلندیوں سے اتر کر کیوں میرے پیٹ میں تن گیا ہے۔۔۔ اس کی نیلی نیلی آنکھیں کیوں میری رگوں میں دوڑتی پھرتی ہیں؟

میرے سینے کی گولائیوں میں مسجدوں کے محرابوں ایسی تقدیس کیوں آ رہی ہے؟

نہیں، نہیں۔۔۔ یہ تقدیس کچھ بھی نہیں۔ میں اِن محرابوں کو ڈھا دوں گی۔۔۔ میں اپنے اندر تمام چولھے سرد کر دوں گی جن پر بن بلائے مہمان کی خاطر داریاں چڑھی ہیں۔۔۔ میں اپنے خیالات کے تمام رنگ برنگے دھاگے آپس میں اُلجھا دوں گی۔

یہی دن تھے۔۔۔ آسمان اس کی آنکھوں کی طرح ایسا ہی نیلا تھا جیسا کہ آج ہے۔۔۔ لیکن میں وہ دن کیوں یاد کرتی ہوں جن کے سینے پر سے وہ اپنے نقش قدم بھی اٹھا کر لے گیا تھا۔۔۔

لیکن یہ۔۔۔ نقش قدم کس کا ہے۔۔۔ یہ جو میرے پیٹ کی گہرائیوں میں تڑپ رہا ہے۔۔۔؟ کیا یہ میرا جانا پہچانا نہیں۔۔۔۔

میں اسے گھرچ دوں گی۔۔۔ اسے مٹا دوں گی۔۔۔ یہ رسولی ہے۔۔۔ پھوڑا ہے۔۔۔ بہت خوف ناک پھوڑا۔

لیکن مجھے کیوں محسوس ہوتا ہے کہ یہ پھاہا ہے۔۔۔ پھاہا ہے تو کس زخم کا؟ اس زخم کا جو وہ مجھے لگا کر چلا گیا تھا؟ نہیں نہیں۔۔۔ یہ تو ایسا لگتا ہے کسی پیدائشی زخم کے لیے ہے۔۔۔ ایسے زخم کے لیے جو میں نے کبھی دیکھا ہی نہیں تھا۔۔۔ جو میری کوکھ میں جانے کب سے سو رہا تھا۔

یہ کوکھ کیا۔۔۔؟ فضول سی مٹی کی ہنڈکلیا۔۔۔ بچوں کا کھلونا۔۔۔ میں اسے توڑ پھوڑ دوں گی۔

لیکن یہ کون میرے کان میں کہتا ہے، ''یہ دنیا ایک چورا ہے۔۔۔ اپنا بھانڈا کیوں اس میں پھوڑتی ہے۔۔۔ یاد رکھ تجھ پر انگلیاں اٹھیں گی۔

انگلیاں۔۔۔ ادھر کیوں نہ اٹھیں گی، جدھر وہ اپنی ہستی مکمل کر کے چلا گیا تھا۔۔۔ کیا ان انگلیوں کو وہ راستہ معلوم نہیں۔۔۔ یہ دنیا ایک چورا ہے۔۔۔ لیکن اُس وقت تو وہ مجھے ایک دوراہے پر چھوڑ کر چلا گیا تھا۔۔۔ اُدھر بھی ادھورا پن تھا۔ اِدھر بھی ادھورا پن۔۔۔ اُدھر بھی آنسو، اِدھر بھی آنسو۔''

لیکن یہ کس کا آنسو، میرے سیپ میں موتی بن رہا ہے۔۔۔ یہ کہاں بندھے گا؟

انگلیاں اٹھیں گی۔۔۔جب سیپ کا منہ کھلے اور موتی پھسل کر باہر چوراہے میں گر پڑے گا تو انگلیاں اٹھیں گی۔۔۔سیپی کی طرف بھی اور موتی کی طرف بھی۔۔۔اور یہ انگلیاں سنپولیاں بن بن کر ان دونوں کو ڈسیں گی اور اپنے زہر سے ان کو نیلا کر دیں گی۔

آسمان اُس کی آنکھوں کی طرح ایسا ہی نیلا تھا جیسا کہ آج ہے۔یہ مگر کیوں نہیں پڑتا۔۔۔وہ کون سے ستون ہیں جو اسے تھامے ہوئے ہیں۔۔۔کیا اُس دن جو زلزلہ آیا تھا وہ اِن ستونوں کی بنیاد ہلا دینے کے لیے کافی نہیں تھا۔۔۔یہ کیوں اب تک میرے سر کے اوپر اُسی طرح تنا ہوا ہے؟

میری روح پسینے میں غرق ہے۔۔۔اس کا ہر مسام کھلا ہوا ہے۔چاروں طرف آگ دہک رہی ہے۔میرے اندر کٹھالی میں سونا پگھل رہا ہے۔دھونکنیاں چل رہی ہیں۔شعلے بھڑک رہے ہیں۔سونا، آتش فشاں پہاڑ کے لاوے کی طرح اُبل رہا ہے۔میری رگوں میں نیلی آنکھیں دوڑ دوڑ کر ہانپ رہی ہیں۔۔۔گھنٹیاں بج رہی ہیں۔۔۔کوئی آرہا ہے۔کوئی آرہا ہے۔۔۔بند کردو۔۔۔بند کردو کواڑ۔۔۔کٹھالی الٹ گئی ہے۔پگھلا ہوا سونا بہہ رہا ہے۔گھنٹیاں بج رہی ہیں۔وہ آرہا ہے۔۔۔میری آنکھیں مُند رہی ہیں۔۔۔نیلا آسمان گدلا ہو کر نیچے آرہا ہے۔۔۔۔

یہ کس کے رونے کی آواز ہے۔اسے چپ کراؤ۔اس کی چیخیں میرے دل پر ہتھوڑے مار رہی ہیں۔چپ کراؤ۔۔۔اسے چپ کراؤ۔۔۔اسے چپ کراؤ۔۔۔میں گود بن رہی ہوں۔۔۔میں کیوں گود بن رہی ہوں۔۔۔۔

میری بانہیں کھل نہیں رہی ہیں۔۔۔چولھوں پر دودھ اُبل رہا ہے۔میرے سینے کی گولیاں پیالیاں بن رہی ہیں۔۔۔لاؤ اس گوشت کے لوتھڑے کو میرے دل کے دُھنکے ہوئے خون کے نرم نرم گالوں میں لِٹا دو۔۔۔مت چھینو۔۔۔مت چھینو اسے۔۔۔مجھ سے جدا نہ کرو۔خدا کے لیے مجھ سے جدا نہ کرو۔

انگلیاں۔۔۔انگلیاں۔۔۔اٹھنے دو انگلیاں۔۔۔مجھے کوئی پروا نہیں۔۔۔یہ دنیا چور اہا ہے۔۔۔پھوٹنے دو میری زندگی کے تمام بھانڈے۔۔۔۔

میری زندگی تباہ ہو جائے گی؟ ہو جانے دو! مجھے میرا گوشت واپس دے دو۔۔۔میری روح کا یہ ٹکڑا مجھ سے مت چھینو۔۔۔تم نہیں جانتے یہ کتنا قیمتی ہے۔۔۔یہ گوہر ہے جو مجھے اُن چند لمحات نے عطا کیا ہے۔۔۔۔اُن چند لمحوں نے جنہوں نے میرے وجود کے کئی ذرے چن چن کر کسی کی تکمیل کی تھی اور مجھے اپنے خیال میں ادھورا چھوڑ کے چلے گئے تھے۔۔۔میری تکمیل آج ہوئی ہے۔

مان لو۔۔۔۔ مان لو۔۔۔۔ میرے پیٹ کے خلا سے پوچھو۔۔۔۔ میری دودھ بھری ہوئی چھاتیوں سے پوچھو۔۔۔۔ اُن لوریوں سے پوچھو، جو میرے انگ انگ اور رُوم رُوم میں تمام ہچکیاں سِلا کر آگے بڑھ رہی ہیں۔۔۔۔ان جھولنوں سے پوچھو جو میرے بازوؤں میں ڈالے جار ہے ہیں۔ میرے چہرے کی زردیوں سے پوچھو جو گوشت کے اِس لوتھڑے کے گالوں کو اپنی تمام سُرخیاں چُساتی رہی ہیں۔۔۔۔ اُن سانسوں سے پوچھو، جو چھپے چوری اس کو اس کا حصہ پہنچاتے رہے ہیں۔

انگلیاں۔۔۔۔اُٹھنے دو انگلیاں۔۔۔۔ میں انہیں کاٹ ڈالوں گی۔۔۔۔ شور مچے گا۔۔۔۔ میں یہ انگلیاں اٹھا کر اپنے کانوں میں ٹھونس لوں گی۔۔۔۔ میں گونگی ہو جاؤں گی، بہری ہو جاؤں گی، اندھی ہو جاؤں گی۔۔۔۔ میرا گوشت، میرے اشارے سمجھ لیا کرے گا۔۔۔۔ میں اسے ٹٹول ٹٹول کر پہچان لیا کروں گی۔۔۔۔

مت چھینو۔۔۔۔مت چھینو اسے۔۔۔۔ یہ میری کوکھ کی مانگ کا سیندور ہے۔۔۔۔ یہ میری ممتا کے ماتھے کی بِندیا ہے۔۔۔۔ میرے گناہ کا کڑوا پھل ہے؟ لوگ اس پر تُھو تُھو کریں گے؟ میں چاٹ لوں گی یہ سب تھوکیں۔۔۔۔ آنول سمجھ کر صاف کر دوں گی۔۔۔۔ دیکھو، میں ہاتھ جوڑتی ہوں۔۔۔۔ تمہارے پاؤں پڑتی ہوں۔

میرے بھرے ہوئے دودھ کے برتن اوندھے نہ کرو۔۔۔۔ میرے دل کے دُھنکے ہوئے خون کے نرم نرم گالوں میں آگ نہ لگاؤ۔۔۔۔ میری بانہوں کے جھولوں کی رسیاں نہ توڑو۔۔۔۔ میرے کانوں کو ان گیتوں سے محروم نہ کرو جو اس کے رونے میں مجھے سنائی دیتے ہیں۔

مت چھینو۔۔۔۔مت چھینو۔۔۔۔ مجھ سے جدا نہ کرو۔۔۔۔ خدا کے لیے مجھے اس سے جدا نہ کرو۔

لاہور، 21 جنوری

دھوبی منڈی سے پولیس نے ایک نوزائیدہ بچی کو سردی سے ٹھٹھرتے سڑک کے کنارے پڑی ہوئی پایا اور اپنے قبضے میں لے لیا۔ کسی سنگدل نے بچی کی گردن کو مضبوطی سے کپڑے میں جکڑ رکھا تھا اور عریاں جسم کو پانی سے گیلے کپڑے میں باندھ رکھا تھا کہ وہ سردی سے مر جائے۔ مگر وہ زندہ تھی۔ بچی بہت خوبصورت ہے۔ آنکھیں نیلی ہیں۔ اس کو ہسپتال پہنچا دیا گیا ہے۔

سگریٹ اور فاؤنٹین پن

’’میرا پارکر فِفٹی ون کا قلم کہاں گیا؟‘‘

’’جانے میری بلا۔۔۔‘‘

’’میں نے صبح دیکھا کہ تم اس سے کسی کو خط لکھ رہی تھیں، اب انکار کر رہی ہو۔‘‘

’’میں نے خط لکھا تھا مگر اب مجھے کیا معلوم کہ وہ کہاں غارت ہو گیا۔‘‘

’’یہاں تو آئے دن کوئی نہ کوئی چیز غارت ہوتی ہی رہتی ہے، مینٹل پیس پر آج سے دس روز ہوئے میں نے اپنی گھڑی رکھی صرف اس لیے کہ میری کلائی پر چند پھنسیاں نکل آئی تھیں، دوسرے دن دیکھا وہ غائب تھی۔‘‘

’’کیا میں نے چرا لی تھی؟‘‘

’’میں نے یہ کب کہا، سوال تو یہ ہے کہ وہ گئی کہاں۔۔۔تم اچھی طرح جانتی ہو کہ میں نے یہ گھڑی وہیں رکھی تھی، اُس کے ساتھ ہی دس روپے آٹھ آنے تھے، وہ تو رہے لیکن گھڑی جس کی قیمت دو سو پچھتر روپے تھی وہ غائب ہو گئی۔ تم پر میں نے چوری کا الزام کب لگایا؟‘‘

’’ایک گھڑی آپ کی پہلے بھی گم ہو گئی تھی۔‘‘

’’ہاں۔۔۔‘‘

’’میں تو یہ کہتی ہوں کہ آپ نے خود اُنہیں بیچ کھایا ہے۔‘‘

’’بیگم تم ایسی بے ہودہ باتیں نہ کیا کرو، مجھے وہ دونوں گھڑیاں بہت عزیز تھیں۔ اس کے علاوہ ان کو بیچنے کا سوال ہی کہاں پیدا ہوتا تھا تم جانتی ہو کہ میری آمدنی اللہ کے فضل سے کافی ہے، بینک میں اس وقت

’’ میرے دس ہزار سے کچھ اوپر روپے جمع ہیں، گھڑیاں بیچنے کی ضرورت مجھے کیسے پیش آسکتی تھی۔ ‘‘

’’ کسی دوست کو دے دی ہوگی ‘‘

’’ کیوں، کیا مجھے ان کی ضرورت نہیں تھی؟ میں تو گھڑی کے بغیر رہ ہی نہیں سکتا۔ ایسا محسوس ہوتا ہے کہ میں ایسا چھکڑا ہوں جس میں کوئی پہیہ نہیں، وقت کا کچھ پتہ نہیں چلتا گھر میں کلاک ہے مگر وہ تمہاری طرح نازک مزاج ہے ذرا موسم بدلے تو جناب ہو بند ہو جاتے ہیں پھر جب موسم ان کے مزاج کے موافق ہو تو چلنا شروع کر دیتے ہیں۔ ‘‘

’’ یعنی میں کلاک ہوں۔ ‘‘

’’ میں نے صرف تشبیہ کے طور پر کہا تھا۔ کلاک تو بہت کام کی چیز ہے ‘‘

’’ اور میں کسی کام کی چیز نہیں۔ شرم نہیں آتی آپ کو ایسی باتیں کرتے۔ ‘‘

’’ میں نے تو صرف مذاق کے طور پر یہ کہہ دیا تھا، تم خواہ مخواہ ناراض ہو گئی ہو۔ ‘‘

’’ میں آج تک کبھی آپ سے خواہ مخواہ ناراض ہوئی ہوں، آپ خود ایسے موقعے دیتے ہیں کہ مجھے ناراض ہونا پڑتا ہے۔ ‘‘

’’ تو چلیے اب صلح ہو جائے۔ ‘‘

’’ صلح و لح کے متعلق میں کچھ نہیں جانتی، اِن پندرہ برسوں میں آپ سے میں پندرہ ہزار مرتبہ صلح صفائی کر چکی ہوں مگر نتیجہ کیا نکلا ہے۔ وہی ڈھاک کے تین پات۔ ‘‘

’’ ڈھاک کے تین پاتوں کو چھوڑو، تم مجھے میرا پارکر قلم لا کے دے دو، مجھے چند بڑے ضروری خط لکھنے ہیں۔ ‘‘

’’ مجھے کیا پتہ ہے کہ وہ کہاں ہے؟ لے گیا ہو گا کوئی اٹھاکر۔۔۔ اب میں ہر چیز کا دھیان تو نہیں رکھ سکتی۔ ‘‘

’’ تو پھر تم کس مرض کی دوا ہو؟ ‘‘

’’ میں نہیں جانتی لیکن اتنا ضرور جانتی ہوں کہ آپ میری زندگی کا سب سے بڑا روگ ہیں۔ ‘‘

’’ تو یہ روگ دور کرو، ہر روگ کا کوئی نہ کوئی علاج موجود ہوتا ہے۔ ‘‘

’’ خدا ہی بہتر کرے گا، یہ روگ۔۔۔ کسی حکیم یا ڈاکٹر سے دور ہونے والا نہیں۔ ‘‘

’’ اگر تمہاری یہی خواہش ہے کہ میں مر جاؤں تو میں اِس کے لیے تیار ہوں۔ میرے پاس اتفاق سے اِس وقت قاتل زہر موجود ہے۔ میں تمہارے سامنے کھاکر مر جاتا ہوں۔ ‘‘

’’مر جائیے۔‘‘

’’اس کے لیے تو میں تیار ہوں تا کہ روز روز کی بک بک اور جھک جھک ختم ہو جائے۔‘‘

’’آپ تو چاہتے ہیں کہ اپنے فرائض سے چھٹکارا ملے۔ بیوی بچے جائیں بھاڑ میں، آپ آرام سے قبر میں سوتے رہیں لیکن میں آپ سے کہے دیتی ہوں کہ وہاں کا عذاب یہاں کے عذاب سے ہزار گنا زیادہ ہو گا۔‘‘

’’ہوا کرے۔۔۔ میں نے جو فیصلہ کیا ہے اس پر قائم ہوں۔‘‘

’’آپ کبھی اپنے فیصلے پر قائم نہیں رہے۔‘‘

’’یہ سب جھوٹ ہے۔ میں جب کوئی فیصلہ کرتا ہوں تو اس پر قائم رہتا ہوں۔ ابھی پچھلے دنوں میں نے فیصلہ کیا تھا کہ میں سگریٹ نہیں پیوں گا چنانچہ اب تک اس پر قائم ہوں۔‘‘

’’پاخانے میں سگریٹ کے ٹکڑے کہاں سے آتے ہیں۔‘‘

’’مجھے کیا معلوم۔۔ تم پیتی ہو گی۔‘‘

’’میں۔۔۔ مجھے تو اس چیز سے سخت نفرت ہے۔‘‘

’’ہو گی، مگر سوال یہ پیدا ہوتا ہے کہ آخر پاخانہ بھی کوئی ایسی معقول جگہ ہے جہاں پر سگریٹ پیے جائیں۔‘‘

’’چوری چھپے جو پیا ہوا، پاخانے کے علاوہ اور موزوں و مناسب جگہ کیا ہو سکتی ہے؟ آپ میرے ساتھ فراڈ نہیں کر سکتے۔ میں آپ کی رگ رگ کو پہچانتی ہوں۔‘‘

’’یہ تم نے مجھ سے آج ہی کہا کہ میں پاخانے میں چھپ چھپ کر سگریٹ پیتا ہوں۔‘‘

’’میں نے اِس لیے اِس کا ذکر آپ سے نہیں کیا تھا۔ آپ چونکہ تمباکو کے عادی ہو چکے ہیں اس لیے سگریٹ نوشی آپ ترک نہیں کر سکتے لیکن یہ بہر حال بہتر ہے کہ آپ دو ایک سگریٹ دن میں پی لیتے ہیں جہاں آپ پچاس کے قریب پھونکتے تھے۔‘‘

’’میں نے ڈھائی برس میں ایک سگریٹ بھی نہیں پیا۔ بھنگی پیتا ہو گا۔‘‘

’’بھنگی گولڈ فلیک اور کریون اے نہیں پی سکتا۔‘‘

’’حیرت ہے۔‘‘

’’کس بات کی۔۔۔ حیرت تو مجھے ہے کہ آپ صاف انکار کر رہے ہیں، مجھے بنا رہے ہیں۔‘‘

’’نہیں میں سوچ رہا ہوں کہ یہ سگریٹ وہاں کون پیتا ہے۔‘‘

’’آپ کے سوا اور کون پی سکتا ہے، مجھے تو اِس کے دھوئیں سے کھانسی ہو جاتی ہے، مجھے تو اِس سے سخت

نفرت ہے، معلوم نہیں آپ لوگ کس طرح اس واہیات چیز کا دھواں اپنے اندر کھینچتے ہیں۔''

''خیر اس کو چھوڑو۔۔۔میرا پار کر قلم مجھے دو۔۔۔''

''میرے پاس نہیں ہے۔''

''تمہارے پاس نہیں ہے تو کیا میرے پاس ہے۔ آج صبح تم خدا معلوم کسے خط لکھ رہی تھیں، تمہاری انگلیوں میں میرا ہی قلم تھا۔''

''تھا۔ لیکن مجھے کیا معلوم کہاں گیا۔ میں نے آپ کے میز پر رکھا ہو گا۔ اور آپ نے اٹھا کر کسی دوست کو دے دیا ہو گا۔ آپ ہمیشہ ایسا ہی کرتے ہیں۔''

''دیکھو بیگم میں خدا کی قسم کھا کر کہتا ہوں کہ قلم میں نے کسی دوست کو نہیں دیا، ہو سکتا ہے کہ تم نے اپنی کسی سہیلی کو دے دیا ہو۔''

''میں کیوں اتنی قیمتی چیز کسی سہیلی کو دینے لگی۔ وہ تو آپ ہیں کہ ہزاروں اپنے دوستوں میں لٹا دیتے ہیں۔''

''اب سوال یہ ہے کہ وہ قلم ہے کہاں؟ مجھے چند ضروری خط لکھنے ہیں، جاؤ میری جان! ذرا تھوڑی سی تکلیف کرو ممکن ہے ڈھونڈنے سے مل جائے۔''

''نہیں ملے گا۔۔۔ آپ فضول مجھے تکلیف دینا چاہتے ہیں۔''

''تو ایسا کرو دوات اور پن ہولڈر لے آؤ۔''

''دوات تو صبح آپ کی بچی نے توڑ دی، پن ہولڈر بھانجے کے بیٹے نے۔''

''اتنے پن ہولڈر تھے، کہاں گئے؟''

''آپ ہی استعمال کرتے ہیں۔''

''میں نے آج تک پن ہولڈر کبھی استعمال نہیں کیا، کبھی کبھی تم کیا کرتی ہو۔''

''آپ کی بچیاں آفت کی پتلیاں ہیں، وہی توڑ پھوڑ کے پھینک دیتی ہوں گی۔''

''تم دھیان کیوں نہیں دیتیں۔''

''کس کس چیز کا دھیان رکھوں۔ مجھے گھر کے کام کاج سے فرصت نہیں ہے۔''

''اسی لیے تو میری دو گھڑیاں غائب ہو گئیں۔ جب دیکھو لیٹی رہتی ہو۔ خدا معلوم گھر کا کام کاج لیٹے لیٹے کیسے کرتی ہو۔''

''گھر کا سارا کام تو آپ کرتے ہیں۔''

’’میں اس کا دعویٰ نہیں کرتا، بہر حال جو کچھ میں کر سکتا ہوں کرتا رہتا ہوں۔‘‘

’’کیا کرتے ہیں آپ؟‘‘

’’ہفتے میں ایک دو دفعہ مارکیٹ جاتا ہوں، مرغی اور مچھلی خرید کر لاتا ہوں، انڈے بھی، کوئلے کا پرمٹ بھی حاصل کرتا ہوں، گھی کا بندوبست کرتا ہوں اب میں اور کیا کر سکتا ہوں۔‘‘

’’مصروف آدمی ہوں، دفتر میں جاتا ہوں، وہاں نہ جاؤں تو مہینہ ختم ہونے کے بعد سات سو روپے کیسے آ سکتے ہیں۔‘‘

’’ان سات سو روپوں میں سے آپ مجھے کتنے دیتے ہیں؟‘‘

’’پورے سات سو روپے۔‘‘

’’ٹھیک ہے لیکن آپ اپنا گزارہ کس طرح کرتے ہیں؟‘‘

’’اللہ بہتر جانتا ہے۔‘‘

’’رشوت لیتے ہیں اور کیا، ورنہ ساری تنخواہ مجھے دینے کے بعد آپ پانچ سو پچپن کے سگریٹ نہیں پی سکتے۔‘‘

’’میں نے سگریٹ پینے ترک کر دیئے ہیں۔‘‘

’’آپ جھوٹ کیوں بولتے ہیں؟‘‘

’’میں بحث نہیں کرنا چاہتا، تم میرا پارکر قلم ذرا ڈھونڈ کے نکالو۔‘‘

’’میں آپ سے کہہ چکی ہوں کہ میرے پاس نہیں ہے۔‘‘

’’تو اور کس کے پاس ہے؟‘‘

’’مجھے کیا معلوم، میں نے صبح خط لکھ کر مینٹل پیس پر رکھ دیا۔‘‘

’’وہاں تو اُس کا نام و نشان نہیں۔‘‘

’’آپ نے کسی دوست کو بخش دیا ہو گا۔۔۔ گیارہ بجے آپ کے چند دوست آئے تھے۔‘‘

’’میرے دوست کہاں تھے، صرف ملاقات کرنے آئے تھے۔ میں تو ان کا نام بھی نہیں جانتا۔‘‘

’’میرا نام بھی آپ بھول گئے ہوں گے، بتائیے کیا ہے۔‘‘

’’تمہارا نام۔۔۔ لیکن بتانے کی ضرورت ہی کیا ہے۔۔۔ تم۔۔۔ تم ہو۔۔۔ بس۔۔۔ ہو؟‘‘

’’ان پندرہ برسوں میں آپ کو میرا نام بھی یاد نہیں رہا، میری سمجھ میں نہیں آتا آپ کس قسم کے انسان ہیں۔‘‘

’’قسمیں پوچھو گی تو حیران رہ جاؤ گی، ایک کروڑ سے زیادہ ہوں گی، اب جاؤ میرا قلم ڈھونڈو۔‘‘

’’میں نہیں جانتی کہاں ہے۔‘‘

’’یہ قمیض تم نے نئی سلوائی ہے۔‘‘

’’ہاں!‘‘

’’گریبان بہت خوبصورت ہے۔۔۔ارے یہ اس میں تو میرا قلم اٹکا ہوا ہے۔۔۔‘‘

’’سچ میں نے یہاں اڑس لیا ہو گا۔معاف کیجیے گا۔‘‘

’’ٹھہرو میں خود نکال لیتا ہوں۔ممکن ہے تم قمیض پھاڑ ڈالو۔‘‘

’’یہ کیا گرا ہے؟‘‘

’’یہ کیا ہے۔۔۔ارے یہ تو پانچ سو پچپن سگرٹوں کا ڈبہ ہے، کہاں سے آ گیا ہے؟‘‘

سنتر پنچ

میں لاہور کے ایک اسٹوڈیو میں ملازم ہوا۔۔۔جس کا مالک میرا بمبئی کا دوست تھا۔۔۔اس نے میرا استقبال کیا۔۔۔میں اس کی گاڑی میں اسٹوڈیو پہنچاتھا، بغل گیر ہونے کے بعد اس نے اپنی شرافت بھری مونچھوں کو جو غالباً کئی دنوں سے ناتراشیدہ تھیں۔۔۔تھر کا کر کہا:

'' کیوں خواجہ! چھوڑ دی۔۔۔''

میں نے جواب دیا، ''چھوٹنی پڑی۔۔۔''

اسٹوڈیو کا مالک جو اچھا فلم ڈائریکٹر بھی ہے (میں اسے سہولت کی خاطر گیلانی کہوں گا) مجھے اپنے خاص کمرے میں لے گیا۔۔۔ اِدھر اُدھر کی بے شمار باتیں کرنے کے بعد اس نے چائے منگوائی جو نہایت ذلیل تھی، زبردستی پلائی۔۔۔کئی سگریٹ اس دوران خود پھونکے اور مجھ سے پھنکوائے۔ مجھے ایک ضروری کام سے جانا تھا۔۔۔چنانچہ میں نے اس سے کہا، ''یار، چھوڑ اب چائے کی بکواس کو۔۔۔مجھے یہ بتاؤ کہ تم نے آج اتنے برسوں کے بعد کیسے یاد کر لیا۔''

''بس ایک دن اچانک یاد آ گئے۔۔۔بلا لیا۔۔۔بتاؤ اب صحت کیسی ہے۔۔۔''

''تمہاری دعا سے ٹھیک ہے۔۔۔'' میرے لہجے میں دوستانہ طنز تھا۔ وہ ہنسا۔۔۔

''واہ، میرے مولوی صاحب۔۔۔میرا خیال ہے کہ جب سے تم خشک خشک ہوئے ہو۔۔۔تمہاری ہر وقت شگفتہ رہنے والی طبیعت ٹھہرے پانی کی طرح ٹھہر گئی ہے۔۔۔''

''ہو گا ایسا ہی۔۔۔''

''ہو گا کیا۔۔۔ہے ہی ایسا معاملہ۔۔۔لیکن خدا نہ کرے، ایسی ذہانت جس کے سب معترف ہیں۔۔۔

اس کا بھی یہی حشر ہو۔۔۔کیا تم اب بھی فلم کہانی کا ڈھانچہ تیار کر سکتے ہو۔۔۔فرسٹ کلاس کہانی۔۔۔''
میں نے اس سے کہا، ''فرسٹ، سیکنڈ، انٹر اور تھرڈ میں نہیں جانتا۔۔۔البتہ کہانی ضرور ہو گی۔۔۔تم سوچتے
ہو فرسٹ کی کہانی، وہ اسکرین پر آتے ہی تھرڈ نہ بن جائے۔۔۔یا تھرڈ جس کو تم نے ڈبوں میں بند کر
کے گودام میں رکھ چھوڑا تھا۔۔۔وہ گولڈن جوبلی فلم ثابت ہو۔۔۔کیا درست نہیں۔۔۔خیر ان باتوں کو
چھوڑو تم یہ بتاؤ کہ چاہتے کیا ہو۔''

اس نے مجھے ایک سگریٹ سلگا کر دیا اور سنجیدگی سے کہا، ''دیکھو منٹو۔۔۔میں ایک کہانی چاہتا ہوں۔
۔بڑا دلچسپ رومان ہو اور تم مجھے اس کا مفصل اسکیچ ایک ہفتے کے اندر دے دو۔۔۔کیونکہ میں فلم
ڈسٹری بیوٹر سے کنٹریکٹ کر چکا ہوں تم بتاؤ کتنی دیر میں لکھ لو گے۔''

''فراغت سے ایک مہینے کے بعد۔۔۔''

سردیوں کا موسم تھا اس نے اپنے ہاتھ ایک دوسرے کے ساتھ بڑے زور کے ساتھ ملے۔۔۔اس کے اس
عمل سے دو چیزیں ظاہر ہوتی تھیں اول یہ کہ اس کے ہاتھ گرم ہو گئے ہیں۔۔۔دوم یہ کہ اس کے سر کا بوجھ
ہلکا ہو گیا ہے کہ اس کو کہانی وقت پر مل جائے گی اور وہ جو کہ میری طرح تیزی سے کام کرنے والا ہے، اسے
وقت مقررہ کے اندر اندر ڈائریکٹ کر کے اس کے پرنٹ ڈسٹری بیوٹر کے حوالے کر دے گا اور کنٹریکٹ
کی رو سے جو بقایا رقم اس کے نام نکلتی تھی، اسی وقت میز پر دھر والے گا۔ اس نے چند لمحات غور کیا۔

''کل ہی کام شروع کر دے گا۔۔۔''

میں نے جواب دیا، ''کام تو میں شروع کر دوں۔۔۔لیکن یہاں میرے لیے کوئی علیحدہ کمرہ ہونا
چاہیے۔''

''ہو جائے گا۔۔۔''

''اور ایک اسسٹنٹ۔۔۔''

''مل جائے گا۔۔۔تو کل سے آنا شروع کر دو گے؟''

میں نے اس سے کہا، ''دیکھو گیلانی۔۔۔میرے گھر سے اور تمہارے اسٹوڈیو تک کا فاصلہ کافی ہے۔
۔تانگے میں آؤں تو قریب قریب ڈیڑھ گھنٹہ۔۔۔بس کا سوال ہی پیدا نہیں ہوتا۔''

اس نے پوچھا، ''کیوں؟''

''یعنی اس کا انتظار کرنا پڑتا ہے۔۔۔بس اسٹینڈ پر کھڑے رہو۔۔۔خدا خدا کر کے پانچ نمبر کی بس

آ گئی۔۔۔مسافروں سے بھری ہوئی اور وہ بغیر ٹھہرے چل دی اور تم خود کو دنیا کا کم ترین انسان محسوس کرتے ہو۔۔۔جی میں آتا ہے کہ خودکشی کرلو۔۔۔یا پھر دنیاوالوں کی بے رخی سے نجات حاصل کرنے کے لیے سنیاس دھارلو۔۔۔''

گیلانی نے اپنی شرارت بھری مونچھیں تھرکائیں۔

''میں شرط بدنے کے لیے تیار ہوں کہ تم کبھی دنیا تیاگ نہیں سکتے جس دنیا میں ہر قسم کی شراب ملتی ہے۔۔ ۔اور خوبصورت عورتیں بھی۔۔۔''

میں نے چڑ کر کہا، ''عورتیں جائیں جہنم میں۔۔تم اچھی طرح جانتے ہو کہ میں بمبئی کے ہر اسٹوڈیو میں، جہاں میں نے کام کیا، ان سے دور ہی رہا۔''

''تم تو خیر اپنے وقت کے ڈون جوآن Donjyan ہو۔''

''مذاق اڑاتے ہو تم خواجہ میرا۔''

میں نے سنجیدگی کے ساتھ اس سے کہا، ''نہیں گیلانی

ع یہ رتبہ بلند ملا جس کو مل گیا۔۔۔

یا یوں کہہ لو

ایں سعادت بزور بازو نیست

تا نہ بخشد خدائے بخشندہ۔''

گیلانی مسکرایا۔۔۔

''خدائے بخشندہ تو بڑے عرصے سے تمہیں مرحوم و مغفور کر چکا ہے۔۔۔تم بخشی ہوئی روح ہو۔''

میں نے کہا، ''اس سے کیا ہوتا ہے۔۔۔میں اپنے گناہوں کی سزا بھگتنا چاہتا ہوں۔۔۔''

''فلسفہ مت بگھارو یار۔۔۔یہ بتاؤ کیا ابھی تک وہ تمہارے پاس وہ اردو ٹائپ رائٹر موجود ہے۔''

''اچھا تو یہ بتاؤ کہ وہ ایکٹریس جس سے تم نے کلکتہ میں شادی کی تھی، ابھی تک تمہارے پاس موجود ہے۔۔۔''

گیلانی نے فخر یہ انداز میں جواب دیا، ''موجود کیوں نہیں ہوگی۔۔۔گویا تمہاری نظر میں ایکٹریس اور ٹائپ رائٹر میں کوئی فرق نہیں۔۔۔''

میں نے اس سے کہا، ''کیا فرق ہے۔۔۔ایک فلم پر ٹائپ کرتی ہے۔۔۔دوسری کاغذ پر۔۔۔دونوں کسی

وقت بھی بگڑ سکتی ہیں۔۔۔،،

گیلانی میری ان باتوں سے تنگ آ گیا تھا۔۔۔ آخر میں نے اس کو دلاسا دیا، ، یار، یہ سب مذاق تھا۔۔۔ تو میں کل آ جاؤں۔۔۔ میرا مطلب ہے تم گاڑی بھیج دو گے؟،،

گیلانی صوفے پر سے اٹھا۔۔۔ اس کے ساتھ میں بھی۔۔۔ اس نے کہا، ، ہاں۔۔۔ ہاں بھی۔۔۔ کب چاہیے تمہیں گاڑی؟،،

، کوئی وقت بھی مقرر کر لو۔۔۔ ساڑھے نو بجے صبح۔۔۔،،

، ٹھیک ہے،،

، تم کاغذ وغیرہ آج ہی منگوا لینا۔۔۔ تا کہ میں اسٹوڈیو پہنچتے ہی کام شروع کر دوں۔۔۔ اور تم سے الٹانہ سنوں کہ دیکھو تم نے مجھے لیٹ ڈاؤن دیا۔ میرا اتنے ہزار روپے کا نقصان ہو گیا ہے۔،،

گیلانی نے بڑے پیار سے کہا، ، کیا بکتے ہو یار۔۔۔ میں تمہاری طبیعت سے کیا واقف نہیں۔۔۔ کبھی کبھی تم ڈبکی لگا جایا کرتے ہو۔،،

میں نے اس کو یقین دلایا، نہیں ایسا نہیں ہو گا۔۔۔ تم مطمئن رہو۔۔۔ ہاں میرا ٹائپ رائٹر یہاں محفوظ تو رہے گا؟،، گیلانی کی عادت ہے کہ وہ ذرا ذرا سی بات پر چِڑ جاتا ہے۔

، محفوظ نہیں رہے گا تو کیا غنڈے اغوا کرنے آ جائیں گے۔ اپنے کسی عاشق کے ساتھ تمہاری مشین بھاگ نکلے گی۔۔۔،،

میں بہت ہنسا۔ ہنستے ہنستے ہم دونوں نے اسٹوڈیو کا چکر لگایا۔۔۔ اس کے بعد اس نے مجھے الوداع کہی اور میں اسی گاڑی میں بیٹھ کر روانہ ہو گیا۔۔۔ جہاں پہنچتے ہی میں نے ٹائپ رائٹر کی جھاڑ پونچھ کی۔۔۔ اس لیے کہ ایک مدت سے میں نے اسے استعمال نہیں کیا تھا کیونکہ فلمی کہانی لکھنے کا اس دوران میں کوئی موقع ہی میسر نہ آیا۔ بگڑا ہوا مکینک یا مستری آرٹسٹ بن جاتا ہے، یہ میرا اپنا ذاتی اختراع کردہ محاورہ ہے۔ گیلانی شروع میں مکینک تھا۔۔۔ بگڑ کر وہ آرٹسٹ بن گیا، پر وہ محنتی تھا۔

جب وہ مستری تھا تو اسے زیادہ سہولتیں میسر نہیں تھیں لیکن جب کیمرا قلی سے ترقی کر تا کر تا کیمرا مین بن گیا تو اس نے کیمرے کے ہر پیچ کے متعلق اپنی خداداد ذہانت اور جستجو طلب طبیعت کی بدولت یہ دریافت کر لیا کہ ان کا لوہے کے اس چوکھٹے میں اپنی اپنی جگہ کیا مصرف ہے۔ کیمرے کو وہ الٹا کر تا۔۔۔ کبھی سیدھا۔۔۔ کبھی اس کا گیٹ کھول کر بیٹھ جاتا اور گھنٹوں اس سے اپنے مختلف سائز کے پیچ پرزوں کے

ذریعے بوس و کنار میں مشغول رہتا۔

فرصت کے اوقات۔ ۔ ۔ یعنی جب شوٹنگ نہیں ہوتی تھی۔ ۔ ۔ وہ اپنی سائیکل پر شہر پہنچتا اور سارا دن کباڑیوں کی دکانوں پر صرف کرتا۔ ۔ ۔ اس کو دنیا کے تمام کباڑیوں سے محبت ہے، اور ان کے کباڑ خانوں کو وہ بڑی مقدس جگہیں تصور کرتا تھا۔ وہ ان دکانوں میں بیٹھ کر منصوبہ تیار کرتا رہتا کہ سلائی مشین کا ہینڈل جو بے کار پڑا ہے اگر لوہے کے فلائی ٹکڑے کے ساتھ ویلڈ کر دیا جائے اور اس کے فلاں کے اندر چھوٹے پنکھے جو نکڑ والی دکان میں موجود ہیں، لگا دیئے جائیں تو فرسٹ کلاس دھونکنی بن سکتی ہے۔ خدا معلوم وہ کیا کیا سوچتا تھا۔ ۔ ۔ ان دنوں دراصل ذہنی ورزش کر رہا تھا۔ ۔ ۔ یہ وہ تیاری تھی جو وہ اپنے منصوبوں کی تکمیل کے لیے استعمال کرنا چاہتا تھا۔

اس نے ایڈیٹنگ بھی اسی طرح سیکھی۔ ۔ ۔ اس پاس کی ہر ننھی سے ننھی شئے کا مطالعہ کیا، اور آخر ایک دن اس نے اسٹوڈیو کی ایک فلم کی ایسی عمدہ ایڈیٹنگ کی کہ لوگ دنگ رہ گئے۔

سیٹھ نے سوچا کہ اچھے کیمرا مین تو مل جائیں گے مگر ایسا باکمال ایڈیٹر جو سیلولائیڈ کے چھوٹے بڑے فیتے کے ٹکڑوں کو اس چابک دستی سے جوڑتا ہے کہ پھر اس میں مزید کتر بیونت ہو ہی نہیں سکتی۔ چنانچہ ایڈیٹنگ ڈیپارٹمنٹ کا ہیڈ بنا دیا۔ تنخواہ اس کی وہی رہی جو بحیثیت کیمرا مین تھی۔ وہ اپنا کام بڑی محنت اور تندہی سے کرتا رہا، لیکن اس کے ساتھ ساتھ وہ لیبارٹری سے بھی دلچسپی لیتا تھا۔

تھوڑی ہی دیر میں اس نے اس کے کل پرزوں میں چند اصلاحات اور ترکیبیں پیش کیں جو بڑی رد و کد کے بعد قبول کر لی گئیں۔ ۔ ۔ نتیجہ دیکھا گیا تو بڑا حوصلہ افزا تھا۔

سیٹھ نے ایک دن سوچا:

’’ کیوں نہ گیلانی کو ایک فلم ڈائریکٹ کرنے کا موقع دیا جائے۔ ‘‘

جب اس سے پوچھا، ’’ تم کوئی فلم ڈائریکٹ کر لو گے؟ ‘‘ تو اس نے بڑی خود اعتمادی سے جواب دیا، ’’ ہاں سیٹھ۔ ۔ ۔ پر اس میں کوئی دخل نہ دے۔ ‘‘

کہانی آدھی گیلانی نے خود بنائی۔ ۔ ۔ آدھی ادھر کے منشیوں سے لکھوائی اور اللہ کا نام لے کر شوٹنگ شروع کر دی۔ ۔ ۔ یہ فلم ختم ہوا اور نمائش کے لیے مقامی سینما ہاؤس میں پیش کیا گیا تو اس نے اگلے پچھلے تمام ریکارڈ توڑ دیئے۔ اس کے بعد اس نے لاہور میں دو فلمیں بنائیں۔ ۔ ۔ یہ بھی سلور جوبلی ہٹ ثابت ہوئے۔ ۔ ۔ ایک کلکتہ جا کر پھر بنایا۔ ۔ ۔ وہ بھی کام یاب تھا۔ یہاں سے وہ بمبئی پہنچا۔ ۔ ۔ کیونکہ وہاں کے

فلم سازوں نے بڑی تگڑی تگڑی آفریں بھیجی تھیں۔۔۔چنانچہ ایک جگہ اس نے آفر قبول کر کے کنٹریکٹ پر دستخط کر دیئے اور کہانی ''چن وے'' کا منظر نامہ خود لکھا۔۔۔فلم بن گیا۔۔۔اور اتنا بڑا باکس آفس ثابت نہ ہوا۔۔۔

شاید اس لیے کہ بٹوارے کے باعث دوسرے شہروں کے مانند بمبئی میں بھی فرقہ وارانہ فسادات شروع ہو گئے جس طرح دوسرے مسلمان ہجرت کر رہے تھے اس طرح گیلانی بھی بمبئی چھوڑ کر کراچی چلا گیا۔۔۔یہاں سے وہ لاہور پہنچا اور ایک اسٹوڈیو کی داغ بیل رکھی۔۔۔ساؤنڈ ریکارڈسٹ سے لے کر کیلیں ٹھوکنے والے تک کو اس کی ذاتی نگرانی میں کام کرنا پڑتا تھا۔۔۔قصہ مختصر کہ اسٹوڈیو تیار ہو گیا۔

لاہور کے مسلمان ہاتھ پر ہاتھ دھرے بیٹھے تھے۔

جب یہ اسٹوڈیو بنا تو ان کی جان میں جان آئی۔۔۔چنانچہ یہاں شوٹنگ شروع ہو گئی۔۔۔اس کے بعد یہ چل نکلا۔۔۔گیلانی اس دوران میں اسٹیج اور اِدھر اُدھر کے متعلقہ سامان کو درست اور مرمت کرانے میں مشغول رہا۔اس کا دستِ راست لاہور ہی کا ایک نوجوان سراج دین تھا۔۔۔جو قریب قریب آٹھ برس سے اس کے ساتھ تھا، اس نے کہا، ٹائپ رائٹر کی دال لے کر کھالو۔اس کے بعد گیلانی نے خود میرے ٹائپ رائٹر کا معائنہ کیا اور فیصلہ صادر کر دیا کہ مشین میں کوئی نقص نہیں۔مگر سراج اپنے تجربے کے بل بوتے پر مصر تھا۔

''نہیں حضور۔۔۔یہ اب مرمت طلب ہو چکی ہے۔۔۔بڑے اور چھوٹے رولر سب نئے لگوانے پڑیں گے۔۔۔اوور ہالنگ ہو گی۔۔۔اس کا کتا بھی ناقص ہو چکا ہے، وہ بھی پڑے گا۔''

''تمہاری ٹانگوں پر۔۔۔''

''آپ میرا مذاق نہ اڑائیے۔۔۔اچھا۔۔۔خیر آپ ہی صحیح کہتے ہیں۔'' یہ کہہ کر وہ اپنے گنجے سر پر ٹوپی درست کرتا ہوا چلا گیا۔

گیلانی نے اپنا خاص ٹول بکس منگوایا اور مشین کے سب پرزے الگ الگ کر کے رکھ دیئے کوئی پرزہ پتھر پر گھسایا۔۔۔کوئی ریگی مار پر۔۔۔کسی کی سریش لگائی۔۔۔کسی کو تیل۔اور ان کو دوبارہ فٹ کر کے فتح مندانہ انداز میں میری طرف دیکھا اور کہا، ''کیوں صاحب! ٹھیک ہو گئی یا نہیں۔۔۔'' میں نے ایسے ہی کہہ دیا، ''ہاں اب ٹھیک ہے۔''

گیلانی نے اپنے پاس کھڑے اسسٹنٹ کو بلایا، ''جاؤ، اس الو کے پٹھے ایکسپرٹ سراج کو بلا کر لاؤ۔''

چند منٹ میں سراج حاضر ہو گیا۔اس نے مشین چلائی تو دس پندرہ بار ٹپ ٹپ کرنے کے بعد ہی خاموش ہو گئی۔سراج نے گیلانی سے کچھ نہ کہا۔تھوڑے وقفے کے بعد گیلانی بڑے تحکمانہ لہجے میں اس سے مخاطب ہوا، ''اچھا تم اسے بناؤ۔ ۔ ۔دیکھیں تم کیا تیر مارتے ہو۔''

مجھے اپنی پندرہ سالہ عزیز مشین کی اس درگت پر ترس آ رہا تھا۔ ۔ ۔مگر اب کیا ہو سکتا تھا۔ ۔ ۔جب اس کے انجر پنجر ڈھیلے ہوئے میری آنکھوں کے سامنے پڑے تھے۔دوسرے دن سراج نے اپنا ٹول بکس ریکارڈنگ میں سے منگوایا اور میری مشین پر اپنی ماہرانہ سرجری شروع کر دی۔ضروری پرزے نکال کر اس نے علیحدہ رکھ لیے اور باقی حصّے پٹرول میں ڈال دیئے۔اب ان کی چتا جلانے کے لیے صرف ماچس کی ایک تیلی ہی کافی تھی۔

میں خاموش رہا۔

یہ سب کچھ دیکھتا رہا۔

کتے کے جبڑوں کو ایک پلاس کے ساتھ زور سے پکڑا اور میری طرف کرتے ہوئے بولا:

''لو دیکھ لو۔ ۔ ۔میں نہ کہتا تھا۔ ۔ ۔کتا کام نہیں کر رہا۔ ۔ ۔اس کا تو سنتر پنچ ہی خراب ہے۔ ۔ ۔''

''سنتر پنچ۔ ۔ ۔''

''ہاں!''

اور سراج ایک بار پھر اس کا سنتر پنچ ٹھیک کرنے لگا۔

سہائے

''یہ مت کہو کہ ایک لاکھ ہندو اور ایک لاکھ مسلمان مرے ہیں، یہ کہو کہ دو لاکھ انسان مرے ہیں۔اور یہ اتنی بڑی ٹریجڈی نہیں کہ دو لاکھ انسان مرے ہیں، ٹریجڈی اصل میں یہ ہے کہ مارنے اور مرنے والے کسی بھی کھاتے میں نہیں گئے۔ایک لاکھ ہندو مار کر مسلمانوں نے یہ سمجھا ہو گا کہ ہندو مذہب مر گیا ہے، لیکن وہ زندہ ہے اور زندہ رہے گا۔اسی طرح ایک لاکھ مسلمان قتل کرکے ہندوؤں نے بغلیں بجائی ہوں گی کہ اسلام ختم ہو گیا ہے، مگر حقیقت آپ کے سامنے ہے کہ اسلام پر ایک ہلکی سی خراش بھی نہیں آئی۔وہ لوگ بے وقوف ہیں جو سمجھتے ہیں کہ بندوقوں سے مذہب شکار کیے جا سکتے ہیں۔۔۔مذہب، دین، ایمان، دھرم، یقین، عقیدت۔۔۔یہ جو کچھ بھی ہے ہمارے جسم میں نہیں، روح میں ہوتا ہے۔۔۔چھرے، چاقو اور گولی سے یہ کیسے فنا ہو سکتا ہے؟''

ممتاز اس روز بہت ہی پر جوش تھا۔ہم صرف تین تھے جو اسے جہاز پر چھوڑنے کے لیے آئے تھے۔۔۔وہ ایک غیر متعین عرصے کے لیے ہم سے جدا ہو کر پاکستان جا رہا تھا۔۔۔پاکستان، جس کے وجود کے متعلق ہم میں سے کسی کو وہم و گمان بھی نہ تھا۔

ہم تینوں ہندو تھے۔مغربی پنجاب میں ہمارے رشتہ داروں کو بہت مالی اور جانی نقصان اٹھانا پڑا تھا۔غالباً یہی وجہ تھی کہ ممتاز ہم سے جدا ہو رہا تھا۔جگل کو لاہور سے خط ملا کہ فسادات میں اس کا چچا مارا گیا ہے تو اس کو بہت صدمہ ہوا۔چنانچہ اسی صدمے کے زیر اثر باتوں باتوں میں ایک دن اس نے ممتاز سے کہا،

''میں سوچ رہا ہوں اگر ہمارے محلے میں فساد شروع ہو جائے تو میں کیا کروں گا۔''

ممتاز نے اس سے پوچھا، ''کیا کرو گے؟'' جگل نے بڑی سنجیدگی کے ساتھ جواب دیا، ''میں سوچ رہا

ہوں، بہت ممکن ہے میں تمہیں مار ڈالوں۔ ''

یہ سن کر ممتاز بالکل خاموش ہو گیا اور اس کی یہ خاموشی تقریباً آٹھ روز تک قائم رہی اور اس وقت ٹوٹی جب اس نے اچانک ہمیں بتایا کہ وہ پونے چار بجے سمندری جہاز سے کراچی جا رہا ہے۔

ہم تینوں میں سے کسی نے اس کے اس ارادے کے متعلق بات چیت نہ کی۔ جُگل کو اس بات کا شدید احساس تھا کہ ممتاز کی روانگی کا باعث اس کا یہ جملہ ہے، '' میں سوچ رہا ہوں۔ بہت ممکن ہے، میں تمہیں مار ڈالوں۔ '' غالباً وہ اب تک یہی سوچ رہا تھا کہ وہ مشتعل ہو کر ممتاز کو مار سکتا ہے یا نہیں۔۔۔ ممتاز کو جو کہ اس کا جگری دوست تھا۔۔۔ یہی وجہ ہے کہ وہ ہم تینوں میں سب سے زیادہ خاموش تھا۔ لیکن عجیب بات ہے کہ ممتاز غیر معمولی طور پر باتونی ہو گیا تھا۔۔۔ خاص طور پر روانگی سے چند گھنٹے پہلے۔

صبح اٹھتے ہی اس نے پینا شروع کر دی۔ اسباب وغیرہ کچھ اس انداز سے باندھا اور بندھوایا جیسے وہ کہیں سیر و تفریح کے لیے جا رہا ہے۔۔۔ خود ہی بات کرتا تھا اور خود ہی ہنستا تھا۔ کوئی اور دیکھتا تو سمجھتا کہ وہ بمبئی چھوڑنے میں ناقابلِ بیان مسرت محسوس کر رہا ہے، لیکن ہم تینوں اچھی طرح جانتے تھے کہ وہ صرف اپنے جذبات چھپانے کے لیے ہمیں اور اپنے آپ کو دھوکا دینے کی کوشش کر رہا ہے۔

میں نے بہت چاہا کہ اس سے اس کی یک لخت روانگی کے متعلق بات کروں۔ اشارتاً میں نے جُگل سے بھی کہا کہ وہ بات چھیڑے مگر ممتاز نے ہمیں کوئی موقع ہی نہ دیا۔

جُگل تین چار پیگ پی کر اور بھی زیادہ خاموش ہو گیا اور دوسرے کمرے میں لیٹ گیا۔ میں اور برج موہن اس کے ساتھ رہے۔ اسے کئی بل ادا کرنے تھے۔ ڈاکٹروں کی فیسیں دینی تھیں۔ لانڈری سے کپڑے لانے تھے۔۔۔ یہ سب کام اس نے ہنستے کھیلتے کیے، لیکن جب اس نے ناکے کے ہوٹل کے بازو والی دکان سے ایک پان لیا تو اس کی آنکھوں میں آنسو آ گئے۔ برج موہن کے کاندھے پر ہاتھ رکھ کر وہاں سے چلتے ہوئے اس نے ہولے سے کہا، '' یاد ہے برج۔۔۔ آج سے دس برس پہلے جب ہمارا حال بہت پتلا تھا، گووند نے ہمیں ایک روپیہ ادھار دیا تھا۔ ''

راستے میں ممتاز خاموش رہا۔ مگر گھر پہنچتے ہی اس نے پھر باتوں کا الامتناہی سلسلہ شروع کر دیا، ایسی باتوں کا جن کا سر نہ تھا نہ پیر، لیکن وہ کچھ ایسی پر خلوص تھیں کہ میں اور برج موہن برابر ان میں سے حصہ لیتے رہے۔ جب روانگی کا وقت قریب آیا تو جُگل بھی شامل ہو گیا، لیکن جب ٹیکسی بندر گاہ کی طرف چلی تو سب خاموش ہو گئے۔

ممتاز کی نظر میں بمبئی کے وسیع اور کشادہ بازاروں کو الوداع کہتی رہیں۔ حتیٰ کہ ٹیکسی اپنی منزلِ مقصود تک پہنچ گئی۔ بے حد بھیڑ تھی۔ ہزارہا ریفیوجی جا رہے تھے۔ خوشحال بہت کم اور بدحال بہت زیادہ۔۔۔۔ بے پناہ ہجوم تھا لیکن مجھے ایسا محسوس ہوتا تھا کہ اکیلا ممتاز جا رہا ہے۔ ہمیں چھوڑ کر ایسی جگہ جا رہا ہے جو اس کی دیکھی بھالی نہیں۔ جو اس کے مانوس بنانے پر بھی اجنبی رہے گی۔ لیکن یہ میرا اپنا خیال تھا۔ میں نہیں کہہ سکتا کہ ممتاز کیا سوچ رہا تھا۔

جب کیبن میں سارا اسامان چلا گیا تو ممتاز ہمیں عرشے پر لے گیا۔۔۔ اُدھر جہاں آسمان اور سمندر آپس میں مل رہے تھے، ممتاز دیر تک دیکھتا رہا، پھر اس نے جُگل کا ہاتھ اپنے ہاتھ میں لے کر کہا، ''یہ محض فریبِ نظر ہے۔۔۔ آسمان اور سمندر کا آپس میں ملنا۔۔۔ لیکن یہ فریبِ نظر کس قدر دلکش ہے۔۔۔ یہ ملاپ!'' جُگل خاموش رہا۔ غالباً اس وقت بھی اس کے دل و دماغ میں اس کی یہ کہی ہوئی بات چٹکیاں لے رہی تھی، ''میں سوچ رہا ہوں۔ بہت ممکن ہے میں تمہیں مار ڈالوں۔''

ممتاز نے جہاز کے بار سے برانڈی منگوائی، کیونکہ وہ صبح سے یہی پی رہا تھا۔۔۔ ہم چاروں گلاس ہاتھ میں لیے جنگلے کے ساتھ کھڑے تھے۔ ریفیوجی دھڑا دھڑ اِدھر جہاز میں سوار ہو رہے تھے اور قریب قریب ساکن سمندر پر آبی پرندے منڈلا رہے تھے۔

جُگل نے دفعتاً ایک ہی جرعے میں اپنا گلاس ختم کیا اور نہایت ہی بھونڈے انداز میں ممتاز سے کہا، ''مجھے معاف کر دینا ممتاز۔۔۔ میرا خیال ہے میں نے اس روز تمہیں دکھ پہنچایا تھا۔''

ممتاز نے تھوڑے توقف کے بعد جُگل سے سوال کیا، ''جب تم نے کہا تھا میں سوچ رہا ہوں۔۔۔ بہت ممکن ہے میں تمہیں مار ڈالوں۔۔۔ کیا اس وقت واقعی تم نے یہی سوچا تھا۔۔۔ نیک دلی سے اسی نتیجے پر پہنچے تھے۔''

جُگل نے اثبات میں سر ہلایا، ''لیکن مجھے افسوس ہے۔''

''تم مجھے مار ڈالتے تو تمہیں زیادہ افسوس ہوتا۔'' ممتاز نے بڑے فلسفیانہ انداز میں کہا۔ ''لیکن صرف اس صورت میں اگر تم نے غور کیا ہوتا کہ تم نے ممتاز کو۔۔۔ ایک مسلمان کو۔۔۔ ایک دوست کو نہیں بلکہ ایک انسان کو مارا ہے۔۔۔ وہ اگر حرامزادہ تھا تو تم نے اس کی حرامزدگی کو نہیں بلکہ خود اس کو مار ڈالا ہے۔۔۔ وہ اگر مسلمان تھا تو تم نے اس کی مسلمانی کو نہیں اس کی ہستی کو ختم کیا ہے۔۔۔ اگر اس کی لاش مسلمانوں کے ہاتھ آتی تو قبرستان میں ایک قبر کا اضافہ ہو جاتا۔ لیکن دنیا میں ایک انسان کم ہو جاتا۔''

تھوڑی دیر خاموش رہنے اور کچھ سوچنے کے بعد اس نے پھر بولنا شروع کیا، ''ہوسکتا ہے، میرے ہم مذہب مجھے شہید کہتے، لیکن خدا کی قسم اگر ممکن ہوتا تو میں قبر پھاڑ کر چلانا شروع کر دیتا۔ مجھے شہادت کا یہ رتبہ قبول نہیں۔۔۔ مجھے یہ ڈگری نہیں چاہیے جس کا امتحان میں نے دیا ہی نہیں۔۔۔ لاہور میں تمہارے چچا کو ایک مسلمان نے مار ڈالا۔ تم نے یہ خبر بمبئی میں سنی اور مجھے قتل کر دیا۔۔۔ بتاؤ، تم اور میں کس تمغے کے مستحق ہیں؟ اور لاہور میں تمہارا چچا اور اس کا قاتل کس خلعت کا حقدار ہے۔۔۔ میں تو یہ کہوں گا، مرنے والے کتے کی موت مرے اور مارنے والوں نے بے کار۔۔۔ بالکل بے کار اپنے ہاتھ خون سے رنگے۔۔۔''

باتیں کرتے کرتے ممتاز بہت جذباتی ہوگیا۔ لیکن اس زیادتی میں خلوص برابر کا تھا۔ میرے دل پر خصوصاً اس کی اِس بات کا بہت اثر ہوا کہ مذہب، دین، ایمان، یقین، دھرم، عقیدت۔۔۔ یہ جو کچھ بھی ہے ہمارے جسم کے بجائے روح میں ہوتا ہے۔ جو چھرے، چاقو اور گولی سے فنا نہیں کیا جا سکتا، چنانچہ میں نے اس سے کہا، ''تم بالکل ٹھیک کہتے ہو۔''

یہ سن کر ممتاز نے اپنے خیالات کا جائزہ لیا اور قدرے بے چینی سے کہا، ''نہیں بالکل ٹھیک نہیں۔۔۔ میرا مطلب ہے کہ یہ سب ٹھیک تو ہے۔ لیکن شاید میں جو کچھ کہنا چاہتا ہوں، اچھی طرح ادا نہیں کر سکا۔۔۔ مذہب سے میری مراد، یہ مذہب نہیں، یہ دھرم نہیں، جس میں ہم میں سے ننانوے فی صدی مبتلا ہیں۔۔۔ میری مراد اس خاص چیز سے ہے جو ایک انسان کو دوسرے انسان کے مقابلے میں جداگانہ حیثیت بخشتی ہے۔۔۔ وہ چیز جو انسان کو حقیقت میں انسان ثابت کرتی ہے۔۔۔ لیکن یہ چیز کیا ہے؟ افسوس ہے کہ میں اسے ہتھیلی پر رکھ کر نہیں دِکھا سکتا۔'' یہ کہتے کہتے ایک دم اس کی آنکھوں میں چمک سی پیدا ہوئی اور اس نے جیسے خود سے پوچھنا شروع کیا، ''لیکن اس میں وہ کون سی خاص بات تھی؟ کٹر ہندو تھا۔۔۔ پیشہ نہایت ہی ذلیل لیکن اس کے باوجود اس کی روح کس قدر روشن تھی؟''

میں نے پوچھا، ''کس کی؟''

''ایک بھڑوے کی۔'' ہم تینوں چونک پڑے۔ ممتاز کے لہجے میں کوئی تکلف نہیں تھا، اس لیے میں نے سنجیدگی سے پوچھا، ''ایک بھڑوے کی؟''

ممتاز نے اثبات میں سر ہلایا۔ ''مجھے حیرت ہے کہ وہ کیسا انسان تھا اور زیادہ حیرت اس بات کی ہے کہ وہ عرفِ عام میں ایک بھڑوا تھا۔۔۔ عورتوں کا دلال تھا۔۔۔ لیکن اس کا ضمیر بہت صاف تھا۔''

ممتاز تھوڑی دیر کے لیے رک گیا، جیسے وہ پرانے واقعات اپنے دماغ میں تازہ کر رہا ہے۔۔۔ چند لمحات کے

بعد اس نے پھر بولنا شروع کیا، ''اس کا پورا نام مجھے یاد نہیں۔۔۔ کچھ سہائے تھا۔۔۔ بنارس کا رہنے والا۔ بہت ہی صفائی پسند۔ وہ جگہ جہاں وہ رہتا تھا گو بہت ہی چھوٹی تھی مگر اس نے بڑے سلیقے سے اسے مختلف خانوں میں تقسیم کر رکھا تھا۔۔۔ پردے کا معقول انتظام تھا۔ چار پائیاں اور پلنگ نہیں تھے۔ لیکن گدیلے اور گاؤ تکیے موجود تھے۔ چادریں اور غلاف وغیرہ ہمیشہ اجلے رہتے تھے۔ نوکر موجود تھا مگر صفائی وہ خود اپنے ہاتھ سے کرتا تھا۔۔۔ صرف صفائی ہی نہیں، ہر کام۔۔۔ اور وہ سر سے بلا کبھی نہیں ٹالتا تھا۔ دھوکا اور فریب نہیں کرتا تھا۔۔۔ رات زیادہ گزر گئی ہے اور آس پاس سے پانی ملی شراب ملتی ہے تو وہ صاف کہہ دیتا تھا کہ صاحب اپنے پیسے ضائع نہ کیجے۔۔۔ اگر کسی لڑکی کے متعلق اسے شک ہے تو وہ چھپاتا نہیں تھا۔۔۔ اور تو اور اس نے مجھے یہ بھی بتا دیا تھا کہ وہ تین برس کے عرصے میں بیس ہزار روپے کما چکا ہے۔۔۔ ہر دس میں سے ڈھائی کمیشن کے لے لے کر۔۔۔ اسے صرف دس ہزار اور بنانے تھے۔۔۔ معلوم نہیں صرف دس ہزار اور کیوں، زیادہ کیوں نہیں۔۔۔ اس نے مجھ سے کہا تھا کہ تیس ہزار روپے پورے کر کے وہ واپس بنارس چلا جائے گا اور بزازی کی دکان کھولے گا۔۔۔ میں یہ بھی نہیں کہہ سکتا کہ وہ صرف بزازی ہی کی دکان کھولنے کا آرزو مند کیوں تھا۔''

میں یہاں تک سن چکا تو میرے منہ سے نکلا، ''عجیب و غریب آدمی تھا۔''

ممتاز نے اپنی گفتگو جاری رکھی، ''میرا خیال تھا کہ وہ سر تا پا بناوٹ ہے۔۔۔ ایک بہت بڑا فراڈ ہے۔ کون یقین کر سکتا ہے کہ وہ ان تمام لڑکیوں کو جو اس کے دھندے میں شریک تھیں، اپنی بیٹیاں سمجھتا تھا۔ یہ بھی اس وقت میرے لیے بعید از وہم تھا کہ اس نے ہر لڑکی کے نام پر پوسٹ آفس میں سیونگ اکاؤنٹ کھول رکھا تھا اور ہر مہینے کل آمدنی وہاں جمع کراتا تھا۔ اور یہ بات تو بالکل ناقابل یقین تھی کہ وہ دس بارہ لڑکیوں کے کھانے پینے کا خرچ اپنی جیب سے ادا کرتا ہے۔۔۔ اس کی ہر بات مجھے ضرورت سے زیادہ بناوٹی معلوم ہوتی تھی۔۔۔ ایک دن میں اس کے یہاں گیا تو اس نے مجھ سے کہا، امینہ اور سکینہ دونوں چھٹی پر ہیں۔۔۔ میں ہر ہفتے ان دونوں کو چھٹی دے دیتا ہوں تا کہ باہر جا کر کسی ہوٹل میں ماس وغیرہ کھا سکیں۔۔۔ یہاں تو آپ جانتے ہیں سب ویشنو ہیں۔۔۔ میں یہ سن کر دل ہی دل میں مسکرایا کہ مجھے بنا رہا ہے۔۔۔ ایک دن اس نے مجھے بتایا کہ احمد آباد کی اس ہندو لڑکی نے جس کی شادی اس نے ایک مسلمان گاہک سے کرا دی تھی، لاہور سے خط لکھا ہے کہ داتا صاحب کے دربار میں اس نے ایک منت مانی تھی جو پوری ہوئی۔ اب اس نے سہائے کے لیے منت مانی ہے کہ جلدی جلدی اس کے تیس ہزار روپے پورے ہوں اور وہ

بنارس جا کر بزازی کی دکان کھول سکے۔ یہ سن کر تو میں ہنس پڑا۔ میں نے سوچا، چونکہ میں مسلمان ہوں۔ اس لیے مجھے خوش کرنے کی کوشش کر رہا ہے۔''

میں نے ممتاز سے پوچھا، ''تمھارا خیال غلط تھا؟''

''بالکل۔۔۔اس کے قول و فعل میں کوئی بُعد نہیں تھا۔۔۔ہو سکتا ہے اس میں کوئی خامی ہو، بہت ممکن ہے اس سے اپنی زندگی میں کئی لغزشیں سرزد ہوئی ہوں۔۔۔مگر وہ ایک بہت ہی عمدہ انسان تھا۔'' جگل نے سوال کیا۔ ''یہ تمہیں کیسے معلوم ہوا؟''

''اس کی موت پر،'' یہ کہہ کر ممتاز کچھ عرصے کے لیے خاموش ہو گیا۔تھوڑی دیر کے بعد اس نے اُدھر دیکھنا شروع کیا جہاں آسمان اور سمندر ایک دھندلی سی آغوش میں سمٹے ہوئے تھے۔ ''فسادات شروع ہو چکے تھے۔۔۔میں علی الصبح اٹھ کر بھنڈی بازار سے گزر رہا تھا۔۔۔کرفیو کے باعث بازار میں آمد و رفت بہت ہی کم تھی۔ٹرام بھی نہیں چل رہی تھی۔۔۔ٹیکسی کی تلاش میں چلتے چلتے جب میں جے جے ہسپتال کے پاس پہنچا، توفٹ پاتھ پر ایک آدمی کو میں نے بڑے سے ٹوکرے کے پاس گٹھری سی بنے ہوئے دیکھا۔ میں نے سوچا کوئی پائی والا (مزدور) سو رہا ہے۔۔۔لیکن جب میں نے پتھر کے ٹکڑوں پر خون کے لوتھڑے دیکھے تو رک گیا۔۔۔واردات قتل کی تھی، میں نے سوچا اپنا راستہ لوں، مگر لاش میں حرکت پیدا ہوئی۔۔۔میں پھر رک گیا اس پاس کوئی نہ تھا۔ میں نے جھک کر اس کی طرف دیکھا۔ مجھے سہائے کا جانا پہچانا چہرہ نظر آیا، مگر خون کے دھبوں سے بھرا ہوا۔ میں اس کے پاس فٹ پاتھ پر بیٹھ گیا اور غور سے دیکھا۔۔۔اس کی ٹول کی سفید قمیض جو ہمیشہ بے داغ ہوا کرتی تھی لہو سے لتھڑی ہوئی تھی۔۔۔زخم شاید پسلیوں کے پاس تھا۔اس نے ہولے ہولے کراہنا شروع کر دیا تو میں نے احتیاط سے اس کا کندھا پکڑ کر ہلایا جیسے کسی سوتے کو جگایا جاتا ہے۔ایک دو بار میں نے اس کو مکمل نام سے بھی پکارا۔۔۔میں اٹھ کر جانے ہی والا تھا کہ اس نے اپنی آنکھیں کھولیں۔۔۔دیر تک وہ اُن اَدھ کھلی آنکھوں سے ٹکٹکی باندھے مجھے دیکھتا رہا۔۔۔پھر ایک دم اس کے سارے بدن میں تشنّج کی سی کیفیت پیدا ہوئی اور اس نے مجھے پہچان کر کہا، ''آپ؟۔۔۔آپ؟''

میں نے اس سے تلے اوپر بہت سی باتیں پوچھنا شروع کر دی وہ کیسے ادھر آیا۔ کس نے اس کو زخمی کیا۔ کب سے وہ فٹ پاتھ پر پڑا ہے۔۔۔سامنے ہسپتال ہے، کیا میں وہاں اطلاع دوں؟

''اس میں بولنے کی طاقت نہیں تھی۔ جب میں نے سارے سوال کر ڈالے تو کراہتے ہوئے اس نے بڑی

مشکل سے یہ الفاظ کہے۔میرے دن پورے ہو چکے تھے۔۔۔ بھگوان کو یہی منظور تھا! ''
بھگوان کو جانے کیا منظور تھا، لیکن مجھے یہ منظور نہیں تھا کہ میں مسلمان ہو کر، مسلمانوں کے علاقے میں
ایک آدمی کو جس کے متعلق میں جانتا تھا کہ ہندو ہے، اس احساس کے ساتھ مرتے دیکھوں کہ اس کا مارنے
والا مسلمان تھا اور آخری وقت میں اس کی موت کے سرہانے جو آدمی کھڑا تھا، وہ بھی مسلمان تھا۔۔۔ میں
ڈرپوک تو نہیں، لیکن اس وقت میری حالت ڈرپوکوں سے بدتر تھی۔ ایک طرف یہ خوف دامن گیر تھا،
ممکن ہے میں ہی پکڑا جاؤں، دوسری طرف یہ ڈر تھا کہ پکڑانہ گیا تو پوچھ پچھ کے لیے ادھر لیا جاؤں گا۔
ایک بار خیال آیا، اگر میں اسے ہسپتال لے گیا تو کیا پتا ہے اپنا بدلہ لینے کی خاطر مجھے پھنسا دے۔ سوچ،
مرنا تو ہے، کیوں نہ اسے ساتھ لے کر مروں۔۔۔ اسی قسم کی باتیں سوچ کر میں چلنے ہی والا تھا۔ بلکہ یوں
کہیے کہ بھاگنے والا تھا کہ سہائے نے مجھے پکارا، میں ٹھہر گیا۔ نہ ٹھہرنے کے ارادے کے باوجود میرے قدم
رک گئے۔ میں نے اس کی طرف اس انداز سے دیکھا، گویا اس سے کہہ رہا ہوں، جلدی کرو میاں مجھے
جانا ہے۔ اس نے درد کی تکلیف سے دوہرا ہوتے ہوئے بڑی مشکلوں سے اپنی قمیض کے بٹن کھولے اور
اندر ہاتھ ڈالا، مگر جب کچھ اور کرنے کی اس میں ہمت نہ رہی تو مجھ سے کہا، '' نیچے بنڈی ہے۔۔۔
اِدھر کی جیب میں کچھ زیور اور بارہ سو روپے ہیں۔ یہ۔۔۔ یہ سلطانہ کا مال ہے۔۔۔ میں نے۔۔۔ میں
نے ایک دوست کے پاس رکھا ہوا تھا۔۔۔ آج اسے۔۔۔ آج اسے بھیجنے والا تھا۔۔۔ کیونکہ۔۔۔ کیونکہ
آپ جانتے ہیں خطرہ بہت بڑھ گیا ہے۔۔۔ آپ اسے دے دیجیے گا اور ۔۔۔ کہیے گا فوراً چلی جائے۔۔۔
لیکن۔۔۔ اپنا خیال رکھیے گا! ''

ممتاز خاموش ہو گیا، لیکن مجھے ایسا محسوس ہوا کہ اس کی آواز، سہائے کی آواز میں جو جے ہسپتال کے فٹ
پاتھ پر ابھری تھی، دُور، اُدھر جہاں آسمان اور سمندر ایک دھندلی سی آغوش میں مدغم تھے، حل ہو رہی ہے۔
جہاز نے وِسل دیا تو ممتاز نے کہا، '' میں سلطانہ سے ملا۔۔۔ اس کو زیور اور روپیہ دیا تو اس کی آنکھوں
میں آنسو آ گئے۔۔۔ ''

جب ہم ممتاز سے رخصت ہو کر نیچے اترے تو وہ عرشے پر جنگلے کے ساتھ کھڑا تھا۔۔۔ اس کا داہنا ہاتھ
ہل رہا تھا۔۔۔ میں جگل سے مخاطب ہوا، '' کیا تمہیں ایسا معلوم نہیں ہوتا کہ ممتاز، سہائے کی روح کو
بلا رہا ہے۔۔۔ ہم سفر بنانے کے لیے؟ ''
جگل نے صرف اتنا کہا، '' کاش، میں سہائے کی روح ہوتا! ''

سوکینڈل پاور کا بلب

وہ چوک میں قیصر پارک کے باہر جہاں ٹانگے کھڑے رہتے ہیں، بجلی کے ایک کھمبے کے ساتھ خاموش کھڑا تھا اور دل ہی دل میں سوچ رہا تھا۔۔۔ کوئی ویرانی سی ویرانی ہے !

یہی پارک جو صرف دو برس پہلے اتنی پر رونق جگہ تھی، اب اجڑی پچڑی دکھائی دیتی تھی۔ جہاں پہلے عورت اور مرد شوخ و شنگ فیشن کے لباسوں میں چلتے پھرتے تھے، وہاں اب بے حد میلے کچیلے کپڑوں میں لوگ ادھر ادھر بے مقصد پھر رہے تھے۔ بازار میں کافی بھیڑ تھی مگر اس میں وہ رنگ نہیں تھا جو ایک میلے ٹھیلے کا ہوا کرتا تھا۔ آس پاس کی سیمنٹ سے بنی ہوئی بلڈنگیں اپنا روپ کھو چکی تھیں۔ سر جھاڑ منہ پھاڑ ایک دوسرے کی طرف پھٹی پھٹی آنکھوں سے دیکھ رہی تھیں۔ جیسے بیوہ عورتیں۔

وہ حیران تھا کہ وہ غازہ کہاں گیا۔ وہ سیندور کہاں اڑ گیا۔ وہ سر کہاں غائب ہو گئے جو اس نے کبھی یہاں دیکھے اور سنے تھے۔۔۔ زیادہ عرصہ کی بات نہیں، ابھی وہ کل ہی تو (دو برس بھی تو کوئی عرصہ ہوتا ہے) یہاں آیا تھا۔ کلکتے سے جب اسے یہاں کی ایک فرم نے اچھی تنخواہ پر بلایا تھا تو اس نے قیصر پارک میں کتنی کوشش کی کہ اسے کرائے پر ایک کمرہ ہی مل جائے مگر وہ ناکام رہا تھا۔ ہزار فرمائشوں کے باوجود۔ مگر اب اس نے دیکھا کہ جس کنجڑے، جولا ہے اور موچی کی طبیعت چاہتی تھی، فلیٹوں اور کمروں پر اپنا قبضہ جما رہا تھا۔ جہاں کسی شان دار فلم کمپنی کا دفتر ہوا کرتا تھا، وہاں چولہے سلگ رہے ہیں۔ جہاں کبھی شہر کی بڑی بڑی رنگین ہستیاں جمع ہوتی تھیں، وہاں دھوبی میلے کپڑے دھو رہے ہیں۔

دو برس میں اتنا بڑا انقلاب !

وہ حیران تھا۔ لیکن اس کو اس انقلاب کا پس منظر معلوم تھا۔ اخباروں کے ذریعے سے اور ان دوستوں سے جو شہر میں موجود تھے، اسے سب پتہ لگ چکا تھا کہ یہاں کیسا طوفان آیا تھا۔ مگر وہ سوچتا تھا کہ یہ کوئی عجیب و غریب طوفان تھا جو عمارتوں کا رنگ و روپ بھی چوس کر لے گیا۔ انسانوں نے انسان قتل کیے۔ عورتوں کی بے عزتی کی، لیکن عمارتوں کی خشک لکڑیوں اور ان کی اینٹوں سے بھی یہی سلوک کیا۔ اس نے سنا تھا کہ اس طوفان میں عورتوں کو ننگا کیا گیا تھا۔ ان کی چھاتیاں کاٹی گئی تھیں۔ یہاں اس کے آس پاس جو کچھ تھا، سب ننگا اور جو بن بریدہ تھا۔

وہ بجلی کے کھمبے کے ساتھ لگا اپنے ایک دوست کا انتظار کر رہا تھا۔ جس کی مدد سے وہ اپنی رہائش کا کوئی بندوبست کرنا چاہتا تھا۔ اس دوست نے اس سے کہا کہ تم قیصر پارک کے پاس جہاں ٹانگے کھڑے رہا کرتے ہیں میرا انتظار کرنا۔

دو برس ہوئے جب وہ ملازمت کے سلسلے میں یہاں آیا تو یہ ٹانگوں کا اڈا بہت مشہور جگہ تھی، سب سے عمدہ، سب سے بانکے ٹانگے صرف یہیں کھڑے رہتے تھے، کیونکہ یہاں سے عیاشی کا ہر سامان مہیا ہو جاتا تھا۔ اچھے سے اچھا ریسٹورنٹ اور ہوٹل قریب تھا۔ بہترین چائے، بہترین کھانا اور دوسرے لوازمات بھی شہر کے جتنے بڑے بڑے دلال تھے وہ یہیں دستیاب ہوتے تھے۔ اس لیے کہ قیصر پارک میں بڑی بڑی کمپنیوں کے باعث روپیہ اور شراب پانی کی طرح بہتے تھے۔ اس کو یاد آیا کہ دو برس پہلے اس نے اپنے دوست کے ساتھ بڑے عیش کیے تھے۔ اچھی سے اچھی لڑکی ہر رات کو ان کی آغوش میں ہوتی تھی۔ سکاچ جنگ کے باعث نایاب تھی مگر ایک منٹ میں درجنوں بوتلیں مہیا ہو جاتی تھیں۔

ٹانگے اب بھی کھڑے تھے مگر ان پر وہ کلغیاں، وہ جھند نے، وہ پیتل کے پالش کیے ہوئے ساز و سامان کی چمک دمک نہیں تھی۔ یہ بھی شاید دوسری چیزوں کے ساتھ اڑ گئی تھی۔

اس نے گھڑی میں وقت دیکھا۔ پانچ بج چکے تھے۔ شام کے سائے چھانے شروع ہو گئے تھے۔ فروری کے دن تھے۔ اس نے دل ہی دل میں اپنے دوست کو لعنت ملامت کی اور دائیں ہاتھ کے ویران ہوٹل میں موری کے پانی سے بنائی ہوئی چائے پینے کے لیے جانے ہی والا تھا کہ کسی نے اس کو ہولے سے پکارا۔ اس نے خیال کیا کہ شاید اس کا دوست آ گیا۔ مگر جب اس نے مڑ کر دیکھا تو ایک اجنبی تھا۔ عام شکل و صورت کا، لٹھے کی نئی شلوار میں جس میں اب اور زیادہ شکنوں کی گنجائش نہیں تھی۔ نیلی پاپلین کی قمیص جو لانڈری میں جانے کے لیے بیتاب تھی۔

اس نے پوچھا، ''کیوں بھئی! تم نے مجھے بلایا؟''

اس نے ہولے سے جواب دیا، ''جی ہاں۔''

اس نے خیال کیا کہ مہاجر ہے بھیک مانگنا چاہتا ہے، ''کیا مانگتے ہو؟''

اس نے اسی لہجے میں جواب دیا، ''جی کچھ نہیں۔'' پھر قریب آ کر کہا، ''کچھ چاہیے آپ کو؟''

''کیا؟''

''کوئی لڑکی ورکی۔'' یہ کہہ کر وہ پیچھے ہٹ گیا۔

اس کے سینے میں ایک تیر سا لگا کہ دیکھو اس زمانے میں بھی یہ لوگوں کے جنسی جذبات ٹٹولتا پھرتا ہے۔۔۔۔ اور پھر انسانیت کے متعلق اوپر تلے اس کے دماغ میں بڑے حوصلہ شکن خیالات آئے۔ انہی خیالات کے زیرِ اثر اس نے پوچھا۔

''کہاں ہے؟''

اس کا لہجہ دلال کے لیے امید افزا نہیں تھا۔ چنانچہ قدم اٹھاتے ہوئے اس نے کہا، ''جی نہیں آپ کو ضرورت نہیں معلوم ہوتی۔''

اس نے اس کو روکا، ''یہ تم نے کس طرح جانا۔ انسان کو ہر وقت اس چیز کی ضرورت ہوتی ہے جو تم مہیا کر سکتے ہو۔۔۔ وہ سولی پر بھی۔۔۔ جلتی چتا میں بھی۔۔۔''

وہ فلسفی بننے ہی والا تھا کہ رک گیا۔ ''دیکھو۔۔۔ اگر کہیں پاس ہی ہے تو میں چلنے کے لیے تیار ہوں۔ میں نے یہاں ایک دوست کو وقت دے رکھا ہے۔''

دلال قریب آ گیا، ''پاس ہی۔۔۔ بالکل پاس۔''

''کہاں؟''

''یہ سامنے والی بلڈنگ میں۔''

اس نے سامنے والی بلڈنگ کو دیکھا۔

''اس میں۔۔۔ اس بڑی بلڈنگ میں؟''

''جی ہاں۔''

وہ لرز گیا۔ ''اچھا۔۔۔ تو۔۔۔؟''

سنبھل کر اس نے پوچھا، ''میں بھی چلوں؟''

’’چلیے۔۔۔۔ لیکن میں آگے آگے چلتا ہوں۔‘‘ اور دلال نے سامنے والی بلڈنگ کی طرف چلنا شروع کر دیا۔

وہ سینکڑوں روح شگاف باتیں سوچتا اس کے پیچھے ہو لیا۔

چند گزوں کا فاصلہ تھا، فوراً طے ہو گیا۔ دلال اور وہ دونوں اس بڑی بلڈنگ میں تھے جس کی پیشانی پر ایک بورڈ لٹک رہا تھا۔۔۔ اس کی حالت سب سے خستہ تھی، جگہ جگہ اکھڑی ہوئی اینٹوں، کٹے ہوئے پانی کے نلوں اور کوڑے کرکٹ کے ڈھیر تھے۔

اب شام گہری ہو گئی تھی۔ ڈیوڑھی میں سے گزر کر آگے بڑھے تو اندھیرا شروع ہو گیا۔ چوڑا چکلا صحن طے کر کے وہ ایک طرف مڑا۔ عمارت بنتے بنتے رک گئی تھی۔ ننگی اینٹیں تھیں۔ چونا اور سیمنٹ ملے ہوئے سخت ڈھیر پڑے تھے اور جا بجا بجری بکھری ہوئی تھی۔

دلال نامکمل سیڑھیاں چڑھنے لگا کہ مڑ کر اس نے کہا، ’’آپ یہیں ٹھہریے۔ میں ابھی آیا۔‘‘

وہ رک گیا۔ دلال غائب ہو گیا۔ اس نے منہ اوپر کر کے سیڑھیوں کے اختتام کی طرف دیکھا تو اسے تیز روشنی نظر آئی۔

دو منٹ گزر گئے تو دبے پاؤں وہ بھی اوپر چڑھنے لگا۔ آخری زینے پر اسے دلال کی بہت زور کی کڑک سنائی دی۔ ’’اٹھتی ہے کہ نہیں؟‘‘

کوئی عورت بولی، ’’کہہ جو دیا مجھے سونے دو۔‘‘ اس کی آواز گھٹی گھٹی سی تھی۔

دلال پھر کڑکا، ’’میں کہتا ہوں اٹھ۔۔۔ میرا کہا نہیں مانے گی تو یاد رکھ۔۔۔‘‘

عورت کی آواز آئی، ’’تو مجھے مار ڈال۔۔۔ لیکن میں نہیں اٹھوں گی۔ خدا کے لیے میرے حال پر رحم کر۔‘‘

دلال نے پچکارا، ’’اٹھ میری جان۔ ضد نہ کر۔ گزارہ کیسے چلے گا۔‘‘

عورت بولی، ’’گزارہ جائے جہنم میں۔ میں بھوکی مر جاؤں گی۔ خدا کے لیے مجھے تنگ نہ کر۔ مجھے نیند آ رہی ہے۔‘‘

دلال کی آواز کڑی ہو گئی، ’’تو نہیں اٹھے گی حرامزادی، سور کی بچی۔۔۔‘‘

عورت چلانے لگی، ’’میں نہیں اٹھوں گی۔۔۔ نہیں اٹھوں گی۔۔۔ نہیں اٹھوں گی۔‘‘

دلال کی آواز بھنچ گئی۔

’’آہستہ بول۔۔۔ کوئی سن لے گا۔۔۔ لے چل اٹھ۔۔۔ تیس چالیس روپے مل جائیں گے۔‘‘

عورت کی آواز میں التجا تھی۔۔۔ دیکھ میں ہاتھ جوڑتی ہوں۔۔۔ میں کتنے دنوں سے جاگ رہی ہوں۔۔۔ رحم کر۔۔۔ خدا کے لیے مجھ پر رحم کر۔۔۔''

''بس ایک دو گھنٹے کے لیے۔۔۔ پھر سو جانا۔۔۔ نہیں تو دیکھ مجھے سختی کرنی پڑے گی۔''

تھوڑی دیر کے لیے خاموشی طاری ہوگئی۔ اس نے دبے پاؤں آگے بڑھ کر اس کمرے میں جھانکا جس میں بڑی تیز روشنی آرہی تھی۔ اس نے دیکھا کہ ایک چھوٹی سی کوٹھری ہے جس کے فرش پر ایک عورت لیٹی ہے۔۔۔ کمرے میں دو تین برتن ہیں، بس اس کے سوا اور کچھ نہیں۔ دلال اس عورت کے پاس بیٹھا اس کے پاؤں داب رہا تھا۔

تھوڑی دیر کے بعد اس نے اس عورت سے کہا، ''لے اب اٹھ۔۔۔ قسم خدا کی ایک دو گھنٹے میں آ جائے گی۔۔۔ پھر سو جانا۔''

وہ عورت ایک دم یوں اٹھی جیسے آگ دکھائی ہوئی چھچھوندر اٹھتی ہے اور چلائی، ''اچھا اٹھتی ہوں۔''

وہ ایک طرف ہٹ گیا۔ اصل میں وہ ڈر گیا تھا۔ دبے پاؤں وہ تیزی سے نیچے اتر گیا۔ اس نے سوچا کہ بھاگ جائے۔۔۔ اس شہر ہی سے بھاگ جائے۔۔۔ اس دنیا سے بھاگ جائے۔۔۔ مگر کہاں؟''

پھر اس نے سوچا کہ یہ عورت کون ہے؟ کیوں اس پر اتنا ظلم ہو رہا ہے؟ اور یہ دلال کون ہے؟ اس کا کیا لگتا ہے اور یہ اس کمرے میں اتنا بلب جلا کر جو سو کینڈل پاور سے کسی طرح بھی کم نہیں تھا۔ کیوں رہتے ہیں۔ کب سے رہتے ہیں؟''

اس کی آنکھوں میں اس تیز بلب کی روشنی ابھی تک گھسی ہوئی تھی۔ اس کو کچھ دکھائی نہیں دے رہا تھا۔ مگر وہ سوچ رہا تھا کہ اتنی تیز روشنی میں کون سو سکتا ہے؟ اتنا بڑا بلب؟ کیا وہ چھوٹا نہیں لگا سکتے۔ یہی پندرہ پچیس کینڈل پاور کا؟

وہ یہ سوچ ہی رہا تھا کہ آہٹ ہوئی۔ اس نے دیکھا کہ دو سائے اس کے پاس کھڑے ہیں۔ ایک نے جو دلال کا تھا۔ اس سے کہا، ''دیکھ لیجیے۔''

اس نے کہا، ''دیکھ لیا ہے۔''

''ٹھیک ہے نا؟''

''ٹھیک ہے۔''

''چالیس روپے ہوں گے۔''

''ٹھیک ہے۔''

''دے دیجیے۔''

وہ اب سوچنے سمجھنے کے قابل نہیں رہا تھا۔ جیب میں اس نے ہاتھ ڈالا اور کچھ نوٹ نکال کر دلال کے حوالے کر دیئے۔

''دیکھ لو کتنے ہیں!''

نوٹوں کی کھڑ کھڑاہٹ سنائی دی۔

دلال نے کہا، ''پچاس ہیں۔''

اس نے کہا، ''پچاس ہی رکھو۔''

''صاحب سلام''

اس کے جی میں آئی کہ ایک بہت بڑا پتھر اٹھا کر اس کو دے مارے۔

دلال بولا، ''تو لے جائیے اسے۔ لیکن دیکھیے تنگ نہ کیجیے گا اور پھر ایک دو گھنٹے کے بعد چھوڑ جائیے گا۔''

''بہتر۔''

اس نے بڑی بلڈنگ کے باہر نکلنا شروع کیا جس کی پیشانی پر وہ کئی بار ایک بہت بڑا بورڈ پڑھ چکا تھا۔ باہر تانگہ کھڑا تھا۔ وہ آگے بیٹھ گیا اور عورت پیچھے۔ دلال نے ایک بار پھر سلام کیا اور ایک بار پھر اس کے دل میں یہ خواہش پیدا ہوئی کہ وہ ایک بہت بڑا پتھر اٹھا کر اس کے سر پر دے مارے۔

تانگہ چل پڑا۔۔۔ وہ اسے پاس ہی ایک ویران سے ہوٹل میں لے گیا۔۔۔ دماغ کو حتی المقدور اس تکدر سے جو اسے پہنچ چکا تھا نکال کر اس نے اس عورت کی طرف دیکھا جو سر سے پیر تک اجاڑ تھی۔۔۔ اس کے پوپلے سوجے ہوئے تھے۔ آنکھیں جھکی ہوئی تھیں۔ اس کا اوپر کا دھڑ بھی سارے کا سارا خمیدہ تھا جیسے وہ ایک ایسی عمارت ہے جو پل بھر میں گر جائے گی۔

وہ اس سے مخاطب ہوا، ''ذرا گردن تو اونچی کیجیے۔''

وہ زور سے چونکی، ''کیا؟''

''کچھ نہیں۔۔۔ میں نے صرف اتنا کہا تھا کہ کوئی بات تو کیجیے۔''

اس کی آنکھیں سرخ بوٹی ہو رہی تھیں جیسے ان میں مرچیں ڈالی گئی ہوں۔۔۔ وہ خاموش رہی۔

''آپ کا نام؟''

’’کچھ بھی نہیں؟‘‘ اس کے لہجے میں تیزاب کی سی تیزی تھی۔

’’آپ کہاں کی رہنے والی ہیں؟‘‘

’’جہاں کی بھی تم سمجھ لو۔‘‘

’’آپ اتنا روکھا کیوں بولتی ہیں۔‘‘

عورت اب قریب قریب جاگ پڑی اور اس کی طرف لال بوٹی آنکھوں سے دیکھ کر کہنے لگی، ’’تم اپنا کام کرو۔ مجھے جانا ہے۔‘‘

اس نے پوچھا، ’’کہاں؟‘‘

عورت نے بڑی روکھی بے اعتنائی سے جواب دیا، ’’جہاں سے مجھے تم لائے ہو۔‘‘

’’آپ چلی جائے۔‘‘

’’تم اپنا کام کرونا۔۔۔مجھے تنگ کیوں کرتے ہو؟‘‘

اس نے اپنے لہجے میں دل کا سارا درد بھر کے اس سے کہا، ’’میں تمہیں تنگ نہیں کرتا۔۔۔مجھے تم سے ہمدردی ہے۔‘‘

وہ جھلّا گئی، ’’مجھے نہیں چاہیے کوئی ہمدرد۔‘‘ پھر قریب قریب چیخ پڑی، ’’تم اپنا کام کرو اور مجھے جانے دو۔‘‘

اس نے قریب آ کر اس کے سر پر ہاتھ پھیرنا چاہا تو اس عورت نے زور سے ایک طرف جھٹک دیا۔ ’’میں کہتی ہوں مجھے تنگ نہ کرو۔ میں کئی دنوں سے جاگ رہی ہوں۔۔۔جب سے آئی ہوں، جاگ رہی ہوں۔‘‘

وہ سرتا پا ہمدردی بن گیا۔

’’سو جاؤ یہیں۔‘‘

عورت کی آنکھیں سرخ ہو گئیں۔ تیز لہجے میں بولی، ’’میں یہاں سونے نہیں آئی۔۔۔یہ میرا گھر نہیں۔‘‘

’’تمہارا گھر وہ ہے جہاں سے تم آئی ہو؟‘‘

عورت اور زیادہ خشمناک ہو گئی۔

’’اف۔۔۔بکواس بند کرو۔۔۔میرا کوئی گھر نہیں۔۔۔تم اپنا کام کرو ورنہ مجھے چھوڑ آؤ اور اپنے روپے لے لو اس۔۔۔اس۔۔۔‘‘ وہ گالی دیتی دیتی رہ گئی۔

اس نے سوچا کہ اس عورت سے ایسی حالت میں کچھ پوچھنا اور ہمدردی جتانا فضول ہے۔ چنانچہ اس نے

کہا، ''چلو، میں تمہیں چھوڑ آؤں۔'' اور وہ اسے اس بڑی بلڈنگ میں چھوڑ آیا۔

دوسرے دن اس نے قیصر پارک کے ایک ویران ہوٹل میں اس عورت کی ساری داستان اپنے دوست کو سنائی۔ دوست پر رقت طاری ہوگئی۔ اس نے بہت افسوس کا اظہار کیا اور پوچھا، ''کیا جوان تھی؟'' اس نے کہا، ''مجھے معلوم نہیں۔۔۔میں اسے اچھی طرح بالکل نہ دیکھ سکا۔۔۔میرے دماغ میں تو ہر وقت یہ خیال آتا تھا کہ میں نے وہیں سے پتھر اٹھا کر دلال کا سر کیوں نہ کچل دیا۔'' دوست نے کہا، ''واقعی بڑے ثواب کا کام ہوتا۔''

وہ زیادہ دیر تک ہوٹل میں اپنے دوست کے ساتھ نہ بیٹھ سکا۔ اس کے دل و دماغ پر پچھلے روز کے واقعہ کا بہت بوجھ تھا۔ چنانچہ چائے ختم ہوئی تو دونوں رخصت ہو گئے۔

اس کا دوست چپکے سے ٹانگوں کے اڈے پر آیا۔ تھوڑی دیر تک اس کی نگاہیں اس دلال کو ڈھونڈتی رہیں مگر وہ نظر نہ آیا۔ چھ بج چکے تھے۔ بڑی بلڈنگ سامنے تھی چند گزوں کے فاصلے پر۔ وہ اس طرف چل دیا اور اس میں داخل ہو گیا۔

لوگ اندر آ جا رہے تھے۔ مگر وہ بڑے اطمینان سے اس مقام پر پہنچ گیا۔ کافی اندھیرا تھا مگر جب وہ ان سیڑھیوں کے پاس پہنچا تو اسے روشنی دکھائی دی۔ اوپر دیکھا اور دبے پاؤں اوپر چڑھنے لگا۔ کچھ دیر وہ آخری زینے پر خاموش کھڑا رہا۔ کمرے سے تیز روشنی آ رہی تھی۔ مگر کوئی آواز، کوئی آہٹ اسے سنائی نہ دی۔ آخری زینہ طے کر کے وہ آگے بڑھا۔ دروازے کے پٹ کھلے تھے۔ اس نے ذرا ادھر ہٹ کر اندر جھانکا۔ سب سے پہلے اسے بلب نظر آیا جس کی روشنی اس کی آنکھوں میں گھس گئی۔ ایک دم وہ پرے ہٹ گیا تا کہ تھوڑی دیر اندھیرے کی طرف منہ کر کے اپنی آنکھوں سے چکا چوند نکال سکے۔

اس کے بعد وہ پھر دروازے کی طرف بڑھا مگر اس انداز سے کہ اس کی آنکھیں بلب کی تیز روشنی کی زد میں نہ آئیں۔ اس نے اندر جھانکا۔ فرش کا جو حصہ اسے نظر آیا۔ اس پر ایک عورت چٹائی پر لیٹی تھی۔ اس نے اسے غور سے دیکھا سو رہی تھی۔ منہ پر دوپٹہ تھا۔ اس کا سینہ سانس کے اتار چڑھاؤ سے ہل رہا تھا۔۔۔وہ ذرا اور آگے بڑھا۔ اس کی چیخ نکل گئی مگر اس نے فوراً ہی دبا لی۔۔۔اس عورت سے کچھ دور ننگے فرش پر ایک آدمی پڑا تھا جس کا سر پاش پاش تھا۔ پاس ہی خون آلود اینٹ پڑی تھی۔ یہ سب اس نے ایک نظر دیکھا اور سیڑھیوں کی طرف لپکا۔۔۔پاؤں پھسلا اور نیچے۔۔۔مگر اس نے چوٹوں کی کوئی پروا نہ کی اور ہوش و حواس قائم رکھنے کی کوشش کرتے ہوئے بمشکل اپنے گھر پہنچا اور ساری رات ڈراؤنے خواب دیکھتا رہا۔

سودا بیچنے والی

سہیل اور جمیل، دونوں بچپن کے دوست تھے۔۔۔ان کی دوستی کو لوگ مثال کے طور پر پیش کرتے تھے۔ دونوں اسکول میں اکٹھے پڑھے۔ پھر اِس کے بعد سہیل کے باپ کا تبادلہ ہو گیا اور وہ راولپنڈی چلا گیا۔ لیکن ان کی دوستی پھر بھی قائم رہی۔ کبھی جمیل راولپنڈی چلا جاتا اور کبھی سہیل لاہور آ جاتا۔

دونوں کی دوستی کا اصل سبب یہ تھا کہ وہ حُسن پسند تھے۔ وہ خوبصورت تھے۔۔۔۔ بہت خوبصورت، لیکن وہ عام خوبصورت لڑکوں کی مانند بد کردار نہیں تھے، نان میں کوئی عیب نہیں تھا، دونوں نے بی اے پاس کیا۔ سہیل نے راولپنڈی کے گارڈن کالج اور جمیل نے لاہور کے گورنمنٹ کالج سے۔۔۔۔ بڑے اچھے نمبروں پر۔ اِس خوشی میں انہوں نے بہت بڑی دعوت کی۔ اُس میں کئی لڑکیاں بھی شریک تھیں۔

جمیل قریب قریب سب لڑکیوں کو جانتا تھا مگر ایک لڑکی کو جب اس نے دیکھا، جس سے وہ قطعاً نا آشنا تھا، تو اُسے ایسا محسوس ہوا کہ اُس کے سارے خواب پورے ہو گئے ہیں۔ اُس نے اُس لڑکی کے متعلق، جس کا نام جمیلہ تھا، دریافت کیا تو معلوم ہوا کہ وہ سلمٰی کی چھوٹی بہن ہے۔ سلمٰی کے مقابلے میں جمیلہ بہت حسین تھی۔ سلمٰی کی شکل و صورت سیدھی سادی تھی لیکن جمیلہ کا ہر نقش تیکھا اور دل کش تھا۔ جمیل اس کو دیکھتے ہی اس کی محبت میں گرفتار ہو گیا۔

اُس نے فوراً اپنے دل کے جذبات سے اپنے دوست کو آگاہ کر دیا۔ سہیل نے اُس سے کہا، ''ہٹاؤ یار۔۔۔ تم نے اُس لڑکی میں کیا دیکھا ہے جو اِس بری طرح لٹو ہو گئے ہو؟'' جمیل کو برا لگا، ''تمہیں حسن کی پرکھ ہی نہیں۔۔۔ اپنا اپنا دل ہے۔۔۔ تمہیں اگر جمیلہ میں کوئی بات نظر نہیں آئی تو اس کا یہ مطلب نہیں کہ مجھے دکھائی نہ دی ہو۔''

سہیل ہنسا، ''تم ناراض ہو رہے ہو۔۔۔لیکن میں پھر بھی یہی کہوں گا کہ تمہاری یہ جمیلہ برف کی ڈلی ہے، اُس میں حرارت نام کو بھی نہیں۔۔۔عورت کا دوسرا نام حرارت ہے۔''

''حرارت پیدا کر لی جاتی ہے۔''

''برف میں؟''

''برف بھی تو حرارت ہی سے پیدا ہوتی ہے۔''

''تمہاری یہ منطق عجیب و غریب ہے۔۔۔اچھا بھئی جو چاہتے ہو، سو کرو۔۔۔میں تو یہی مشورہ دوں گا کہ اُس کا خیال اپنے دل سے نکال دو اِس لیے کہ وہ تمہارے لائق نہیں ہے۔۔۔تم اس سے کہیں زیادہ خوبصورت ہو۔''

دونوں میں ہلکی سی جَھگ ہوئی لیکن فوراً صلح ہو گئی۔ جمیل، سہیل کے مشورے کے بغیر اپنی زندگی میں کوئی قدم نہیں اٹھاتا تھا۔ اُس نے جب اپنے دوست پر یہ واضح کر دیا کہ وہ جمیلہ کے بغیر زندہ نہیں رہ سکتا تو سہیل نے اسے اجازت دے دی کہ جس قسم کی چاہے، جھک مار سکتا ہے۔

سہیل راولپنڈی چلا گیا۔ جمیل نے جو جمیلہ کے عشق میں بری طرح مبتلا تھا، اس تک رسائی حاصل کرنے کی کوشش شروع کر دی، مگر مصیبت یہ تھی کہ اُس کی بڑی بہن سلمٰی اُس کو محبت کی نظروں سے دیکھتی تھی۔ اس نے ان کے گھر آنا جانا شروع کیا تو سلمٰی بہت خوش ہوئی۔ وہ یہ سمجھتی تھی کہ جمیل اُس کے جذبات سے واقف ہو چکا ہے، اس لیے اُس سے ملنے آتا ہے۔ چنانچہ اُس نے غیر مُبہَم الفاظ میں اپنی محبت کا اظہار شروع کر دیا۔ جمیل سخت پریشان تھا کہ کیا کرے۔

جب وہ ان کے گھر جاتا تو سلمٰی اپنی چھوٹی بہن کو کسی نہ کسی بہانے سے اپنے کمرے سے باہر نکال دیتی اور جمیل دانت پیس کے رہ جاتا۔ کئی بار اس کے جی میں آئی کہ وہ سلمٰی سے صاف صاف کہہ دے کہ وہ کس غرض سے آتا ہے۔ اُس کو اِس سے کوئی دلچسپی نہیں، وہ اس کی چھوٹی بہن سے محبت کرتا ہے۔۔۔ بے حد مختصر لمحات جو جمیل کو جمیلہ کی چند جھلکیاں دیکھنے کے لیے نصیب ہوتے تھے، اس نے آنکھوں ہی آنکھوں میں اُس سے کئی باتیں کرنے کی کوشش کی اور یہ بار آور ثابت ہوا۔

ایک دن اسے جمیلہ کا رُقعہ ملا، جس کی عبارت یہ تھی، ''میری بہن جس غلط فہمی میں گرفتار ہیں، اس کو آپ دور کیوں نہیں کرتے۔۔۔ مجھے معلوم ہے کہ آپ مجھ سے ملنے آتے ہیں لیکن باجی کی موجودگی میں آپ سے کوئی بات نہیں ہو سکتی۔۔۔ البتہ آپ باہر جہاں بھی چاہیں، میں آ سکتی ہوں۔''

جمیل بہت خوش ہوا۔ لیکن اُس کی سمجھ میں نہیں آتا تھا کون سی جگہ مقرر کرے اور پھر جمیلہ کو اس کی اطلاع کیسے دے۔ اُس نے کئی محبت نامے لکھے اور پھاڑ دیئے۔ اس لیے کہ ان کی ترسیل بڑی مشکل تھی۔۔۔

آخر اُس نے یہ سوچا کہ سلمٰی سے ملنے جائے اور موقع ملے تو جمیلہ کو اشارتاً وہ جگہ بتا دے، جہاں وہ اُس سے ملنا چاہتا ہے۔

قریب قریب ایک مہینے تک وہ سلمٰی سے ملنے جاتا رہا مگر کوئی موقع نہ ملا۔ لیکن ایک دن جب جمیلہ کمرے میں موجود تھی اور سلمٰی اسے کسی بہانے سے باہر نکالنے والی تھی، جمیل نے بڑی بے ربطی سے بڑبڑاتے ہوئے کہا، ''لارنس گارڈن۔۔۔ پانچ بجے۔''

جمیلہ نے یہ سنا اور چلی گئی سلمٰی نے بڑی حیرت سے پوچھا، ''یہ آپ نے کیا کہا تھا؟''

''تم ہی سے تو کہا تھا۔''

''کیا کہا تھا؟''

''لارنس گارڈن۔۔۔ پانچ بجے۔''

''میں چاہتا تھا کہ تم کل لارنس گارڈن میرے ساتھ چلو۔ میرا جی چاہتا ہے کہ ایک پکنک ہو جائے۔''

سلمٰی خوش ہو گئی اور فوراً رضامند ہو گئی کہ وہ جمیل کے ساتھ دوسرے روز شام کو پانچ بجے لارنس گارڈن میں ضرور جائے گی۔ وہ سینڈوچز بنانے میں مہارت رکھتی تھی، چنانچہ اُس نے بڑے پیار سے کہا، ''چکن سینڈوچز کا انتظام میرے ذمے رہا۔'' اُسی شام کو پانچ بجے لارنس باغ میں جمیل اور جمیلہ سینڈوچ بنے ہوئے تھے۔ جمیل نے اس پر اپنی والہانہ محبت کا اظہار کیا تو جمیلہ نے کہا، ''میں اس سے غافل نہیں تھی۔ پر کیا کروں، بیچ میں باجی حائل تھیں۔''

''تو اب کیا کیا جائے؟''

''ایسی ملاقاتیں زیادہ دیر تک جاری نہیں رہ سکیں گی۔''

''یہ تو درست ہے۔۔۔ کل مجھے صرف اس ملاقات کی پاداش میں تمہاری باجی کے ساتھ یہاں آنا پڑے گا۔''

''اسی لیے تو میں سوچتی ہوں کہ اس کا کیا حل ہو سکتا ہے۔''

''اتنی جلدی نہ کرو۔۔۔ مجھے سوچنے دو۔''

''تم حوصلہ رکھتی ہو؟''

’’کیوں نہیں۔۔۔آپ کیا چاہتے ہیں مجھ سے۔۔۔؟ میں ابھی آپ کے ساتھ جانے کے لیے تیار ہوں۔۔۔ بتایئے، کہاں چلنا ہے؟‘‘

’’آپ سوچ لیجیے۔‘‘

’’کل شام کو چار بجے تم کسی نہ کسی بہانے سے یہاں چلی آنا، میں تمہارا انتظار کر رہا ہوں گا۔ اس کے بعد ہم راولپنڈی روانہ ہو جائیں گے۔‘‘

’’طوفان بھی ہو تو میں کل اس مقررہ وقت پر یہاں پہنچ جاؤں گی۔‘‘

’’اپنے ساتھ زیور وغیرہ مت لانا۔‘‘

’’کیوں؟‘‘

’’میں تمہیں خود خرید کے دے سکتا ہوں۔‘‘

’’میں اپنے زیور نہیں چھوڑ سکتی۔۔۔ باجی نے مجھے اپنی ایک بالی بھی آج تک پہننے کے لیے نہیں دی۔ میں اپنے زیور اُس کے لیے چھوڑ جاؤں؟‘‘

دوسرے دن شام کو سلمٰی سینڈوچز تیار کرنے میں مصروف تھی کہ جمیلہ نے الماری میں سے اپنے زیور اور اچھے اچھے کپڑے نکالے، اُنہیں سوٹ کیس میں بند کیا اور باہر نکل گئی۔ کسی کو کانوں کان بھی خبر نہ ہوئی۔ سلمٰی سینڈوچز تیار کرتی رہی اور جمیل اور جمیلہ دونوں ریل میں سوار تھے جو راولپنڈی کی طرف تیزی سے جا رہی تھی۔

راولپنڈی پہنچ کر جمیل اپنے دوست سہیل کے پاس گیا جو اتفاق سے گھر میں اکیلا تھا۔ اس کے والدین ایبٹ آباد میں منتقل ہو گئے تھے۔ سہیل نے جب ایک برقعہ پوش عورت جمیل کے ساتھ دیکھی تو بڑا متحیّر ہوا، مگر اُس نے اپنے دوست سے کچھ نہ پوچھا۔

جمیل نے اس سے کہا، ’’میرے ساتھ جمیلہ ہے۔۔۔ میں اسے اغوا کر کے تمہارے پاس لایا ہوں۔‘‘

سہیل نے پوچھا، ’’اغوا کرنے کی کیا ضرورت تھی؟‘‘

’’بڑا المباقصہ ہے۔۔۔ میں پھر کبھی سناؤں گا۔۔۔‘‘ پھر جمیل جمیلہ سے مخاطب ہوا، ’’برقعہ اتار دو اور اس گھر کو اپنا گھر سمجھو۔ سہیل میرا عزیز ترین دوست ہے۔‘‘

جمیلہ نے برقعہ اتار دیا اور شرمیلی نگاہوں سے جن میں کسی اور جذبے کی بھی جھلک تھی، سہیل کی طرف دیکھا۔ سہیل کے ہونٹوں پر عجیب قسم کی مسکراہٹ پھیل گئی۔ وہ اپنے دوست سے مخاطب ہوا، ’’اب تمہارا ارادہ کیا ہے؟‘‘

جمیل نے جواب دیا، ''شادی کرنے کا۔۔۔لیکن فوراً نہیں۔ میں آج ہی واپس لاہور جانا چاہتا ہوں تا کہ وہاں کے حالات معلوم ہوسکیں۔۔۔ہوسکتا ہے بہت گڑ بڑ ہوچکی ہو۔ میں اگر وہاں پہنچ گیا تو مجھ پر کسی کو شک نہیں ہوگا۔ دو تین روز وہاں رہوں گا۔ اس دوران میں تم ہماری شادی کا انتظام کر دینا۔''

سہیل نے ازراہِ مذاق کہا، ''بڑے عقل مند ہوتے جارہے ہو تم۔''

جمیل، جمیلہ کی طرف دیکھ کر مسکرایا، ''یہ تمہاری صحبت ہی کا نتیجہ ہے۔''

''تم آج ہی چلے جاؤ گے؟''

جمیل نے جواب دیا، ''ابھی۔۔۔اسی وقت۔ مجھے صرف اپنے اس سرمایہ حیات کو تمہارے سپرد کرنا تھا۔ یہ میری امانت ہے۔''

جمیل اپنی جمیلہ کو سہیل کے حوالے کر کے واپس لاہور آگیا۔ وہاں کافی گڑ بڑ مچی ہوئی تھی۔ وہ سلمٰی سے ملنے گیا۔ اُس نے شکایت کی کہ وہ کہاں غائب ہو گیا تھا۔ جمیل نے اُس سے جھوٹ بولا، ''مجھے سخت زکام ہو گیا تھا۔ افسوس ہے کہ میں تمہیں اس کی اطلاع نہ دے سکا، اس لیے کہ ہمارا ٹیلی فون خراب تھا اور نو کر کو امی جان نے کسی وجہ سے برطرف کر دیا تھا۔''

سلمٰی جب مطمئن ہوگئی تو اُس نے جمیل کو بتایا کہ اُس کی بہن کہیں غائب ہوگئی ہے۔ بہت تلاش کی ہے مگر نہیں ملی۔ اپنے زیور کپڑے ساتھ لے گئی ہے۔۔۔معلوم نہیں کس کے ساتھ بھاگ گئی ہے۔

جمیل نے بڑی ہمدردی کا اظہار کیا۔ سلمٰی اُس سے بڑی متاثر ہوئی اور اُسے مزید یقین ہو گیا کہ جمیل اُس سے محبت کرتا ہے۔ اُس کی آنکھوں میں آنسو آگئے۔ جمیل نے محض رواداری کی خاطر اپنی جیب سے رومال نکال کر اُس کی نمناک آنکھیں پونچھیں اور مصنوعی محبت کا اظہار کیا۔ سلمٰی اپنی بہن کی گمشدگی کا صدمہ کچھ دیر کے لیے بھول گئی۔

جب جمیل کو اطمینان ہو گیا کہ اس پر کسی کو بھی شبہ نہیں تو وہ ٹیکسی میں راولپنڈی پہنچا۔ بڑا بیتاب تھا۔ لاہور میں اس نے تین دن کانٹوں پر گزارے تھے۔ ہر وقت اس کی آنکھوں کے سامنے جمیلہ کا حسین چہرہ رقص کرتا رہتا۔ دھڑکتے ہوئے دل کے ساتھ وہ جب اپنے دوست کے گھر پہنچا تو اس نے جمیلہ کو آواز دی۔ اس کو یقین تھا کہ اس کی آواز سنتے ہی وہ اڑتی ہوئی آئے گی اور اس کے سینے کے ساتھ چمٹ جائے گی۔۔۔مگر اُسے ناامیدی ہوئی۔

اُس کا دوست اُس کی آواز سن کر آیا۔ دونوں ایک دوسرے کے گلے ملے۔ جمیل نے تھوڑے توقف کے

بعد پوچھا، ''جمیلہ کہاں ہے؟''

سہیل نے کوئی جواب نہ دیا۔جمیل بڑا مضطرب تھا۔اُس نے پھر پوچھا، ''یار۔۔۔جمیلہ کو بلاؤ۔''

سہیل نے بڑے رِقّت آمیز لہجے میں کہا، ''وہ تو اُسی روز چلی گئی تھی۔''

''کیا مطلب؟''

''جب تم یہاں اُسے چھوڑ کر گئے تو وہ دو تین گھنٹوں کے بعد غائب ہو گئی۔۔۔اُسے غالباً تم سے محبت نہیں تھی۔''

جمیل پھر لاہور آیا۔مگر سلمٰی سے اُسے معلوم ہوا کہ اُس کی بہن ہے ابھی تک غائب ہے، بہت ڈھونڈا مگر نہیں ملی۔چنانچہ جمیل کو پھر راولپنڈی جانا پڑا تا کہ وہ اس کی تلاش وہاں کرے۔وہ اپنے دوست کے گھر نہ گیا۔ اُس نے سوچا کہ ہوٹل میں ٹھہرنا چاہیے۔جہاں سے مطلوبہ معلومات حاصل ہونے کی توقع ہو سکتی ہے۔ جب اس نے راولپنڈی کے ایک ہوٹل میں کمرہ کرائے پر لیا تو اُس نے دیکھا کہ جمیلہ ساتھ والے کمرے میں سہیل کی آغوش میں ہے۔

وہ اُسی وقت اپنے کمرے سے نکل آیا، لاہور پہنچا، جمیلہ کے زیورات اُس کے پاس تھے، یہ اُس نے بیمہ کرا کر اپنے دوست کو بھیج دیئے اور صرف چند الفاظ ایک کاغذ پر لکھ کر ساتھ رکھ دیئے، ''میں تمہاری کامیابی پر مبارک باد پیش کرتا ہوں۔۔۔جمیلہ کو میرا اسلام پہنچا دینا۔''

دوسرے دن وہ سلمٰی سے ملا۔وہ اس کو جمیلہ سے کہیں زیادہ خوب صورت دکھائی دی۔وہ اپنی بہن کی گمشدگی کے غم میں رو رہی تھی۔جمیل نے اس کی آنکھیں چوم لیں اور کہا، ''یہ آنسو بے کار ضائع نہ کرو۔۔۔انہیں ان اشخاص کے لیے محفوظ رکھو، جو اِن کے مستحق ہیں۔''

''لیکن وہ میری بہن ہے۔''

''بہنیں ایک جیسی نہیں ہوتیں۔۔۔اسے بھول جاؤ۔''

جمیل نے سلمٰی سے شادی کر لی۔دونوں بہت خوش تھے۔گرمیوں میں مری گئے تو وہاں انہوں نے جمیلہ کو دیکھا جس کا حسن ماند پڑ گیا تھا اور نہایت واہیات قسم کا میک اپ کیے تھی، پنڈی پوائنٹ پر یوں چل پھر رہی تھی جیسے اُسے کوئی سودا بیچنا ہے۔

سوراج کے لیے

مجھے سن یاد نہیں رہا، لیکن وہی دن تھے جب امرتسر میں ہر طرف ''انقلاب زندہ باد'' کے نعرے گونجتے تھے۔ان نعروں میں، مجھے اچھی طرح یاد ہے، ایک عجیب قسم کا جوش تھا۔۔۔ایک جوانی۔۔۔ایک عجیب قسم کی جوانی۔ بالکل امرتسر کی گجریوں کی سی، جو سر پر اپلوں کے ٹوکرے اٹھائے بازاروں کو جیسے کاٹتی ہوئی چلتی ہیں۔۔۔خوب دن تھے۔فضا میں جو وہ جلیانوالہ باغ کے خونیں حادثے کا اداس خوف سمویا رہتا تھا، اس وقت بالکل مفقود تھا۔اب اس کی جگہ ایک بے خوف تڑپ نے لے لی تھی۔۔۔ایک اندھا دھند جست نے جو اپنی منزل سے ناواقف تھی۔

لوگ نعرے لگاتے تھے، جلوس نکالتے تھے اور سیکڑوں کی تعداد میں دھڑا دھڑ قید ہو رہے تھے۔ گرفتار ہونا ایک دلچسپ شغل بن گیا تھا۔صبح قید ہوئے۔شام چھوڑ دیئے گئے مقدمہ چلا، چند مہینوں کی قید ہوئی، واپس آئے، ایک نعرہ لگایا، پھر قید ہو گئے۔

زندگی سے بھر پور دن تھے۔ ایک ننھا سا بلبلہ پھٹنے پر بھی ایک بہت بڑا بھنور بن جاتا تھا۔کسی نے چوک میں کھڑے ہو کر تقریر کی اور کہا،

''ہڑتال ہونی چاہیے۔'' چلیے جی، ہڑتال ہو گئی۔ایک لہر اٹھی کہ ہر شخص کو کھادی پہننی چاہیے تا کہ لنکا شائر کے سارے کارخانے بند ہو جائیں۔۔۔بدیشی کپڑوں کا بائیکاٹ شروع ہو گیا اور ہر چوک میں الاؤ جلنے لگے، لوگ جوش میں آ کر کھڑے وہیں کپڑے اتارتے اور الاؤ میں پھینکتے جاتے، کوئی عورت اپنے مکان کے شہ نشین سے اپنی ناپسندیدہ ساڑی اچھالتی تو ہجوم تالیاں پیٹ پیٹ کر اپنے ہاتھ لال کر لیتا۔ مجھے یاد ہے، کوتوالی کے سامنے ٹاؤن ہال کے پاس ایک الاؤ جل رہا تھا۔۔۔شیخو نے، جو میرا اہم جماعت

تھا، جوش میں آ کر اپنا ریشمی کوٹ اتارا اور بدیشی کپڑوں کی چتا میں ڈال دیا۔ تالیوں کا سمندر بہنے لگا۔ کیونکہ شینخو ایک بہت بڑے ''ٹوڈی بچے'' کالر کا تھا، اس غریب کا جوش اور بھی زیادہ بڑھ گیا، اپنی بوسکی کی قمیص اتار وہ بھی شعلوں کی نذر کر دی، لیکن بعد میں خیال آیا کہ اس کے ساتھ سونے کے بٹن تھے۔ میں شینخو کا مذاق نہیں اڑاتا، میرا حال بھی ان دنوں بہت دگرگوں تھا۔ جی چاہتا تھا کہ کہیں سے پستول ہاتھ میں آ جائے تو ایک دہشت پسند پارٹی بنائی جائے۔ باپ گورنمنٹ کا پنشن خوار تھا، اس کا مجھے کبھی خیال نہ آیا۔ بس دل و دماغ میں ایک عجیب قسم کی کھد بد رہتی تھی۔ بالکل ویسی ہی جیسی فلاش کھیلنے کے دوران دو پان میں رہا کرتی ہے۔

اسکول سے تو مجھے ویسے ہی دلچسپی نہیں تھی مگر ان دنوں تو خاص طور پر مجھے پڑھائی سے نفرت ہو گئی تھی۔۔۔ گھر سے کتابیں لے کر نکلتا اور جلیانوالہ باغ چلا جاتا، اسکول کا وقت ختم ہونے تک وہاں کی سرگرمیاں دیکھتا رہتا یا کسی درخت کے سائے تلے بیٹھ کر دور مکانوں کی کھڑکیوں میں عورتوں کو دیکھتا اور سوچتا کہ ضرور ان میں سے کسی کو مجھ سے عشق ہو جائے گا۔۔۔ یہ خیال دماغ میں کیوں آتا، اس کے متعلق میں کچھ کہہ نہیں سکتا۔ جلیانوالہ باغ میں خوب رونق تھی۔ چاروں طرف تنبو اور قناتیں پھیلی ہوئی تھیں، جو خیمہ سب سے بڑا تھا، اس میں ہر دوسرے تیسرے روز ایک ڈکٹیٹر بنا کے بٹھا دیا جاتا تھا جس کو تمام والنٹیر سلامی دیتے تھے۔ دو تین روز یا زیادہ سے زیادہ دس پندرہ روز تک یہ ڈکٹیٹر کھادی پوش عورتوں اور مردوں کی نمسکاریں، ایک مصنوعی سنجیدگی کے ساتھ وصول کرتا۔ شہر کے بنیوں سے لنگر خانے کے لیے آٹا چاول اکٹھا کرتا اور دہی کی لسی پی پی کر، جو خدا معلوم جلیانوالہ باغ میں کیوں اس قدر عام تھی، ایک دن اچانک گرفتار ہو جاتا اور کسی قید خانے میں چلا جاتا۔

میرا ایک پرانا ہم جماعت تھا شہزادہ غلام علی، اس سے میری دوستی کا اندازہ آپ کو ان باتوں سے ہو سکتا ہے کہ ہم اکٹھے دو دفعہ میٹرک کے امتحان میں فیل ہو چکے تھے اور ایک دفعہ ہم دونوں گھر سے بھاگ کر بمبئی گئے، خیال تھا کہ روس جائیں گے مگر پیسے ختم ہونے پر جب فٹ پاتھوں پر سونا پڑا تو گھر خط لکھے، معافیاں مانگیں اور واپس چلے آئے۔ شہزادہ غلام علی خوبصورت جوان تھا۔ لمبا قد، گورا رنگ جو کشمیریوں کا ہوتا ہے۔ تیکھی ناک، کھلنڈری آنکھیں، چال ڈھال میں ایک خاص شان تھی جس میں پیشہ ور غنڈوں کی کج کلاہی کی ہلکی سی جھلک بھی تھی۔

جب وہ میرے ساتھ پڑھتا تھا تو شہزادہ نہیں تھا۔ لیکن جب شہر میں انقلابی سرگرمیوں نے زور پکڑا اور

اس نے دس پندرہ جلسوں اور جلوسوں میں حصہ لیا تو نعروں، گیندے کے ہاروں، جوشیلے گیتوں اور لیڈی والنٹیئرز سے آزادانہ گفتگووَں نے اسے ایک نیم رس انقلابی بنا دیا، ایک روز اس نے پہلی تقریر کی، دوسرے روز میں نے اخبار دیکھے تو معلوم ہوا کہ غلام علی شہزادہ بن گیا ہے۔

شہزادہ بنتے ہی غلام علی سارے امرتسر میں مشہور ہو گیا۔ چھوٹا سا شہر ہے، وہاں نیک نام ہوتے یا بدنام ہوتے دیر نہیں لگتی۔ یوں تو امرتسری عام آدمیوں کے معاملے میں بہت حرف گیر ہیں، یعنی ہر شخص دوسروں کے عیب ٹٹولنے اور کرداروں میں سوراخ ڈھونڈنے کی کوشش کرتا رہتا ہے لیکن سیاسی اور مذہبی لیڈروں کے معاملے میں امرتسری بہت چشم پوشی سے کام لیتے ہیں۔ ان کو دراصل ہر وقت ایک تقریر یا تحریک کی ضرورت رہتی ہے۔ آپ انہیں نیلی پوش بنا دیجیے یا سیاہ پوش، ایک ہی لیڈر چولے بدل بدل کر امرتسر میں کافی دیر تک زندہ رہ سکتا ہے۔ لیکن وہ زمانہ کچھ اور تھا۔ تمام بڑے بڑے لیڈر جیلوں میں تھے اور ان کی گدیاں خالی تھیں۔ اس وقت لوگوں کو لیڈروں کی کوئی اتنی زیادہ ضرورت نہ تھی۔ لیکن وہ تحریک جو کہ شروع ہوئی تھی اس کو البتہ ایسے آدمیوں کی اشد ضرورت تھی جو ایک دو روز کھادی پہن کر جلیانوالہ باغ کے بڑے تنبو میں بیٹھیں، ایک تقریر کریں اور گرفتار ہو جائیں۔

ان دنوں یورپ میں نئی نئی ڈکٹیٹرشپ شروع ہوئی تھی، ہٹلر اور مسولینی کا بہت اشتہار ہو رہا تھا۔ غالباً اس اثر کے ماتحت کانگریس پارٹی نے ڈکٹیٹر بنانے شروع کر دیئے تھے۔ جب شہزادہ غلام علی کی باری آئی تو اس سے پہلے چالیس ڈکٹیٹر گرفتار ہو چکے تھے۔

جونہی مجھے معلوم ہوا کہ اس طرح غلام علی ڈکٹیٹر بن گیا ہے تو مَیں فوراً جلیانوالہ باغ میں پہنچا۔ بڑے خیمے کے باہر والنٹیئروں کا پہرہ تھا۔ مگر غلام علی نے جب مجھے اندر سے دیکھا تو بلا لیا۔۔۔ زمین پر ایک گدیلا تھا جس پر کھادی کی چاندنی بچھی تھی۔ اس پر گاؤ تکیوں کا سہارا لیے شہزادہ غلام علی چند کھادی پوش بنیوں سے گفتگو کر رہا تھا جو غالباً تر کاریوں کے متعلق تھی۔ چند منٹوں ہی میں اس نے یہ بات چیت ختم کی اور چند رضا کاروں کو احکام دے کر وہ میری طرف متوجہ ہوا۔ اس کی یہ غیر معمولی سنجیدگی دیکھ کر میرے گد گدی سی ہو رہی تھی۔ جب رضا کار چلے گئے تو میں ہنس پڑا۔

’’سنا بے شہزادے۔‘‘

میں دیر تک اس سے مذاق کرتا رہا۔ لیکن میں نے محسوس کیا کہ غلام علی میں تبدیلی پیدا ہو گئی ہے۔ ایسی تبدیلی جس سے وہ باخبر ہے۔ چنانچہ اس نے کئی بار مجھ سے یہی کہا، ’’نہیں سعادت۔۔۔ مذاق نہ اڑاؤ۔

میں جانتا ہوں میرا سر چھوٹا اور یہ عزت جو مجھے ملی ہے بڑی ہے ۔۔۔ لیکن میں یہ کھلی ٹوپی ہی پہنے رہنا چاہتا ہوں۔''

کچھ دیر کے بعد اس نے مجھے دہی کی لسی کا ایک بہت بڑا گلاس پلایا اور میں اس سے یہ وعدہ کر کے گھر چلا گیا کہ شام کو اس کی تقریر سننے کے لیے ضرور آؤں گا۔ شام کو جلیانوالہ باغ کھچا کھچ بھرا تھا۔ میں چونکہ جلدی آیا تھا، اس لیے مجھے پلیٹ فارم کے پاس ہی جگہ مل گئی۔۔۔ غلام علی تالیوں کے شور کے ساتھ نمودار ہوا۔۔ سفید بے داغ کھادی کے کپڑے پہنے وہ خوبصورت اور پرکشش دکھائی دے رہا تھا۔۔۔ وہ کج کلاہی کی جھلک جس کا میں اس سے پہلے ذکر کر چکا ہوں، اس کی اس کشش میں اضافہ کر رہی تھی۔ تقریباً ایک گھنٹے تک وہ بولتا رہا۔ اس دوران میں کئی بار میرے رونگٹے کھڑے ہوئے اور ایک دو دفعہ تو میرے جسم میں بڑی شدت سے یہ خواہش پیدا ہوئی کہ میں بم کی طرح پھٹ جاؤں۔ اس وقت میں نے شاید یہی خیال کیا تھا کہ یوں پھٹ جانے سے ہندوستان آزاد ہو جائے گا۔

خدا معلوم کتنے برس گزر چکے ہیں۔ بہتے ہوئے احساسات اور واقعات کی نوک پلک جو اس وقت تھی، اب پوری صحت سے بیان کرنا بہت مشکل ہے۔ لیکن یہ کہانی لکھتے ہوئے میں جب غلام علی کی تقریر کا تصور کرتا ہوں تو مجھے صرف ایک جوانی بولتی دکھائی دیتی تھی، جو سیاست سے بالکل پاک تھی۔۔۔ اس میں ایک ایسے نوجوان کی پرخلوص بے باکی جو ایک دم کسی راہ چلتی عورت کو پکڑ لے اور کہے، دیکھو میں تمہیں چاہتا ہوں۔'' اور دوسرے لمحے قانون کے پنجے میں گرفتار ہو جائے۔ اس تقریر کے بعد مجھے کئی تقریریں سننے کا اتفاق ہوا ہے مگر وہ خام دیوانگی، وہ سرپھری جوانی، وہ الھڑ جذبہ، وہ بے رِیش و بُروت للکار جو میں نے شہزادہ غلام علی کی آواز میں سنی، اب اس کی ہلکی سی گونج بھی مجھے کبھی سنائی نہیں دی۔ اب جو تقریریں سننے میں آتی ہیں، وہ ٹھنڈی سنجیدگی، بوڑھی سیاست اور شاعرانہ ہوش مندی میں لپٹی ہوتی ہیں۔

اس وقت دراصل دونوں پارٹیاں خام کار تھیں، حکومت بھی اور رعایا بھی۔ دونوں نتائج سے بے پروا، ایک دوسرے سے دست و گریباں تھے۔ حکومت قید کی اہمیت سمجھے بغیر لوگوں کو قید کر رہی تھی اور جو قید ہوتے تھے ان کو بھی قید خانوں میں جانے سے پہلے قید کا مقصد معلوم نہیں ہوتا تھا۔ ایک دھاندلی تھی مگر اس دھاندلی میں ایک آتشیں انتشار تھا۔ لوگ شعلوں کی طرح بھڑکتے تھے، بجھتے تھے، پھر بھڑکتے تھے۔ چنانچہ اس بھڑکنے اور بجھنے، بجھنے اور بھڑکنے نے غلامی کی خوابیدہ، ادا س اور جمائیوں بھری فضا میں گرم ارتعاش پیدا کر دیا تھا۔

شہزادہ غلام علی نے تقریر ختم کی تو سارا جلیانوالہ باغ تالیوں اور نعروں کا دہکتا ہوا الاؤ بن گیا۔ اس کا چہرہ دمک رہا تھا۔ جب میں اس سے الگ جا کر ملا اور مبارک باد دینے کے لیے اس کا ہاتھ اپنے ہاتھ میں دبایا تو وہ کانپ رہا تھا۔ یہ گرم کپکپاہٹ اس کے چمکیلے چہرے سے بھی نمایاں تھی۔ وہ کسی قدر ہانپ رہا تھا۔ اس کی آنکھوں میں پر جوش جذبات کی دمک کے علاوہ مجھے ایک تلاش نظر آئی، وہ کسی کو ڈھونڈ رہی تھیں۔ ایک دم اس نے اپنا ہاتھ میرے ہاتھ سے علیحدہ کیا اور سامنے چنبیلی کی جھاڑی کی طرف بڑھا۔ وہاں ایک لڑکی کھڑی تھی۔ کھادی کی بے داغ ساڑی میں ملبوس۔

دوسرے روز مجھے معلوم ہوا کہ شہزادہ غلام علی عشق میں گرفتار ہے۔ وہ اس لڑکی سے، جسے میں نے چنبیلی کی جھاڑی کے پاس با ادب کھڑی دیکھا تھا، محبت کر رہا تھا۔ یہ محبت یک طرفہ نہیں تھی کیونکہ نگار کو بھی اس سے والہانہ لگاؤ تھا۔ نگار جیسا کہ نام سے ظاہر ہے ایک مسلمان لڑکی تھی۔ ۔۔ یتیم! زنانہ ہسپتال میں نرس تھی اور شاید پہلی مسلمان لڑکی تھی جس نے امرتسر میں بے پردہ ہو کر کانگریس کی تحریک میں حصہ لیا۔ کچھ کھادی کے لباس نے، کچھ کانگریس کی سرگرمیوں میں حصہ لینے کے باعث اور کچھ ہسپتال کی فضا نے نگار کی اسلامی خُو کو، اس تیکھی چیز کو جو مسلمان عورت کی فطرت میں نمایاں ہوتی ہے تھوڑا سا گھسا دیا تھا جس سے وہ ذرا ملائم ہو گئی تھی۔

وہ حسین نہیں تھی لیکن اپنی جگہ نسوانیت کا ایک نہایت ہی دیدہ چشم منفرد نمونہ تھی۔ انکسار، تعظیم اور پرستش کا وہ ملا جلا جذبہ جو آدرش ہندو عورت کا خاصہ ہے نگار میں اس کی خفیف سی آمیزش نے ایک روح پرور رنگ پیدا کر دیا تھا۔ اس وقت تو شاید یہ بھی میرے ذہن میں نہ آتا، مگر یہ لکھتے وقت میں نگار کا تصور کرتا ہوں تو وہ مجھے نماز اور آرتی کا دلفریب مجموعہ دکھائی دیتی ہے۔ شہزادہ غلام علی کی وہ پرستش کرتی تھی اور وہ بھی اس پر دل و جان سے فدا تھا۔ جب نگار کے بارے میں اس سے گفتگو ہوئی تو پتا چلا کہ کانگریس تحریک کے دوران میں ان دونوں کی ملاقات ہوئی اور تھوڑے ہی دنوں کے ملاپ سے وہ ایک دوسرے کے ہو گئے۔ غلام علی کا ارادہ تھا کہ قید ہونے سے پہلے پہلے وہ نگار کو اپنی بیوی بنا لے۔ مجھے یاد نہیں کہ وہ ایسا کیوں کرنا چاہتا تھا کیونکہ قید سے واپس آنے پر بھی وہ اس سے شادی کر سکتا تھا۔ ان دنوں کوئی اتنی لمبی قید نہیں تھی۔ کم سے کم تین مہینے اور زیادہ سے زیادہ ایک برس۔ بعضوں کو تو پندرہ بیس روز کے بعد ہی رہا کر دیا جاتا تھا تا کہ دوسرے قیدیوں کے لیے جگہ بن جائے۔ بہرحال وہ اس ارادے کو نگار پر بھی ظاہر کر چکا تھا اور وہ بالکل تیار تھی۔ اب صرف دونوں کو بابا جی کے پاس جا کر ان کا آشیر واد لینا تھا۔

بابا جی، جیسا کہ آپ جانتے ہوں گے بہت زبردست ہستی تھی۔ شہر سے باہر لکھ پتی صراف ہری رام کی شاندار کوٹھی میں وہ ٹھہرے ہوئے تھے۔ یوں تو وہ اکثر اپنے آشرم میں رہتے جو انہوں نے پاس کے ایک گاؤں میں بنا رکھا تھا مگر جب کبھی امرتسر آتے تو ہری رام صراف ہی کی کوٹھی میں اترتے اور ان کے آتے ہی یہ کوٹھی بابا جی کے شیدائیوں کے لیے مقدس جگہ بن جاتی۔ سارا دن درشن کرنے والوں کا تانتا بندھا رہتا۔

دن ڈھلے وہ کوٹھی سے باہر کچھ فاصلے پر آم کے پیڑوں کے جھنڈ میں ایک چوبی تخت پر بیٹھ کر لوگوں کو عام درشن دیتے، اپنے آشرم کے لیے چندہ اکھٹا کرتے۔ آخر میں بھجن وغیرہ سن کر ہر روز شام کو یہ جلسہ ان کے حکم سے برخاست ہو جاتا۔ بابا جی بہت پرہیز گار، خدا ترس، عالم اور ذہین آدمی تھے۔ یہی وجہ ہے کہ ہندو، مسلمان، سکھ اور اچھوت سب ان کے گرویدہ تھے اور انہیں اپنا امام مانتے تھے۔ سیاست سے گو بابا جی کو بظاہر کوئی دلچسپی نہیں تھی مگر یہ ایک کھلا ہوا راز ہے کہ پنجاب کی ہر سیاسی تحریک انہی کے اشارے پر شروع ہوئی اور انہی کے اشارے پر ختم ہوئی۔

گورنمنٹ کی نگاہوں میں وہ ایک عُقدۂ لاینحل تھے، ایک سیاسی چیستاں، جسے سرکارِ عالیہ کے بڑے بڑے مدبر بھی نہ حل کر سکتے تھے۔ بابا جی کے پتلے پتلے ہونٹوں کی ایک ہلکی سی مسکراہٹ کے ہزار معنی نکالے جاتے تھے مگر جب وہ خود اس مسکراہٹ کا بالکل ہی نیا مطلب واضح کرتے تو مرعوب عوام اور زیادہ مرعوب ہو جاتے۔

یہ جو امرتسر میں سول نافرمانی کی تحریک جاری تھی اور لوگ دھڑا دھڑ قید ہو رہے ہیں، اس کے عقب میں جیسا کہ ظاہر ہے، بابا جی ہی کا اثر کارفرما تھا۔ ہر شام لوگوں کو عام درشن دیتے وقت وہ سارے پنجاب کی تحریک آزادی اور گورنمنٹ کی نت نئی سخت گیریوں کے متعلق اپنے پوپلے منہ سے ایک چھوٹا سا۔۔۔ایک معصوم سا جملہ نکال دیا کرتے تھے، جسے فوراً ہی بڑے بڑے لیڈر اپنے گلے میں تعویذ بنا کر ڈال لیتے تھے۔ لوگوں کا بیان ہے کہ ان کی آنکھوں میں ایک مقناطیسی قوت تھی، ان کی آواز میں ایک جادو تھا اور ان کا ٹھنڈا دماغ۔۔۔ان کا وہ مسکراتا ہوا تاد ماغ، جس کو گندی سے گندی گالی اور زہریلی سے زہریلی طنز بھی ایک لحظے کے ہزارویں حصے کے لیے برہم نہیں کر سکتی تھی، حریفوں کے لیے بہت ہی الجھن کا باعث تھا۔ امرتسر میں بابا جی کے سینکڑوں جلوس نکل چکے تھے، مگر جانے کیا بات ہے کہ میں نے اور تمام لیڈروں کو دیکھا، ایک صرف ان ہی کو میں نے دور سے دیکھا نہ نزدیک سے۔ اسی لیے جب غلام علی نے مجھ سے ان کے درشن کرنے اور ان سے شادی کی اجازت لینے کے متعلق بات چیت کی تو میں نے اس سے کہا کہ جب

وہ دونوں جائیں تو مجھے بھی ساتھ لیتے جائیں۔

دوسرے ہی روز غلام علی نے تانگے کا انتظام کیا اور ہم صبح سویرے لالہ ہری رام صراف کی عالی شان کوٹھی میں پہنچ گئے۔ بابا جی غسل اور صبح کی دعا سے فارغ ہو کر ایک خوبصورت پنڈتانی سے قومی گیت سن رہے تھے۔ چینی کی بے داغ سفید ٹائلوں والے فرش پر آپ کھجور کے پتوں کی چٹائی پر بیٹھے تھے، گاؤ تکیہ ان کے پاس ہی پڑا تھا مگر انہوں نے اس کا سہارا انہیں لیا تھا۔ کمرے میں سوائے ایک چٹائی کے، جس کے اوپر بابا جی بیٹھے تھے اور فرنیچر وغیرہ نہیں تھا۔ ایک سرے سے لے کر دوسرے سرے تک سفید ٹائلیں چمک رہی تھیں۔ ان کی چمک نے قومی گیت گانے والی پنڈتانی کے ہلکے پیازی چہرے کو اور بھی زیادہ حسین بنا دیا تھا۔

بابا جی گو ستر بہتر برس کے بڈھے تھے مگر ان کا جسم (وہ صرف گیروے رنگ کا چھوٹا سا تہمد باندھے تھے) عمر کی جھریوں سے بے نیاز تھا، جلد میں ایک عجیب قسم کی ملاحت تھی۔ مجھے بعد میں معلوم ہوا کہ وہ ہر روز اشنان سے پہلے روغن زیتون اپنے جسم پر ملواتے ہیں۔ شہزادہ غلام علی کی طرف دیکھ کر وہ مسکرائے، مجھے بھی ایک نظر دیکھا اور ہم تینوں کی بندگی کا جواب اسی مسکراہٹ کو ذرا طویل کر کے دیا اور اشارہ کیا کہ ہم بیٹھ جائیں۔

میں اب یہ تصویر اپنے سامنے لاتا ہوں تو شعور کی عینک سے یہ مجھے دلچسپ ہونے کے علاوہ بہت ہی فکر خیز دکھائی دیتی ہے۔ کھجور کی چٹائی پر ایک نیم برہنہ معمر جوگیوں کا آسن لگائے بیٹھا ہے۔ اس کی بیٹھک سے، اس کے گنجے سر سے، اس کی ادھ کھلی آنکھوں سے، اس کے سانولے ملائم جسم سے، اس کے چہرے کے ہر خط سے ایک پرسکون اطمینان، ایک بے فکر تیقن مترشح تھا کہ جس مقام پر دنیا نے اسے بٹھا دیا ہے، اب بڑے سے بڑا زلزلہ بھی اسے وہاں سے نہیں گرا سکتا۔۔۔اس سے کچھ دور وادی کشمیر کی ایک نوخیز کلی، جھکی ہوئی، کچھ اس بزرگ کی قربت کے احترام سے، کچھ قومی گیت کے اثر سے، کچھ اپنی شدید جوانی سے، جو اس کی کھردری سفید ساڑی سے نکل کر قومی گیت کے علاوہ اپنی جوانی کا گیت بھی گانا چاہتی تھی، جو اس بزرگ کی قربت کا احترام کرنے کے ساتھ ساتھ کسی ایسی تندرست اور جوان ہستی کی بھی تعظیم کرنے کی خواہش مند تھی جو اس کی نرم کلائی پکڑ کر زندگی کے دہکتے ہوئے الاؤ میں کود پڑے۔ اس کے ہلکے پیازی چہرے سے، اس کی بڑی بڑی سیاہ متحرک آنکھوں سے، اس کے کھادی کے کھردرے بلاؤز میں ڈھکے ہوئے متلاطم سینے سے، اس معمر جوگی کے ٹھوس تیقن اور سنگین اطمینان کے تقابل میں ایک خاموش صدا تھی کہ آؤ، جس مقام پر میں اس وقت ہوں، وہاں سے کھینچ کر مجھے یا تو نیچے گرا دو یا اس سے بھی اوپر لے جاؤ۔

اس طرف ہٹ کر ہم تین بیٹھے تھے۔ میں، نگار اور شہزادہ غلام علی۔۔۔ میں بالکل چغد بنا بیٹھا تھا۔ بابا جی

کی شخصیت سے بھی متاثر تھا اور اس پنڈتانی کے بے داغ حسن سے بھی۔ فرش کی چمکیلی ٹائلوں نے بھی مجھے مرعوب کیا تھا۔ کبھی سوچتا تھا کہ ایسی ٹائلوں والی ایک کوٹھی مجھے مل جائے تو کتنا اچھا ہو۔ پھر سوچتا تھا کہ یہ پنڈتانی مجھے اور کچھ نہ کرنے دے، ایک صرف مجھے اپنی آنکھیں چوم لینے دے۔ اس کے تصور سے بدن میں تھرتھری پیدا ہوتی تو جھٹ اپنی نوکرانی کا خیال آتا جس سے تازہ تازہ مجھے کچھ وہ ہوا تھا۔ جی میں آتا کہ ان سب کو، یہاں چھوڑ کر سیدھا گھر چلا جاؤں۔۔۔شاید نظر بچا کر اسے اوپر غسل خانے تک لے جانے میں کام یاب ہو سکوں، مگر جب بابا جی پر نظر پڑتی اور کانوں میں قومی گیت کے پرجوش الفاظ گونجتے تو ایک دوسری تھرتھری بدن میں پیدا ہوتی اور میں سوچتا کہ کہیں سے پستول ہاتھ آ جائے تو سول لائن میں جا کر انگریزوں کو مارنا شروع کر دوں۔

اس چغد کے پاس نگار اور غلام علی بیٹھے تھے۔ دو محبت کرنے والے دل، جو تنہا محبت میں دھڑ کتے دھڑ کتے اب شاید کچھ اکتا گئے تھے اور جلدی ایک دوسرے میں محبت کے دوسرے رنگ دیکھنے کے لیے مدغم ہونا چاہتے تھے۔ دوسرے الفاظ میں وہ بابا جی سے، اپنے مسلمہ سیاسی رہنما سے شادی کی اجازت لینے آئے تھے اور جیسا کہ ظاہر ہے ان دونوں کے دماغ میں اس وقت قومی گیت کے بجائے ان کی اپنی زندگی کا حسین ترین مگر ان سنا نغمہ گونج رہا تھا۔

گیت ختم ہوا، بابا جی نے بڑے مشفقانہ انداز سے پنڈتانی کو ہاتھ کے اشارے سے آشیرواد دیا اور مسکراتے ہوئے نگار اور غلام علی کی طرف متوجہ ہوئے۔ مجھے بھی انہوں نے ایک نظر دیکھ لیا۔ غلام علی شاید تعارف کے لیے اپنا اور نگار کا نام بتانے والا تھا مگر بابا جی کا حافظہ بلا کا تھا۔ انہوں نے فوراً ہی اپنی میٹھی آواز میں کہا،

’’ شہزادے، ابھی تک تم گرفتار نہیں ہوئے؟ ‘‘

غلام علی نے ہاتھ جوڑ کر کہا، ’’ جی نہیں۔ ‘‘

بابا جی نے قلم دان سے ایک پنسل نکالی اور اس سے کھیلتے ہوئے کہنے لگے،

’’ مگر میں تو سمجھتا ہوں تم گرفتار ہو چکے ہو۔ ‘‘

غلام علی اس کا مطلب نہ سمجھ سکا۔ لیکن بابا جی نے فوراً ہی پنڈتانی کی طرف دیکھا اور نگار کی طرف اشارہ کر کے، ’’ نگار نے ہمارے شہزادے کو گرفتار کر لیا ہے۔ ‘‘

نگار مجحوب سی ہو گئی۔ غلام علی کا منہ فرطِ حیرت سے کھلا کا کھلا رہ گیا اور پنڈتانی کے پیازی چہرے پر ایک دعائیہ چمک سی آئی۔ اس نے نگار اور غلام علی کو کچھ اس طرح دیکھا جیسے یہ کہہ رہی ہے، ’’ بہت اچھا ہوا۔ ‘‘

بابا جی ایک بار پھر پنڈتانی کی طرف متوجہ ہوئے،

''یہ بچے مجھ سے شادی کی اجازت لینے آئے ہیں۔۔تم کب شادی کر رہی ہو مکمل؟''

تو اس پنڈتانی کا نام مکمل تھا۔بابا جی کے اچانک سوال سے وہ بوکھلا گئی۔اس کا پیازی چہرہ سرخ ہو گیا۔ کانپتی ہوئی آواز میں اس نے جواب دیا،

''میں تو آپ کے آشرم میں جا رہی ہوں۔''ایک ہلکی سی آہ بھی ان الفاظ میں لپٹ کر باہر آئی جسے بابا جی کے ہشیار دماغ نے فوراً نوٹ کیا۔وہ اس کی طرف دیکھ کر جو گیانہ انداز میں مسکرائے اور غلام علی اور نگار سے مخاطب ہو کر کہنے لگے، ''تو تم دونوں فیصلہ کر چکے ہو۔''

دونوں نے دبی زبان میں جواب دیا، ''جی ہاں۔''

بابا جی نے اپنی سیاست بھری آنکھوں سے ان کو دیکھا،

''انسان جب فیصلے کرتا ہے تو کبھی کبھی ان کو تبدیل کر دیا کرتا ہے۔''

پہلی دفعہ بابا جی کی بارعب موجودگی میں غلام علی نے، اس کی الھڑ اور بیباک جوانی نے کہا،

''یہ فیصلہ اگر کسی وجہ سے تبدیل ہو جائے تو بھی اپنی جگہ پر اٹل رہے گا۔''

بابا جی نے آنکھیں بند کر لیں اور جرح کے انداز میں پوچھا، ''کیوں؟''

حیرت ہے کہ غلام علی بالکل نہ گھبرایا۔شاید اس دفعہ نگار سے جو اسے پرخلوص محبت تھی وہ بول اٹھی،

''بابا جی ہم نے ہندوستان کو آزادی دلانے کا جو فیصلہ کیا ہے، وقت کی مجبوریاں اسے تبدیل کرتی رہیں مگر جو فیصلہ ہے وہ تو اٹل ہے۔'' بابا جی نے جیسا کہ میرا اب خیال ہے کہ اس موضوع پر بحث کرنا مناسب خیال نہ کیا چنانچہ وہ مسکرا دیئے۔۔۔اس مسکراہٹ کا مطلب بھی ان کی تمام مسکراہٹوں کی طرح شخص نے بالکل الگ الگ سمجھا۔اگر بابا جی سے پوچھا جاتا تو مجھے یقین ہے کہ وہ اس کا مطلب ہم سب سے بالکل مختلف بیان کرتے۔

خیر۔۔۔اس ہزار پہلو مسکراہٹ کو اپنے پتلے ہونٹوں پر ذرا اور پھیلاتے ہوئے انہوں نے نگار سے کہا،

''نگار تم ہمارے آشرم میں آ جاؤ۔۔شہزادہ تو تھوڑے دنوں میں قید ہو جائے گا۔''

نگار نے بڑے دھیمے لہجے میں جواب دیا، ''جی اچھا۔''

اس کے بعد بابا جی نے شادی کا موضوع بدل کر جلیانوالہ باغ کیمپ کی سرگرمیوں کا حال پوچھنا شروع کر دیا۔ بہت دیر تک غلام علی، نگار اور کمل گرفتاریوں، رہائیوں، دودھ، لسی اور ترکاریوں کے متعلق باتیں کرتے

رہے اور جو میں بالکل چغد بنا بیٹھا تھا، یہ سوچ رہا تھا کہ بابا جی نے شادی کی اجازت دینے میں کیوں اتنی مین میخ کی ہے۔ کیا وہ غلام علی اور نگار کی محبت کو شک کی نظروں سے دیکھتے ہیں۔۔۔؟ کیا انہیں غلام علی کے خلوص پر شبہ ہے؟

نگار کو انہوں نے کیا آشرم میں آنے کی اس لیے دعوت دی کہ وہاں رہ کر وہ اپنے قید ہونے والے شوہر کا غم بھول جائے گی۔۔۔؟ لیکن بابا جی کے اس سوال پر ''کمل تم کب شادی کر رہی ہو؟'' کمل نے کیوں کہا تھا کہ میں تو آپ کے آشرم میں جا رہی ہوں۔۔۔؟ آشرم میں کیا مرد عورت شادی نہیں کرتے ۔۔۔۔؟ میرا ذہن عجب مخمصے میں گرفتار تھا۔ مگر ادھر یہ گفتگو ہو رہی تھی کہ لیڈی والنٹیئرز کیا پانچ سو رضاکاروں کے لیے چپاتیاں وقت پر تیار کر لیتی ہیں؟ چولہے کتنے ہیں؟ اور توے کتنے بڑے ہیں؟ کیا ایسا نہیں ہو سکتا کہ ایک بہت بڑا چولہا بنا لیا جائے اور اس پر اتنا بڑا توا رکھا جائے کہ چھ عورتیں ایک ہی وقت میں روٹیاں پکا سکیں؟

میں یہ سوچ رہا تھا کہ پنڈتانی کمل آشرم میں جا کر بابا جی کو بس قومی گیت اور بھجن ہی سنایا کرے گی۔ میں نے آشرم کے مرد والنٹیئر دیکھے تھے۔ گروہ سب کے سب وہاں کے قواعد کے مطابق ہر روز اشنان کرتے تھے، صبح اٹھ کر داتن کرتے تھے، باہر کھلی ہوا میں رہتے تھے، بھجن گاتے تھے، مگر ان کے کپڑوں سے پسینے کی بو پھر بھی آتی تھی۔ ان میں اکثر کے دانت بدبودار تھے اور وہ جو کھلی فضا میں رہنے سے انسان پر ایک ہشاش بشاش نکھار آتا ہے، ان میں بالکل مفقود تھا۔

جھکے جھکے سے، دبے دبے سے۔۔۔۔ زرد چہرے، دھنسی ہوئی آنکھیں، مرعوب جسم۔۔۔ گائے کے نچڑے ہوئے تھنوں کی طرح بے حس اور بے جان۔۔۔ میں ان آشرم والوں کو جلیانوالہ باغ میں کئی بار دیکھ چکا تھا۔۔۔ اب میں یہ سوچ رہا تھا کہ کیا یہی مرد جن سے گھاس کی بو آتی ہے، اس پنڈتانی کو جو دودھ، شہد اور زعفران کی بنی ہے، اپنی کیچڑ بھری آنکھوں سے گھوریں گے؟ کیا یہی مرد جن کا منہ اس قدر متعفن ہوتا ہے، اس لوبان کی مہک میں لپٹی ہوئی عورت سے گفتگو کریں گے؟

لیکن پھر میں نے سوچا کہ نہیں ہندوستان کی آزادی شاید ان چیزوں سے بالاتر ہے۔ میں اس ''شاید'' کو اپنی تمام حب الوطنی اور جذبہ آزادی کے باوجود نہ سمجھ سکا۔ کیونکہ مجھے خیال آیا کہ نگار جو بالکل میرے قریب بیٹھی تھی اور بابا جی کو بتا رہی تھی کہ شلجم بہت دیر میں گلتے ہیں۔۔۔ کہاں شلجم اور کہاں شادی جس کے لیے وہ اور غلام علی اجازت لینے آئے تھے۔

میں نگار اور آشرم کے متعلق سوچنے لگا۔ آشرم میں نے دیکھا نہیں تھا، مگر مجھے ایسی جگہوں سے جن کو آشرم، ودیالہ جماعت خانہ، تکیہ، یا درس گاہ کہا جائے، ہمیشہ سے نفرت ہے۔ جانے کیوں؟ میں نے کئی اندھ ودِیالوں اور اناتھ آشرموں کے لڑکوں اور ان کے منتظموں کو دیکھا ہے، سڑک میں قطار باندھ کر چلتے اور بھیک مانگتے ہوئے۔ میں نے جماعت خانے اور درس گاہیں دیکھی ہیں۔ ٹخنوں سے اونچا شرعی پائجامہ، بچپن ہی میں ماتھے پر محراب، جو بڑے ہیں ان کے چہرے پر گھنی داڑھی۔۔۔ جو نوخیز ہیں ان کے گالوں اور ٹھڈی پر نہایت ہی بدنما موٹے اور مہین بال۔۔۔ نماز پڑھتے جا رہے ہیں لیکن ہر ایک کے چہرے پر حیوانیت۔۔۔ ایک ادھوری حیوانیت مصلے پر بیٹھی نظر آتی ہے۔

نگار عورت تھی۔ مسلمان، ہندو، سکھ یا عیسائی عورت نہیں۔۔۔ وہ صرف عورت تھی، نہیں عورت کی دعا تھی جو اپنے چاہنے والے کے لیے یا جسے وہ خود چاہتی ہے صدق دل سے مانگتی ہے۔ میری سمجھ میں نہیں آتا تھا کہ یہ بابا جی کے آشرم میں جہاں ہر روز قواعد کے مطابق دعا مانگی جاتی ہے۔ یہ عورت جو خود ایک دعا ہے، کیسے اپنے ہاتھ اٹھا سکے گی۔

میں اب سوچتا ہوں تو بابا جی، نگار، غلام علی، وہ خوبصورت پنڈ تانی اور امرتسر کی ساری فضا جو تحریک آزادی کے رومان آفریں کیف میں لپٹی ہوئی تھی، ایک خواب سا معلوم ہوتا ہے۔ ایسا خواب جو ایک بار دیکھنے کے بعد جی چاہتا ہے آدمی پھر دیکھے۔ بابا جی کا آشرم میں نے اب بھی نہیں دیکھا، مگر جو نفرت مجھے اس سے پہلے تھی اب بھی ہے۔ وہ جگہ جہاں فطرت کے خلاف اصول بنا کر انسانوں کو ایک لکیر پر چلایا جائے، میری نظروں میں کوئی وقعت نہیں رکھتی۔ آزادی حاصل کرنا بالکل ٹھیک ہے! اس کے حصول کے لیے آدمی مر جائے، میں اس کو سمجھ سکتا ہوں، لیکن اس کے لیے اگر اس غریب کو ترکاری کی طرح ٹھنڈا اور بے ضرر بنا دیا جائے تو یہی میری سمجھ سے بالکل بالاتر ہے۔

جھونپڑوں میں رہنا، تن آسانیوں سے پرہیز کرنا، خدا کی حمد گانا، قومی نعرے مارنا۔۔۔ یہ سب ٹھیک ہے، مگر یہ کیا کہ انسان کی اس حِس کو جسے طلبِ حسن کہتے ہیں آہستہ آہستہ مردہ کر دیا جائے۔ وہ انسان کیا جس میں خوبصورتی اور ہنگاموں کی تڑپ نہ رہے۔ ایسے آشرموں، مدرسوں، ودِیالوں اور مولیوں کے کھیت میں کیا فرق ہے۔

دیر تک بابا جی، غلام علی اور نگار سے جلیانوالہ باغ کی جملہ سرگرمیوں کے متعلق گفتگو کرتے رہے۔ آخر میں انہوں نے اس جوڑے کو، جو کہ ظاہر ہے کہ اپنے آنے کا مقصد بھول نہیں گیا تھا، کہا کہ وہ دوسرے روز

شام کو جلیانوالہ باغ آئیں گے اور ان دونوں کو میاں بیوی بنا دیں گے۔

غلام علی اور نگار بہت خوش ہوئے۔اس سے بڑھ کر ان کی خوش نصیبی اور کیا ہوسکتی تھی کہ بابا جی خود شادی کی رسم ادا کریں گے۔ غلام علی، جیسا کہ اس نے مجھے بہت بعد میں بتایا، اس قدر خوش ہوا تھا کہ فوراً ہی سے اس بات کا احساس ہونے لگا تھا کہ شاید جو کچھ اس نے سنا ہے غلط ہے۔ کیونکہ بابا جی کے منحنی ہاتھوں کی خفیف سی جنبش بھی ایک تاریخی حادثہ بن جاتی تھی۔ اتنی بڑی ہستی ایک معمولی آدمی کی خاطر جو محض اتفاق سے کانگریس کا ڈکٹیٹر بن گیا ہے، چل کے جلیانوالہ باغ جائے اور اس کی شادی میں دلچسپی لے۔ یہ ہندوستان کے تمام اخباروں کے پہلے صفحے کی جلی سرخی تھی۔

غلام علی کا خیال تھا بابا جی نہیں آئیں گے کیونکہ وہ بہت مصروف آدمی ہیں لیکن اس کا یہ خیال، جس کا اظہار دراصل اس نے نفسیاتی نقطہ نگاہ سے صرف اس لیے کیا تھا کہ وہ ضرور آئیں، اس کی خواہش کے مطابق غلط ثابت ہوا۔۔۔ شام کے چھ بجے جلیانوالہ باغ میں جب رات کی رانی کی جھاڑیاں اپنی خوشبو کے جھونکے پھیلانے کی تیاریاں کر رہی تھیں اور متعدد رضا کار دولہا دلہن کے لیے ایک چھوٹا تنبو نصب کر کے اسے چمیلی، گیندے اور گلاب کے پھولوں سے سجا رہے تھے، بابا جی اس قومی گیت گانے والی پنڈتانی، اپنے سیکریٹری اور لالہ ہری رام صرف کے ہم راہ لاٹھی ٹیکتے ہوئے آئے۔ ان کی آمد کی اطلاع جلیانوالہ باغ میں صرف اسی وقت پہنچی، جب صدر دروازے پر لالہ ہری رام کی ہری موٹر رکی۔

میں بھی وہیں تھا۔لیڈی والنٹیئر ز ایک دوسرے تنبو میں نگار کو دلہن بنا رہی تھیں۔ غلام علی نے کوئی خاص اہتمام نہیں کیا تھا۔ سارا دن وہ شہر کے کانگریسی بنیوں سے رضا کاروں کے کھانے پینے کی ضروریات کے متعلق گفتگو کرتا رہا تھا۔ اس سے فارغ ہو کر اس نے چند لمحات کے لیے نگار سے تخلیے میں کچھ بات چیت کی تھی۔ اس کے بعد جیسا کہ میں جانتا ہوں، اس نے اپنے ماتحت افسروں سے صرف اتنا کہا تھا کہ شادی کی رسم ادا ہونے کے ساتھ ہی وہ اور نگار دونوں جھنڈا اونچا کریں گے۔

جب غلام علی کو بابا جی کی آمد کی اطلاع پہنچی تو وہ کنویں کے پاس کھڑا تھا۔ میں غالباً اس سے یہ کہہ رہا تھا، ''غلام علی تم جانتے ہو یہ کنواں، جب گولی چلی تھی، لاشوں سے لب بہ لب بھر گیا تھا۔۔۔ آج سب اس کا پانی پیتے ہیں۔۔۔ اس باغ کے جتنے پھول ہیں۔اس کے پانی نے سینچے ہیں۔ مگر لوگ آتے ہیں اور انہیں توڑ کر لے جاتے ہیں۔۔۔ پانی کے کسی گھونٹ میں لہو کا نمک نہیں ہوتا، پھول کی کسی پتی میں خون کی لالی نہیں ہوتی۔۔۔ یہ کیا بات ہے؟''

مجھے اچھی طرح یاد ہے، میں نے یہ کہہ کر اپنے سامنے، اس مکان کی کھڑکی کی طرف دیکھا جس میں، کہا جاتا ہے کہ ایک نوعمر لڑکی بیٹھی تماشا دیکھ رہی تھی اور جنرل ڈائر کی گولی کا نشانہ بن گئی تھی۔ اس کے سینے سے نکلے ہوئے خون کی لکیر چونے کی عمر رسیدہ دیوار پر دھند لی ہو رہی تھی۔ اب خون کچھ اس قدر ارزاں ہو گیا کہ اس کے بہنے بہانے کا وہ اثر ہی نہیں ہوتا۔ مجھے یاد ہے کہ جلیانوالہ باغ کے خونیں حادثے کے چھ سات مہینے بعد جب میں تیسری یا چوتھی جماعت میں پڑھتا تھا، ہمارا ماسٹر ساری کلاس کو ایک دفعہ اس باغ میں لے گیا۔ اس وقت یہ باغ باغ نہیں تھا۔ اجاڑ، سنسان اور اونچی نیچی خشک زمین کا ایک ٹکڑا تھا، جس میں ہر قدم پر مٹی کے چھوٹے بڑے ڈھیلے ٹھوکریں کھاتے تھے۔ مجھے یاد ہے مٹی کا ایک چھوٹا سا ڈھیلا جس پر جانے پان کی پیک کے دھبے یا کیا تھا، ہمارے ماسٹر نے اٹھا لیا تھا اور ہم سے کہا تھا۔ دیکھو اس پر ابھی تک ہمارے شہیدوں کا خون لگا ہے۔

یہ کہانی لکھ رہا ہوں اور حافظے کی تختی پر سینکڑوں چھوٹی چھوٹی باتیں ابھر رہی ہیں مگر مجھے تو غلام علی اور نگار کی شادی کا قصہ بیان کرنا ہے۔

غلام علی کو جب بابا جی کی آمد کی خبر ملی تو اس نے دوڑ کر سب والنٹیر اکٹھے کیے جنہوں نے فوجی انداز میں ان کو سیلوٹ کیا۔ اس کے بعد کافی دیر تک وہ اور غلام علی مختلف کیمپوں کا چکر لگاتے رہے۔ اس دوران میں بابا جی نے، جن کی مزاحیہ حس بہت تیز تھی، لیڈی والنٹیرز اور دوسرے ورکرز سے گفتگو کرتے وقت کئی فقرے چست کیے۔

اِدھر اُدھر مکانوں میں جب بتیاں جلنے لگیں اور دھندلا اندھیرا سا جلیانوالہ باغ پر چھا گیا تو رضا کار لڑکیوں نے ایک آواز ہو کر بھجن گانا شروع کیا۔ چند آوازیں سریلی، باقی سب سکن سری تھیں مگر ان کا مجموعی اثر بہت خوش گوار تھا۔ بابا جی آنکھیں بند کیے سن رہے تھے۔ تقریباً ایک ہزار آدمی موجود تھے، جو چبوترے کے ارد گرد زمین پر بیٹھے تھے۔ بھجن گانے والی لڑکیوں کے علاوہ ہر شخص خاموش تھا۔ بھجن ختم ہونے پر چند لمحات تک ایسی خاموشی طاری رہی جو ایک دم ٹوٹنے کے لیے بے قرار ہو۔ چنانچہ جب بابا جی نے آنکھیں کھولیں اور اپنی میٹھی آواز میں کہا،

’’بچو، جیسا کہ تمہیں معلوم ہے، میں یہاں آج آزادی کے دو دیوانوں کو ایک کرنے آیا ہوں۔‘‘ تو سارا باغ خوشی کے نعروں سے گونج اٹھا۔

نگار دلہن بنی چبوترے کے ایک کونے میں سر جھکائے بیٹھی تھی۔ کھادی کی ترنگی ساڑی میں بہت بھلی

دکھائی دے رہی تھی۔ بابا جی نے اشارے سے اسے بلایا اور غلام علی کے پاس بٹھا دیا۔ اس پر اور خوشی کے نعرے بلند ہوئے۔ غلام علی کا چہرہ غیر معمولی طور پر تمتما رہا تھا۔ میں نے غور سے دیکھا، جب اس نے نکاح کا کاغذ اپنے دوست سے لے کر بابا جی کو دیا تو اس کا ہاتھ لرز گیا۔ چبوترے پر ایک مولوی صاحب بھی موجود تھے۔ انہوں نے قرآن کی وہ آیت پڑھی جو ایسے موقعوں پر پڑھا کرتے ہیں۔ بابا جی نے آنکھیں بند کر لیں۔ ایجاب و قبول ختم ہوا تو انہوں نے اپنے مخصوص انداز میں دولہا دلہن کو آشیر واد دی اور جب چھوہاروں کی بارش شروع ہوئی تو انہوں نے بچوں کی طرح جھپٹ جھپٹ کر دس پندرہ چھوہارے اکٹھے کر کے اپنے پاس رکھ لیے۔

نگار کی ایک ہندو سہیلی نے شرمیلی مسکراہٹ سے ایک چھوٹی سی ڈبیا غلام علی کو دی اور اس سے کچھ کہا۔ غلام علی نے ڈبیا کھولی اور نگار کی سیدھی مانگ میں سیندور بھر دیا۔ جلیانوالہ باغ کی خنک فضا ایک بار پھر تالیوں کی تیز آواز سے گونج اٹھی۔

بابا جی اس شور میں اٹھے۔ ہجوم ایک دم خاموش ہو گیا۔

رات کی رانی اور چمیلی کی ملی جلی سوندھی سوندھی خوشبو، شام کی ہلکی پھلکی ہوا میں تیر رہی تھی، بہت سہانا سماں تھا، بابا جی کی آواز آج اور بھی میٹھی تھی۔ غلام علی اور نگار کی شادی پر اپنی دلی مسرت کا اظہار کرنے کے بعد انہوں نے کہا: یہ دونوں بچے اب زیادہ تندہی اور خلوص سے اپنے ملک اور قوم کی خدمت کریں گے۔ کیونکہ شادی کا صحیح مقصد مرد اور عورت کی پر خلوص دوستی ہے۔ ایک دوسرے کے دوست بن کر غلام علی اور نگار یکجہتی سے سوراج کے لیے کوشش کر سکتے ہیں۔ یورپ میں ایسی کئی شادیاں ہوتی ہیں جن کا مطلب دوستی اور صرف دوستی ہوتا ہے۔ ایسے لوگ قابل احترام ہیں جو اپنی زندگی سے شہوت نکال پھینکتے ہیں۔ بابا جی دیر تک شادی کے متعلق اپنے عقیدے کا اظہار کرتے رہے۔ ان کا ایمان تھا کہ صحیح مزا صرف اسی وقت حاصل ہوتا ہے جب مرد اور عورت کا تعلق صرف جسمانی نہ ہو۔ عورت اور مرد کا شہوانی رشتہ ان کے نزدیک اتنا اہم نہیں تھا جتنا کہ عام طور پر سمجھا جاتا ہے۔ ہزاروں آدمی کھاتے ہیں، اپنے ذائقے کی حس کو خوش کرنے کے لیے لیکن اس کا یہ مطلب نہیں کہ ایسا کرنا انسانی فرض ہے۔ بہت کم لوگ ایسے ہیں جو کھاتے ہیں زندہ رہنے کے لیے۔ اصل میں صرف یہی لوگ ہیں جو خورد و نوش کے صحیح قوانین جانتے ہیں۔ اسی طرح وہ انسان جو صرف اس لیے شادی کرتے ہیں کہ انہیں شادی کے مظہر جذبے کی حقیقت اور اس رشتے کی تقدیس معلوم ہو، حقیقی معنوں میں ازدواجی زندگی سے لطف اندوز ہوتے ہیں۔

بابا جی نے اپنے اس عقیدے کو کچھ اس وضاحت، کچھ ایسے نرم و ناز ک خلوص سے بیان کیا کہ سننے والوں کے لیے ایک بالکل نئی دنیا کے دروازے کھل گئے۔ میں خود بہت متاثر ہوا۔ غلام علی جو میرے سامنے بیٹھا تھا، بابا جی کی تقریر کے ایک ایک لفظ کو جیسے پی رہا تھا۔ بابا جی نے جب بولنا بند کیا تو اس نے نگار سے کچھ کہا۔ اس کے بعد اٹھ کر اس نے کانپتی ہوئی آواز میں یہ اعلان کیا، ''میری اور نگار کی شادی اسی قسم کی آدرش شادی ہو گی، جب تک ہندوستان کو سوراج نہیں ملتا، میرا اور نگار کا رشتہ بالکل دوستوں جیسا ہو گا۔۔۔''

جلیانوالہ باغ کی خنک فضا دیر تک تالیوں کے بے پناہ شور سے گونجتی رہی۔ شہزادہ غلام علی جذباتی ہو گیا۔ اس کے کشمیری چہرے پر سرخیاں دوڑنے لگیں۔ جذبات کی اسی دور میں اس نے نگار کو بلند آواز میں مخاطب کیا، ''نگار! تم ایک غلام بچے کی ماں بنو۔۔۔ کیا تمہیں یہ گوارا ہو گا؟'' نگار جو کچھ شادی ہونے پر اور کچھ بابا جی کی تقریر سن کر بوکھلائی ہوئی تھی، یہ کڑک سوال سن کر اور بھی بوکھلا گئی۔ صرف اتنا کہہ سکی، ''جی۔۔۔؟ جی نہیں۔''

ہجوم نے پھر تالیاں پیٹیں اور غلام علی اور زیادہ جذباتی ہو گیا۔ نگار کو غلام بچے کی شرمندگی سے بچا کر وہ اتنا خوش ہوا کہ وہ بہک گیا اور اصل موضوع سے ہٹ کر آزادی حاصل کرنے کی پیچ دار گلیوں میں جا نکلا۔ ایک گھنٹے تک وہ جذبات بھری آواز میں بولتا رہا۔ اچانک اس کی نظر نگار پر پڑی۔ جانے کیا ہوا۔۔۔ ایک دم اس کی قوت گویائی جواب دے گئی۔ جیسے آدمی شراب کے نشے میں بغیر کسی حساب کے نوٹ نکالتا جائے اور ایک دم بٹوا خالی پائے۔ اپنی تقریر کا بٹوا خالی پا کر غلام علی کو کافی الجھن ہوئی مگر اس نے فوراً ہی بابا جی کی طرف دیکھا اور جھک کر کہا، ''بابا جی۔۔۔ ہم دونوں کو آپ کا آشیرواد چاہیے کہ جس بات کا ہم نے عہد کیا ہے، اس پر پورے رہیں۔''

دوسرے روز صبح چھ بجے شہزادہ غلام علی کو گرفتار کر لیا گیا۔ کیونکہ اس تقریر میں جو اس نے سوراج ملنے تک بچہ پیدا نہ کرنے کی قسم کھانے کے بعد کی تھی، انگریزوں کا تختہ الٹنے کی دھمکی بھی تھی۔ گرفتار ہونے کے چند روز بعد غلام علی کو آٹھ مہینے کی قید ہوئی اور ملتان جیل بھیج دیا گیا۔ وہ امرتسر کا اکیالیسواں ڈکٹیٹر تھا اور شاید چالیس ہزارواں سیاسی قیدی۔ کیونکہ جہاں تک مجھے یاد ہے، اس تحریک میں قید ہونے والے لوگوں کی تعداد اخباروں نے چالیس ہزار ہی بتائی تھی۔

عام خیال تھا کہ آزادی کی منزل اب صرف دو ہاتھ ہی دور ہے۔ لیکن فرنگی سیاست دانوں نے اس تحریک کا دودھ ابلنے دیا اور جب ہندوستان کے بڑے لیڈروں کے ساتھ کوئی سمجھوتہ نہ ہوا تو یہ تحریک ٹھنڈی

کسی میں تبدیل ہو گئی۔ آزادی کے دیوانے جیلوں سے باہر نکلے تو قید کی صعوبتیں بھولنے اور اپنے بگڑے ہوئے کاروبار سنوارنے میں مشغول ہو گئے۔ شہزادہ غلام علی سات مہینے کے بعد ہی باہر آ گیا تھا۔ گو اس وقت پہلا سا جوش نہیں تھا، پھر بھی امرتسر کے اسٹیشن پر لوگوں نے اس کا استقبال کیا۔ اس کے اعزاز میں تین چار دعوتیں اور جلسے بھی ہوئے۔ میں ان سب میں شریک تھا مگر یہ محفلیں بالکل پھیکی تھیں۔ لوگوں پر اب ایک عجیب قسم کی تھکاوٹ طاری تھی جیسے ایک لمبی دوڑ میں اچانک دوڑنے والوں سے کہہ دیا گیا تھا، ''ٹھہرو، یہ دوڑ پھر سے شروع ہو گی۔'' اور اب جیسے یہ دوڑنے والے کچھ دیر ہانپنے کے بعد دوڑ کے مقام آغاز کی طرف بڑی بے دلی کے ساتھ واپس آ رہے تھے۔

کئی برس گزر گئے۔۔۔۔ یہ بے کیف تھکاوٹ ہندوستان سے دور نہ ہوئی تھی۔ میری دنیا میں چھوٹے موٹے کئی انقلاب آئے۔ داڑھی مونچھ آگی، کالج میں داخل ہوا، ایف اے میں دوبارہ فیل ہوا، والد انتقال کر گئے، روزی کی تلاش میں ادھر ادھر پریشان ہوا، ایک تھرڈ کلاس اخبار میں مترجم کی حیثیت سے نوکری کی، یہاں سے جی گھبرایا تو ایک بار پھر تعلیم حاصل کرنے کا خیال آیا۔ علی گڑھ یونیورسٹی میں داخل ہوا اور تین ہی مہینے بعد دق کا مریض ہو کر کشمیر کے دیہاتوں میں آوارہ گردی کرتا رہا۔ وہاں سے لوٹ کر بمبئی کا رخ کیا۔ یہاں دو برسوں میں تین ہندو مسلم فساد دیکھے۔ جی گھبرایا تو دلی چلا گیا۔ وہاں بمبئی کے مقابلے میں ہر چیز سست رفتار دیکھی۔ کہیں حرکت نظر بھی آئی تو اس میں ایک زنانہ پن محسوس ہوا۔ آخر یہی سوچا کہ بمبئی اچھا ہے۔ کیا ہوا ساتھ والے ہمسائے کو ہمارا نام تک پوچھنے کی فرصت نہیں۔ جہاں لوگوں کو فرصت ہوتی ہے، وہاں ریا کاریاں اور چال بازیاں زیادہ پیدا ہوتی ہیں۔ چنانچہ دلی میں دو برس ٹھنڈی زندگی بسر کرنے کے بعد سدا متحرک بمبئی چلا آیا۔

گھر سے نکلے اب آٹھ برس ہو چلے تھے۔ دوست احباب اور امرتسر کی سڑکیں، گلیاں کس حالت میں ہیں، اس کا مجھے کچھ علم نہیں تھا، کسی سے خط و کتابت ہی نہیں تھی جو پتہ چلتا۔ دراصل مجھے ان آٹھ برسوں میں اپنے مستقبل کی طرف سے کچھ بے پروائی سی ہو گئی تھی۔۔۔۔ کون بیتے ہوئے دنوں کے متعلق سوچے۔ جو آٹھ برس پہلے خرچ ہو چکا ہے، اس کا اب احساس کرنے سے فائدہ۔۔۔۔؟ زندگی کے روپے میں وہی پائی زیادہ اہم ہے جسے تم آج خرچ کرنا چاہتے ہو یا جس پر کل کسی کی آنکھ ہے۔

آج سے چھ برس نہیں کی بات کر رہا ہوں، جب زندگی کے روپے اور چاندی کے روپے سے، جس پر بادشاہ سلامت کی چھاپ ہوتی ہے، پائی خارج نہیں ہوئی تھی۔ میں اتنا زیادہ قلاش نہیں تھا کیونکہ فورٹ

میں اپنے پاؤں کے لیے ایک قیمتی شو خرید نے جا رہا تھا۔ آرمی اینڈ نیوی اسٹور کے اس طرف ہاربنی روڈ پر جوتوں کی ایک دکان ہے جس کی نمائشی الماریاں مجھے بہت دیر سے اس طرف کھینچ رہی تھیں۔ میرا حافظہ بہت کمزور ہے، چنانچہ یہ دکان ڈھونڈنے میں کافی وقت صرف ہوگیا۔

یوں تو میں اپنے لیے ایک قیمتی شو خرید نے آیا تھا مگر جیسا کہ میری عادت ہے، دوسری دکانوں میں سجی ہوئی چیزیں دیکھنے میں مصروف ہوگیا۔ ایک اسٹور میں سگریٹ کیس دیکھے، دوسرے میں پائپ، اسی طرح فٹ پاتھ پر ٹہلتا ہوا جوتوں کی ایک چھوٹی سی دکان کے پاس آیا اور اس کے اندر چلا گیا کہ چلو یہیں سے خرید لیتے ہیں، دکاندار نے میرا استقبال کیا اور پوچھا، ''کیا مانگتا ہے صاحب۔''

میں نے تھوڑی دیر یاد کیا کہ مجھے کیا چاہیے، ''ہاں۔۔۔کریپ سول شو۔''

''ادھر نہیں رکھتا ہم۔''

مون سون قریب تھی۔ میں نے سوچا گم بوٹ ہی خرید لوں، ''گم بوٹ نکالو۔''

''باجو والے کی دکان سے ملیں گے۔۔۔ربڑ کی کئی چیز ہم ادھر نہیں رکھتا۔''

میں نے ایسے ہی پوچھا، ''کیوں؟''

''سیٹھ کی مرضی!''

یہ مختصر مگر جامع جواب سن کر میں دکان سے باہر نکلنے ہی والا تھا کہ ایک خوش پوش آدمی پر میری نظر پڑی جو باہر فٹ پاتھ پر ایک بچہ میں گود میں اٹھائے پھل والے سے سنگترہ خرید رہا تھا۔ میں باہر نکلا اور وہ دکان کی طرف مڑا، ''ارے۔۔۔غلام علی۔۔۔''

''سعادت!''

یہ کہہ کر اس نے بچے سمیت مجھے اپنے سینے کے ساتھ بھینچ لیا۔ بچے کو یہ حرکت ناگوار معلوم ہوئی، چنانچہ اس نے رونا شروع کر دیا۔ غلام علی نے اس آدمی کو بلایا جس نے مجھ سے کہا تھا کہ ربڑ کی کوئی چیز ادھر ہم نہیں رکھتا اور اسے بچہ دے کر کہا ''جاؤ اسے گھر لے جاؤ۔'' پھر وہ مجھ سے مخاطب ہوا، ''کتنی دیر کے بعد ہم ایک دوسرے سے ملے ہیں۔''

میں نے غلام علی کے چہرے کی طرف غور سے دیکھا۔۔۔وہ کج کلاہی، وہ ہلکا سا غنڈا پن جو اس کی امتیازی شان تھا۔ اب بالکل مفقود تھا۔۔۔میرے سامنے آتشیں تقریریں کرنے والے کھادی پوش نوجوان کی جگہ ایک گھریلو قسم کا عام انسان کھڑا تھا۔۔۔مجھے اس کی وہ آخری تقریر یاد آئی، جب اس نے جلیانوالہ باغ کی

خنک فضا کو ان گرم الفاظ سے مرتعش کیا تھا، ''نگار۔۔۔تم ایک غلام بچے کی ماں بنو۔۔۔کیا تمہیں یہ گوارا ہو گا۔۔۔''، فوراً ہی مجھے اس بچے کا خیال آیا جو غلام علی کی گود میں تھا۔ میں نے اس سے یہ پوچھا، ''یہ بچہ کس کا ہے؟''، غلام علی نے بغیر کسی جھجک کے جواب دیا، ''میرا۔۔۔اس سے بڑا ایک اور بھی ہے ۔۔۔ کہو، تم نے کتنے پیدا کیے۔''

ایک لحظے کے لیے مجھے محسوس ہوا جیسے غلام علی کے بجائے کوئی اور ہل بول رہا ہے۔ میرے دماغ میں سینکڑوں خیال اوپر تلے گرتے گئے۔ کیا غلام علی اپنی قسم بالکل بھول چکا ہے؟ کیا اس کی سیاسی زندگی اس سے قطعاً علیحدہ ہو چکی ہے؟ ہندوستان کو آزادی دلانے کا وہ جوش، وہ ولولہ کہاں گیا؟ اس بے ریش و بروت للکار کا کیا ہوا۔۔۔؟ نگار کہاں تھی ۔۔۔؟ کیا اس نے دو غلام بچوں کی ماں بننا گوارا کیا۔۔۔؟ شاید وہ مر چکی ہو۔ ہو سکتا ہے، غلام علی نے دوسری شادی کر لی ہو۔

''کیا سوچ رہے ہو۔۔۔۔ کچھ باتیں کرو۔ اتنی دیر کے بعد ملے ہیں۔'' غلام علی نے میرے کاندھے پر زور سے ہاتھ مارا۔

میں شاید خاموش ہو گیا تھا۔ ایک دم چونکا اور ایک لمبی ''ہاں''، کر کے سوچنے لگا کہ گفتگو کیسے شروع کروں۔ لیکن غلام علی نے میرا انتظار نہ کیا اور بولنا شروع کر دیا، ''یہ دکان میری ہے۔ دو برس سے میں یہاں بمبئی میں ہوں۔ بڑا اچھا کاروبار چل رہا ہے۔ تین چار سو مہینے کے بچ جاتے ہیں۔ تم کیا کر رہے ہو۔ سنا ہے کہ بہت بڑے افسانہ نویس بن گئے ہو۔ یاد ہے، ہم ایک دفعہ یہاں بھاگ کے آئے تھے ۔۔۔۔ لیکن یار عجیب بات ہے، اس بمبئی اور اس بمبئی میں بڑا فرق محسوس ہوتا ہے۔ ایسا لگتا ہے وہ چھوٹی تھی اور یہ بڑی ہے۔''

اتنے میں ایک گاہک آیا، جسے ٹینس شو چاہیے تھا۔ غلام علی نے اس سے کہا، ''ربڑ کا مال اِدھر نہیں ملتا۔ بازو کی دکان میں چلے جائیے۔''

گاہک چلا گیا تو میں نے غلام سے پوچھا، ''ربڑ کا مال تم کیوں نہیں رکھتے؟ میں بھی یہاں کریپ سول شو لینے آیا تھا۔''

یہ سوال میں نے یونہی کیا تھا لیکن غلام علی کا چہرہ ایک دم بے رونق ہو گیا۔ دھیمی آواز میں صرف اتنا کہا، ''مجھے پسند نہیں۔''

''کیا پسند نہیں؟''

’’یہی ربڑ۔۔۔ربڑکی بنی ہوئی چیزیں۔‘‘ یہ کہہ کر اس نے مسکرانے کی کوشش کی۔ جب ناکام رہاتو زور سے خشک سا قہقہہ لگایا، ’’میں تمہیں بتاؤں گا۔ ہے تو بالکل واہیات سی چیز، لیکن۔۔۔لیکن میری زندگی سے اس کا بہت گہرا تعلق ہے۔‘‘

تفکر کی گہرائی غلام علی کے چہرے پر پیدا ہوئی۔اس کی آنکھیں جن میں ابھی تک کھلنڈرا پن موجود تھا، ایک لحظے کے لیے دھندلی ہوئیں لیکن پھر چمک اٹھیں،

’’بکواس تھی یا روہ زندگی۔۔۔سچ کہتا ہوں سعادت میں وہ دن بالکل بھول چکا ہوں۔ جب میرے دماغ پر لیڈری سوار تھی۔ چار پانچ برس سے اب بڑے سکون میں ہوں۔ بیوی ہے، بچے ہیں، اللہ کا بڑا فضل وکرم ہے۔‘‘

اللہ کے فضل وکرم سے متاثر ہو کر غلام علی نے بزنس کا ذکر شروع کر دیا کہ کتنے سرمائے سے اس نے کام شروع کیا تھا، ایک برس میں کتنا فائدہ ہوا، اب بنک میں اس کا کتنا روپیہ ہے۔ میں نے اسے درمیان میں ٹوکا اور کہا، ’’لیکن تم نے کسی واہیات چیز کا ذکر کیا تھا جس کا تمہاری زندگی سے گہرا تعلق ہے۔‘‘

ایک بار پھر غلام علی کا چہرہ بے رونق ہو گیا۔اس نے ایک لمبی ہاں کی اور جواب دیا، ’’گہرا تعلق تھا۔۔۔شکر ہے کہ اب نہیں ہے۔۔۔لیکن مجھے ساری داستان سنانی پڑے گی۔‘‘

اتنے میں اس کا نوکر آ گیا۔دکان اس کے سپرد کر کے وہ مجھے اندر اپنے کمرے میں لے گیا، جہاں بیٹھ کر اس نے مجھے اطمینان سے بتایا کہ اسے ربڑ کی چیزوں سے کیوں نفرت پیدا ہوئی۔

’’میری سیاسی زندگی کا آغاز کیسے ہوا، اس کے متعلق تم اچھی طرح جانتے ہو۔میرا کیر یکٹر کیسا تھا، یہ بھی تمہیں معلوم ہے۔ہم دونوں قریب قریب ایک جیسے ہی تھے۔میرا مطلب ہے ہمارے ماں باپ کسی سے فخریہ نہیں کہہ سکتے تھے کہ ہمارے لڑکے بے عیب ہیں۔معلوم نہیں میں تم سے یہ کیوں کہہ رہا ہوں۔لیکن شاید تم سمجھ گئے ہو کہ میں کوئی مضبوط کیر یکٹر کا مالک نہیں تھا۔ مجھے شوق تھا کہ میں کچھ کروں۔سیاست سے مجھے اسی لیے دلچسپی پیدا ہوئی تھی۔ لیکن میں خدا کی قسم کھا کر کہتا ہوں کہ میں جھوٹا نہیں تھا۔ وطن کے لیے میں جان بھی دے دیتا۔اب بھی حاضر ہوں۔لیکن میں سمجھتا ہوں۔۔۔بہت غور و فکر کے بعد اس نتیجے پر پہنچا ہوں کہ ہندوستان کی سیاست، اس کے لیڈرسب ناپختہ ہیں۔بالکل اسی طرح جس طرح میں تھا۔ایک لہر اٹھتی ہے، اس میں جوش، زور، شور سبھی ہوتا ہے لیکن فوراً ہی بیٹھ جاتی ہے۔اس کی وجہ جہاں تک میرا خیال ہے کہ لہر پیدا کی جاتی ہے، خود بخود نہیں اٹھتی۔۔۔لیکن شاید میں تمہیں اچھی طرح سمجھا نہیں سکا۔‘‘

غلام علی کے خیالات میں بہت الجھاؤ تھا۔ میں نے اسے سگریٹ دیا، اسے سلگا کر اس نے زور سے تین کش لیے اور کہا، ''تمہارا کیا خیال ہے ۔۔۔ کیا ہندوستان کی ہر کوشش جو اس نے آزادی حاصل کرنے کے لیے کی ہے، غیر فطری نہیں ۔۔۔ کوشش نہیں ۔۔۔ میرا مطلب ہے اس کا انجام کیا ہر بار غیر فطری نہیں ہوتا رہا ۔۔۔ ہمیں کیوں آزادی نہیں ملتی ۔۔۔ کیا ہم سب نامرد ہیں؟ نہیں، ہم سب مرد ہیں۔ لیکن ہم ایسے ماحول میں ہیں کہ ہماری قوت کا ہاتھ آزادی تک پہنچنے ہی نہیں پاتا۔''

میں نے اس سے پوچھا، ''تمہارا مطلب ہے آزادی اور ہمارے درمیان کوئی چیز حائل ہے۔'' غلام علی کی آنکھیں چمک اٹھیں، ''بالکل ۔۔۔ لیکن یہ کوئی پکی دیوار نہیں ہے، کوئی ٹھوس چٹان نہیں ہے۔ ایک تپلی سی جھلی ہے ۔۔۔ ہماری اپنی سیاست کی، ہماری مصنوعی زندگی کی جہاں لوگ دوسروں کو دھوکا دینے کے علاوہ اپنے آپ سے بھی فریب کرتے ہیں۔''

اس کے خیالات بدستور الجھے ہوئے تھے۔ میرا خیال ہے وہ اپنے گزشتہ تجربوں کو اپنے دماغ میں تازہ کر رہا تھا۔ سگریٹ بجھا کر اس نے میری طرف دیکھا اور بلند آواز میں کہا، ''انسان جیسا ہے اسے ویسا ہی رہنا چاہیے۔ نیک کام کرنے کے لیے یہ کیا ضروری ہے کہ انسان اپنا سر منڈائے، گیروے کپڑے پہنے یا بدن پر راکھ ملے، تم کہو گے یہ اس کی مرضی ہے۔ لیکن میں کہتا ہوں اس کی اس مرضی ہی سے، اس کی اس نرالی چیز ہی سے گمراہی پھیلتی ہے یہ لوگ اونچے ہو کر انسان کی فطری کمزوریوں سے غافل ہو جاتے ہیں، بالکل بھول جاتے ہیں کہ ان کے کردار، ان کے خیالات اور عقیدے تو ہوا میں تحلیل ہو جائیں گے، لیکن ان کے منڈے ہوئے سر، ان کے بدن کی راکھ اور ان کے گیروے کپڑے سادہ لوح انسانوں کے دماغ میں رہ جائیں گے۔''

غلام علی زیادہ جوش میں آ گیا، ''دنیا میں اتنے مصلح پیدا ہوئے ہیں، ان کی تعلیم تو لوگ بھول چکے ہیں، لیکن صلیبیں، دھاگے، داڑھیاں، کڑے اور بغلوں کے بال رہ گئے ہیں ۔۔۔ ایک ہزار برس پہلے جو لوگ یہاں بستے تھے، ہم ان سے زیادہ تجربہ کار ہیں۔ میری سمجھ میں نہیں آتا آج کے مصلح کیوں خیال نہیں کرتے کہ وہ انسان کی شکل مسخ کر رہے ہیں۔ جی میں کئی دفعہ آتا ہے بلند آواز میں چلانا شروع کر دوں ۔۔۔ خدا کے لیے انسان کو انسان رہنے دو، اس کی صورت کو تم بگاڑ چکے ہو، ٹھیک ہے ۔۔۔ اب اس کے حال پر رحم کرو ۔۔۔ تم اس کو خدا بنانے کی کوشش کرتے ہو، لیکن وہ غریب اپنی انسانیت بھی کھو رہا ہے ۔۔۔ سعادت، میں خدا کی قسم کھا کر کہتا ہوں یہ میرے دل کی آواز ہے۔ میں نے جو محسوس کیا ہے، وہی کہہ رہا ہوں۔ اگر

یہ غلط ہے تو پھر کوئی چیز درست اور صحیح نہیں ہے۔۔۔ میں نے دو برس، پورے دو برس دماغ کے ساتھ کئی کشتیاں لڑی ہیں۔ میں نے اپنے دل، اپنے ضمیر، اپنے جسم، اپنے رویں رویں سے بحث کی ہے۔ مگر اسی نتیجے پر پہنچا ہوں کہ انسان کو انسان ہی رہنا چاہیے۔ نفس ہزاروں میں ایک دو آدمی ماریں۔ سب نے اپنا نفس مارلیا تو میں پوچھتا ہوں یہ کشتہ کام کس کے آئے گا؟''

یہاں تک کہہ کر اس نے ایک اور سگریٹ لیا اور اسے سلگانے میں ساری تیلی جلا کر گردن کو ایک خفیف سا جھٹکا دیا، ''کچھ نہیں سعادت۔۔۔ تم نہیں جانتے۔۔۔ میں نے کتنی روحانی اور جسمانی تکلیف اٹھائی ہے، لیکن فطرت کے خلاف جو بھی قدم اٹھائے گا، اسے تکلیف برداشت کرنی ہی ہوگی۔۔۔ میں نے اس روز۔۔۔ تمہیں یاد ہو گا وہ دن۔۔۔ جلیانوالہ باغ میں اس بات کا اعلان کر کے کہ نگار اور میں غلام بچے پیدا نہیں کریں گے، ایک عجیب قسم کی برقی مسرت محسوس کی تھی۔۔۔ مجھے ایسا لگا تھا کہ اس اعلان کے بعد میرا سر اونچا ہو کر آسمان کے ساتھ جا لگا ہے۔ لیکن جیل سے واپس آنے کے بعد مجھے آہستہ آہستہ اس بات کا تکلیف دہ۔۔۔ بہت ہی اذیت رساں احساس ہونے لگا کہ میں نے اپنے جسم کا، اپنی روح کا، ایک بہت ہی ضروری حصہ مفلوج کر دیا ہے۔ اپنے ہاتھوں سے میں نے اپنی زندگی کے باغ کا سب سے حسین پھول مسل ڈالا ہے۔۔۔ شروع شروع میں اس خیال سے مجھے ایک عجیب قسم کا تسلی بخش فخر محسوس ہوتا رہا کہ میں نے ایسا کام کیا ہے جو دوسروں سے نہیں ہو سکتا۔ لیکن دھیرے دھیرے جب میرے شعور کے مسام کھلنے لگے تو حقیقت اپنی تمام تلخیوں سمیت میرے رگ و ریشے میں رچنے لگی۔ جیل سے واپس آنے پر میں نگار سے ملا۔۔۔ ہسپتال چھوڑ کر وہ بابا جی کے آشرم میں چلی گئی تھی۔۔۔ سات مہینے کی قید کے بعد جب میں اس سے ملا تو اس کی بدلی ہوئی رنگت، اس کی تبدیل شدہ جسمانی اور دماغی کیفیت دیکھ کر میں نے خیال کیا شاید میری نظروں نے دھوکا کھایا ہے۔ لیکن ایک برس گزرنے کے بعد۔۔۔ ایک برس اس کے ساتھ۔۔۔''

غلام علی کے ہونٹوں پر زخمی مسکراہٹ پیدا ہوئی، ''ہاں، ایک برس اس کے ساتھ رہنے کے بعد مجھے معلوم ہوا کہ اس کا غم بھی وہی ہے جو میرا ہے۔۔۔ لیکن وہ مجھ پر ظاہر کرنا چاہتی ہے، نہ میں اس پر ظاہر کرنا چاہتا ہوں۔۔۔ ہم دونوں اپنے عہد کی زنجیروں میں جکڑے ہوئے تھے۔ ایک برس میں سیاسی جوش آہستہ آہستہ ٹھنڈا ہو چکا تھا۔ کھادی کے لباس اور ترنگے جھنڈوں میں اب وہ پہلی سی کشش باقی نہ رہی تھی۔۔۔ انقلاب زندہ باد کا نعرہ اگر کبھی بلند ہوتا بھی تھا تو اس میں وہ شان نظر نہیں آتی تھی۔۔۔ جلیانوالہ باغ میں

ایک تنبو بھی نہیں تھا۔۔۔ پرانے کیمپوں کے کھونٹے کہیں کہیں گڑے نظر آتے تھے۔۔۔ خون سے سیاست کی حرارت قریب قریب نکل چکی تھی۔۔۔ میں اب زیادہ وقت گھر ہی میں رہتا تھا، اپنی بیوی کے پاس۔۔۔‘‘ ایک بار پھر غلام علی کے ہونٹوں پر وہی زخمی مسکراہٹ پیدا ہوئی اور وہ کچھ کہتے کہتے خاموش ہو گیا۔ میں بھی چپ رہا، کیونکہ میں اس کے خیالات کا تسلسل توڑنا نہیں چاہتا تھا۔

چند لمحات کے بعد اس نے اپنی پیشانی کا پسینہ پونچھا اور سگریٹ بجھاکر کہنے لگا، ‘‘ہم دونوں ایک عجیب قسم کی لعنت میں گرفتار تھے ۔۔۔ نگار سے مجھے جتنی محبت ہے۔تم اس سے واقف ہو۔۔۔ میں سوچنے لگا۔ یہ محبت کیا ہے۔۔۔؟ میں اس کو ہاتھ لگاتا ہوں تو کیوں اس کے ردِعمل کو اپنی معراج پر پہنچنے کی اجازت نہیں دیتا۔۔۔ میں کیوں ڈرتا ہوں کہ مجھ سے کوئی گناہ سرزد ہو جائے گا۔۔۔ مجھے نگار کی آنکھیں بہت پسند ہیں۔ایک روز جب کہ شاید میں بالکل صحیح حالت میں تھا، میرا مطلب ہے جیسا کہ ہر انسان کو ہونا چاہیے تھا۔ میں نے انہیں چوم لیا۔۔۔ وہ میرے بازوؤں میں تھی۔۔۔ یوں کہو کہ ایک کپکپی تھی جو میرے بازوؤں میں تھی۔ قریب تھا کہ میری روح اپنے پر چھڑا کر پھڑ پھڑاتی ہوئی اونچے آسمان کی طرف اڑ جائے کہ میں نے۔۔۔ کہ میں نے اسے پکڑ لیا اور قید کر دیا۔۔۔ اس کے بعد بہت بہت دیر تک۔۔۔ کئی دنوں تک اپنے آپ کو یقین دلانے کی کوشش کی کہ میرے اس فعل سے۔۔۔ میرے اس بہادرانہ کارنامے سے میری روح کو ایسی لذت ملی ہے جس سے بہت کم انسان آشنا ہیں۔۔۔ لیکن حقیقت یہ ہے کہ میں اس میں ناکام رہا اور اس ناکامی نے جسے میں ایک بہت بڑی کامیابی سمجھنا چاہتا تھا۔۔۔ خدا کی قسم یہ میری دلی خواہش تھی کہ میں ایسا سمجھوں، مجھے دنیا کا سب سے زیادہ دکھی انسان بنا دیا۔۔۔ لیکن جیسا کہ تم جانتے ہو، انسان حیلے بہانے تلاش کر لیتا ہے، میں نے بھی ایک راستہ نکال لیا۔ہم دونوں سوکھ رہے تھے ۔۔۔ اندر ہی اندر ہماری تمام لطافتوں پر پپڑی جم رہی تھی۔۔۔ کتنی بڑی ٹریجڈی ہے کہ ہم دونوں ایک دوسرے کے لیے غیر بن رہے تھے ۔۔۔ میں نے سوچا۔۔۔ بہت دنوں کے غور و فکر کے بعد ہم اپنے عہد پر قائم رہ کر بھی۔۔۔ میرا مطلب ہے کہ ‘‘نگار غلام بچے پیدا نہیں کرے گی۔ ،،

یہ کہہ کر اس کے ہونٹوں پر تیسری بار وہ زخمی مسکراہٹ پیدا ہوئی، لیکن فوراً ہی ایک بلند قہقہے میں تبدیل ہو گئی، جس میں تکلیف دہ احساس کی چبھن نمایاں تھی۔ پھر فوراً ہی سنجیدہ ہو کر وہ کہنے لگا، ‘‘ہماری ازدواجی زندگی کا یہ عجیب و غریب دور شروع ہوا۔۔۔ اندھے کو جیسے ایک آنکھ مل گئی۔۔۔ میں ایک دم دیکھنے لگا لیکن یہ بصارت تھوڑی دیر ہی کے بعد دھندلی ہونے لگی۔۔۔ پہلے پہل تو یہی خیال تھا۔ غلام علی موزوں

الفاظ تلاش کرنے لگا، ''پہلے پہل تو ہم مطمئن تھے۔ میرا مطلب ہے شروع شروع میں ہمیں اس کا قطعاً خیال نہیں تھا کہ تھوڑی ہی دیر کے بعد ہم نامطمئن ہو جائیں گے۔۔۔ یعنی ایک آنکھ تقاضا کرنے لگی کہ دوسری آنکھ بھی ہو۔۔۔ آغاز میں ہم دونوں نے محسوس کیا تھا جیسے ہم صحت مند ہو رہے ہیں، ہماری تندرستی بڑھ رہی ہے۔۔۔ نگار کا چہرہ نکھر گیا تھا، اس کی آنکھوں میں چمک پیدا ہو گئی تھی، میرے اعضا سے بھی خشک ساتناؤ دور ہو گیا تھا جو پہلے مجھے تکلیف دیا کرتا تھا۔ لیکن آہستہ آہستہ ہم دونوں پر عجیب قسم کی مردنی چھانے لگی۔۔۔ ایک برس ہی میں ہم دونوں ربڑ کے پتلے سے بن گئے۔۔۔ میرا احساس زیادہ شدید تھا۔۔۔ تم یقین نہیں کرو گے، لیکن خدا کی قسم اس وقت جب بازو کا گوشت چٹکی میں لیتا تو بالکل ربڑ معلوم ہوتا۔۔۔ ایسا لگتا تھا کہ اندر خون کی نسیں نہیں ہیں۔

نگار کی حالت مجھ سے، جہاں تک میرا خیال ہے مختلف تھی۔ اس کے سوچنے کا زاویہ اور تھا، وہ ماں بننا چاہتی تھی۔۔۔ گلی میں جب بھی کسی کے ہاں کوئی بچہ پیدا ہوتا تو اسے بہت سی آہیں چھپ چھپ کر اپنے سینے کے اندر دفن کرنا پڑتی تھیں۔ لیکن مجھے بچوں کا کوئی خیال نہیں تھا، بچے نہ ہوئے تو کیا ہے، دنیا میں لاکھوں انسان موجود ہیں جن کے ہاں اولاد نہیں ہوتی۔۔۔ یہ کتنی بڑی بات ہے کہ میں اپنے عہد پر قائم ہوں۔۔۔ اس سے تسکین تو کافی ہو جاتی تھی مگر میرے ذہن پر جب ربڑ کا مہین مہین جالا تننے لگا تو میری گھبراہٹ بڑھ گئی۔۔۔ میں ہر وقت سوچنے لگا اور اس کا نتیجہ یہ ہوا کہ میرے دماغ کے ساتھ ربڑ کا لمس چمٹ گیا۔ روٹی کھاتا تو لقمے دانتوں کے نیچے کچکچانے لگتے۔''

یہ کہتے ہوئے غلام علی کو پھر ریری آ گئی،

''بہت ہی واہیات اور غلط چیز تھی۔۔۔ انگلیوں میں ہر وقت جیسے صابن سا لگا ہے ۔۔۔ مجھے اپنے آپ سے نفرت ہو گئی۔ ایسا لگتا تھا کہ میری روح کا سارا رس نچڑ گیا ہے اور اس کا چھلکا سا باقی رہ گیا ہے، استعمال شدہ۔۔۔ استعمال شدہ۔۔۔ ''غلام علی ہنسنے لگا۔ ''شکر ہے کہ وہ لعنت دور ہوئی۔۔۔ لیکن سعادت، کن اذیتوں کے بعد۔۔۔ زندگی بالکل سوکھے ہوئے چھچھڑے کی شکل اختیار کر گئی تھی۔۔۔ ساری حسیں مردہ ہو گئی تھیں لیکن لمس کی حس غیر فطری حد تک تیز ہو گئی تھی۔۔۔ تیز نہیں۔۔۔ اس کا صرف ایک رخ ہو گیا تھا۔۔۔ لڑکی میں، شیشے میں، لوہے میں، کاغذ میں، پتھر میں ہر جگہ ربڑ کی وہ مردہ، وہ ابکائی بھری ملائمی!! یہ عذاب اور بھی شدید ہو جاتا جب میں اس کی وجہ کا خیال کرتا۔۔۔ میں دو انگلیوں سے اس لعنت کو اٹھا کر پھینک سکتا تھا، لیکن مجھ میں اتنی ہمت نہیں تھی۔ میں چاہتا تھا مجھے کوئی سہارا مل جائے۔ عذاب کے اس

سمندر میں مجھے ایک چھوٹا سا تنکا مل جائے جس کی مدد سے میں کنارے لگ جاؤں۔۔۔ بہت دیر تک میں ہاتھ پاؤں مارتا رہا، لیکن ایک روز جب کوٹھے پر دھوپ میں ایک مذہبی کتاب پڑھ رہا تھا، پڑھ کیا رہا تھا۔۔۔ایسے ہی سرسری نظر سے دیکھ رہا تھا کہ اچانک میری نظر ایک حدیث پر پڑی۔۔۔خوشی سے اچھل پڑا۔۔۔سہارا میری آنکھوں کے سامنے موجود تھا۔ میں نے بار بار وہ سطریں پڑھیں، میری خشک زندگی جیسے سراب ہونے لگی۔۔۔لکھا تھا کہ شادی کے بعد میاں بیوی کے لیے بچے پیدا کرنے لازم ہیں۔۔۔ صرف اسی حالت میں ان کی پیدائش روکنے کی اجازت ہے۔ جب والدین کی زندگی خطرے میں ہو۔۔۔ میں نے دو انگلیوں سے اس لعنت کو اٹھایا اور ایک طرف پھینک دیا۔'' یہ کہہ کر وہ بچوں کی طرح مسکرانے لگا، میں بھی مسکرا دیا، کیونکہ اس نے دو انگلیوں سے سگریٹ کا ٹکڑا اٹھا کر ایک طرف ایسے پھینکا تھا جیسے وہ کوئی نہایت ہی مکروہ چیز ہے ۔

مسکراتے مسکراتے غلام علی دفعتاً سنجیدہ ہو گیا، '' مجھے معلوم ہے سعادت۔۔۔میں نے جو کچھ تم سے کہا ہے تم اس کا افسانہ بنا دو گے۔۔۔لیکن دیکھو میرا مذاق مت اڑانا۔۔۔ خدا کی قسم میں نے جو کچھ محسوس کیا تھا وہی تم سے کہا ہے۔۔۔میں اس معاملے میں تم سے بحث نہیں کروں گا۔ لیکن میں نے جو کچھ حاصل کیا ہے، وہ یہ ہے کہ فطرت کی خلاف ورزی ہرگز ہرگز بہادری نہیں۔۔۔یہ کوئی کارنامہ نہیں کہ تم فاقہ کشی کرتے کرتے مر جاؤ، یا زندہ رہو۔۔۔قبر کھود کر اس میں گڑ جانا اور کئی کئی دن اس کے اندر دم سادھے رکھنا، نوکیلی کیلوں کے بستر پر مہینوں لیٹے رہنا، ایک ہاتھ برسوں او پر اٹھائے رکھنا، حتیٰ کہ وہ سوکھ سوکھ کر لکڑی ہو جائے۔۔۔ایسے مداری پنے سے خدا مل سکتا ہے نہ سوراج۔۔۔اور میں تو سمجھتا ہوں ہندوستان کو سوراج صرف اس لیے نہیں مل رہا کہ یہاں مداری زیادہ ہیں اور لیڈر کم۔۔۔ جو ہیں وہ قوانین فطرت کے خلاف چل رہے ہیں۔۔۔ایمان اور صاف دلی کا بر تھ کنٹرول کرنے کے لیے ان لوگوں نے سیاست ایجاد کر لی ہے اور یہی سیاست ہے جس نے آزادی کے رحم کا منہ بند کر دیا ہے۔۔۔''

غلام علی اس کے آگے بھی کچھ کہنے والا تھا کہ اس کا نوکر اندر داخل ہوا۔ اس کی گود میں شاید غلام علی کا دوسرا بچہ تھا جس کے ہاتھ میں ایک خوش رنگ بیلون تھا۔ غلام علی دیوانوں کی طرح اس پر جھپٹا۔۔۔ پٹاخے کی سی آواز آئی۔۔۔ بیلون پھٹ گیا اور بچے کے ہاتھ میں دھاگے کے ساتھ ربڑ کا ایک چھوٹا سا ٹکڑا لٹکا رہ گیا۔ غلام علی نے دو انگلیوں سے اس ٹکڑے کو چھین کر یوں پھینکا جیسے وہ کوئی نہایت ہی مکروہ چیز تھی۔

More by Ghazal Sara Dot Org

Title	Description
Aankh Bhar Asman – (Hardcover , Paperback, eBook)	Adult poetry of Yawar Maajed
Aafat Ki Ziyafat – Hindi – (Hardcover, Paperback, eBook)	Children's bedtime poetry book by Yawar Maajed in Hindi
Aafat Ki Ziyafat – Urdu – (Hardcover, Paperback, eBook)	Children's bedtime poetry book by Yawar Maajed in Urdu
Kulliyat e Allama Iqbal – (Hardcover, Paperback)	Classical poetry by Sir Allama Iqbal, one of the greatest Urdu poets of the 20th century
Taar o Paud – (Paperback, eBook)	Short stories by Balwant Singh, a legendary fiction Urdu writer
Pehla Patthar – (Paperback, eBook)	Short stories by Balwant Singh, a legendary fiction Urdu writer
Manto Ke Hashiye – (Hardcover , Paperback, eBook)	Most controversial short stories by Saadat Hasan Manto, for which he was dragged in the court of law
Kulliyat e Manto – (Hardcover , Paperback, eBook)	This series comprises nine books that feature all of the short stories written by Saadat Hasan Manto throughout his career.
Kulliyat e Ghazal - Mirza Ghalib – (eBook)	Complete collection of all Ghazals of Mirza Ghalib
Kulliyat e Mir Taqi Mir – (eBook)	Complete collection of all Ghazals of Mir Taqi Mir

Purchase our books at

https://ghazalsara.org/shop

Scan the QR code below to visit the site. Our paperback and hardcover books are available on Amazon in every country that Amazon sells in. Additionally, all eBooks are available on Amazon Kindle, Apple Books for iPhone/iPad and Google Playbooks for Android platforms.